金陵全書

甲編・方志類・專志

南船紀

（明）沈啓 著

龍江船廠志

（明）李昭祥 撰

南京出版社
南京出版傳媒集團

圖書在版編目（CIP）數據

南船紀 /（明）沈啓著. 龍江船廠志 /（明）李昭祥撰. -- 南京：南京出版社，2015.10
（金陵全書）
ISBN 978-7-5533-1081-7

Ⅰ.①南… ②龍… Ⅱ.①沈… ②李… Ⅲ.①造船法—中國—明代 ②船廠—工廠史—南京市—明代 Ⅳ.①U671 ②F426.474

中國版本圖書館CIP數據核字（2015）第234774號

書　　名　【金陵全書】（甲編·方志類·專志）
　　　　　南船紀·龍江船廠志
編 著 者　（明）沈　啓　著　（明）李昭祥　撰
出版發行　南京出版傳媒集團
　　　　　南　京　出　版　社
　　　　　社址：南京市太平門街53號　郵編：210016
　　　　　網址：http://www.njcbs.cn　淘寶網店：http://njpress.taobao.com
　　　　　電子信箱：njcbs1988@163.com
　　　　　聯系電話：025-83283871、83283864（營銷）　025-83112257（編務）

出 版 人　朱同芳
責任編輯　章安寧　朱天樂
裝幀設計　楊曉崗
責任印制　楊福彬

製　　版　南京新華豐製版有限公司
印　　刷　南京凱德印刷有限公司
開　　本　889毫米×1194毫米　1/16
印　　張　44.25
版　　次　2015年10月第1版
印　　次　2015年10月第1次印刷
書　　號　ISBN 978-7-5533-1081-7
定　　價　1300.00元

總序

南京，俗稱金陵，中國著名的四大古都之一，是國務院首批公佈的國家歷史文化名城。

南京有着六十萬年的人類活動史，近二千五百年的建城史，約四百五十年的建都史，享有『六朝古都』『十朝都會』的美譽。南京歷史的興衰起伏在某種程度上可以説是中國歷史的一個縮影。在中華民族光輝燦爛的歷史長河中，古聖先賢在南京創造了舉世矚目、富有特色的六朝文化、南唐文化、明文化和民國文化，爲中華民族文化的傳承和發展作出了不朽貢獻。然而，由於時代的遞遷、戰爭的破壞以及自然的損毁等原因，歷史上南京的輝煌成就以物質文化形態留存下來的相對較少，見諸文獻典籍的則相對較多。南京文獻内涵廣博，卷帙浩繁，版本複雜。截至一九四九年中華人民共和國成立，南京文獻留存下來的有近萬種，在全國歷史文化名城中名列前茅。以六朝《世説新語》《文心雕龍》《昭明文選》，唐朝《建康實録》，宋朝《景定建康志》《六朝事迹編類》，元朝《至正金陵新志》，明朝《洪武京城圖志》《金陵古今圖考》《客座贅語》，清朝《康熙江寧府志》《白下瑣言》，民國《首都計劃》《首都志》《金陵古蹟圖考》等爲代表的南京地方文獻，不僅是南京文化的集中體現，也是中華民族優秀傳統文化的重要組成部分。這些南京文獻，積澱貯存了歷代南京人民的經驗和智慧，翔實地反映了南京地區的社會變遷，是研究南京乃至全國政治、經濟、軍事、文化、外交和民風民俗的重要資料。

歷史上的南京文化輝煌燦爛，各類圖書典籍琳琅滿目。迄今爲止，南京文獻曾經有過三次不同程度的整理。

第一次是距今六百多年前的明朝永樂年間，明朝中央政府在南京組織整理出版了《永樂大典》。《永樂大典》正文二萬二千八百七十七卷，凡例和目録六十卷，分裝成一萬一千零九十五册，總字數約三億七千萬字。書中保存了中國上自先秦、下迄明初的各種典籍資料達七八千種，是中國古代最大的類書。

第二次是民國年間，南京通志館編印了一套《南京文獻》。《南京文獻》每月一期，從一九四七年元月至一九四九年二月共刊行了二十六期，收入南京地方文獻六十七種，包括元明清到民國各個時期的著作，其中收録的部分民國文獻今天已經成爲絶版。

第三次是二〇〇六年以來，南京出版社選取部分南京珍貴文獻，整理出版了一套《南京稀見文獻叢刊》點校本，到二〇一三年初，已經出版了三十六册七十一種，時代上起六朝，下迄民國，在學術普及方面作出了一定的貢獻。

新中國成立六十年來，尤其是改革開放三十年來，南京的政治、經濟、文化建設飛速發展，但南京文獻的全面系統整理出版工作一直没有得到應有的重視，這與南京這座國家歷史文化名城的地位頗不相稱。據調查，目前有關南京的各類文獻主要保存在南京圖書館、南京市檔案館，以及全國各地的高等院校、科研院所、圖書館、檔案館、博物館，少數流散於民間和國外。一方面，廣大讀者要查閲這些收藏在全國各地的南京文獻殊爲不便；另一方面，許多珍貴的南京文獻隨着歲月的流逝而瀕臨損毁和失傳。南京文獻的存史、資治、教化、育人功能没有得到應有的發揮。

盛世修史（志）。在中華民族和平崛起和大力弘揚民族傳統文化、全力發展民族文化事業的大背景下，在建設『文化南京』的發展思路下，中共南京市委、南京市人民政府於二〇〇九年十二月作出決定，將南京有史以來的地方文獻進行全面系統的匯集、整理和影印出版，輯爲《金陵全書》（以下簡稱《全書》），以更好地搶救和保護鄉邦文獻，傳承民族文化，推動學術研究，促進南京文化建設；同時，也更爲有効地增加南京文獻存世途徑，提昇南京文獻地位，凸顯南京文獻價值。

爲編纂出能够代表當代最高學術水平和科技成就，又經得起時間檢驗的《全書》，我們將編纂工作分成三個階段進行。第一個階段爲調研階段，主要對南京現存文獻的種類、數量、保存現狀以及收藏地點等進行深入細緻的調研，召集專家學者多次進行學術論證和可操作性論證，撰寫出可行性調查報告，爲科學決策提供依據，此項工作主要由中共南京市委宣傳部和南京出版社組織完成。第二個階段爲啓動階段，以二〇〇九年十二月二十四日召開的『《金陵全書》編纂啓動工作會』爲標志，市委主要領導親自到會動員講話，市委宣傳部對《全書》的編纂出版工作作了明確部署。在廣泛徵求專家學者意見的基礎上，確定了《全書》的總體框架設計，確定了將《全書》列爲市委宣傳部每年要實施的重大文化工程，確定了主要參編責任單位和責任人，並分解了任務。第三個階段爲編纂出版階段，主要在全國範圍内進行資料的徵集、遴選和圖書的版式設計、複製、排版及印製工作。

爲了確保《全書》編纂出版工作的順利進行，中共南京市委、南京市人民政府成立了專門的編纂出版組織機構。其中編輯工作領導小組，由中共南京市委、市政府領導以及相關成員單位主要負責人組成；《全書》的編纂出版工作由市委宣傳部總牽頭；學術指導委員會，由蔣贊初、茅家琦、梁白泉等一批全國著名的專家學者組成，負責《全書》的學術審核和把關。

《全書》分爲方志、史料和檔案三大類。自二〇一〇年起，計劃每年出版四十册左右。鑒於《全書》的整理出版工作難度較大，周期較長，在具體操作中，我們採取了分工協作的方式。市委宣傳部和南京出版社負責《全書》的總體策劃，其中方志部分，主要由南京市地方志編纂委員會辦公室和南京出版傳媒集團·南京出版社共同承擔；史料部分，主要由南京圖書館承擔；檔案部分，主要由南京市檔案局（館）承擔。《全書》的編輯出版，得到了江蘇省文化廳、江蘇省新聞出版局、江蘇省檔案局（館）、南京大學、南京圖書館、南京市文廣新局、南京市社科聯（社科院）、南京市文聯、金陵圖書館以及各區委宣傳部和地方志辦公室等單位及社會各界的熱情鼓勵和大力支持，尤其是得到了中國國家圖書館和全國各地（包括港臺地區）高等院校、科研院所、圖書館、檔案館、博物館等藏書單位的鼎力相助，在此表示深深的謝意！

我們相信，在中共南京市委、南京市人民政府的長期不懈支持下，在各部門、各單位的積極配合和衆多專家學者的共同努力下，這項功在當代、利在千秋的傳世工程一定能够圓滿完成。

《金陵全書》編輯出版委員會

凡例

一、《金陵全書》（以下簡稱《全書》）收録的南京文獻，依内容分爲方志、史料和檔案三大類。

二、《全書》按上述三大類分爲甲、乙、丙三編，以不同的封面顔色加以區分；每編酌分細類，原則上以成書時代爲序分爲若幹册，依次編列序號。

三、《全書》收録南京文獻的範圍，以二〇一三年南京市所轄十一區，即玄武、秦淮、建鄴、鼓樓、浦口、六合、棲霞、雨花臺、江寧、溧水和高淳爲限。

四、《全書》收録的南京文獻，其成書年代的下限爲一九四九年。

五、《全書》收録方志和史料，盡量選用善本爲底本。《全書》收録的檔案以學術價值和實用價值較高爲原則，一般選用延續時間較長、相對比較完整的檔案全宗。

六、《全書》收録的南京文獻底本如有殘缺、漫漶不清等情況，必要時予以配補、抽换或修描，以保證全書完整清晰；稿本、鈔本、批校本的修改、批注文字等均保留原貌。

七、《全書》收録的南京文獻，每種均撰寫提要，置於該文獻前，以便讀者了解其作者生平、主要内容、學術文化價值、編纂過程、版本源流、底本採用等情況。

八、《全書》所收文獻篇幅較大時，分爲序號相連的若幹册；篇幅較小的文獻，則將數種合編爲一册。

九、《全書》統一版式設計，大部分文獻原大影印；對於少數原版面過大或過小的文獻，適當進行縮小或放大處理，並加以説明。

十、《全書》各册除保留文獻原有頁碼外，均新編頁碼，每册頁碼自爲起訖。

總目録

金陵全書

甲編·方志類·專志

南船紀

（明）沈㟏 著

南京出版傳媒集團
南京出版社

提要

《南船紀》四卷，明沈啓著。

沈啓（一四九一——一五六九），字子由，號江村，吴江（今江蘇蘇州）人。明正德十四年（一五一九）應天鄉試舉人。嘉靖十七年（一五三八）戊戌科二甲進士，授南京工部營繕司主事，署理龍江都水分司，督理船政。三年考滿，遷刑部主事。歷員外郎、郎中，出爲紹興知府，治績冠全浙。官至湖北按察副使。因『海禁四議』事被劾罷歸。晚年居仙人山，以讀書著述終老。贈都御史。他聰慧好學，博涉群書，熱心經濟，尤精於《易》。於諸子百家及天文曆算、陰陽五行、水利、造船等經世之學無不悉究。著有《吴江水考》《南船紀》《南廠紀》《杜律七言注》《牧越議略》《西臺净稿》《南北稿》《楚咏稿》《鷄窩咏稿》等。

《南船紀》爲沈啓署理龍江都水分司造船主事時所撰。當時船政廢弛，弊端叢生。工部尚書、侍郎面命他要『興剔以净宿弊』，并令其『通將各船工料數目，畫圖造册，以便檢閲』。沈啓處事幹練，機敏多智，善規劃理財。經過調查研究，決定首先『定其章程』，以『植本澄源』，净其宿弊。經『日討月求，銖研寸究』，將舊册附以新編，彙成一書，於明嘉靖二十年（一五四一）以『爲昭法制定工料以杜弊端事』的呈文及船紀二册上報工部。經司務廳會同都水、屯田、營繕等四司主官『細致稽評』、『博加詳議』、審核訂正定稿，由時任工部尚書宋景批准施行。可見這是一部由沈啓編修的官書，既是當時的『部頒標準』，又是經官方審定的『船政管理應用手册』。

《南船紀》共四卷。第一卷首刊兩圖，分别介紹船舶内部和外部的結構、名稱，再依次刊載各類船舶的圖形、名稱、用途、尺寸、用料、用工、造價等，記載極爲詳盡。第二卷記各型船舶的因革事例，各軍衛額設船舶種類、數量、修造規定、添造、裁革等情况。第三卷記典司，即主管官員和各類工匠人等的組織機構及龍江提舉司所屬地産。第四卷記載造船、修船、收放料、料餘等章程及則例。

《南船紀》是我國古代流傳至今最完備的船書，對木船結構、原理，工料定額等記載極爲詳盡，是很有價值的古代造船技術典籍，并爲造船史乃至古代手工業史研究提供了珍貴資料。《南船紀》又爲此後十年李昭祥纂修《龍江船廠志》奠定了基礎，其大量史料及全部船圖均爲《龍江船廠志》直接采用。可以説没有沈啓的《南船紀》，就不會有李昭祥的《龍江船廠志》。

《南船紀》成編後，由沈啓個人捐俸刊印，一帙留存工部，以備稽核公用。清乾隆六年（一七四一）其八世孫沈守義根據家藏印本自費重印，由江寧黄子俊刊船，李咸懷、吴省南、張廷獻刻字。字體端秀，刻印精良，被《四庫全書》收録，現列爲善本書，北京圖書館、南京圖書館有藏。《金陵全書》收録的《南船紀》以南京圖書館藏本爲底本原大影印出版。

王亮功

乾隆六年重鐫

沈江村著

南船紀

本衙藏板

欽定四庫全書提要

南船紀四卷江蘇巡撫採進本　明沈𠯁撰𠯁有吳江水考已著錄是編乃𠯁嘉靖中以南工部營繕司主事署監督龍江提舉司時所撰按明史兵志太祖於新江口設船四百永樂初又命鎮江各府衛造海風船皆江船也又職官志所載各船有黄船遮洋船淺船馬船風快船備倭船戰船諸名内惟遮洋備倭二種爲海中所用故𠯁不之及其餘各船圖形工料數目暨因革典司諸例無不詳悉備載

國朝江寧府設同知一員專管督造戰船參考損益未始非船政之權輿然今昔異其制已不盡合矣

南船紀

蘇州府吳江縣　恩貢生臣沈濬禾恭錄

南京工部營繕清吏司主事沈啓
呈爲貽法制定工料以杜弊端事本職註選俻倉除奉
本部劄委遵依外嘉靖十八年八月二十六日因本部都水
司監督龍江提舉司造船主事員缺蒙劄署掌當蒙
陞任尚書周
陞任侍郎胡　面命興剔以淨宿弊本職深慙庸劣日切兢
皇日討月求銖研寸究照得一船經始即加校讐案牘之繁
每器致詳未得提挈綱維之要且卷有新舊料或隨時而重
輕官有更遷人或乘機而出入一失考詳之實難免破冒之
尤似此續蒙

陞任尚書李　特命本職通將各船工料數目畫圖造冊以便檢閱外然於因革之制典司之體尚未之詳鍼氈筭載於兹檢閱無纖不悉驗知小脩大造工輙經年匠直料資給無虛日匠班蘆課雖田夫杼婦之膏既竆包作攬頭肆市虎道狼之心未厭該司當局自保平施之公而矮人旁觀又致保奸之誚雖興事爲擿發難術中法外之無遺不容定其章程庶植本澄源之有益因將舊冊附以新編先之制器而繪其圖形次則掄材而比其貨賄因革備載當時之典增損遠徵前代之文若餼食之微羨餘之末繼始之例稽工之程類今其門條疏其義輯略頗成編次可否未知取裁況其間船隻

或制異而料同或制同而料異稽查無証更無以能合用上
呈酌爲定式如蒙乞︀䕫都水司郎中薛編細致稽評務使各
船之制大小有倫而不紊屯田司郎中周大禮通爲覈實要
見諸貨之直綱紀有總而畢張仍令會同司務各司官周埜
曺𠯁荣等博加詳議訂正成編本職自捐俸資鏤成一帙存
留本部用待稽疑則爲船二十有四不待臨江點閱而展卷
可知用料十百至千無容翻卷勘磨而舉目皆在經制畫一
百工允釐庶
洪私仰荅而不失專委責成之意也緣係昭法制定工料以
杜弊端事本職未敢擅便似此通將船紀二本録呈伏乞

照詳施行須至呈者

右　　　呈

本　　　部

嘉靖二十年　　月　　　日主事沈啓

南京工部尚書宋　　批查行

南京工部都水清吏司爲昭法制定工料以杜弊端事准

本部司務廳司務周　并營繕等四司手本准本司手本送

該本部營繕清吏司主事沈　呈送舩紀二本到職會同查

議定制工料停當相應擬行等因准此案照先為前事已經

稟

堂行議去後今准前因擬合通行爲此合用手本前去本部營

繕清吏司主事沈　處煩爲查照施行須至手本者

嘉靖二十年五月　日署司事屯田司主事舒纓

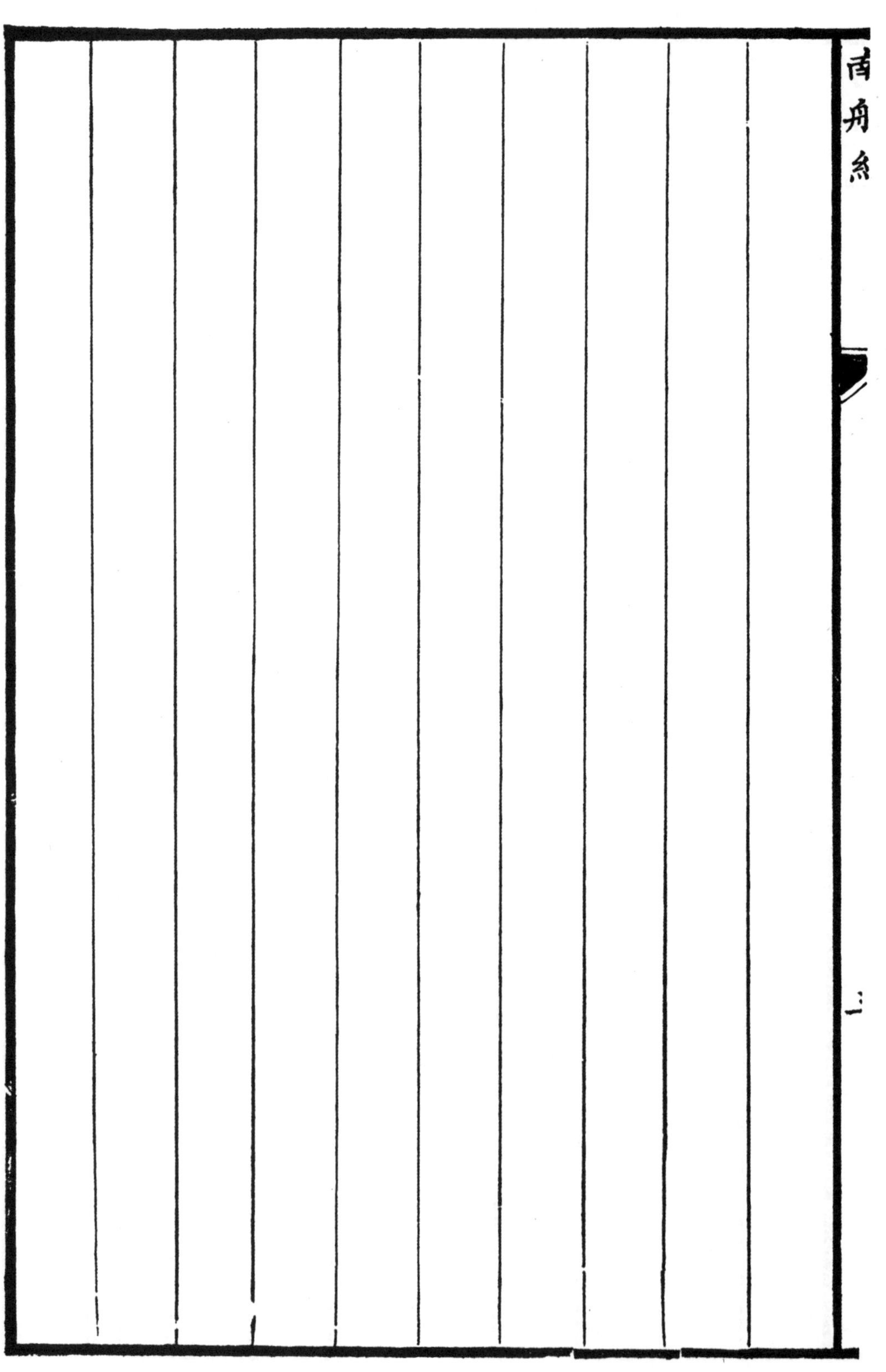

南船紀目録

第一卷

第二卷

第三卷

南船紀目録終

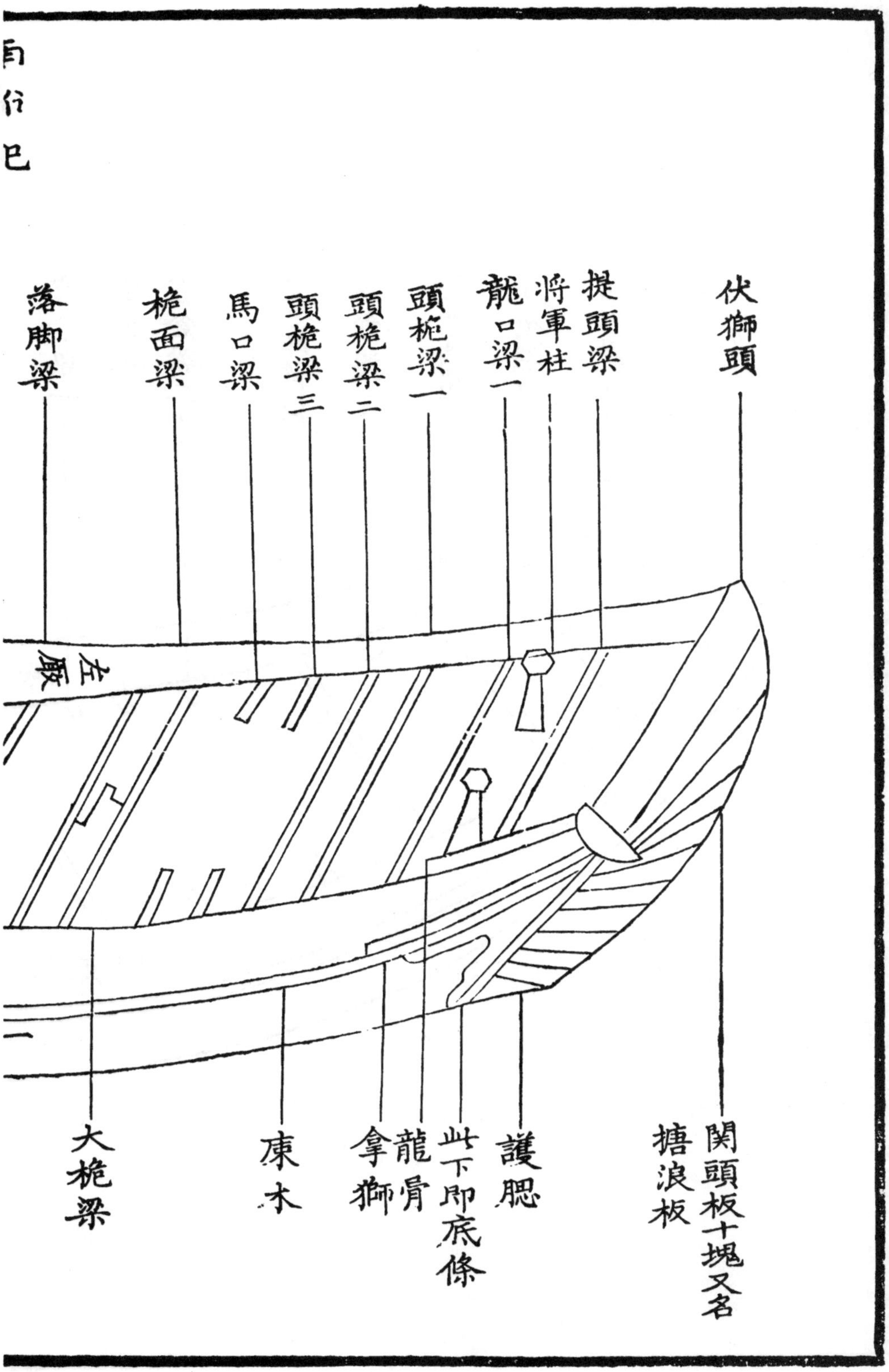
伏獅頭
提頭梁
将軍柱
龍口梁一
頭桅梁一
頭桅梁二
頭桅梁三
馬口梁
桅面梁
落脚梁
左厫
閘頭板十塊又名
搪浪板
護肥
此下即底條
龍骨
拿獅
康木
大桅梁

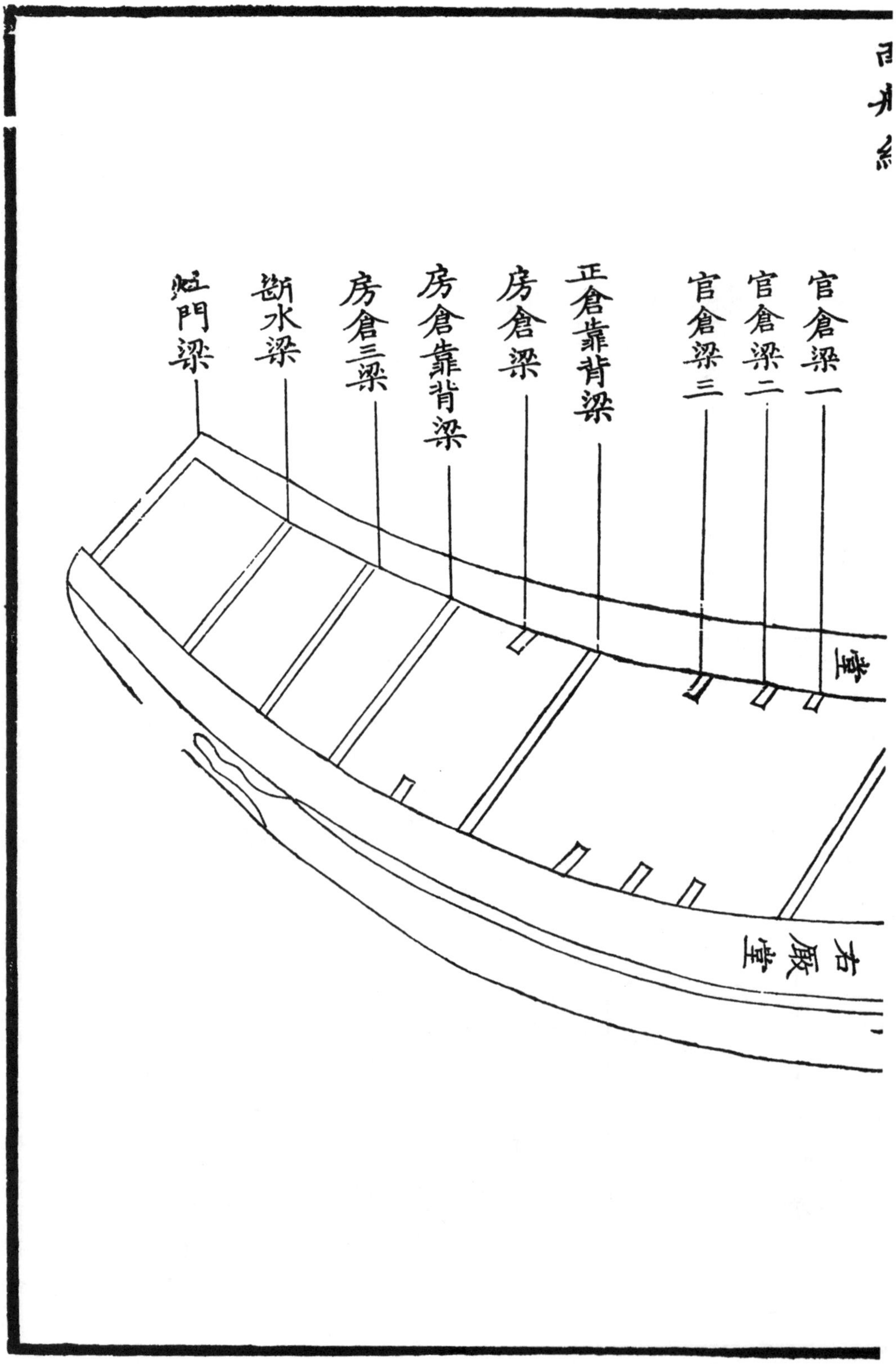
南船紀
官倉梁一
官倉梁二
官倉梁三
正倉靠背梁
房倉梁
房倉靠背梁
房倉三梁
斷水梁
舡門梁
堂
右廒堂

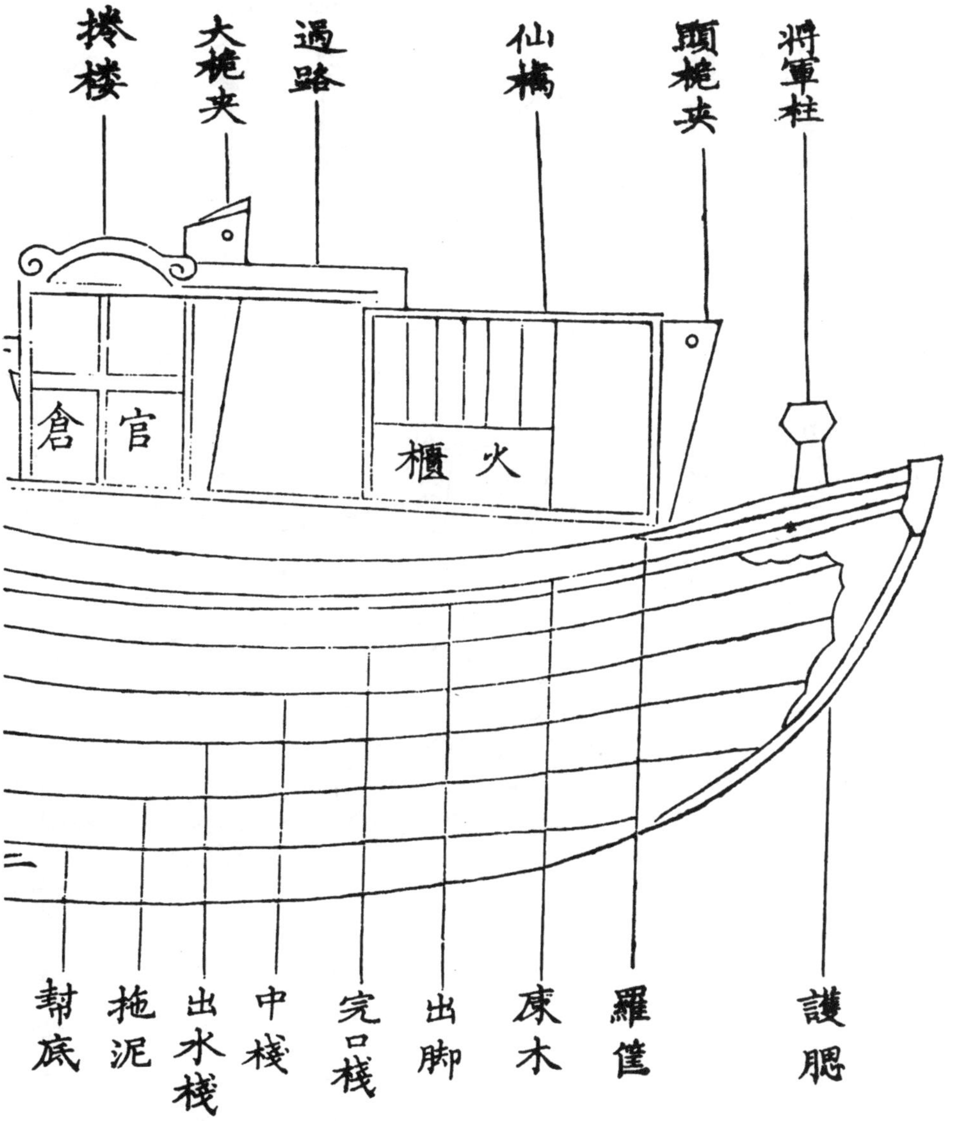
將軍柱
頭桅夾
仙橋
過路
大桅夾
捲楼
官倉
火櫃
護腮
羅㑺
康木
出脚
完口棧
中棧
出水棧
拖泥
幇底

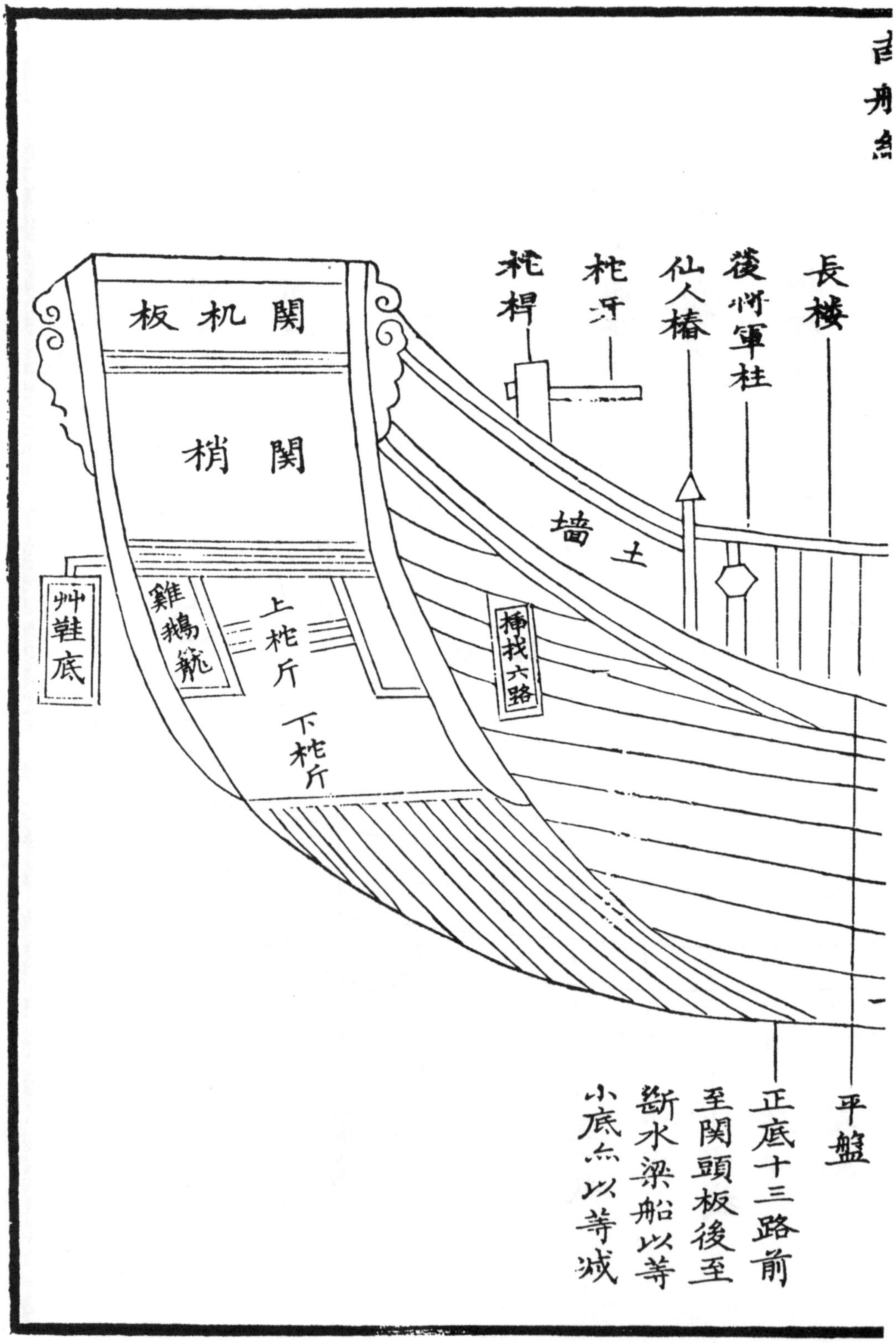
長樓
後將軍柱
仙人椿
柁桿
關机板
關梢
土墻
艸鞋底
上柁斤
下柁斤
插找六路
平盤
正底十三路前至關頭板後至斷水梁船以等小底亦以等減

南船紀卷之一

吴江沈啓子由著　八世孫守義重鐫

黄船圖數之一

夫舟之制創於尚象成於共鼓以濟淵浸之不通而考其制刳木之外無聞焉禮曰天子造舟諸侯維舟大夫方舟釋文曰造者艁也於是天子之舟有制與等矣然秦漢以還無所徵信豈江淮非巡幸之地而從橋之議固萬世人臣事君之道歟㓞詩曰造舟為梁由今觀之梁固橋也不然則歷代之定鼎非西北之陸即東南之偏或無事於斯及也乎若其太液積翠之漫游青雀黄龍之流蕩規模弘麗雖間有之義可

略也唯哉
聖祖建都南北備物制用而
御用黃船有四一曰預備備巡幸也二曰大三曰小四曰區淺備
薦新也巡狩者所以憂世勤民也薦新者所以敬
天尊
祖也而文典顧未之詳則夫宮殿車旗服飾鹵簿諸儀百度咸列
職掌而此獨可漫無所紀以垂厥後之稽憑哉是故圖之形
像以便效法析之度數以便量材條之因革以便考信別之
章程以便計功而所以辨物采彰等威定名分以昭
一代之盛以監百王之遺者皆是乎在他日修典禮者庶幾乎

其採擇去

預備大黃船

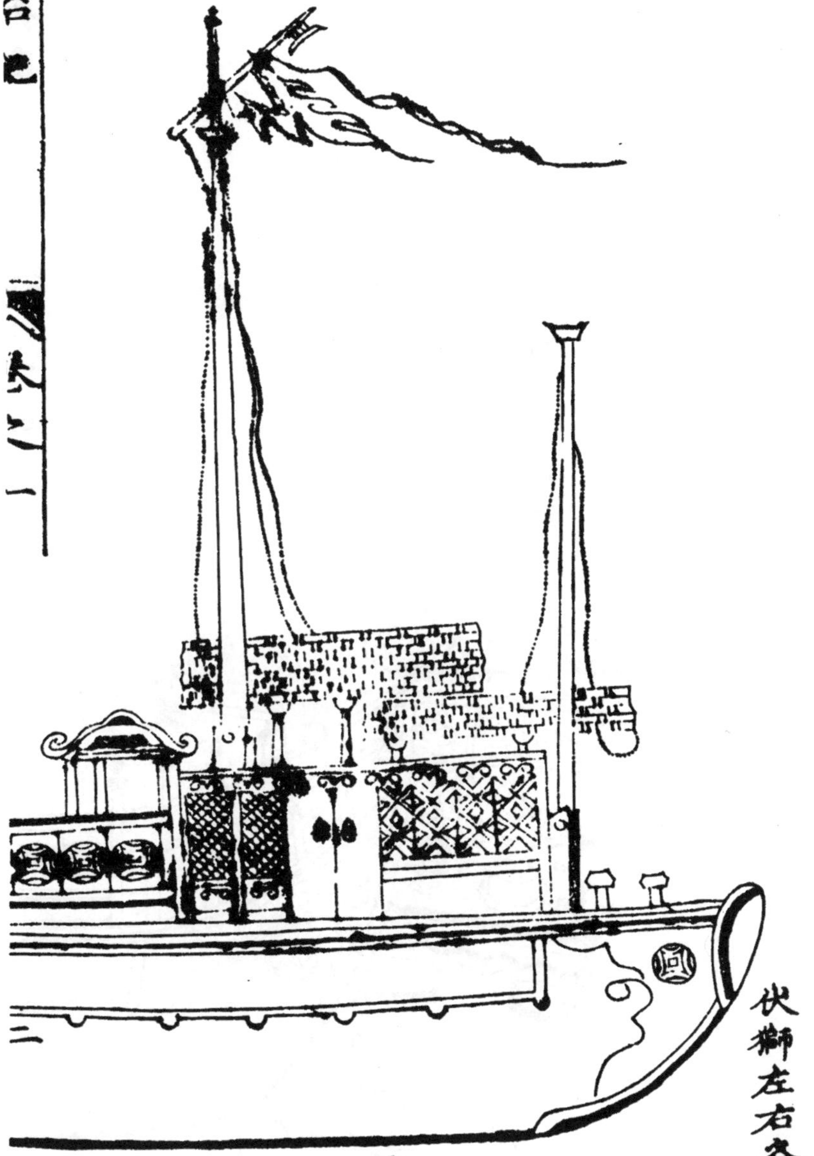

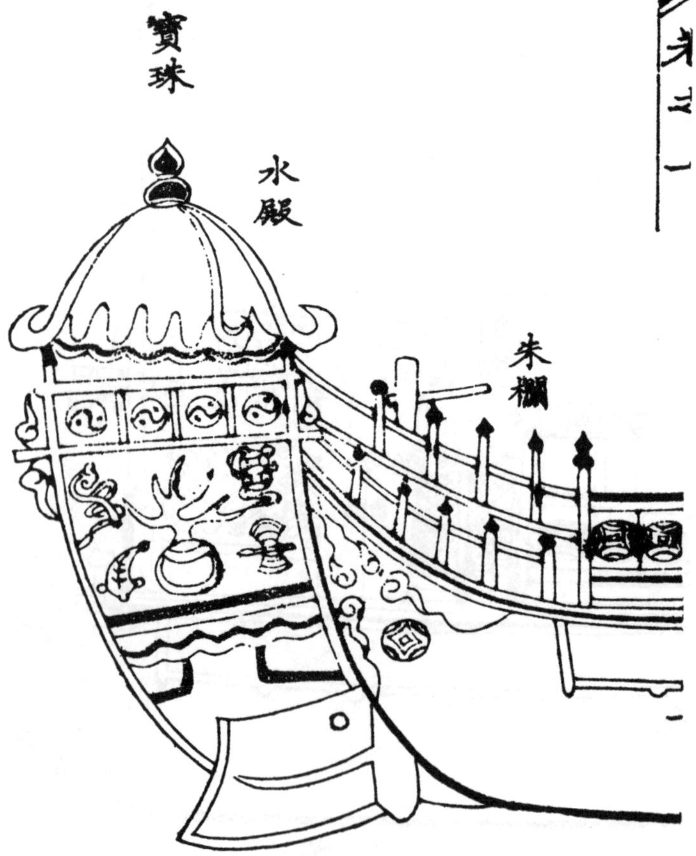

謹案　黃船而名預備者何備御用也御何用巡幸也何謂巡幸由周歷覽以省方而方皆存問曰巡所幸有急或微民所民皆職掌回幸盡自闢闢以來封建列國而巡幸轉爲故典於虞載於夏遷於周

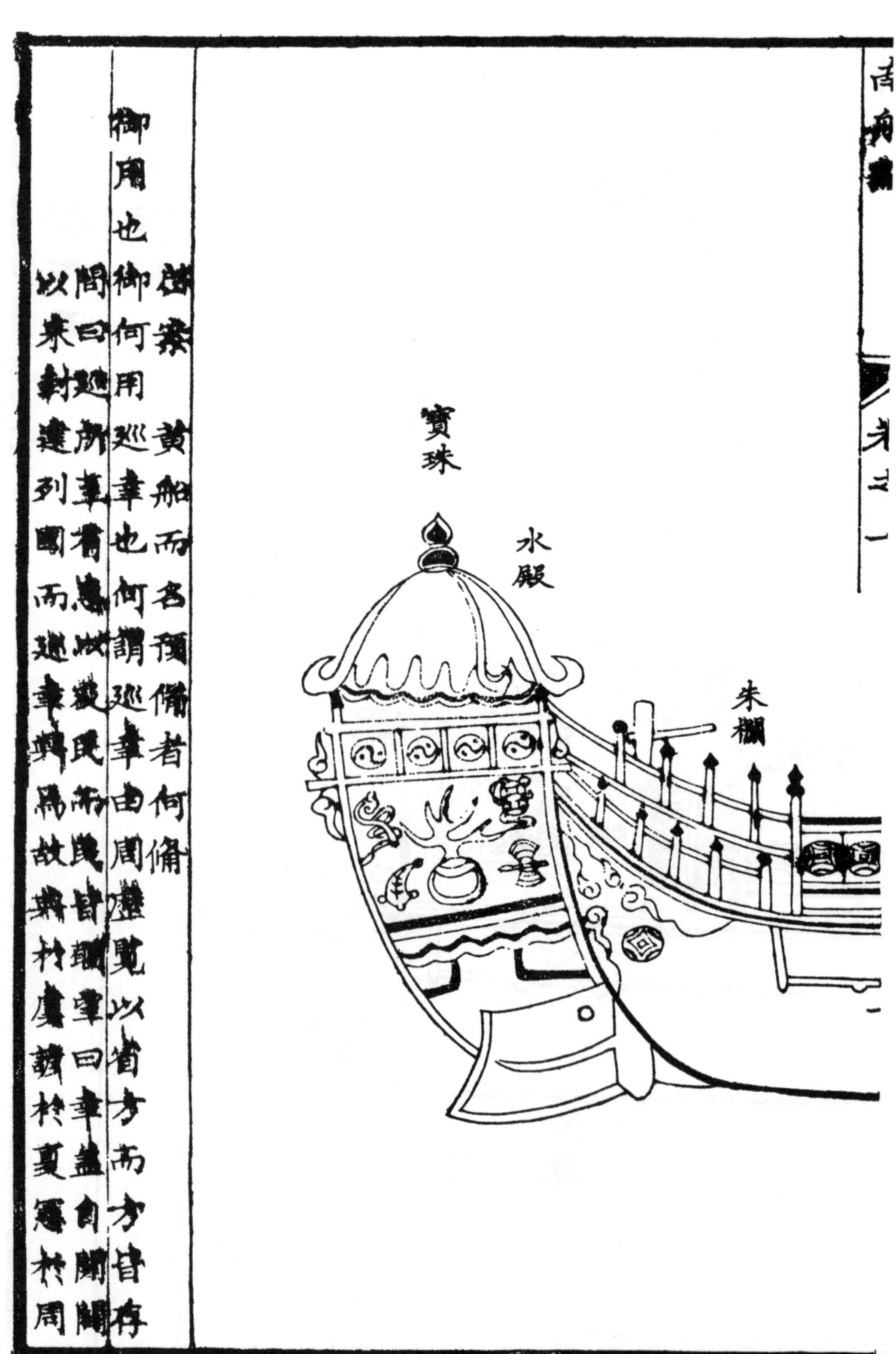

官執慶賞刑威之公以臨萬國所以同度正朔所以命
德討罪所以推存固亡所以保艾植孤秩乎親侯比民
之道昭然矣寐寤千載船斯創見誠
祖宗真見往聖親天下之心直欲偏神河志海而撫訊之以顯夫
為比之公也乎二百年來未見行事豈懲錦帆之荒唐
八駿之寥廓有不足事也不然或古今不相及有不必
其迹之同者矣何則自秦裂郡縣寓吏流官無私土子
民之固朝不職者朝輒易之不俟興師致討而天下無
不貢之土不率之民欲從而令趨也奚庸親狩為哉歷
漢而元非無慕古者之議及也道不行也不行而强行
之或誅長吏之不支民庶之不給者非制也間有酒食
萬帛之賜遭適而恵私豈展義之謂哉唯田租之半庶
為近之上共親民設教之意況馳道師從未必逢迎征
索之不逾其半也是故周官已有撢人行人之省後世
因之而觀使之遣監訪之遣代不能易所謂變則通通
則久道之趨也其尚矣乎恭唯
聖制監古酌時歲遣御史巡而按之又設都御史巡而撫之豸繡
壁讒侯度之飭也熊輿問俗民隱之勤也
駕鑾不出而旬宣之化無所弗届矣然如傷之視心無窮也
船故存而不去蓋以為巡為幸可日可時司牧者毋得

肆於民上而謂君門之萬里也此明堂之所以不毀也與是以其材之良也木選川杉盡之任也底径五寸制之興也金殿黄章費之繁也無慮千百數之倫也恒以十計夫船十也而式一也將不嫌於無別乎嘗聞龍輿鳳輦制有等威數有隆殺是或議禮諸司之未及也有能請定二船而尊其制一如丹駕之儀副其二者以備脩理其他悉從會典所謂大小有制者而殺之則名令嚴而朝廷尊上下辨而民志定矣易曰垂衣裳而天下治非此之謂乎船雖設而不御天下萬世之幸甚矣

頭一倉二倉各長四尺　三倉至六倉各長三尺八寸

七倉至十一倉各長四尺二寸　十二倉至十五倉止各長四尺　虗頭長一丈二尺五寸　虗稍長一丈二尺

共長八丈四尺五寸濶一丈五尺

正底十三路長六丈濶一尺内十路厚三寸五分三路五寸五分幫底二路長六丈二尺濶一尺二寸厚四寸

拖涯二路長六丈四尺闊一尺二寸厚三寸五分　出水棧二路長六丈八尺厚四寸闊一尺五寸

中棧二路長七丈二尺厚二寸七分闊一尺三寸　完口棧二路長七丈六尺厚二寸五分闊一尺四寸

插找六塊長二丈闊一尺二寸厚二寸五分　出脚二路長八丈四尺五寸厚三寸

廒堂四路長七丈五尺闊一尺厚二寸五分　裹口二路長七丈五尺闊一尺厚四寸

側口二路長二丈七尺闊一尺厚三寸五分　火櫃側口二路長二丈四尺厚二寸五分闊一尺三寸

康木二路長八丈四尺五寸厚六寸五分　千斤板四塊長二丈五尺闊一尺厚二寸五分

伏獅頭一長一丈四尺圍四尺　梁十七座每座板四塊長一丈三尺闊一尺三寸厚二寸五分

累梁二路長一丈三尺方厚六寸　挽脚梁一塊長一丈二尺厚三寸闊一尺四寸

大桅面梁一長一丈五尺闊一尺五寸厚五寸　小桅面梁一長一丈二尺闊一尺二寸厚五寸

上下舵巾二塊長九尺五寸厚三寸闊一尺二寸　竈門梁板二長九尺厚二寸五分闊一尺二寸

關頭板十 長一丈一尺厚三寸濶一尺三寸

關稍板六 長九尺厚二寸五分濶一尺

大桅帆柏一 長二丈濶一尺二寸厚五寸

小桅帆柏一 長八尺濶一尺二寸厚五寸

拿獅二路 長一丈六尺方五寸

土墻二路 長二丈四尺濶三尺厚一寸八分

仙橋板二塊 長一丈四尺濶二尺四寸厚二寸

捲樓平盤板十二 長七尺厚二寸濶一尺二寸

龍骨四根 長五丈五尺方五寸

官樓老鼠橋四塊 長二丈四尺濶四寸厚二寸

草鞋底二路 長一丈六尺濶八寸厚二寸

平盤羅桂四路 長八丈四尺五寸濶八寸厚一寸八分

鋪頭板六 長一丈一尺濶一尺厚二寸五分

鋪稍板四 長一丈二尺濶一尺厚二寸五分

長樓頂板七 長二丈七尺厚一寸八分濶一尺二寸

當家木一塊 長九尺方厚五寸

将軍柱四 長五尺五寸圍三尺五寸

大桅夾二 長一丈四尺厚三寸濶一尺二寸

小桅夾二 長九尺厚二寸五分濶一尺

舵夾板四 長一丈五尺濶五寸厚二寸五分

順水板四長二丈六尺闊七寸厚三寸　杠板八長二丈六尺闊三尺厚一寸五分

浪槽板八長三丈厚一寸五分闊二尺　長樓日晒鎖伏板十五長七尺闊一尺二寸厚二寸

仙橋鎖伏板二十長五尺闊一尺二寸厚二寸　水槽十根長一丈五尺方一尺

雞鶩籠鎖伏二十長三尺厚二寸闊一尺二寸　孟頭鎖伏二倉五塊長五尺五寸厚三寸闊一尺二寸

三層鎖伏八倉每倉用板八塊長四尺闊一尺二寸　櫓踵板十六長七尺厚二寸五分闊八寸

舵編板八長六尺闊一尺二寸厚二寸　脚跳板二長二丈五尺厚三寸闊一尺三寸

篷架四座

以上共用川杉木　十　根　圍四尺長四丈者十根　圍三尺五寸長二丈八尺者　根

楠木　十　根　分　圍四尺長二丈者　十　根　圍三尺五寸長一丈八尺者　根

杉木連二枋　十　塊　分

杉木連三枋十塊分

有舊料減三分

櫓十張杉木五根（圍二尺五寸長二丈五尺）　大桅川杉木一根（圍四尺五寸長五尺五寸）

杉條木旗哨招杆三根（圍一尺長二丈）　頭桅川杉木一根（圍三尺長四丈）

榆木舵桿一根（圍三尺長一丈八尺）　杉條木蓬秤杠四根（圍一尺長二丈）

舵牙關門棒櫃木一根（圍一尺五寸長二丈）水戧雜木二根（圍一尺長二丈）

水撅　榔頭　羊頭

火櫃柱子八根（內二根長九尺六根長六尺見方四寸五分）

箍頭地脚枋十二根（四根長一丈八尺濶六寸厚五寸八根長九尺濶六寸厚五寸）

麻力槽枋三十六根（內四根長九尺三寸二根長六尺濶三寸）

照面弁内裝坂四槽長五尺二寸濶八尺厚八分　左右裙板二塊濶二丈長二尺八寸厚八分

平摟樓柱四長六尺方四寸五分　箍頭地脚枋十長九尺五寸濶六尺厚五寸

長樓柱六長八尺方四寸五分　過梁三長九尺濶六尺厚四寸

左右柱四十長二尺七寸濶三寸厚二寸二分　掛枋二長二丈濶四寸五分厚二寸二分

地脚眉枋四長九尺濶六寸厚五寸　麻力板十六空每空濶四尺二寸長四尺五寸厚七寸

地平二十七扇長四尺五寸濶二尺七寸　長槅十八十扇長七尺五寸濶一尺九寸八扇長五尺五寸濶一尺三寸

短槅四十八扇長二尺七寸闊一尺九寸　平門六扇長五尺五寸濶一尺九寸

稍亭闌杆四根長二丈二尺方三寸五分　兩篙板四十八長三丈三尺濶一尺六寸厚八分

箍頭枋八長一丈闊四寸五分厚二寸二分　角梁押縫十二長九尺方四寸

連簷柱四長一丈四尺闊三寸厚一寸二分　座櫃一鋪板全濶九尺長三尺厚七分

鬪機板（濶九寸長二尺五寸厚七分）　長短花板十八塊

受帶五十四條　荷葉六

角雲四　屛風床一

膳桌二　面架一　衣架一　圓爐架一

金鑪架一　鼓架一　御伏架一　御伏一對（以上俱朱紅）

連椅二（金漆）　旗櫃一　扶梯四　盖鍋二

擋衆二　東净櫃一　膳桶二　浴盆一

面盆一　脚盆一　吊桶一（以上俱朱紅）　札板一

膳桶二　浴盆一　脚盆一　净桶一

水挽一　戽斗一（以上俱金漆）

以上共用杉木連三枋　塊　分

杉木連二枋　十　塊　分

楠木二根圍四尺長一丈八尺

榆木一根圍三尺長二丈

魚線膠一斤

油艌底樓　桐油八百斤　石灰一千六百斤　白麻六百五十斤

鉄器

猫二口　鍋二口　灶二座

火盆一　挽子二口　鎖一把

槁鑽十　攀胸一條　舵箍一道

櫓脚圈四　上馬圈二　妝蓬圈二

跳板圈四　罩梁圈八　鉄水管二

篐頭圈一　吊桶圈一　鼓鈎四副

棗核釘二百　大小釘六百斤　舵串釘二根

舵搭腦一條　桅倒鏁一副　膳桶圈八箇

金架鈎一副　桌子插肖二副　擋衆圈一副
燈籠圈二副　燈籠架二副　鼓砲釘六百
净桶箍三道　面桶箍一道　舵桿箍一道
面梁鉄葉四條　千金二十二箇　桶箍三十一道
前後鎖伏圈五　累梁倒環二副　稍亭倒環四副
稍亭插肖五根　大鼓鉄圈五道　小鉄圈四十副
膳桶柱十六根　老鸛嘴五十副　手焰燭剪二副
稍亭砲釘二百　卓牙小釘五十　攀頭小釘五十
旗櫃小釘五十　旗櫃事件一副　膳桶箍十五道
厍斗小釘三十　燈籠護燭二副　小脚盆箍三道
腰子盆箍三道　金漆盆箍三道　火櫃了吊一副
連椅定絞四副　上下抱桅葉八條
上下舵箍葉七條　上下舵中葉四條
環鋑四副脚子全　吊桶挽子箍八道
順水鉄葉三十二條　桅箍小釘一百三十
雞骨栓四根長九寸重三斤
攀頭二條長七尺濶四寸重十八斤
桅栓四內一長三尺重二十斤二長二尺五寸重十五斤
青篁竹八百五十根　猫竹七根五分　黃藤一

風蓬二扇

百斤　箬葉一百二十根　棕毛一百七十斤

稍亭篾簞一　蓬衣一

繂簹二　八披二　繫水四（共青水竹一千七百根）　龍笛一（苦竹一根）

篾絲燈籠二　鼓盖一　旂杆二（猫竹槍頭貼金）　官倉兩篛二

棕猫纜二　頂纜二　繫水四　度繂三

吊舵二　櫓綳十　挖桅二副（共二十一條共棕毛八百斤）

大桅繂索　縴簹二　頭桅繂索　籠頭二

都管二　上馬索一　銃蓬減蓬（各二）　旗綫一（共白麻四百五十）

大黃綃旗一（黃綵帶一）　黃綃小招旗二　青布紅雲亭衣一

青布兜稍二（每件三副）　稍亭布蘸一　火櫃青布幃二

長樓幃二　官倉青布蘸二

白綿布十八疋　青絲綿四兩　黃生官綃八疋

黃絲綿二兩　白麻四十斤　紅絨五兩

明礬一斤　蘇木六兩　槐花三斤

靛花九十二斤　猪胰子一斤　挽缸灰六十二斤

紅纓頭一　茜紅火把纓二斤　紅真皮三令　生净水牛皮三分　生絲右線六錢

花鼓一面　杖鼓一面　生血水牛皮一張五分　樟木一段圍三尺長八尺

銅金一面　銅鎖七全匙鑰　杖鼓鉤

響銅十五斤　木炭一百斤　黃熟銅十六斤　硼砂一兩　紅銅五斤

杖鼓絛　笛結子　椅穿　青綿紗二斤八兩　絲線八兩五錢　大紅熟　綠絲線三

錢釘槅　花錫八兩　猪油八兩　蜊殼六十斤

油飾　桐油一百斤　中白綿五兩　石黃三十斤　二硃八斤　白麪六斤八兩　土子三升

瓦灰一斗八升　密陀僧六兩　生漆四十斤　黑煤五斤　水花硃六斤四兩　水膠六斤

銀硃紅土各五斤　光粉二十斤　畨硃點漆各二斤
黃丹二斤十兩　香油四斤　苧布一丈六尺

綵畫
銀硃二斤　二硃二斤　光粉三斤
墨煤一斤四兩　水膠三斤　三綠二斤八兩
合綠斤十二兩　籐黃二兩　枝條綠三斤
澱花青五兩

粧鑾
金箔六十貼　苧布五疋
熟漆十二兩　生漆二斤

抹金
金箔十三貼

鑄竈
生鉄一百十九斤　稻皮一百十九斤
麥穏一百十九斤　木炭一百十九斤
烌炭一百十九斤

本船諸料共該銀　百　十　兩　錢　分　釐　毫內
如有舊木釘三分扣除實銀　百　十　兩　錢　分
釐　毫

工食銀　十　兩　錢　分

大黃船圖

啓伏讀兵部奏准榜文知南京大黄船者皆以供本部之器貢如曰戧金硃紅大小膳盒曰硃紅竹絲盒曰大單盒曰茶餅桶湯桶曰方箱曰蒸籠曰連椅曰水沿卓曰茶架曰行曰養

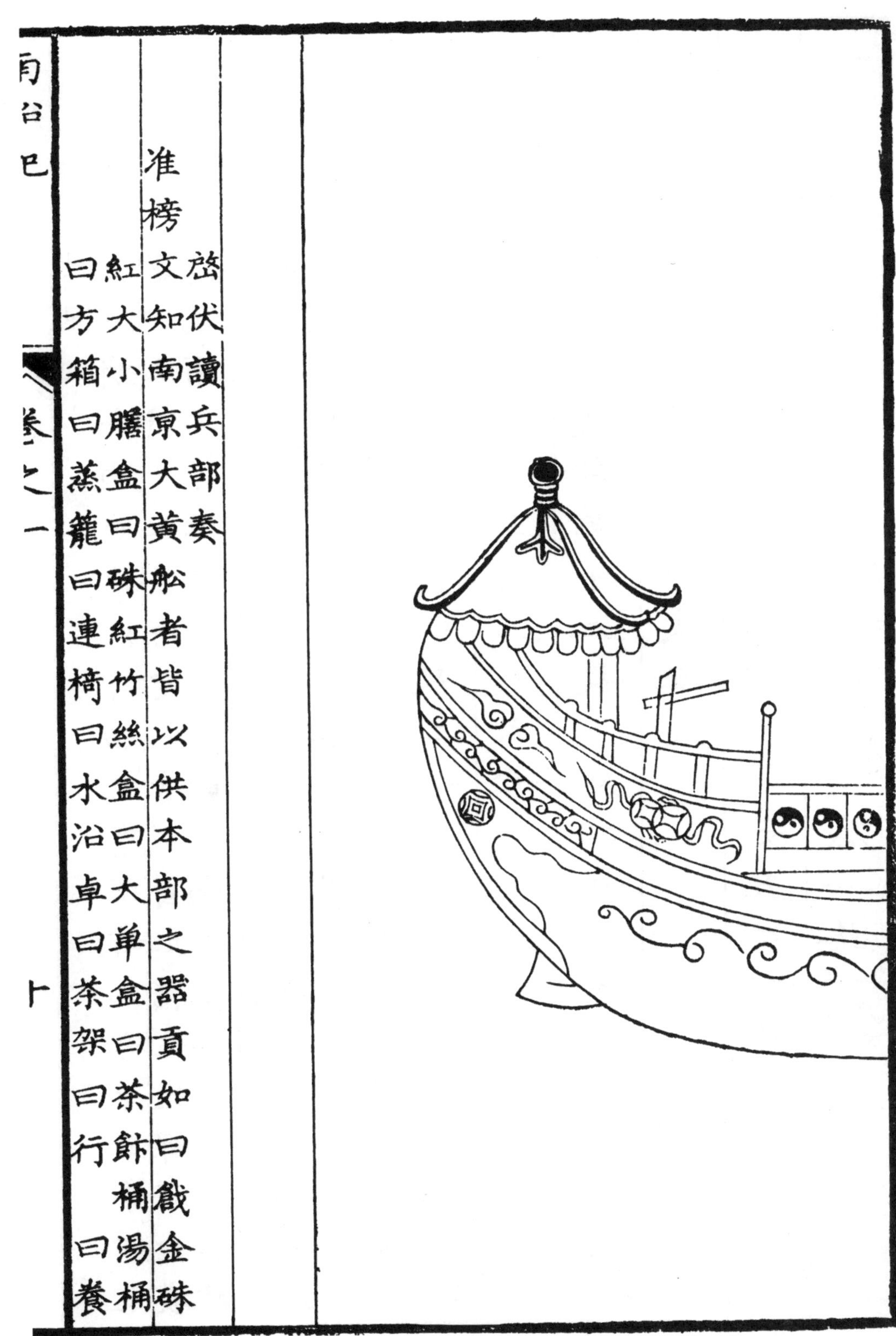

牲匣曰

御伏黃紅銷金油絹單袱計船之應用者凡有十五今船之數亦止於十五蓋謀定而責成者也稽之光祿膳盒歲造萬有二千北工辦八千四百南工辦三千六百嘉靖八年奏裁一千五百有奇九年減五百有奇節今所供特一千三百八十有二故船亦僅此而足毙乎損上益下民悅無疆自上下下其道大光

國家月裁日省無非節用以裕民也大光之道豈有疆哉

頭倉至十一倉各長四尺二寸　房倉第十二長三尺二寸　房倉第十三長三尺六寸　八尺倉第十四長三尺四寸　八尺倉第十五長三尺四寸　厓頭倉長一丈二尺五寸　厓稍長一丈三尺

共長八丈五尺三寸濶一丈五尺六寸

正底十一路（長六丈零五寸濶一尺二寸厚二寸五分）　幫底二路（長六丈一尺濶一尺厚二寸）

拖泥二路長六丈三尺闊一尺厚二寸

出水棧二路長六丈五尺闊一尺三寸厚二寸

中棧二路長七丈闊一尺五寸厚二寸

完口棧二路長七丈五尺闊一尺五寸厚二寸

插找左右板六塊長一丈八尺闊一尺二寸厚二寸

出脚二路長八丈六尺闊一尺一寸厚二寸五分

廒堂六路長六丈五尺闊一尺厚二寸

官倉側口二塊長三丈二尺闊一尺五寸厚三寸五分

火櫃裏口二路長二丈五尺闊八寸厚二寸五分

千斤板二塊長二丈五尺闊一尺一寸厚二寸

康木二路長八丈六尺闊六寸厚三寸

伏獅頭一長一丈一尺圍三尺五寸

一字梁板二路長一丈厚五寸

挽脚梁一長一丈二尺闊一尺四寸厚三寸五分

梁十六座每座板五塊長一丈三尺闊一尺三寸厚二寸五分

大桅面梁一長一丈五尺闊一尺四寸厚五寸

小桅面梁一長一丈四尺闊一尺二寸厚五寸

將軍柱面梁一長一丈闊一尺二寸厚五寸

竈門梁花板三長一丈二尺闊一尺一寸厚一寸八分

閘頭板十長一丈一尺闊一尺二寸厚二寸五分

關稍板七長九尺闊一尺一寸厚二寸　上下舵巾二塊長一丈三尺闊一尺三寸厚三寸

羅桂平盤四路長八丈六尺闊九尺厚一寸八分　拿獅二塊長一丈六尺六寸厚五寸

左右土牆二路長二丈五尺闊二尺厚一寸八分　左右平盤二路長二丈五尺闊五寸厚一寸八分

草鞋底三長一丈八尺闊八寸厚一寸　老鼠橋弁平盤二塊長二丈五尺闊六寸厚二寸

龍骨四路長六丈五尺闊六寸厚四寸　仙橋二路長二丈五尺闊一尺五寸厚一寸八分

鋪頭板六長一丈二尺闊一尺厚一寸五分　鋪稍板七長一丈二尺闊一尺五寸厚二寸二分

長樓頂板八長三丈闊一尺一寸厚一寸五分　捲樓頂板五長七尺五寸闊一尺二寸厚一寸八分

平樓頂板五長七尺五寸闊一尺一寸厚一寸五分　將軍柱二長七尺圍三尺五寸

大桅夾板二長一丈四尺闊一尺三寸厚三寸　小桅夾板二長九尺闊一尺二寸厚二寸五分

帆柏大小二長七尺闊一尺三寸厚六寸　舵夾板四長一丈一尺闊七寸厚五寸

仙人樁二長五尺厚五寸　偃橋鎖伏板二十長四尺闊一尺厚二寸

盂頭鎖伏板四長四尺闊一尺厚一寸八分　中路鎖伏板二十長六尺闊一尺厚一寸八分

披水板二長一丈闊一尺一寸厚二寸　編舵板九長三尺五寸闊一尺一寸厚二寸

櫓椶六長五尺六寸厚三寸　櫓跳板四長六尺闊七寸厚二寸

脚跳板二

以上卷查楠木并板共折莫楠木十根

杉木　根圍三尺長三丈

有舊料減三分

櫓四張杉木二根圍二尺五寸長二丈五尺　頭桅杉木一根圍二尺五寸長二丈五尺

大桅杉木一根圍四尺五寸長五丈五尺　舵桿楡木一根圍三尺長一丈八尺

杉槁木十根 圍七寸長二丈

舵牙關門棒檀木二根 圍一尺五寸長一丈八尺

旗哨招杆杉條三根 圍一尺長二丈 水戧雜木二根 圍一尺長二丈

寶珠胡蘆桅餅玲璫 檀木一段圍二尺五寸長四尺 白楊一段圍二尺五寸長四尺

火櫃柱八 二根長九尺六根長六尺方四寸二分 腰枋六 二根長一丈四根長六尺方四寸

順𥱼地脚枋四 長二丈二尺闊六寸厚五寸 横順地脚八 長九尺闊五寸厚四寸

上下裙板前後臉面枋四 檣共闊七丈六尺長四尺五寸厚六分

平㯼樓柱四 長六尺方四寸二分 𥱼頭地脚枋八 長一丈闊五寸厚四寸

長樓柱六 長八尺見方四寸五分 過梁三 長一丈闊五寸厚四寸五分

掛枋二 長二丈二尺闊四寸五分厚二寸 柱三十六 長二尺五寸闊三寸厚二寸

長槅八扇長四尺五寸闊一尺八寸　短槅四十扇長二尺五寸闊一尺六寸

兩篛板四十長二尺八寸闊一尺七寸厚六分　麻力板十二空闊三尺二寸長三尺厚六分

平門五扇闊一尺八寸長五尺　地平二十四扇長四尺闊二尺六寸

麻力槽枋弁挨地平枋六十根長四尺闊三寸厚二寸

稍亭柱四長七尺方五寸　箍頭枋八長一丈闊四寸厚二寸

角梁押縫八長九尺方四寸五分　闌杆四根長二丈二尺方三寸

角雲四　受帶　花板

御仗一對　御仗架一　金架一　扶梯四

以上共杉木　根圍二尺五寸長三丈　有舊料減三分

油艌身底桐油四百十二斤石灰八百二十五斤　黃麻四百十二斤

鐵器　千斤四個　櫓脚環四　上鳥圈二　纜頭圈一　篙鑽十箇　累梁圈八

擋衆圈一副　金架鉤一副　攀頭二條長七尺重十二斤　萬字鉤六十重十五斤

稍亭插肖五　老鸛嘴五十副　拐棒鉤四十重二十斤　旗櫃戽斗小釘五十個

累梁倒鏍二副　大小鉄釘　大楄攦錫小砲釘二千四百　小楄攦錫小砲釘共八千

風蓬二扇　青篁竹一百根　棕毛二十五斤　蘆柴五十束　黃藤五十斤

繫水二　牽䉶一　八披二　青水竹　一千根

稍亭篾䉶九扇　青篁竹七十根　黃藤十斤　毛竹七根

棕毛頂纜二　繫水二　吊舵一　度繂一　共棕毛　五百斤

麻旗線索二　都管二　絍䉶一　繂索二　共白麻二百　五十五斤

黃絹旗一　號帶　一　青布幃二　青布亭衣一　闊白綿布七疋　青絲綫五錢

黃生官絹二疋一丈八尺　黃絲綫二錢　槐花五兩　明礬八兩　蘇木四兩　靛青二十斤

紅纓頭一　紅鹿皮一分五厘　生狰水牛皮一分五厘　茜紅火把纓二斤　金鎗頭　金葫蘆

鼓一面　銅鈸黃熟銅一斤五兩　釘槅蜊殼六十四斤

油畫　桐油二十五斤　銀硃四斤　二硃四斤　畨硃八兩　紅土三斤　三碌一斤

石黃七斤　枝條碌一斤　藤黃二兩　靛花青三兩　黃丹一斤　密陀僧四兩

墨煤二斤　光粉十一斤　水膠四斤

貼金　金箔十貼　麩漆五兩

本船諸料該價銀　百　十　兩　錢　分　釐　毫

有舊料減三分

實該銀　百　十　兩　錢　分　厘

工食銀 十 兩 錢 分 厘 毫

小黄船圖淺黄船同

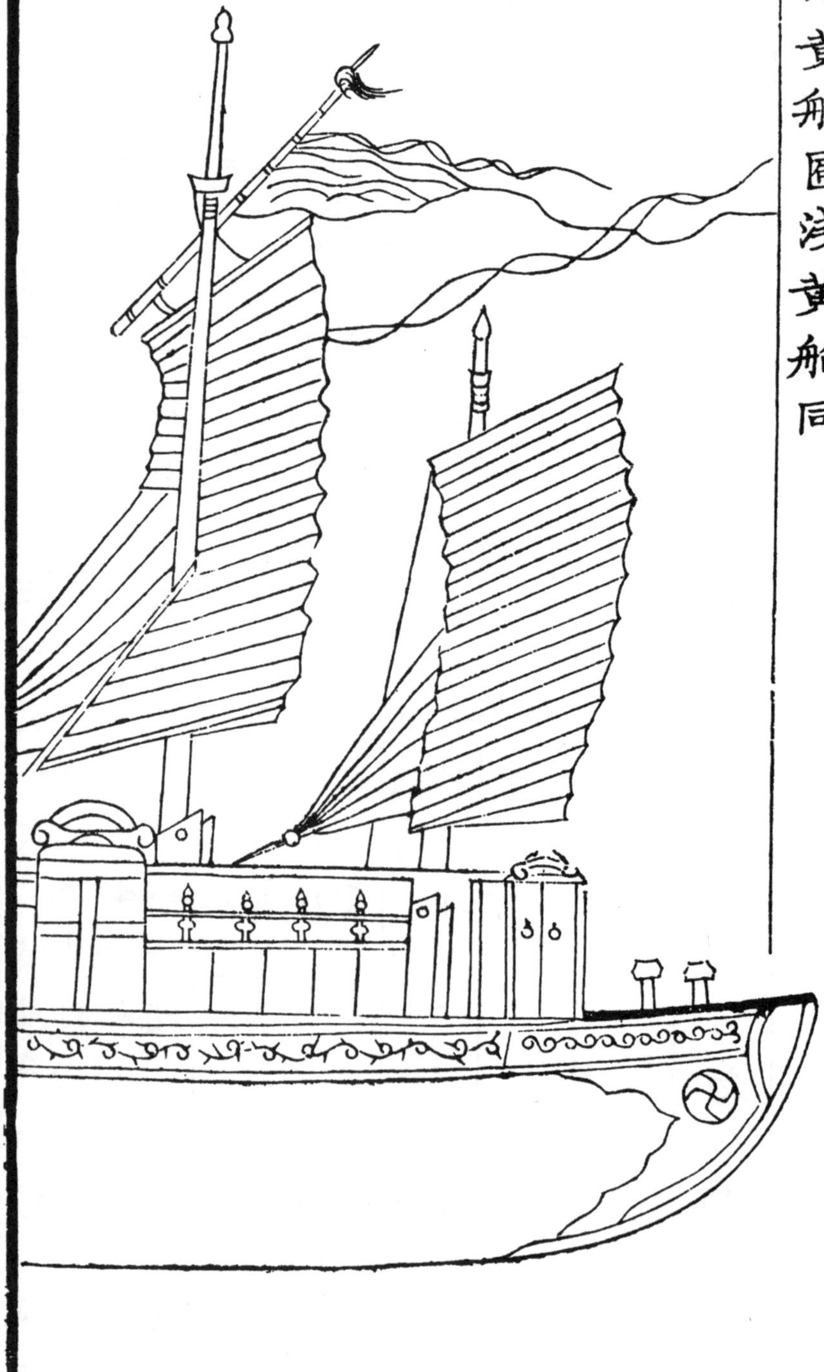

叅按　黃船而曰小曰匾淺者取其小且輕也小且輕則式與法俱殺矣覆板去稍亭去盝康去雕鑾去給画去唯設色之黃與大船同川究其政供太常之進太常之進有八皆

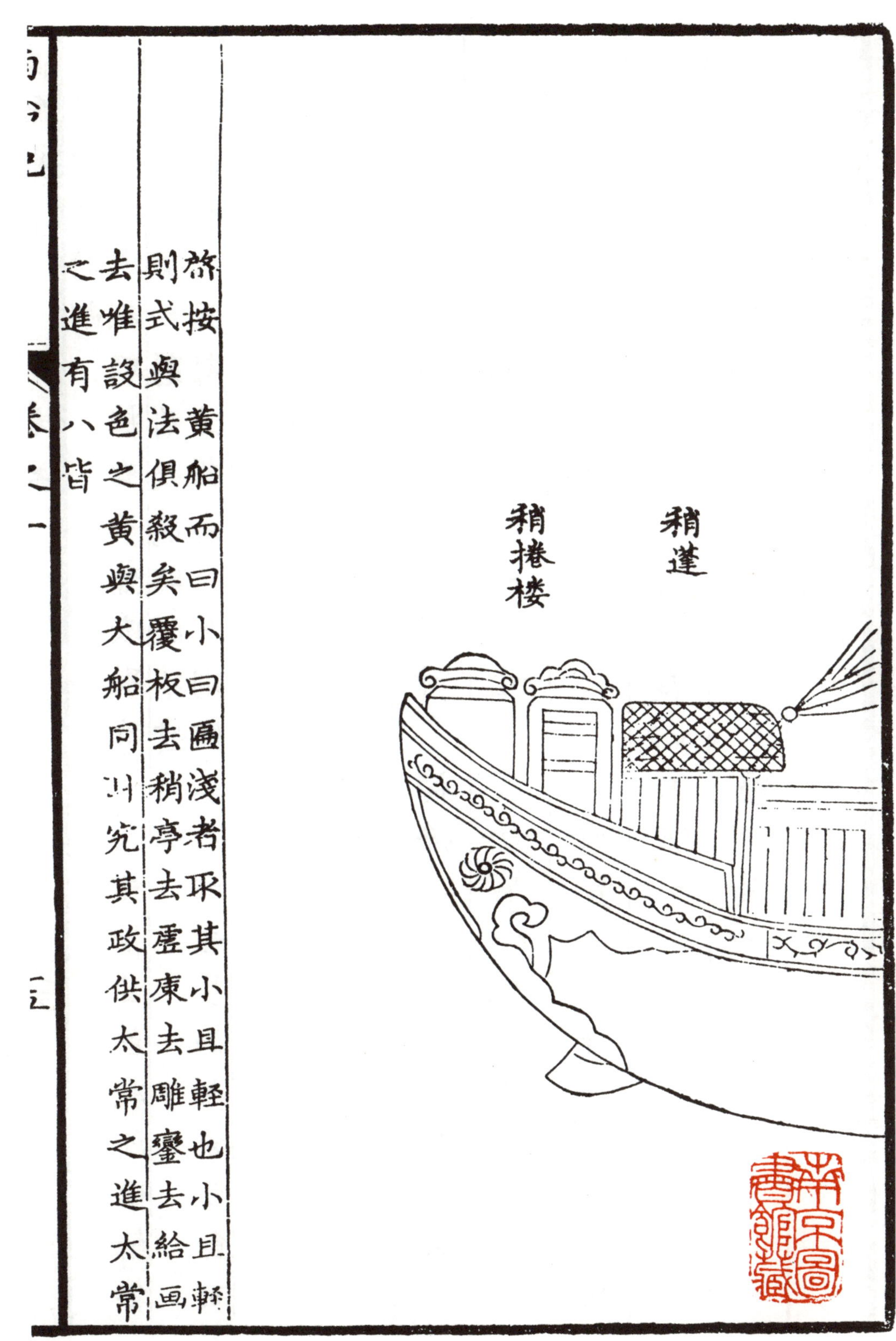

宗廟之時鮮
聖祖之定額耿牲唯子鵞麻果唯梅梨橙柑甘蔗麻蔬惟鮮笋
茭白馨香是薦晧假不違是以
御膳之器每劳裁節而出則惟正之供者翼如也菲飲食而
致孝乎鬼神斯孔
子曰吾無間然

頭倉長五尺　二倉長四尺

三倉至五倉長四尺五寸　桅後平樓倉六倉長四尺

捲樓倉第七長四尺五寸　官倉第八九長三尺

官倉第十十一長二尺五寸　私倉第十二十三各長三尺

稍後倉第十四十五各長四尺五寸

盧頭長一丈二尺　盧梢長一丈四尺

共長八丈三尺濶一丈六尺四寸

正底十一路 長五丈七尺五寸濶一尺二寸厚二寸二分

幫底二路 長五丈八尺厚二寸濶一尺一寸

拖泥二路 長五丈九尺濶一尺一寸厚二寸

出水棧二路 長六丈三尺厚二寸濶一尺一寸

中棧二路 長七丈八尺厚二寸二分濶一尺二寸

完口棧二路 長七丈五尺厚二寸濶一尺一寸

出脚二路 長八丈三尺五寸厚二寸五分濶一尺二寸

厫掌六 長六丈濶一尺一寸厚二寸

插栈左右四塊 長一丈五尺厚二寸濶一尺四寸

側口二 長二丈五尺濶一尺四寸厚二寸

火櫃裏口 長三丈五尺濶五寸厚二寸

千斤板二 長二丈濶一尺一寸厚二寸

康木二路 長八丈三尺五寸濶六寸厚三寸五分

伏獅頭一 長一丈一尺圍三尺五寸

稍伏獅一 長一丈圍三尺

將軍面梁一 濶一尺一寸厚二寸五分

大梔面梁一 長一丈五尺厚六寸濶一尺四寸

小梔面梁一 長一丈二尺濶一尺二寸厚五寸

梁十六座 每座用板五塊各長一丈三尺濶二尺厚二寸

上下舵巾二 長一丈三尺厚二寸五分闊一尺一寸

關頭板十　長一丈五寸闊一尺二寸厚二寸五分

關梢板七　長一丈闊二尺厚二寸

灶門梁花板四　長九尺厚二寸闊一尺二寸

挽脚梁一　長一丈三尺厚三寸闊二尺四寸

鋪頭板四　長一丈一尺厚二寸闊一尺二寸

鋪梢板七　長一丈三尺五寸闊一尺四寸厚一寸八分

左右土墻二路　長二丈五尺闊二尺五寸厚一寸八分

土墻平盤二路　長二丈五尺闊六寸厚一寸八分

羅桅平盤四路　長八八三尺五寸闊六寸厚一寸八分

拿獅二塊　長一丈八尺闊七寸厚五寸

龍骨四路　長五丈七尺闊七寸厚三寸五分

草鞋底二塊　長二丈厚二寸闊一尺

平樓頂板五　長七尺五寸闊九寸厚二寸

長樓頂板七　長二丈四尺闊一尺二寸厚二寸

捲樓頂板五　長七尺五寸闊九寸厚二寸

稍樓頂板十一　長九尺厚二寸闊一尺

火櫃仙橋二路　長二丈三尺厚二寸闊一尺三寸

長樓老鼠橋四　長二丈四尺闊四寸厚一寸八分

大桅夾二　長一丈四尺厚二寸五分闊一尺三寸

小桅夾二　長九尺厚二寸五分闊九寸

將軍柱二長七尺圍三尺五寸　大小帆柏二共長六尺厚三寸濶一尺二寸

鎖伏十四塊長六尺濶一尺一寸厚一寸八分　中路鎖伏十五長六尺濶九寸厚一寸八分

盂頭鎖伏三長四尺濶一尺一寸厚一寸八分　稍後倉鎖伏八長五尺厚一寸八分濶一尺

披水板二長一丈濶一尺二寸厚二寸五分　櫞跳板四長六尺闊六寸厚二寸五分

櫓梭四長五尺厚五寸濶五寸　舵編板四　脚踵板二

以上共用楠木

連二三板枋共折楠木十根

杉木　根圍二尺長三丈　有舊料減三分

大桅杉木一根圍三尺三寸長四丈五尺　小桅杉木一根圍二尺五寸長二丈五尺

蓬秤扛四圍一尺長二丈　櫓四張杉木二根圍二尺五寸長二丈五尺

水戧雜木一根圍一尺長二丈　杉槁木十根圍七寸長二丈

舵桿楡木一根圍二尺五寸長二丈八尺　舵牙關門棒檀木二根圍一尺長一丈

旗哨招干杉木二根圍一尺長二丈

桅餅玲瓏仙人掌檀木一段圍一尺八寸長四尺三寸白楊木一段圍一尺八寸長三尺

火櫃柱十長八尺五寸方四寸　腰枋七長四尺五寸方四寸

兩篙弁照面土空闊四丈長七尺厚七分　掛枋二

平捲樓柱六長一丈闊六寸厚五寸　長槅八扇長四尺五寸闊二尺

順箍枋二長一丈三尺闊五寸厚三寸　橫順過梁地脚枋六長九尺闊五寸厚三寸

長樓柱二長八尺方四寸　過梁一

間枋三十長二尺八寸闊三寸厚二寸　前後掛枋六長二丈二尺闊四寸厚二寸五分

抱柱十二長六尺濶三寸厚二寸　短槅十八扇長二尺八寸濶一尺七寸

兩篛板十八各長三尺濶一尺八寸厚七分　平門十二扇長六尺濶一尺九寸

地平二十四扇長四尺濶二尺四寸

梢蓬柱十長六尺五寸方四寸　過梁一長一丈三尺濶七寸厚五寸

腰枋五長五尺濶三寸厚二寸　披水板八共濶三丈各長三尺厚七寸

扶梯一張　受帶三十四條　長短花板十四塊

以上共用杉木連二板枋　塊濶一尺二寸厚五寸長一丈四尺

楠木　根圍三尺長三丈

有舊料減三分

油艌身底桐油二百斤石灰四百斤　黃蔴二百斤

鉄器　千斤四箇　櫓脚鐶四　上馬圈二　累梁倒鐶二副
箍頭圈一　大小鉄釘　旗櫃扂斗小釘五十　攀頭二條長七尺重十二斤
累梁圈八　擋衆圈一副　拐棒鎖四十重二十斤　萬字鎖六十重十五斤
金架鈎一副　擺錫小砲釘五千二百

風蓬二扇　青筆竹一百根　棕毛三十斤　黃藤四十斤　蘆柴五十束

繂篷一　繫水二　青水竹四百四十根

棕頂纜一　繫水二　吊舵一　度繂一　棕毛二百五十斤

麻繂索二　都管二　縴篷一　旗線索一　黃麻二百斤

黃綃旗一　彌帶一　黃㲲官綃一疋　黃絲線五錢

紅纓一　茜紅火把纓一斤　紅鹿皮一分　生狰水牛皮一分

油畫桐油十斤石黃六斤銀硃二斤四兩光粉三斤靛花青二兩畨硃一斤藤黃二兩水膠三斤墨煤二斤二硃二斤黃丹一斤密陀僧六兩三碌一斤枝條碌一斤

鼓一面　釘槅蜊殼五十六斤擺錫砲釘二百　貼金金箔二貼　葫蘆金貼

本船諸料該價銀　百　十　兩　錢　分　釐　毫

實該銀　百　十　兩　錢　分　釐　毫

工食銀　十　兩　錢　分

　有舊料減三分

此係二百料船數其下有一百五十料一百二十料一百料九十五料八十五料凡五等當以漸減殺

戰巡船圖數之二

詩曰江漢浮浮武夫滔滔水之有戰周宣始之夫宣王中興淮夷醜類猶介中國之間此固不容不用武以殄滅夫類也今兹一統四夷来王守在邊陲善則善矣顧以江淮内地尚勤府庫以虞戰船之備何哉盖以留都根本重地東連海岱西控荆巴南襟閩越壯枕青徐天下之腹心王業之鎬京也小有震驚則四肢百骸之所從而謂安不忘危者肯為小費惜哉是故二百年来歳為戰巡船費者不下萬計制無不備法無不取如吴曰艅艎漢曰樓船戈船孫權曰艨衝鬭艦王濬曰大舩連舫隋曰五牙艦韓世忠曰海船虞允文曰海鰌

以至海鶻舴艋走舸遊艇飛雲飛虎飛烏飛江蒼隼野豬指南先登之類雖人各創新代非沿故會今全盛酌準以時是以其為有事之備也曰戰座船二百料戰船一百五十料戰船一百料戰船三板划船其為無事之習也曰巡座船巡沙船一顆印巡船九江哨船安慶哨船大勝關哨船輕淺利便船蓋戰船者鬬艦之遺哨船者游艇之變也因革相仍法象無舉比而觀之檣烏列陣江漢方池詎不謂有備無患所以待天下之變者周而不知潛銷默懾其寢天下之謀者弘矣遠畧訏謨誠九鼎鑄而神奸惧夫豈徒曰脩武云乎哉體制攸存統紀無次敬圖而述之以貽經制之盛

四百料戰座船

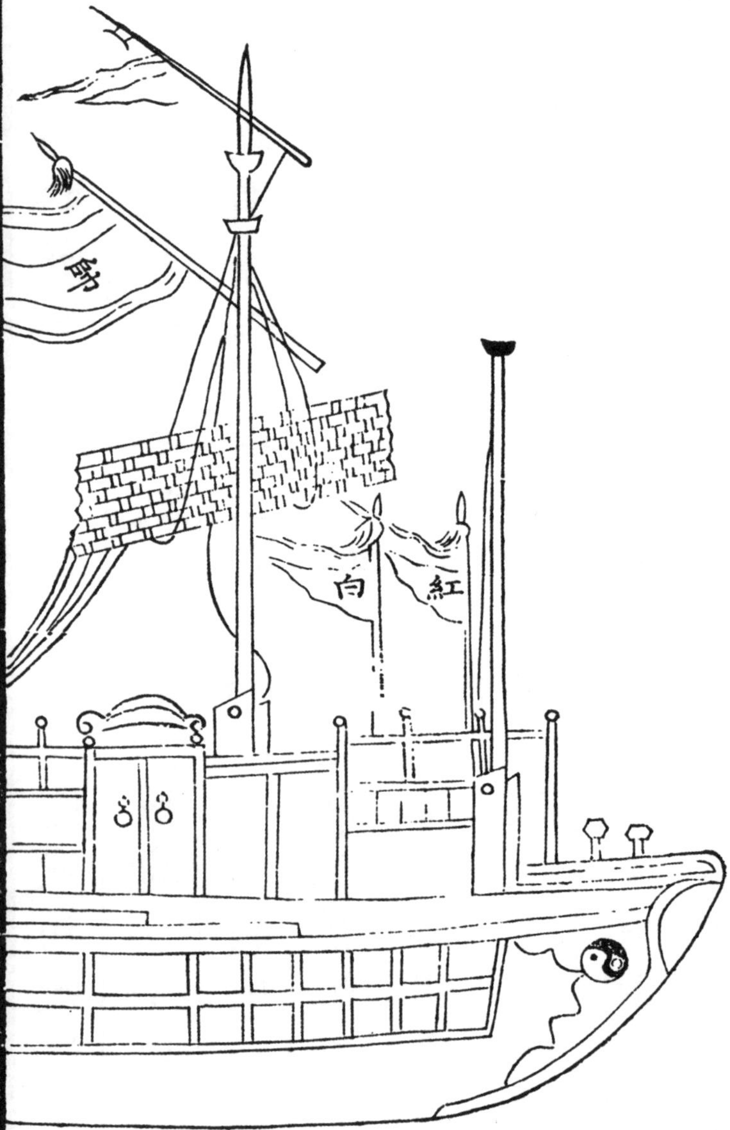

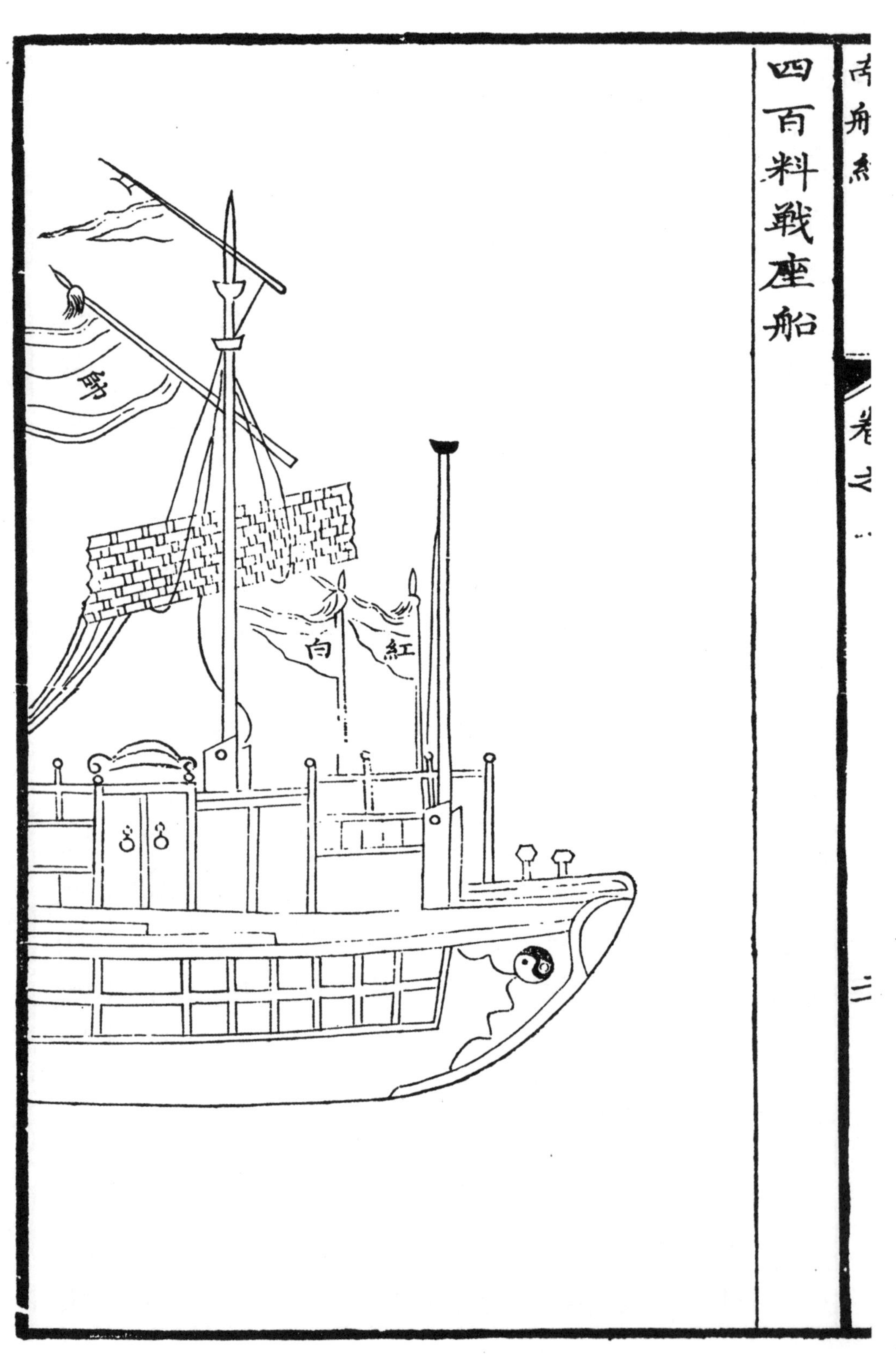

啓按戰船曰座卽邊營陸寨之帥幕也號令之所以整齊者是經畧之所以指示者是威靈之所以震耀者是窺伺之所以寢息者是規制其可以簡陋乎哉是故桅標大纛屯營以準猶翼方亭遠敵以覘舲舟中敞帷幄

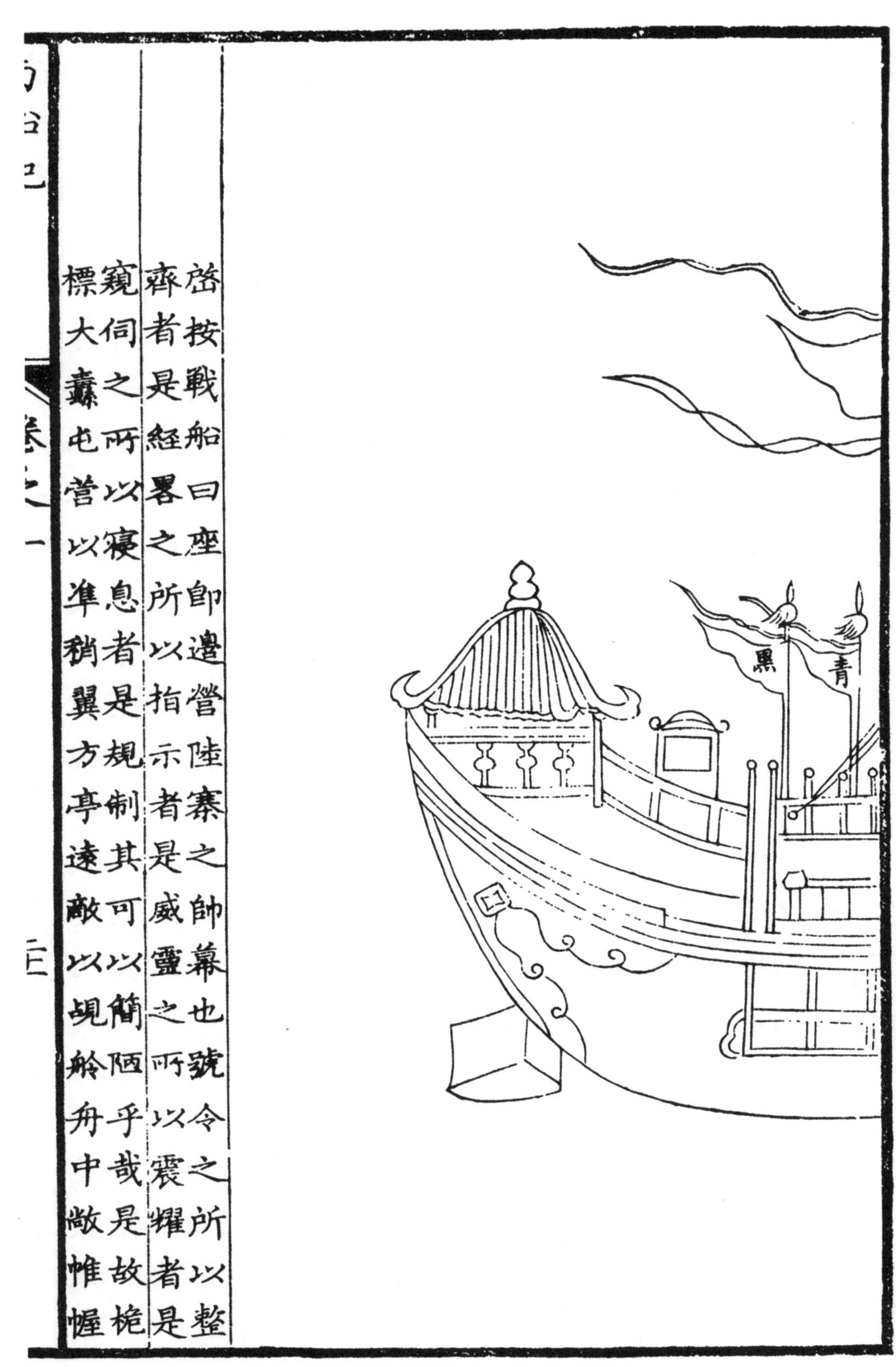

以尊艫雉外周矢石以捍艫艇齒列馳驟以騰浪板掌鋪奔窔以便弩穴矛窓攻擊以利要其律式殆樓船之軌範與夫樓船之爲器也大而雄堅而利用之驅浪乘飈正猶滄溟鯨運波濤駕旋轉之威霄漢鵬搏風雲鼓扶搖之勢有不戰而先奪人之心者矣此自古迄今所不能改稽其尺度頗爲適宜過此恐難爲馭善陣者毋令越其制云

頭倉長五尺五寸　二倉長四尺六寸

三倉長三尺五寸　四倉長二尺六寸

五倉長六尺五寸　六倉長五尺二寸

七倉官樓長三尺六寸　八倉官樓長三尺五寸

九倉官樓長三尺六寸　十倉官樓長三尺一寸

十一倉長四尺二寸　十二倉長四尺二寸

十三夾節倉長四尺五寸　十四座八尺倉長五尺五寸

虛頭倉長一丈一尺三寸　虛梢長一丈五尺五寸

共長八丈六尺九寸濶一丈七尺

正底十三路（長六丈五尺五寸濶一尺三寸厚三寸）　左右幇底二路（長六丈七尺厚二寸五分濶一尺二寸）

左右拖泥二路（長六丈八尺五寸濶一尺三寸厚二寸五分）　左右出水棧二路（長六丈九尺厚二寸五分濶一尺三寸）

左右插找二路（長三丈濶一尺三寸厚二寸）　左右出脚二路（長九尺三寸厚二寸五分濶一尺二寸）

左右中棧二路（長七尺濶二尺五寸厚二寸二分）　左右完口棧二路（長七丈九尺厚二寸濶一尺三寸）

左右厫堂二路（長七丈五尺厚二寸濶一尺一寸）　左右羅桂平盤四路（長九丈二尺濶九寸厚二寸）

左右側口二塊（長二丈五尺濶一尺四寸厚三寸）　左右裹口二路（長七丈厚五寸濶一尺）

左右康木二路（長九丈三寸濶七寸厚五寸）　閗頭板十塊（長一丈二尺厚二寸五分濶一尺三寸）

關梢板十塊長一丈厚二寸濶一尺
鋪頭板六長一丈一尺厚二寸闊一尺三寸
累梁二根長一丈五尺濶六寸厚五寸
左右土牆二路長三丈厚一寸五分濶四尺
左右土牆康木平盤四路長三丈五尺濶六寸厚二寸
將軍柱四箇長七尺圍三尺五寸
伏獅頭一長一丈四尺圍三尺五寸
長樓頂板九長三丈厚二寸濶一尺二寸
捲樓頂板七長一丈厚一寸八分濶一尺三寸
左右平盤四長一丈厚二寸八分濶一尺
火櫃頂板七長三丈厚一寸八分濶一尺三寸
老鼠橋前後八塊長三尺二寸濶五寸厚二寸
日晒横枋四根長二丈五尺濶七寸厚一寸五分
火櫃横枋四塊長二丈五尺濶七寸厚五寸
火櫃中路鎖伏二十長七尺厚一寸五分濶一尺五寸
盂頭鎖伏板八長六尺厚二寸濶一尺
櫓踠板十六長七尺厚二寸濶九寸
大桅夾二長一丈六尺厚二寸五分濶一尺四寸
小桅夾二長九尺厚二寸濶一尺
面梁一長一丈七尺濶一尺四寸厚六寸

小面梁一長一丈三尺濶一尺三寸厚五寸　梢頭頂板五塊長一丈二尺濶一尺厚一寸八分

上下舵巾板二長一丈二尺厚三寸濶一尺三寸　車關車耳長八尺厚五寸濶一尺

竈門梁花板三長一丈二尺厚一寸八分濶一尺二寸　挽脚梁一長一丈五尺厚四寸濶一尺四寸

大小帆柏二長九尺濶一尺三寸厚五寸　檣印子十六箇長二尺五寸濶六寸厚一寸五分

檣梭十六箇長五尺厚二寸濶五寸　一字梁一長一丈二尺濶六寸厚三寸五分

左右順擦板二長五尺厚一寸八分濶五寸　前後護腮四長五尺厚一寸五分濶一尺

各倉梁頭十七座每座用板五塊厚一寸五分長一丈五尺濶一尺二寸

舵夾板四塊長一丈二尺濶六寸厚二寸　護損八箇長三尺厚一寸五分濶一尺

左右狗腦十四長四尺厚三寸濶八寸　捶梁四根圍三尺五寸長二丈五尺

左右順水二路長四丈五尺濶九寸厚三寸五分　龍骨四路長六丈五尺濶六寸厚五寸

磨旗板六塊長四丈五尺厚二寸濶一尺二寸　編舵板九長四尺厚二寸闊一尺二寸

以上用楠木并板枋折楠木十根圍四尺長三丈

杉木十根分　蘆圍三尺五寸長三丈五尺

有舊料減三分

左右板浪槽日晒跳板鋪倉等松木九根五分圍四尺四寸長廿丈四尺

有舊料減三分

櫓十六張杉木八根圍二尺五寸長二丈五尺　舵桿楡木一根圍三尺長二丈

杉槁木十六根圍七寸長二丈五尺　頭桅杉木一根圍三尺五寸長四丈五尺

大桅杉木一圍四尺五寸長五丈五尺　梢杆杉木一圍一尺五寸長二丈

杉條木蓬秤杠四圍二尺長二丈　雜木水戧一根圍一尺長三丈

櫃木舵牙關門棒二圍一尺長一丈五尺五方旗大旗桿十六

裝修火櫃柱子八長六尺見方四寸

順地脚箍頭樓枋六根各長一丈八尺闊五寸厚四寸

横箍頭地脚五根長九尺闊五尺厚四寸左右裙板共闊四丈六尺長三尺厚七分

照面裝板三槽長五尺闊八尺五寸厚七分平捲樓柱四長六尺見方四寸

箍頭地脚枋十二長九尺闊五寸厚四寸抱柱枋十四根長五尺闊三寸厚二寸

長樓柱六根長八尺五寸見方四寸五分過梁三根長九尺闊五寸厚四寸

間柱三十四長二尺八寸闊三寸厚二寸掛枋二根長二丈闊四寸厚二寸

地平二十扇長四尺五寸闊二尺八寸

挨地平枋麻力槽枋六十長四尺五寸闊三尺厚二寸

麻力板十二空 每空濶四尺五寸長四尺厚七分 長槅子十六扇 長五尺濶一尺九寸

短槅子四十二扇 長二尺五寸濶一尺七寸 兩箱板四十二塊 長二尺八寸濶一尺八寸

房倉屏門四扇 長五尺濶一尺九寸

稍亭柱子六根 長七尺五寸見方六寸 左右裝板二路 濶二丈六尺高二尺六寸厚五分

横順箍頭地脚枋十二 長一丈濶四寸厚二寸五分

角梁押縫椽枋十二 長九尺見方四寸 幔頂板四空 濶二丈四尺長八尺厚七分

左右上下琵琶闌干二十四 長八尺五寸高二尺八寸

闌干長柱子十四 長七尺五寸見方四寸 過枋十四根 長八尺五寸濶四寸厚二寸

淨瓶短柱十六 長三尺五寸方三寸 神龕一座

角雲四箇 受帶三十四 長短花板十六

戽斗一箇　五方旗架一座　鼓架一座

扶梯七張　旗櫃一箇　銃桿三個

榔頭一個

器用座櫃床面一張長九尺高三尺上面鋪板闊九尺長二尺五寸厚寸

衣架一座　面架一座　水桶一隻　吊桶一個

浴盆面盆各一個　坐桶擡桶淨桶各一隻

以上共用杉木連二枋十塊　分長一丈四尺闊二尺二寸

杉木十根　分圍二尺五寸長二丈五尺

楠木一根四分圍三尺長一丈八尺　有舊料減三分

油艙船身底桐油七百斤石灰一千四百斤　黃麻七百斤

油飾彩画　三碌一斤　銅青六兩　合碌一斤　籐黃二兩　靛花青三兩　銀硃二斤

光粉念三斤　黃丹三斤　墨煤十二斤　桐油一百斤　水膠十二斤　蜜陀僧四兩

瓦灰二斗　紅土二十斤　白麪十斤

風蓬二扇　青篁竹四百根　棕毛八十斤　黃藤五十斤

牵篁繫水二條　青水竹七百根　竹挽二　鼓盖一

欆　猫頂纜四條　蓬脚索條　抱桅二副　度縴三條　檣綳十六條　共用棕毛七百七十斤　繫水二條

麻　箍頭一條　旗索二條　遊蓬索二條　迎篁條　都管二條　銃蓬索二條　走二三條　共用黃麻

二百四十斤　白麻三十斤

黃綃旗一面　紅黃號帶一條　黃布旗一面　藍號帶一條

五方綃布旗十四面　藍號帶一條　放銃旗一面　蔟放旗二面

催櫓黃絹旗二面　神龜黃絹帳一頂　轎衣一領青布

共用　白綿布十五疋一丈七尺　黃生官絹七疋　黃絲線七錢　青絲線一兩

染　槐花一斤　靛青二十斤　明礬一斤　五棓子一斤　挽紅灰二十斤　蘇木二兩

大紅纓三個　黑纓三箇　五方紅纓并旗

共用　生淨水牛皮　紅纓十二斤　紅鹿皮　黑纓十二斤　白麻線六兩

鼓一面　生血水牛皮一張　花錫一斤　樟木一段圍三尺長五尺　猪油一斤　蓋一箇

釘槅　蜊殼七十二斤　猫竹二根

鐵釘事件　大小鐵釘一千四百斤　鐵攀頭二條長七尺闊四寸十二斤

轎頂雲頭插肖四根　梢後聖堂曲鬢五副　官倉鐵葉子吊六副　闌干老鸛嘴四十副

麻骨釘四十箇　櫓脚鏍十四箇　櫓架鐵圈八個　櫓千斤十四個

鉄篙鑽十六個
舵搭腦一條長七尺闊四寸
舵桿箍一道　鼓架鈎四副
跳板圈四個　官倉地平圈八個
鉄挽子二把　旗櫃扉斗小釘七十個
五方旗鑽二十四個　桅倒鐶一副
梢亭用小釘一千
拐棒鈎七十個重三十五斤
萬字鈎八十個重二十斤
櫔子五十八扇内大十六扇每扇用擺錫蜊殼
砣釘三百五十個共五千六百箇
小櫔子四十二扇每扇用擺錫蛪殼釘二百個
共八千四百箇
桅餅玲瓏　稍亭寶珠一
纓頂葫蘆十四箇　寶珠十四　共檀木 共白楊
本船諸料共該銀　百　十　兩　錢　分　釐　毫内如

有舊料三分扣除實該銀　百　十　兩　錢　分　厘

毫

工食銀　十　兩　錢

二百料戰船圖

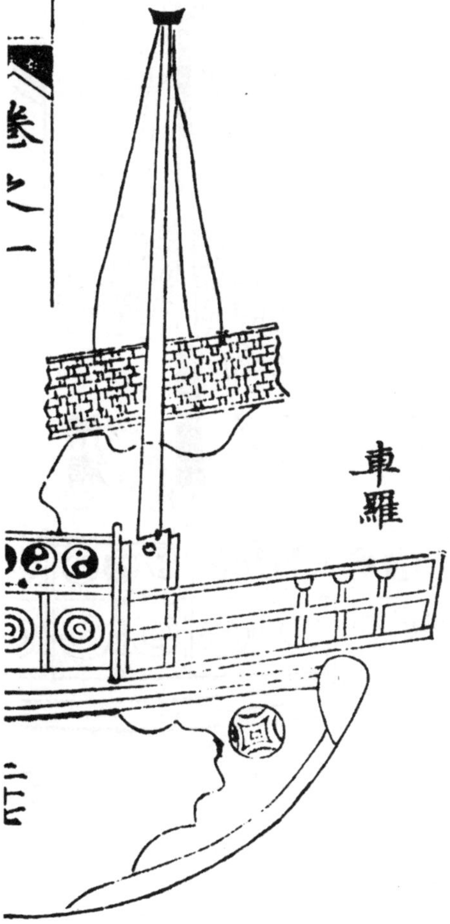

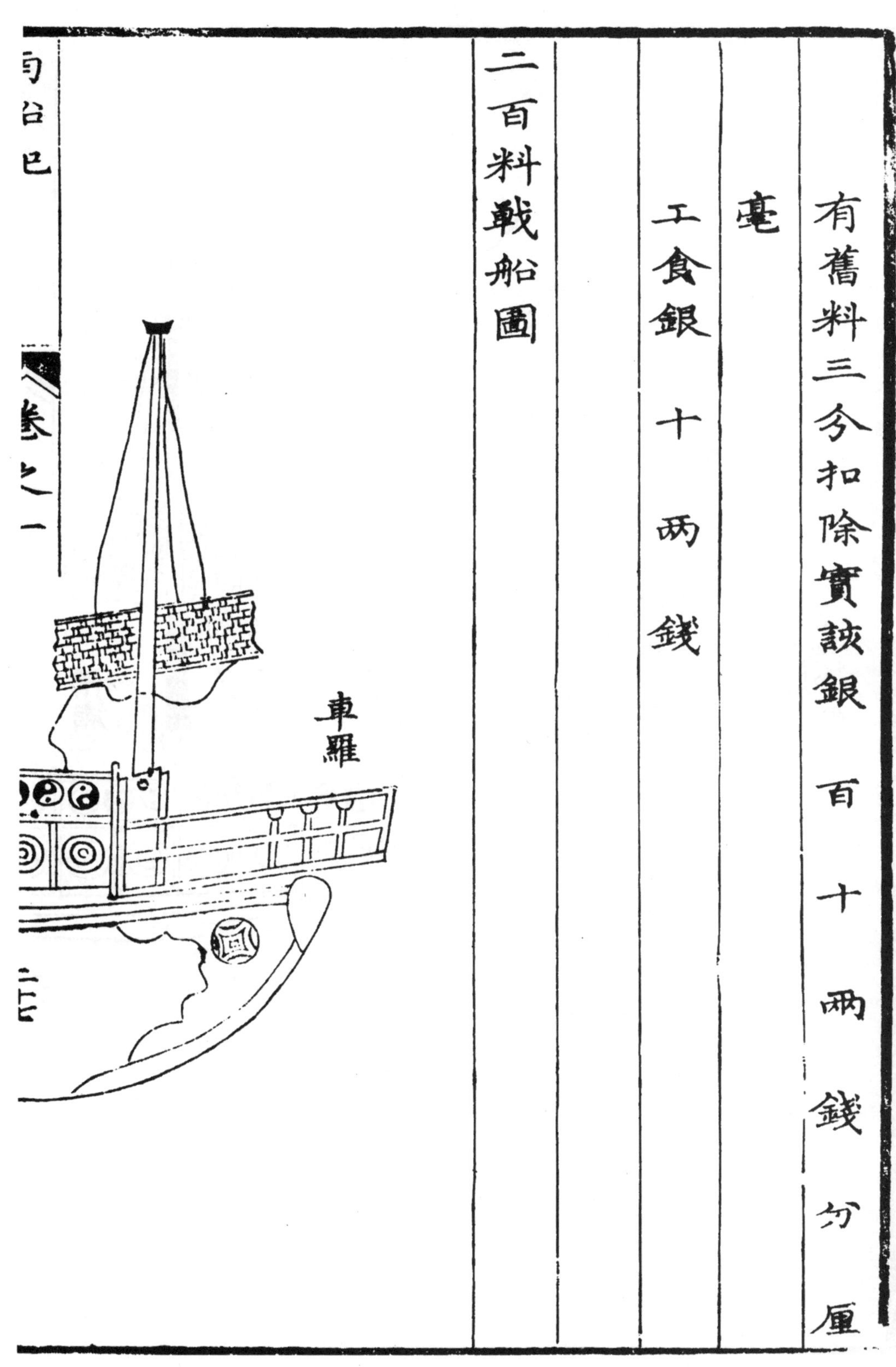

望亭
將堂
檣廂
卷之一

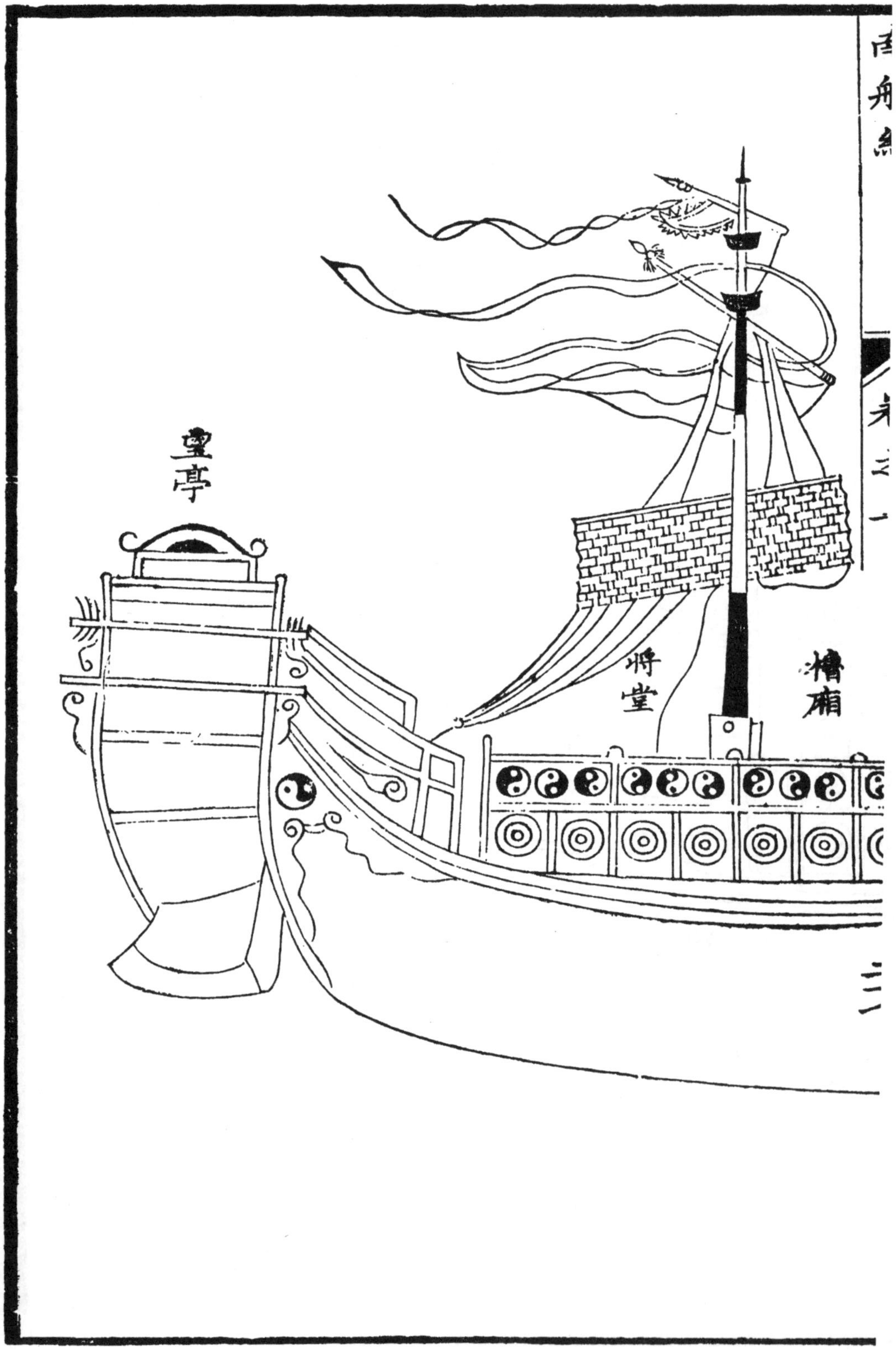

岱按船之二百料其名曰舠即而飾之以為戰船奚修襄鑑載於稽其式靡器不舉鑿設車羅拍竿之刺也康列女牆路橈之蔽也櫓孔兩掣飛江之迅也望樓稍擘飛雲之峻也將臺中尊白亜外貴艨艟之家法也制周而法精勢雄而威重諸船之利孰是逾焉嗟乎戎器之設待不虞也茍用其器者知重其器而必講求所以善之以無負於其器斯為器之利也否則不幾於虛器也乎

頭倉長四尺三寸　二倉至八倉各長四尺二寸

九倉十倉各長四尺七寸五分

提頭空倉長八尺九寸　稍尾一丈

共長六丈二尺一寸闊一丈三尺四寸

正底十一路長四丈五尺五寸闊九寸厚二寸二分　左右幇底二路長四丈四尺五寸闊一尺二寸厚二寸一分

左右拖涅二路長四丈六尺闊一尺厚二寸　左右出水棧板二路長四丈八尺厚二寸闊尺三寸

左右完口棧二路長五丈四尺濶一尺二寸厚二寸　左右插找四路長二丈厚二寸濶八寸

左右出脚板二路長六丈三尺濶七寸厚二寸二分　左右康木二路長六丈二尺濶六寸厚三寸五分

左右廒堂板六長四丈九尺濶一尺二寸厚二寸　關頭板七長八尺濶一尺二寸厚二寸二分

關梢板四長七尺厚二寸濶一尺　草鞋底二路長一丈五尺濶八寸厚一寸八分

左右中棧二路長五丈二尺厚二寸濶一尺三寸　一字梁板一長七尺厚五寸濶六寸

左右拿獅二塊長一丈七尺濶五寸厚三寸二分　鋪頭板四長七尺五寸濶一尺厚二寸

鋪梢板六長八尺厚二寸濶一寸　前後鎖伏板十三長四尺濶一尺二寸厚二寸

上下舵巾板二長九尺五寸濶一尺厚二寸五分　伏獅頭一箇長一丈一尺圍三尺五寸

將軍柱四長六尺濶三尺　左右土墻柱子二根長五尺方厚各五寸

挑梁四根圍三尺長一丈八尺　左右順水二路長二尺二寸濶七寸厚三寸五分

左右八字板四長四尺濶七寸厚三寸五分　左右千斤板四長一丈三尺濶七寸厚二寸

櫓跳板四長七尺厚二寸濶七寸　面梁一長一丈二尺八寸濶一尺三寸厚五寸

小面梁十一長一丈濶一尺二寸厚五寸　帆仙二長七尺濶一尺二寸厚四寸

大桅夾板二長一丈三尺厚五寸濶一尺二寸　小桅夾板二塊長八尺厚二寸濶一尺

車關車耳共長六尺厚五寸濶一尺　櫓梭十二箇長五尺厚三分濶四寸

櫓印子十二箇每箇長一尺五寸厚一寸五分　護損八箇長二尺厚一寸五分濶七寸

蓬架四座每座用板八尺濶三寸厚三寸　左右稍土墻二路長二丈五尺厚寸八分濶二尺七寸

梢樓左右土墻二路長七尺厚一寸五分濶一尺五寸

頂板七長七尺厚一寸五分濶九寸　横梢板三長六尺厚一寸四分濶三寸

左右順擦板二長七尺厚一寸五分濶七寸　櫓架四座用板六塊長五尺厚一寸四分濶三寸

鰕鬚板三 長八尺厚一寸五分濶六寸 車羅枋九 長一丈四尺濶五寸厚四寸

天蓬板一座頂板十二 長三尺三寸厚一寸五分濶一尺一寸

車羅鋪頭板三 長六尺五寸濶一尺一寸八分厚二寸 龍骨二路 長三丈三尺濶五寸厚四寸

各倉梁頭十一座 每座用板四塊長一丈一尺濶一尺二寸一分

編舵板四塊

以上共用楠木十根分 圍三尺長三丈

杉木一十一根 圍三尺長三丈

松木一十根 圍三尺五寸長二丈五尺 有舊料減三分

頭桅杉木一根 圍二尺五寸長二丈五尺 大桅杉木一根 圍三尺五寸長四丈五尺

櫓十二杉木六根 圍二尺五寸長二丈五尺 榆木舵桿一根 圍三尺長一丈八尺

櫃木舵牙關門棒二（圍一尺長二丈）　雜木水戧二根（圍一尺長二丈）
杉條木旗哨招杆三（圍一尺長二丈）　杉槁木一十根（圍七寸長二丈）
裝備長柱子十四（長九尺五寸見方四寸）　短柱子二十二（長六尺見方四寸）
左右平盤掛枋八（長一丈一尺闊七寸厚一寸七分）　過梁九根（長二丈二尺闊六寸五分厚四寸）
地脚抱柱枋八（内四各長八尺四各長三尺闊四寸厚三寸）
櫓廂門四十扇（長五尺五寸闊二尺六寸）　門檻四十扇（長一尺三寸闊三寸厚一寸七分）
槅子四扇（長五尺闊二尺）　座床面一（長八尺高二尺三寸上面鋪板闊八尺長二尺厚七分）
敞臺板十（長八尺闊八寸厚八分）　柱子十根（長一尺五寸見方四寸）
枋十二根（長一丈八尺闊三寸五分厚二寸）　轉更樓一座
銃架一座　銃桿三根　鎗架四座　木鎗欖扒二十五根

扶梯二張　鼓架一座　旗櫃一箇　五方旗桿五根

望斗一座　脚跳板二塊　榔頭一把　水撅二箇

㡾斗一箇　吊桶一個　水桶一隻　上下鋪倉板

水牌一面　水挽一隻

以上共用杉木十根 圍二尺五寸長二丈五尺

杉木連二枋 塊長一丈四尺闊一尺二寸 有舊料減三分

油艌 桐油三百斤　黄蔴三百斤

石灰五百斤

油飾綵畫 桐油三十五斤　黄丹二斤　蜜陀僧八兩

三碌一斤　合碌一斤　靛花青二兩

銀硃一斤　三硃二斤　藤黄三兩

水膠六斤　光粉四斤　墨煤四斤

番硃三斤　土紅五斤

石灰三十斤　糯米八升

風篷二青箽竹二百六十根黃藤三十五斤棕毛五十斤杉條篷秤扛四根各圍一尺長一丈

綽箽繫水各一條青水竹三百四十根竹挽二

樓猫纜二條繫水二條吊舭一條度綽二條項纜二條櫓綳十三條共用樓毛四百五十斤

蔴都管索三條銃篷索二條旗線索二條箽索一條綽索二條減篷索二條

共用黃麻一百斤白麻二十斤

皷一面

釘槅蝌殼八斤毛竹五分

旗二面號帶二條五方旗五面青布斗衣

共用白綿布九疋黃綠線一兩青絲線五錢

染槐花一斤蘇木六兩明礬八兩靛花青二十斤挽缸灰十斤

纓頭二個黑纓二斤　白麻線二兩生挣水牛皮一分　紅鹿皮一分

玲瓏桅餅等項用檀木一段圍二尺五寸長六尺白楊木一段圍二尺五寸長五尺

鉄釘浮動什物大小鉄釘四百七十斤　鉄攀頭二條重六斤　鉄桅子二把重一斤

篙鑽八箇重二斤　櫓脚鐶四個重一斤拐棒鏑十二斤　篙字鏑十斤

本船諸料共該銀　百　十　兩　錢　分　釐　毫內如

有舊木釘三分扣除實該銀

工食銀　十　兩

一百五十料戰船

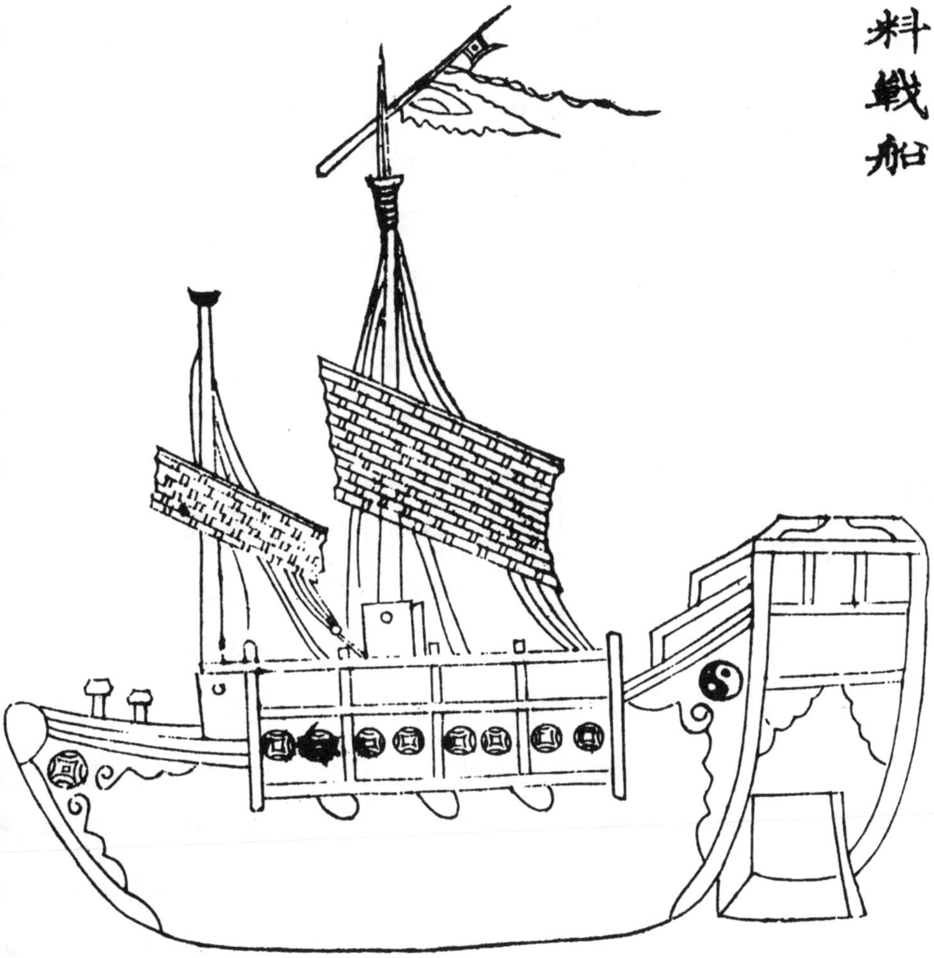

法按兵無常形陣無定法故子胥嘗以船軍之教比陸軍之法謂大翼者當陸軍之車小翼者當輕車突冒者當衝車樓船者當行車由是而觀則知戰船有體大小不得一律而齊也是船雖殺而差小所少者將臺望亭車羅耳其他捍蔽之具猶無不備且備也偏裨乘之為先鋒為後殿爲左犄爲右角烏爭弗良謂之小翼可也謂之突冒可也

頭倉至十倉各長三尺八寸

虛頭長六尺九寸　虛梢長九尺五寸

共長五丈四尺四寸濶一丈六尺

正底九路 長三丈八尺五寸濶九寸厚二寸三分

左右幇底拖泥共四路 長四丈一尺濶一尺厚二寸

左右出水棧二路 長四丈二尺濶一尺一寸厚一寸七分

左右中棧二路長四丈五尺厚一寸七分濶一尺二寸

左右完口棧二路長四丈八尺濶一尺厚一寸七分

左右插找四路長一丈五尺濶八寸厚一寸七分

左右出脚板二路長五丈四尺四濶七寸厚一寸七分

左右厰堂四塊各長四丈厚一寸七分濶一尺

左右側口二路長四丈厚二寸濶五寸

左右康木二路長五丈四尺四寸濶五寸厚四寸

關頭板六塊長七尺厚二寸濶一尺

鋪頭板三塊長七尺厚二寸濶一尺

將軍柱面梁一長七尺五寸濶八寸五分厚三寸

關稍板四塊長七尺厚一寸七分濶一尺

左右土墻二路長二丈二尺厚一寸五分濶一尺五寸

鋪梢板六塊長七尺五寸濶一尺厚一寸五分

上下舵巾板二塊長八尺厚二寸濶一尺

草鞋底二路長一丈三尺濶八寸厚一寸

梢樓頂板八塊長七尺厚一寸七分濶一尺一寸

左右拿獅二路長三丈五尺濶五寸厚三寸

綫梁三塊長八尺厚二寸濶八寸

櫓梭六箇長五尺厚三寸濶四寸

竈門梁板二塊長七尺濶七寸厚一寸

天蓬頂板四路長三丈二尺厚一寸六分濶一尺二寸　櫓蹝板六塊長六尺厚二寸濶七寸

桅夾板四塊長八尺厚二寸一分濶一尺　編舵板六塊長三尺厚一寸五分濶一尺

舵夾板四塊長六尺五寸厚二寸　帆栢二塊長三尺厚五寸濶一尺

大小面梁二塊長九尺濶一尺二寸厚二寸　前後鎖伏板九塊長三尺厚一寸五分濶一尺

各倉梁頭十二座每座四塊長九尺濶九寸厚一寸八分

櫓印子六箇長三尺厚一寸五分　車關車耳三塊長六尺厚二寸

將軍柱二箇長五尺五寸圍三尺　梢伏獅一箇長七尺圍三尺

伏獅頭一箇長八尺圍三尺　龍骨二路四塊長二丈濶七寸厚四寸

以上共用楠木并折板枋　十　根　分圍三尺長三丈

杉木八根九分圍二尺五寸長二丈五尺

有舊料減三分

杉木大桅一根（圍三尺長三丈五尺）　杉木頭桅一根（圍二尺五寸長二丈五尺）

櫓六張　杉木四根（圍二尺五寸長二丈五尺）　榆木舵桿一根（圍三尺長一丈八尺）

檀木舵牙關棒一根（圍一尺長一丈五尺）　雜木水戧二根（圍七寸長二丈）

篷秤桿旗哨招杆七根（圍一尺長二丈）　杉槁木六根（圍七寸長二丈）

裝脩官樓柱子十根（長七尺見方四寸）　掛枋四根（長一丈八尺闊四寸五分厚二寸）

門八扇（長九尺闊三尺五寸）　照面枋一槽（長三尺五寸闊四尺厚七寸）

敵臺枋四根（長一丈八尺闊三寸五分厚二寸）　敵臺短枋二根（長四尺闊三寸五分厚二寸）

短柱子六根（長八尺闊三寸五分厚二寸）　梢柱子二根（長六尺見方四寸）

抱柱枋二根（長五尺闊三寸五分厚二寸）　上下柱五根（長五尺闊三寸五分厚二寸）

敵臺板四塊長九尺濶五寸厚七分　左右裝板二槽濶七尺厚七分長三丈

槅子四扇長五尺濶一尺九寸　座櫃床面一張長八尺高二尺二寸

上面鋪板濶八尺長二丈厚七分　雲頭板二塊長九尺八寸厚一寸四分

鎗架二座　木鎗攬扒十　鼓架一座　銃架一座

水挽二　銃桿三根　扶梯一張　旗櫃一箇

榔頭一　水梘　水概二根　跳板二

水吊桶一　戽斗一　鋪倉板

以上共用杉木　根圍二尺五寸長二丈五尺

杉木連二枋　塊長一丈四尺濶一尺二寸

有舊料減三分

鐵器　大小釘四百二十斤　櫓脚環六箇一斤八兩　簡鑽六個重一斤八兩　挽子二重一斤
拐棒鍬八箇　蜊殼小砲釘八兩　萬字鍬七箇　門圈一副

油艌　桐油二百五十斤　石灰五百斤　黃蔴二百五十斤

纜索　棕六件　麻七件　棕毛三百七十五斤　黃蔴八十斤

風篷二　青篁竹二百五十根　黃籐三十斤　棕毛三十斤

綷篁繫水各一條　青水竹三百二十根　竹挽二條

油飾綵畫　桐油廿七斤　銀硃一斤　黃丹二斤　二硃二斤　三碌一斤　畨硃二斤
靛花青二兩　光粉四斤　籐黃三兩　墨煤四斤　水膠三斤　合碌一斤
蜜陀僧八兩　石黃二十斤　紅土三斤　糯米二升

鼓一面　釘欐　蜊殼五斤

旗一面 號帶一 用 白綿布七疋 青絲綫三錢 黃絲線五錢

染 槐花八兩 靛青十斤 明礬四兩 挽缸灰十斤 蘇木四兩

纓頭纓籠二 白蘇線一兩 紅鹿皮一分 黑纓一斤 生猙水牛皮一分

玲瓏槍餅寶珠 檀木一段圍二尺五寸長三尺五寸 白楊木一段圍二尺五寸長三尺五寸

本船諸料共該銀 百 十 兩 錢 分 厘 毫如有

舊木釘三分扣除實該銀

工食銀共該

一百料戰船

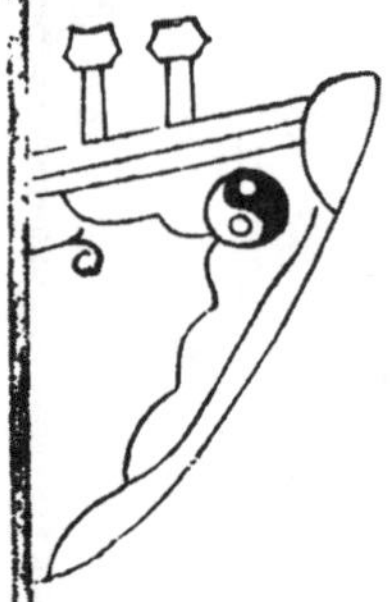

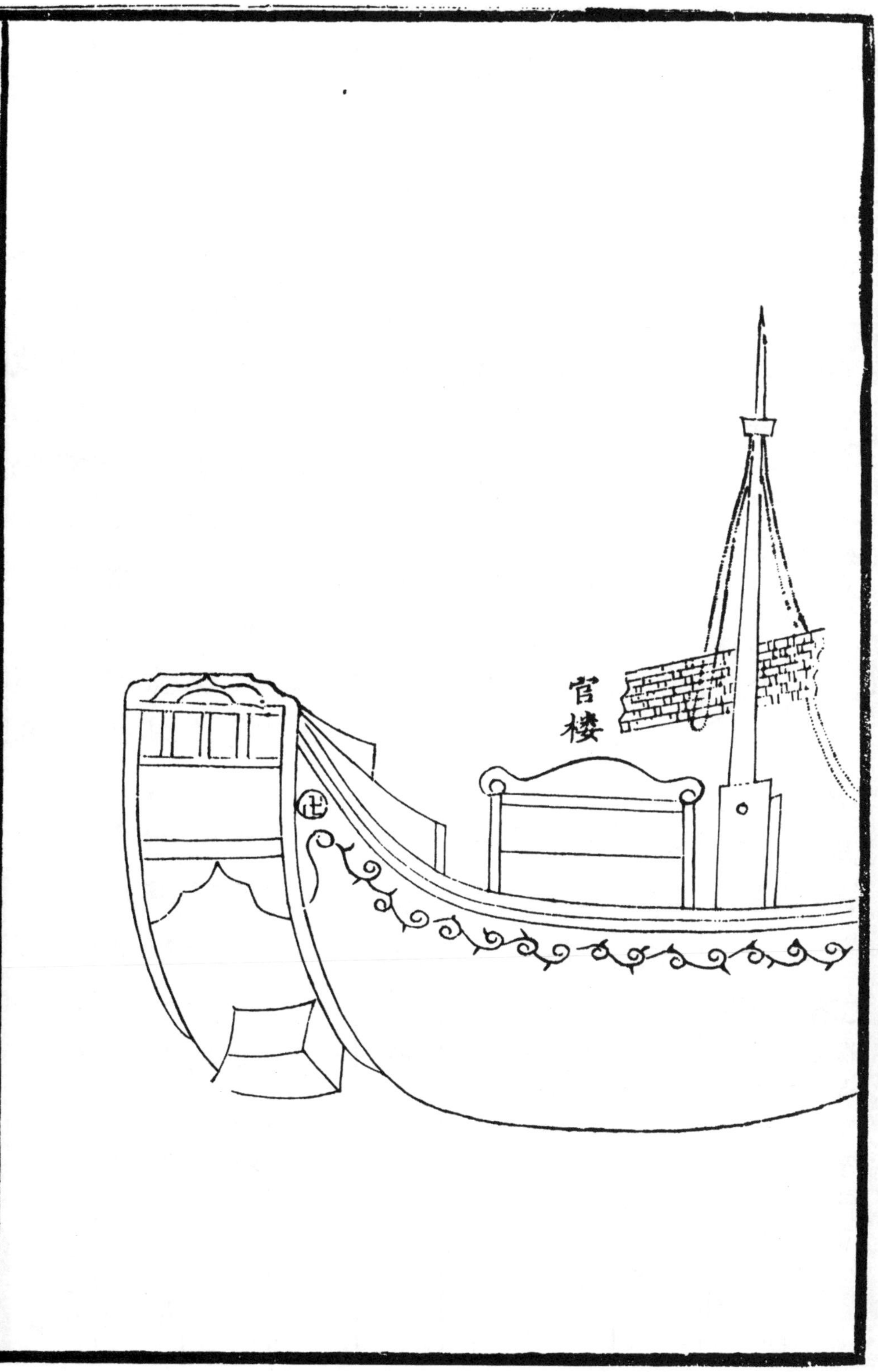
官樓

然按戧船而至百料小奠甚矣容可三十人悉如遊艇而一無捍蔽之具豈若人之命獨可輕歟不知兵貴奇速船小而速則貴之往来遊擊以盡其奇隱伏卒發以盡其變出沒無端以盡其神誰其能右是故輕舟薄擊永德所以走仁肇舴艋單承文育所以斬鮑砰又孰謂小不足以制大哉頭善將兵者之何如

頭倉至十倉各長三尺五寸

壓頭倉長七尺五寸　壓稍長九尺五寸

共長五丈二尺濶九尺六寸

正底七路長三丈五尺濶一尺一寸厚一寸七分　幇底二路長二丈七尺濶九寸厚一寸七分

拖泥二路長三丈八尺濶九寸厚一寸七分　出水棧板二路長四丈濶一尺厚一寸六分

中棧板二路長四丈二尺濶一尺二寸厚一寸六分　完口棧二路長四丈二尺五寸濶一尺厚一寸六分

插栈二路長一丈五尺濶八寸厚一寸六分　出脚板二路長四丈七尺七寸濶七寸厚二寸

廒堂四路長三丈八尺厚一寸六分闊一尺五寸　側口二路長三丈八尺闊四寸厚三寸八分

線梁四座長八尺五寸闊六寸厚四寸　面梁一塊長九尺闊一尺二寸厚五寸

將軍柱面梁一塊長七尺五寸闊一尺厚四分　鋪頭板三塊長六尺五寸闊一尺厚二寸

關頭板五塊長六尺五寸厚二寸闊一尺二寸　左右拿獅二路長三丈厚四寸闊五寸

左右康木二路長四丈八尺闊五寸厚三寸　左右土牆二路長一丈七尺厚一寸五分闊一尺五寸

梢樓頂板長七尺闊一尺二寸厚一寸五分　上下艙巾板二長七尺五寸厚二寸闊一尺

鋪梢板六塊長七尺厚一寸六分闊一尺　關梢板四長六尺闊一尺厚一寸六分

前後鎖伏板二十長四尺厚一寸六分闊一尺　竃門梁二塊長六尺五寸闊一尺厚一寸六分

櫓印子四箇長二尺五寸厚一寸五分　草鞋底二塊長一丈二尺闊七寸厚一寸五分

櫓梭四箇長五尺厚三寸　伏獅頭一箇圍三尺長六尺五寸

將軍柱二箇長六尺五寸圍三尺　梢伏獅一箇長七尺圍三尺

車關車耳共長六尺方厚五寸　各倉梁頭十二每座用板三塊各長八尺濶尺一厚一寸八分

官樓頂板八長五尺濶一尺一寸厚一寸五分　帆柏一塊長四尺濶一尺二寸厚四寸

左右千斤板二長一丈二尺厚一寸七分　櫓跳板四長六尺厚一寸五分濶七寸

編舵板六塊長三尺厚一寸五分濶一尺　舵夾板四長六尺厚一寸四分濶五寸

桅夾二塊長五尺厚二寸濶一尺　鋪板二倉　各倉水梘

篷架一座　跳板二塊　水牌一面

以上共用楠木并折板杉訣　拾　根圍三尺長三丈

有舊料減三分

杉木桅心一根圍二尺五寸長二丈五尺　櫓四張杉木二根圍二尺五寸長二丈五尺

楡木舵桿一根圍二尺五寸長一丈八尺　櫃木舵牙關門棒二圍一尺長一丈

雜木水戧二根圍一尺長二丈　篷扛旗招杆四根圍一尺長二丈

杉槁木十一根圍七寸長二丈　榔頭一　水搌二　戽斗一

水挽二

裝脩官樓柱子四長八尺見方四寸　左右裝板二槽濶七尺五寸長四尺厚七分

上下箍頭枋六四根長九尺濶四寸厚二寸五分二根長五尺濶厚同

後裝板一槽濶五尺長四尺厚七分　梢柱子二根長六尺見方四寸

上下枋五根長八尺濶四寸厚二寸五分　抱柱四根長五尺濶二寸厚二寸

左右裝板二槽闊七尺長二尺五寸厚七分　雲頭板二塊長八尺濶七寸厚一寸四分

門二扇長四尺濶二尺厚一寸五分　槅子四扇長四尺五寸濶一尺八寸

銃架一座　吊水桶二　銃桿三根　旗櫃一個

以上共用杉木　根　分濶二尺五寸長二丈五尺有舊料減三分

鐵器　大小鐵釘三十斤　櫓脚鐶二箇重八兩　篙鑽八個重二斤　拐棒鈎八斤
萬字鈎四斤　鐵挽子一把重八兩　釘蝌殼小砲釘八兩　門閂一副

油艌　桐油一百二十斤　石灰二百四十斤　黃蘇一百二十斤

錨頂纜縴等　椶五件　蔴八件　椶毛二百五十斤　黃蔴七十五斤

風蓬一扇　青篁竹一百根　椶毛三十斤　黃藤二十斤

葦簟繫水各一條　青水竹二百根　竹挽二條

油飾綵畫　桐油十斤　合碌五斤　三碌五兩　銀硃十二兩　黃丹四兩　二硃一斤
靛花青六兩　墨煤二斤　藤黃二兩　水膠一斤　光粉二斤　密陀僧四兩

畨碌八兩　石灰十斤　糯米三升

槅子　蜊殼八斤

纓頭一箇　生浄水牛皮一分　黑纓一斤

旗號一面　白綿布五疋　黄絲線五錢

染　槐花八兩　明礬四兩　靛青二斤

玲璫桅餅　櫃木一段圍二尺長一尺五寸　白楊木一段圍二尺長一尺五寸

本船諸料該銀　百　十　兩　錢　分　厘　毫內如有

舊木釘三分扣除實該銀

工食銀一十四兩七錢

三板船　剗船同

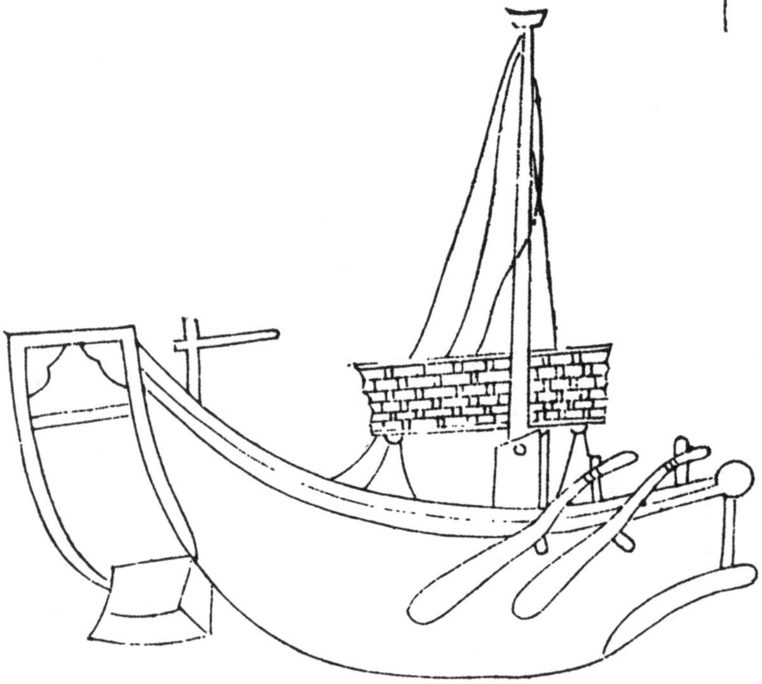

啓按三板船剗船二種式同而名異制陋而料輕蓋嘗水軍操演之時用之營外以為客為奸者也有事之日

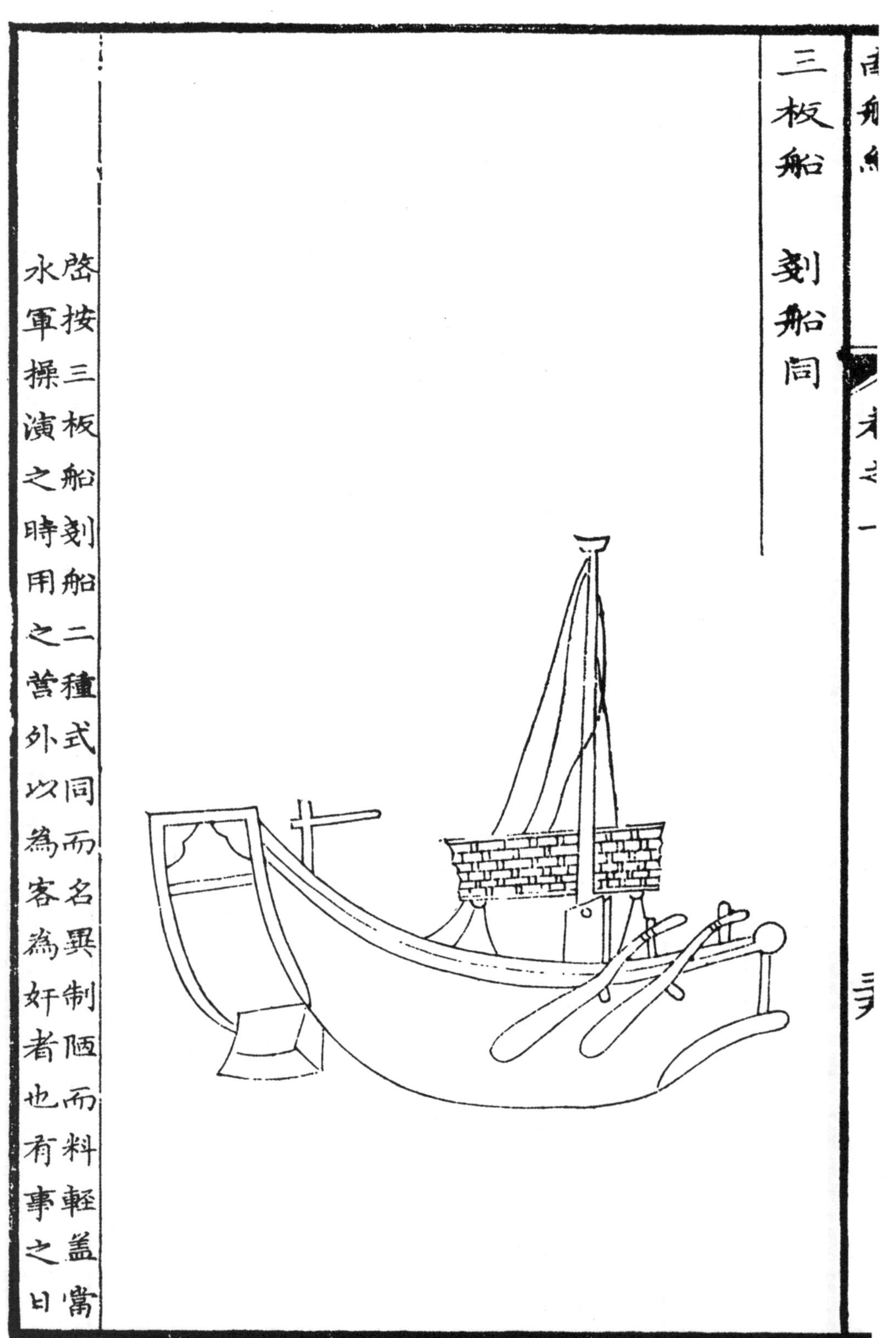

似疑於無用不知賈船欺羽漁舫遞胥一葦可航焉知其不足以佐元戎之急

一倉至十倉各長三尺五寸　虛梢長三尺

共長三丈八尺濶八尺四寸

正底七路長三丈六尺厚一寸七分濶一尺一寸　拖泥二路長三丈六尺厚一寸六分濶一尺一寸

幇底二路長三丈六尺厚一寸六分濶一尺一寸　出水棧二路長三丈五尺厚一寸六分濶一尺一寸

中棧二路長三丈六尺濶一尺厚一寸六分　完口棧二路長二丈八尺厚一寸六分濶一尺二寸

出脚二路長三丈八尺濶一尺厚一寸八分　康木二路長三丈八尺濶五寸厚二寸五分

拿獅二路長三丈八尺濶四寸厚三寸　廒堂六塊長一丈六尺濶一尺厚一寸六分

前海漫板六塊長九尺厚一寸六分濶一尺　後海漫板七塊長一丈三尺濶一尺厚一寸六分

左右插找二長五尺厚一寸六分濶七寸　左右千斤板四長九尺厚一寸六分濶一尺

櫓跳板四塊長六尺厚一寸六分闊七寸　線梁三塊長七尺厚二寸濶八寸

鋪頭梢板二長六尺厚一寸六分闊一尺　關梢板一塊長六尺濶一尺三寸厚一寸六分

草鞋底二路長六尺厚一寸六分闊一尺　各倉梁頭十座每座用板三塊各長七尺闊一尺厚一寸六分

桅夾板二路長六尺濶一尺一寸厚二寸　面梁一塊長八尺厚三寸闊一尺三寸

帆柏一塊長三尺厚三寸闊一尺　上下舵巾板二長六尺厚二寸闊一尺

推水板三塊長六尺厚三寸濶一尺　編舵板三塊長三尺濶一尺一寸厚一寸五分

将軍柱一箇長六尺圍二尺五寸　伏獅頭一箇長六尺五寸圍二尺五寸

梢伏獅一箇長七尺圍二尺五寸　櫓印子四箇長七尺厚二寸濶九寸

櫓梭四箇長四尺厚二寸五分闊四寸　蓬架二座

以上共用楠木　根圍三尺長三丈　有舊料減三分

杉木桅心一根（圍二尺五寸　長二丈五尺）　舵桿楡木一根（圍二尺五寸　長一丈八尺）

櫓木舵牙關門棒二根（圍一尺　長一丈）　杉木篷秤杠二根（圍二尺　長二丈）

水戧雜木二根（圍一尺　長二丈）　杉槁木四根（圍七尺　長二丈）

櫓四張杉木二根　旗招杆杉木二根　脚跳板二

前後水梘　銃架一座　銃桿三根　水櫥二箇

鋪板二倉　榔頭二　吊桶一　戽斗一　旗櫃一　水牌一

油艌（桐油一百斤　石灰二百斤）　黃麻一百斤

油飾綵畫（桐油十斤　黃丹一斤　蜜陀僧四兩　畨硃八兩　光粉八兩　水膠八兩）
（銀硃四兩　墨煤八兩　石灰十斤　糯米二升）

風篷一扇（青篁竹一百根　黃藤二十斤　棕毛三十斤）

繂篗一　繫水一（青水竹二百根）　竹挽一

椶（錨纜櫓綳等六件棕毛二百二十斤）　麻（旗綿䌫頭等索九件共用黃蔴五十斤）

旗號一面（潤白綿布二疋　黃絲綫一錢）　染（槐花二兩　蘇木一兩　明礬一兩）

墨纓頭一（黑纓一斤　紅鹿皮一分　生狰水牛皮一分）

鉄釘浮動物件（大小鉄釘三百斤　櫓脚鐶四箇重一斤　槁鑽四箇重一斤　鉄挽子一把重八兩　拐棒鎯六斤　萬字鎯三斤）

玲瓏桅餅（櫃木一段圍二尺長一尺五寸　白楊木一段圍一尺長一尺五寸）

本船諸料共該銀　内如有舊木釘

三分扣除實該銀

工食銀

橋船

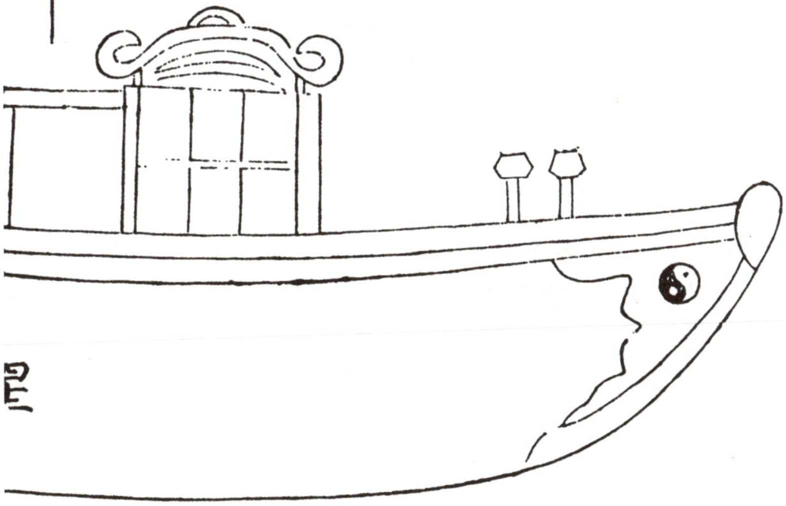

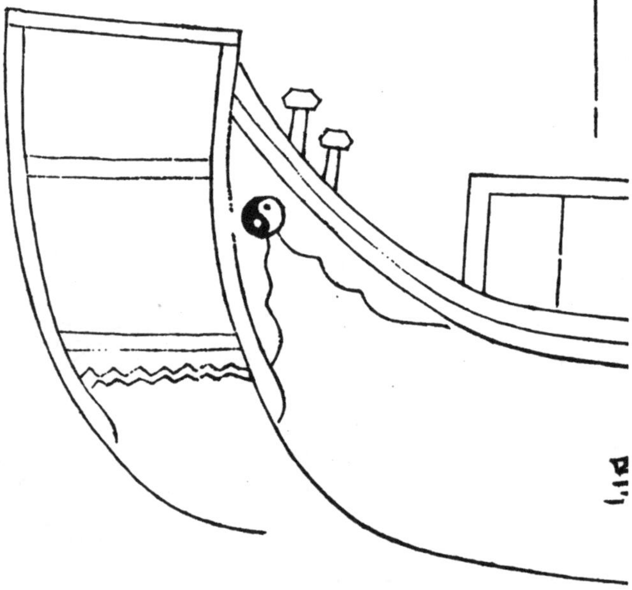

愚按浮橋云者即詩所謂梁是也濟軍之器蓋不止此此其一也有宋嘗命曹彬取江南先令以朗州所造黃黑龍船於采石磯跨江為梁或謂江淺水闊古未有浮梁而濟者宋祖不從卒以成功嗚呼明徵定保梁固用武者所不可已與

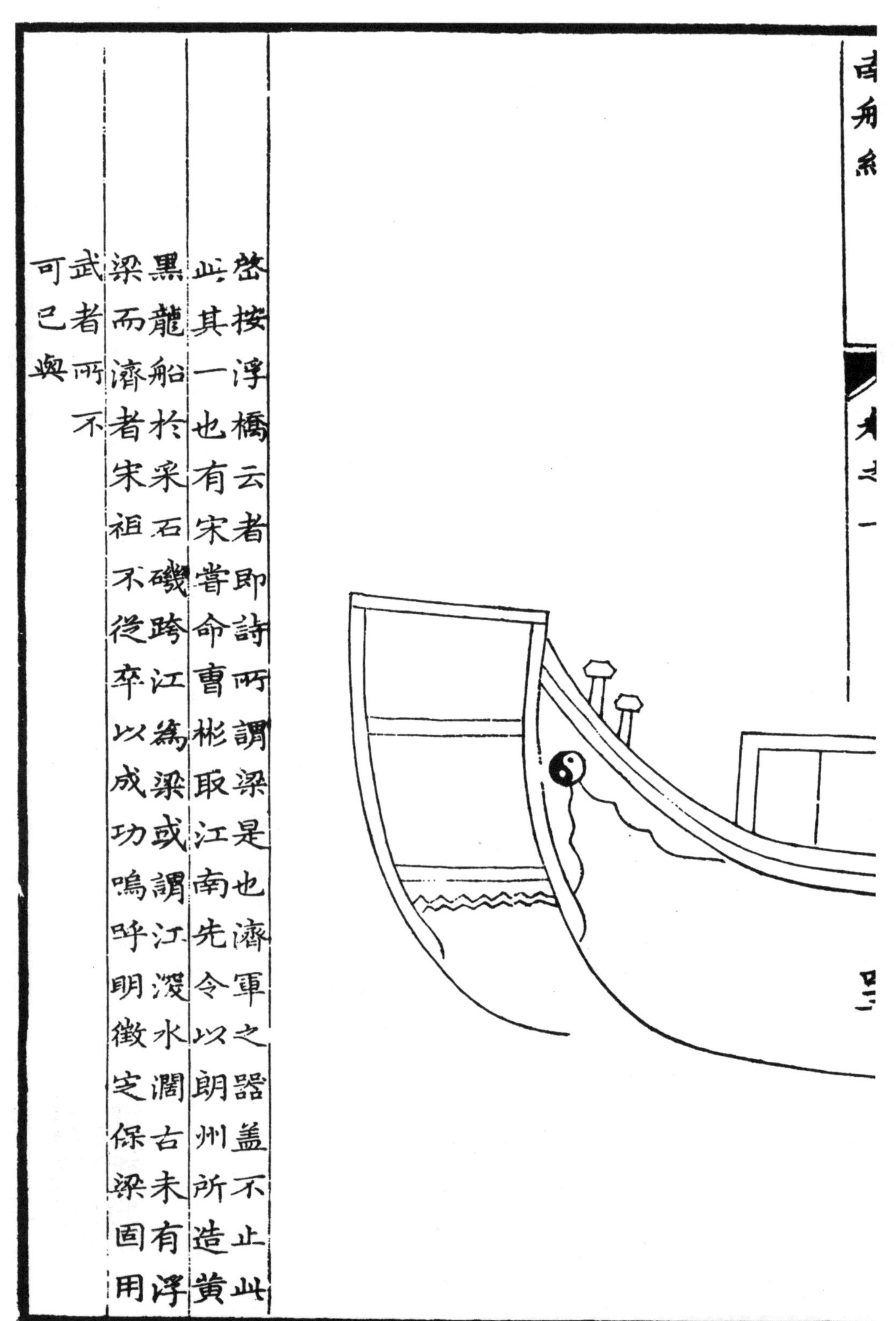

一倉至三倉各長三尺一寸四倉長二尺三寸

五倉長二尺二寸　六倉長三尺一寸

七倉長二尺一寸　八倉至十五倉各長三尺一寸

虛頭倉長九尺　虛梢長七尺一寸

共長五丈九尺九寸濶一丈五尺一寸

正底十一路長四丈四尺濶一丈二尺厚二寸五分

左右幇底拖泥四路長四丈六尺濶九寸厚二寸五分

出水棧二路長四丈九尺濶一尺二寸厚二寸二分　中棧完口四路各長五丈八尺濶一尺一寸厚二寸二分

出脚板二路長六丈三尺濶七寸厚二寸五分　厫堂六路長五丈五尺濶一尺厚二寸二分

伏獅頭一箇長一丈圍三尺五寸　梢伏獅頭一箇長一丈圍三尺五寸

將軍柱四箇長五尺五寸濶三尺　關頭板八塊長一丈濶一尺一寸厚二寸二分

關稍板七塊長一丈厚二寸濶一尺　線梁六座長一丈四尺濶二寸厚三寸

各倉梁頭十五座每座板四塊長一丈二尺濶四尺五寸厚二寸五分

平基板十塊長一丈六尺闊一丈四尺厚二寸五分　鋪頭板五塊長九尺厚二寸二分濶九寸

馬踏板四塊長一丈六尺濶一尺三寸厚二寸五分　官樓土牆板四長一丈三尺厚一寸八分闊二尺八寸

頂板七塊長七尺厚一寸八分濶八寸　前後鎖伏板十五長四尺五厚一寸八分闊一尺二寸

左右拿獅二路長六丈二尺濶七寸厚五寸　左右康木二路長六丈二尺厚三寸濶六寸

龍骨木四路長四丈厚五寸濶六寸　官樓門二扇

鋪板二倉

以上共楠木并折枋板　根圍三尺長三丈　有舊料減三分

杉槁木四根圍七寸長二丈　雜木水戧二根圍一尺長二丈

水搬二根　櫛頭　扶梯一　戽斗　水桶

吊桶　水牌

油艙桐油四百斤石灰八百斤　黃麻四百斤

油飾彩畫銀硃四兩水膠一斤　二硃四兩畨硃一斤　黃丹二兩墨煤二斤
光粉一斤糯米四升　靛青一兩石灰廿斤　桐油二十斤

繂䉤繫水各一條青水竹五百根　棕繫水一條棕毛一百斤

鐵釘浮動什物大小鐵釘五百四十斤萬字鍋四十箇重十六斤拐棒鍋三十個重十五斤

本船諸料共該銀

有舊木釘三分扣除實該銀

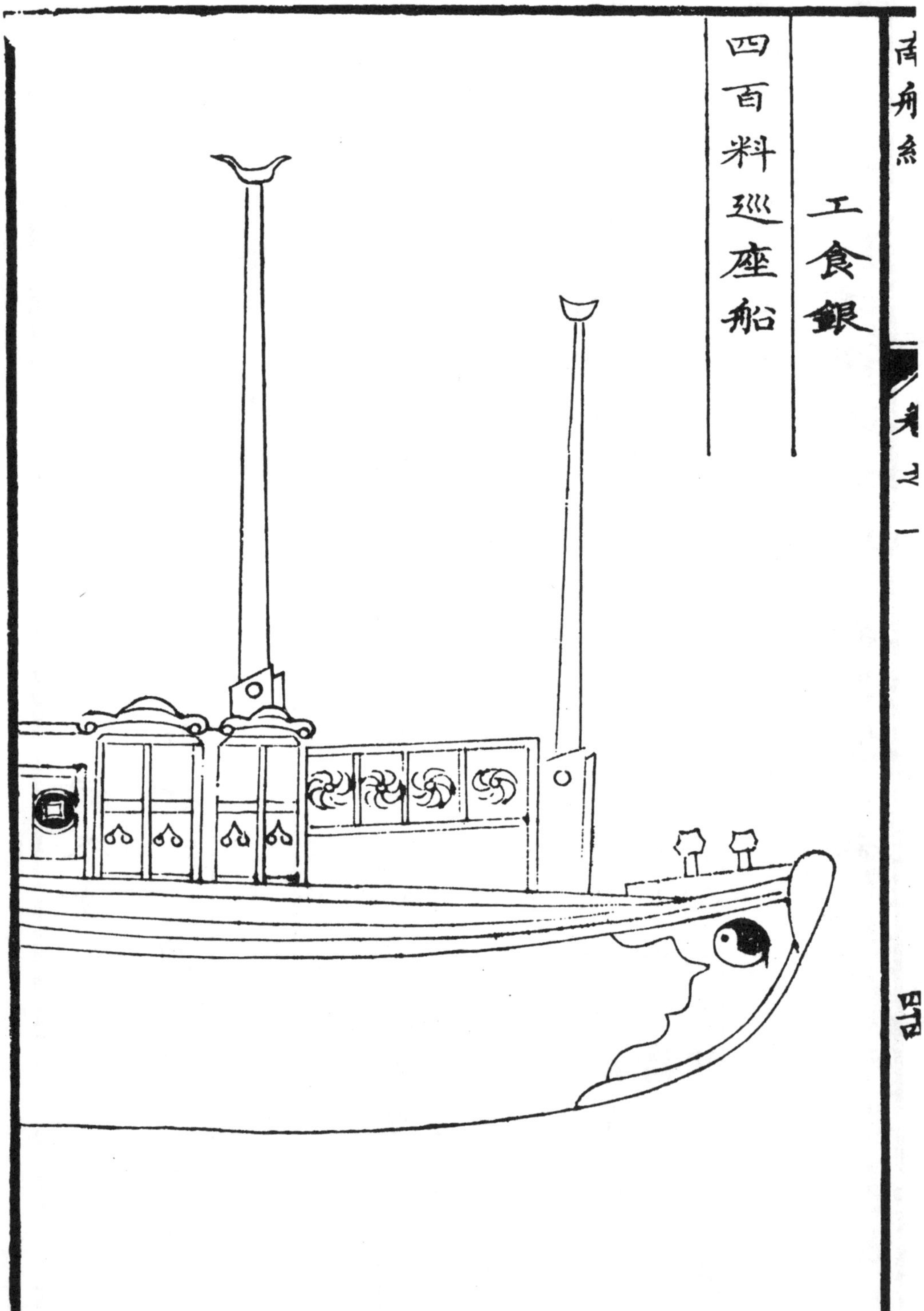
工食銀
四百料巡座船

啓按盜賊奸宄治世所不能無國門禦人恒聞屢蔜而況長江天際無涯之窟哉巡羅之政不可不講嘗聞其

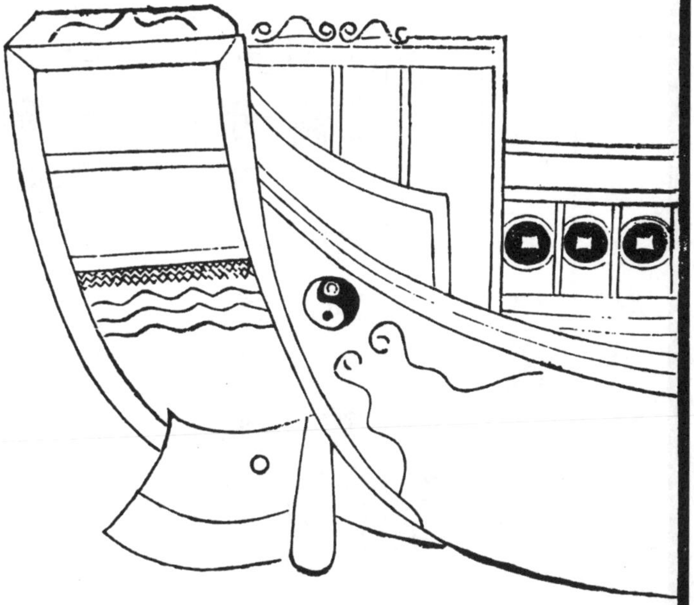

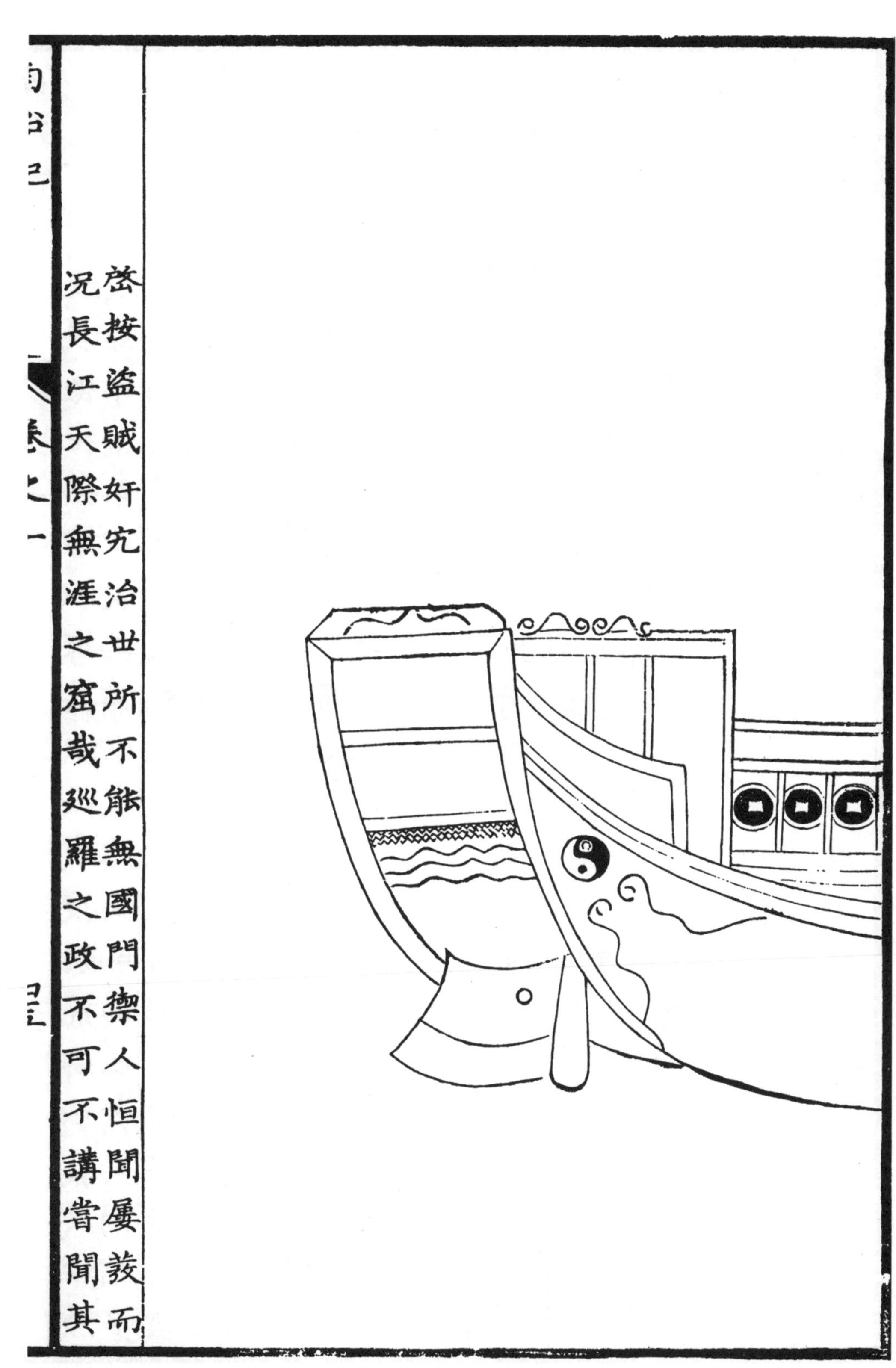

政或據扼要害以探其出沒或搜剔荒僻以發其埋蔵或混雜輳集以覘其驕傲或隱伏坳曲以幾其閃縮多方緝伺是皆以我之無形致彼之有形也輕橈健棹雲掩星馳猶懼為其所覺察而何有座船之壯麗反示之有形也哉或總戎以身殉國而欲與士卒分勞而設也果欲令任其勞又不必座船之暇逸也若止欲為江津壯觀之圖則不貲之費必将啓憂國救時者之經畧

倉口與戰座船同

共長八丈六尺九寸濶一丈七尺

正底十三路長五丈八尺七寸闊一尺一寸厚二寸五分　封底二路長五丈九尺厚二寸五分濶一尺二寸

拖泥二路長六丈二尺厚二寸二分濶一尺一寸　出水棧二路長六丈五尺厚二寸二分濶一尺三寸

中棧二路長七丈厚二寸闊一尺四寸　完口棧二路長七丈五尺厚二寸濶一尺四寸

插找八塊長三丈五尺厚二寸濶一尺二寸　出脚二路長八丈五尺六寸濶一尺一寸厚二寸五分

㡤木二路長八丈三尺六寸闊八寸厚三寸五分　廒堂六路長七寸厚二寸濶一人三寸

側口二路長二丈八尺厚三寸闊一尺五寸　前側口二路長二丈二尺濶七寸厚二寸五分

羅桂平盤四長三丈五尺六寸闊七寸厚一寸八分　拿獅二路長一丈七尺濶六寸厚四寸

鋪頭板四長一丈一尺闊一尺二寸　閿頭板八塊長丈一尺五寸濶一尺三寸

閿梢板四塊長一丈厚二寸闊一尺三寸　竈門梁板三塊長一丈厚二寸五分濶一尺

左右草鞋底二長二丈厚一寸八分濶七寸　鋪梢板三長一丈三尺厚一寸八分濶一尺二寸

稍鎖伏板十長五尺濶一尺三寸厚一寸八分　前後鎖伏板四長四尺厚一寸八分濶一尺一寸

挽脚梁一塊長一丈三寸濶二尺厚四寸　伏獅頭一長一丈一尺圍三尺五寸

將軍柱二箇長七尺圍三尺　梢伏獅一箇長一丈圍三尺

車関車耳各長六尺厚五寸濶一尺　龍骨四路長五丈八尺六寸濶七寸厚四寸

官樓頂板十長二丈八尺厚一寸八分濶一尺一寸　平捲樓二座用板十四長九尺厚一寸八分濶一尺二寸

官樓老鼠橋平盤四長二丈二尺濶四寸厚二寸　大桅夾二塊長一丈二尺厚二寸五分濶一尺二寸

小桅夾二塊長七尺厚一寸八分濶一尺四寸　大小帆臼二塊長三尺厚六寸闊一尺二寸

編舵板七塊長三尺五寸厚一寸八分濶一尺四寸　舵夾板四塊長一丈厚二寸濶六寸

櫓梭六箇長六尺濶五寸厚五寸　櫓印子六箇長二尺五寸濶五寸厚一寸五分

梢捲樓頂板六長一丈厚一寸八分濶一尺二寸　梢平樓板十二長一丈二尺厚一寸八分濶一尺二寸

大桅面梁一長一丈六尺濶一尺四寸厚六寸　頭桅面梁一長一丈二尺厚五寸濶一尺二寸

左右土墻二路用板六塊長二丈五尺厚寸八分濶尺二　平樓過梁一塊長一丈三尺濶一尺厚一寸八分

各倉梁頭十七座每座用板五塊長一丈三尺五寸濶一尺一寸　披水板二塊長一丈濶一尺二寸厚一寸八分

篷架三座每座用板四條長四尺濶四寸厚二寸　頭梢護腮四塊長六尺濶一尺厚一寸八分

櫓跳板十塊長七尺厚二寸闊八寸

以上共用楠木　根圍三尺長二丈

杉木　根根圍三尺五寸長五丈五尺　根圍二尺三寸長二丈五尺

楠木連二三枋塊塊

杉木連三二枋塊塊

有舊料減三分

跳板浪漕中路鋪倉用松木十根圍三尺五寸長二丈五尺

櫓八張杉木四根圍二尺五寸長二丈五尺　榆木舵桿一根圍三尺長二丈

杉木頭桅一根圍三尺長三丈　杉木大桅一根圍四尺五寸長五丈五尺

檀木舵牙關門二根圍一尺長二丈　杉槁木十根圍七寸長二丈五尺

雜木水戧二根圍一尺長二丈

水掀二根

榔頭一把

旗哨招竿杉木三根圍一尺長二丈

杉條木蓬秤扛四根圍一尺長二丈

裝脩大櫃柱子八根長七尺五寸見方四寸

掛腰枋四根長一丈八尺闊四寸厚二寸

横枋五根長九尺闊五寸厚四寸

左右前中裝板三丈五尺長四尺厚七分

煖槅八扇長四尺闊一尺五寸

雙捲樓柱六根長九尺見方五寸

順枋二根長一丈四尺闊五寸厚四寸

横箍頭枋四根長一丈闊五寸見方四寸

横灣梁一根長一丈闊一尺五寸厚四寸

長樓柱子六根長七尺五寸見方四寸

過梁地脚五長一丈闊五寸厚四寸

間枋十八根長三尺五寸闊三寸厚二寸五分

掛枋四根長二丈闊四寸厚二寸五分

挨地平麻力櫓枋八十根長四尺闊三寸厚[illegible]寸

抱柱十二長六尺闊三寸厚二寸

麻力板十六空每空闊四尺長二尺八寸厚七分

地平三十扇長四尺闊二尺七寸　長槅二十八扇長六尺闊一尺八寸

平門六扇長六尺闊一尺八寸　短槅二十二扇長三尺五寸闊一尺六寸

兩篛板二十二塊長四尺闊一尺七寸厚七分　梢柱十根長六尺五寸見方四寸

過梁五根長一丈四尺闊六寸厚四寸　腰枋五根長七尺闊三寸厚二寸

披水板二路闊三丈二尺長二尺五寸厚七分　五山屏風床一張

桌子一張　銃桿三根　銃架一座　鼓架一座

鎗架一座　衣架一　扶梯五長一短四　灶架一

鍋蓋二　雕受帶三十二條　鼓蓬一　面架一　面盆一

長短雲頭花板十三塊稍樓用　戽斗一　旗櫃一

檯桶水桶浴桶吊桶淨桶各一

以上共用杉木根圍三尺五寸長二丈五尺

杉木連二枋塊長一丈四尺闊一尺二寸厚五寸

有舊料減三分

油艌桐油六百斤黃麻六百斤石灰千二百斤

黃麻二百十斤

纜縴棕六件五十七條棕毛六百五十斤麻十件十七條白麻三十斤

縴纜帶纜各一條青水竹八百四十根竹挽

風篷二扇青篁竹三百十五根蘆柴八十束黃藤七十四斤毛竹二根棕毛八十四斤

油飾綵畫桐油六十斤黃丹一斤銀硃二斤光粉廿五斤銅青六兩墨煤十五斤水膠八斤二硃二斤合碌一斤藤黃一兩三碌一斤靛青二兩

蜜陀僧二兩　畨硃廿斤
白麪五斤　瓦灰二斗

鼓一面　纓頭黑纓二斤　生㸃水牛皮三分
紅鹿皮三分　白麻線二兩

槅子蜊殼八十斤
毛竹二根

旗二面號帶　闊白綿布三疋零二尺
二條　黃絲線七錢

染槐花一斤　明礬十兩
蘇木二兩

玲瓏槍餅仙人掌白楊木一段圍二尺五寸長一丈
檀木一段圍二尺五寸長六尺

鐵釘浮動什物大小鐵釘九百十斤
攀頭二條各長七尺重十二斤

磨骨釘四十個　櫓脚鐶十箇　篙鑽十個
跳板圈二個　鐵挽二把　旗櫃㡳斗小釘五十

攸蓬圈二個　拐棒鋼五十個重二十五斤
擺錫砲釘四千五百個　萬字鋼六十個重十五斤

本船諸料共該銀　百　十　兩　錢　分　厘　毫内如

有舊木釘三分扣除實該銀

工食銀

二百料巡沙船

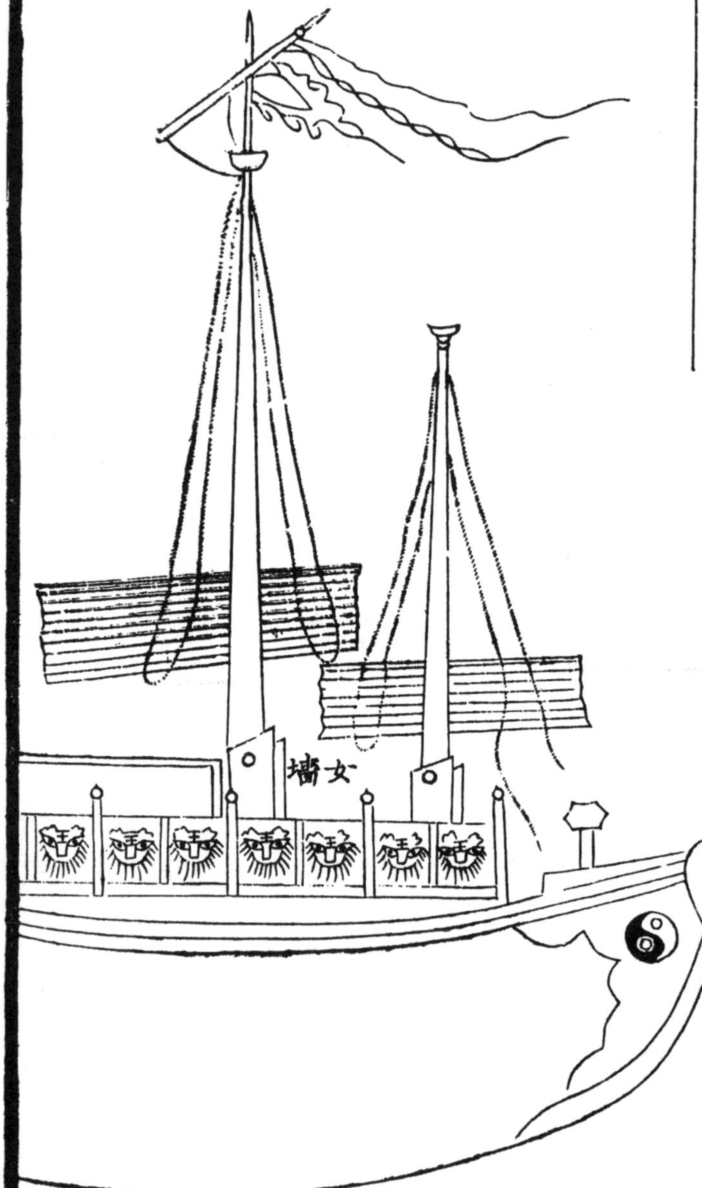

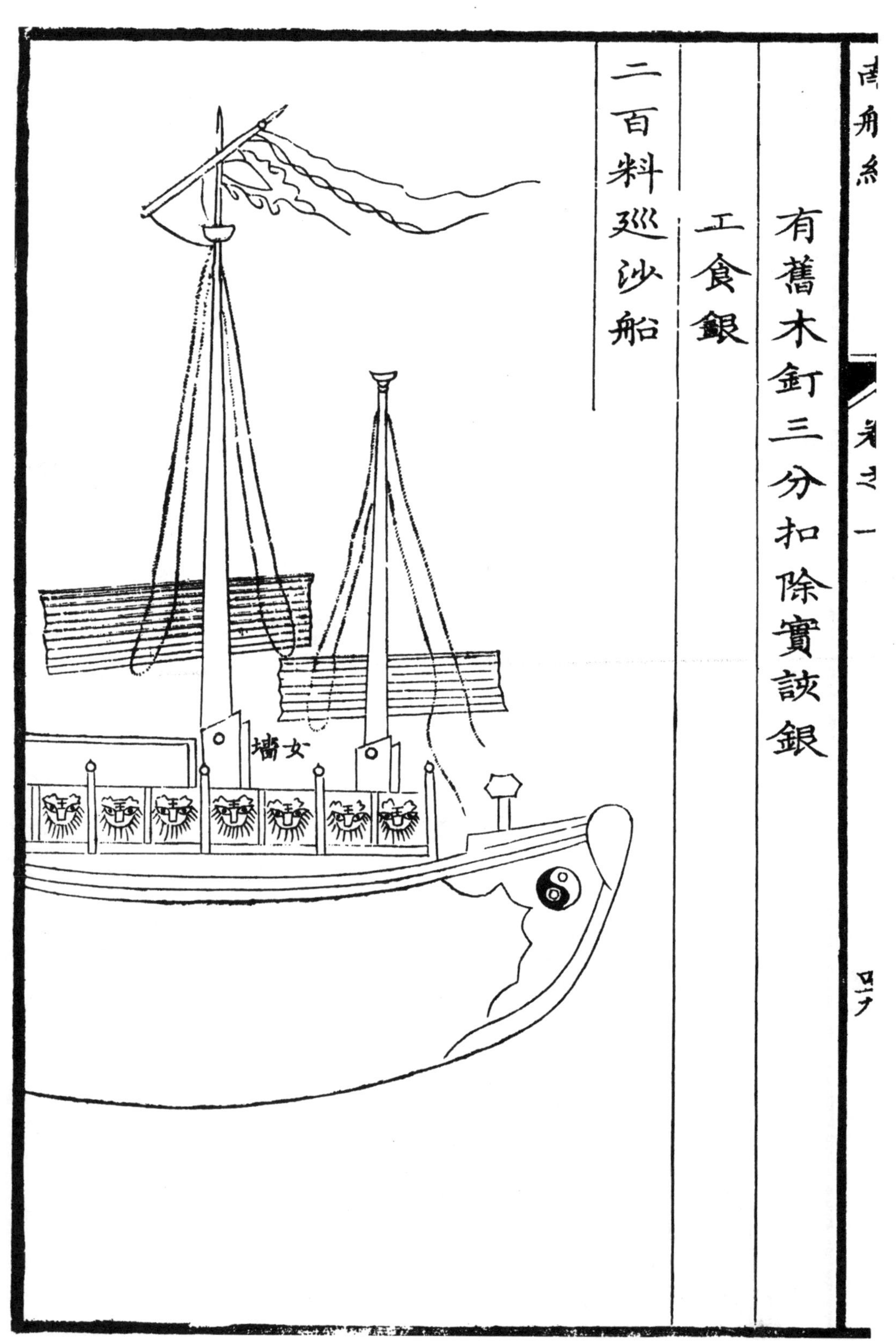

啓按所謂沙船象崇明三沙船式也三沙浮海人長吞天浴日之區龍艦為業履險如夷走船如馬家海門江朝吴幕楚苟驚風立浪之相遭則鼓氣揚眉之有象矣是以率多無良咎之者皆以性成於引而不知器利於用者有以助之巡船式之器亦利矣用器者能以沙船之習習之斯不失為軍國之沙船也中有洞屋是以更

番外有女墻足以間衛義恕者云

頭倉長四尺五寸　二倉三倉四倉俱長四尺

五六倉各長四尺五寸　七八倉官樓各長四尺二寸

九十倉各長四尺五寸　虗頭倉長八尺八寸

虗梢長一丈

共長六丈七尺濶一丈三尺六寸

正底十一路長四丈四尺五寸濶九寸厚二寸一分　幇底二路長四丈五尺五寸濶一尺一寸厚二寸一分

拖泥二路長四丈七尺厚二寸闊一尺一寸　出水棧二路長四丈八尺厚二寸濶一尺二寸

中棧二路長五丈濶一尺四寸厚二寸　完口棧二路長五丈三尺厚二寸濶一尺四寸

插找四路長一丈六尺濶一尺厚二寸　出脚板二路長六丈五尺濶九寸厚二寸五分

康木二路長六丈五尺闊五尺厚三寸五分
厫堂六路長五丈四尺闊一尺一寸厚一寸八分
羅桅平盤四路長六丈五尺闊七寸厚寸八分
側口二路長四尺厚二寸闊四寸
鬭頭板七塊長八尺闊一尺一寸厚二寸
鋪頭板四長八寸厚二寸闊一尺
盂頭梁一長八尺厚四寸闊八寸
拿獅二路長一丈五尺闊四寸厚四寸
鬭梢板四塊長七尺厚一寸八分闊九寸
草鞵底二塊長九尺厚一寸闊七寸
稍後拿獅二長五尺厚五寸闊五寸
灶門梁二塊長七尺厚一寸八分闊八寸
鋪梢板六塊長八尺厚一寸八分闊一尺
綫梁四塊長一丈闊五寸厚三寸五分
面梁一塊長一丈三尺闊一尺三寸厚五寸五分
小面梁一塊長一丈闊一尺二寸厚五寸
千斤板二塊長二丈一尺闊八寸厚二寸
官樓土牆二路長一丈五尺闊二尺厚一寸八分
横梁板一塊長六尺二寸闊二尺厚三寸
官樓平盤二路長一丈五尺闊八寸厚一寸八分

老鼠橋四路長一丈五尺闊五寸厚四寸　官樓鎖伏板九塊長四尺闊一尺厚一寸八分

梢樓土牆二路長一丈七尺厚一寸八分闊二寸五分　左右頂板四路長一丈七尺厚一寸闊一尺二寸

梢樓側口二路長一丈七尺闊五寸厚二寸五分　老鼠橋二塊長一丈七尺闊四寸厚二寸

梢樓面梁二塊長七尺厚一寸八分闊八寸　梢後鎖伏十二長三尺闊一尺三寸

上下舵巾板二塊長九尺五寸闊一尺厚二寸五分　將軍柱一根面梁一塊長六尺厚一寸八分闊一尺

車關車耳共長六尺厚五寸闊八寸　大小帆柏二箇共長六尺厚五寸闊一尺

左右狗腦十塊長二尺五寸闊四寸厚三寸五分　櫓梭四箇長五尺闊四寸

編舵板六塊長三尺厚二寸闊一尺　櫓印子四個長八尺厚一寸五分闊五寸

櫞跣板六塊長六尺厚二寸闊七寸　各倉梁頭十三座每座四塊長一丈一尺闊一尺三寸

蓬架三座用板四塊長六尺厚二寸闊三寸

以上共用楠木并折板枋　根（圍三尺 長三丈）

有舊料減三分

頭桅杉木一根（圍一尺五寸 長三丈二尺）　大桅杉木一根（圍三尺五寸 長五丈五尺）

櫓四張杉木二根（圍二尺五寸 長二丈五尺）　榆木舵桿（圍二尺五寸 長一丈八尺）

檀木舵牙關門棒二（圍一尺 長一丈）　雜木水戧二根（圍一尺 長二丈）

篷秤扛四根（圍一尺 長二丈）　脚踏板二塊

杉木旗哨杆三根（圍一尺 長二丈）　杉槁木十根（圍七寸 長二丈）

梆頭一把　水櫃二箇

裝脩官倉照面倉槅子六扇（長五尺五寸 闊一尺七寸）

上下枋四根（長七尺五寸闊四寸厚二寸五分）　抱柱枋四根（長五尺五寸闊三寸厚二寸）

床面一　上下歡門槅子二扇長四尺闊一尺二寸

左右麻力槽枋四長八尺闊三寸厚二寸　麻力板二槽闊八尺長四尺厚七分

左右遮腸柱子十長四尺闊四寸厚三寸　下脚槅子十個長一尺二寸闊五寸厚一寸五分

遮腸板八空每空闊二尺三寸長八尺五寸厚九寸　稍門二扇長三尺闊一尺七寸

梢闌干二扇杆二根長一丈八尺方三寸柱四根長二尺方二寸　荷葉四個　鋪板九倉

全船水梘　鎗架一座六方　銃桿一根　銃架一座

扶梯一張　戽斗一　水桶一　吊桶一　旗櫃一

木羊頭二　鍋蓋一　水牌一　水挽一

以上共用杉木　根圍二尺五寸長二丈五尺

杉木連二枋　塊　分　有舊料減三分

油艌　桐油二百五十斤　黃麻二百五斤　白麻十五斤　石灰

油飾彩畫　桐油十五斤　黃丹八兩　蜜陀僧二兩　畨硃二斤　水膠三斤　墨煤三斤　二硃十五兩　靛青三兩　藤黃二兩　三碌十五兩　枝條碌卄兩　銀硃十五兩

風篷二扇　青篭竹一百四十根　棕毛六十斤　黃藤四十斤　蘆柴四十六束

牽䉶二件　青水竹三百七十根

竹挽二條

椶䌰纜㯭綳等六件　棕毛三百七十斤

麻旗線䌫頭等索九件　黃麻一百五十斤　白麻十五斤

旗一面　號帶二條　潤白綿布二疋　黃絲線五錢

染　蘇木八兩　明礬五兩　槐花八兩

纓頭一副　黑纓二斤　紅鹿皮一分　白麻線三錢　生挣水牛皮一分

釘槅子六扇　蛩殼十五斤

玲瓏槍餅仙人掌　檀木一段圍二尺五寸長三尺　白楊木一段圍二尺五寸長一尺

鐵鍋一

鐵釘浮動什物大小鐵釘四百七十斤鐵攀頭二條重六斤

櫓脚鐶四箇重一斤　舊鑽十箇重二斤八兩
鐵千金四箇　鐵挽子二把重一斤
拐棒鉤十二斤　萬字鉤八斤
釘鏁殼小砲釘八兩　門鐶一副

本船諸料共該銀　百　十　兩　錢　分　厘　毫內如
有舊木釘三分扣除實該銀
工食銀

一百料一顆印巡船

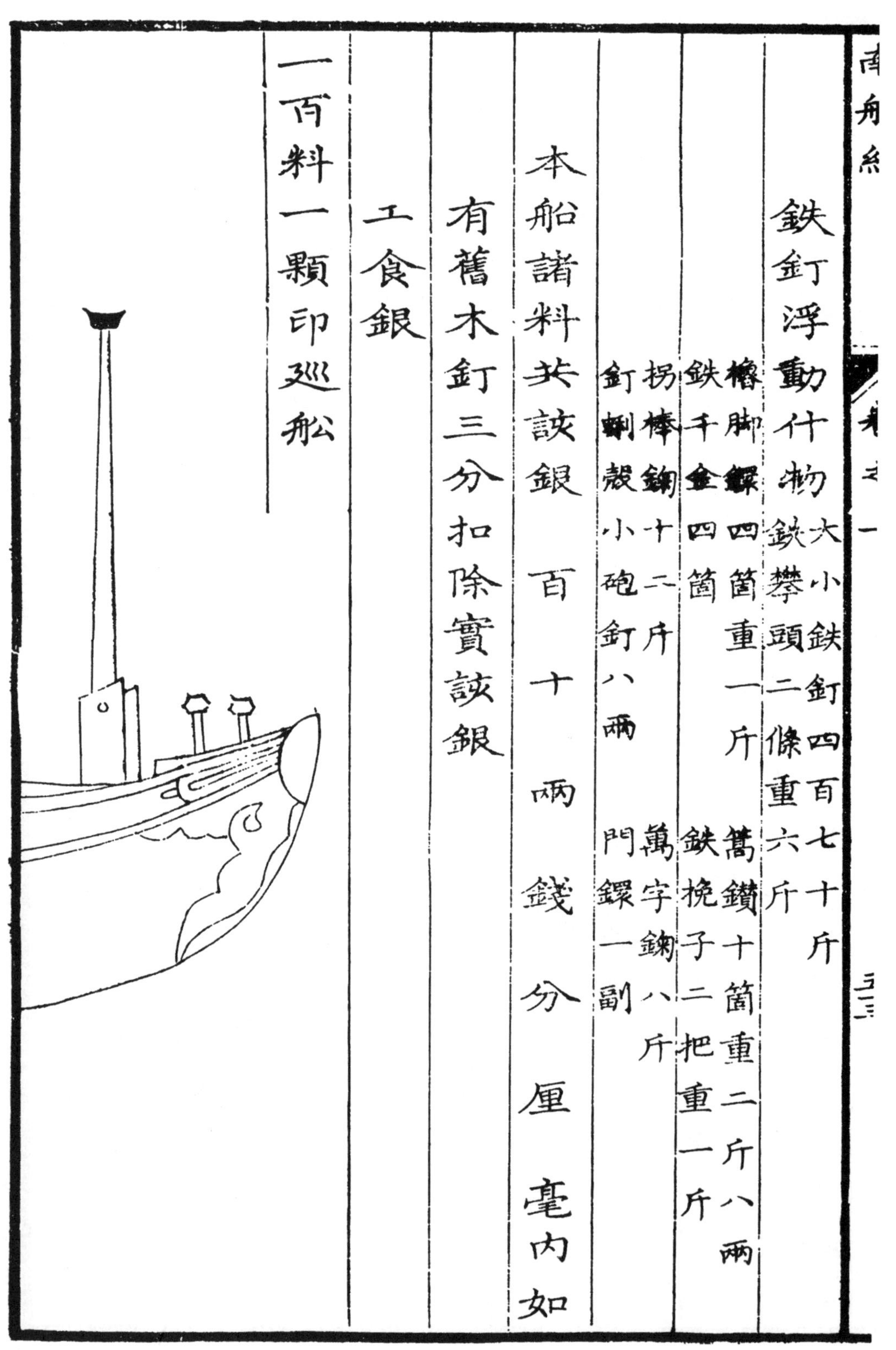

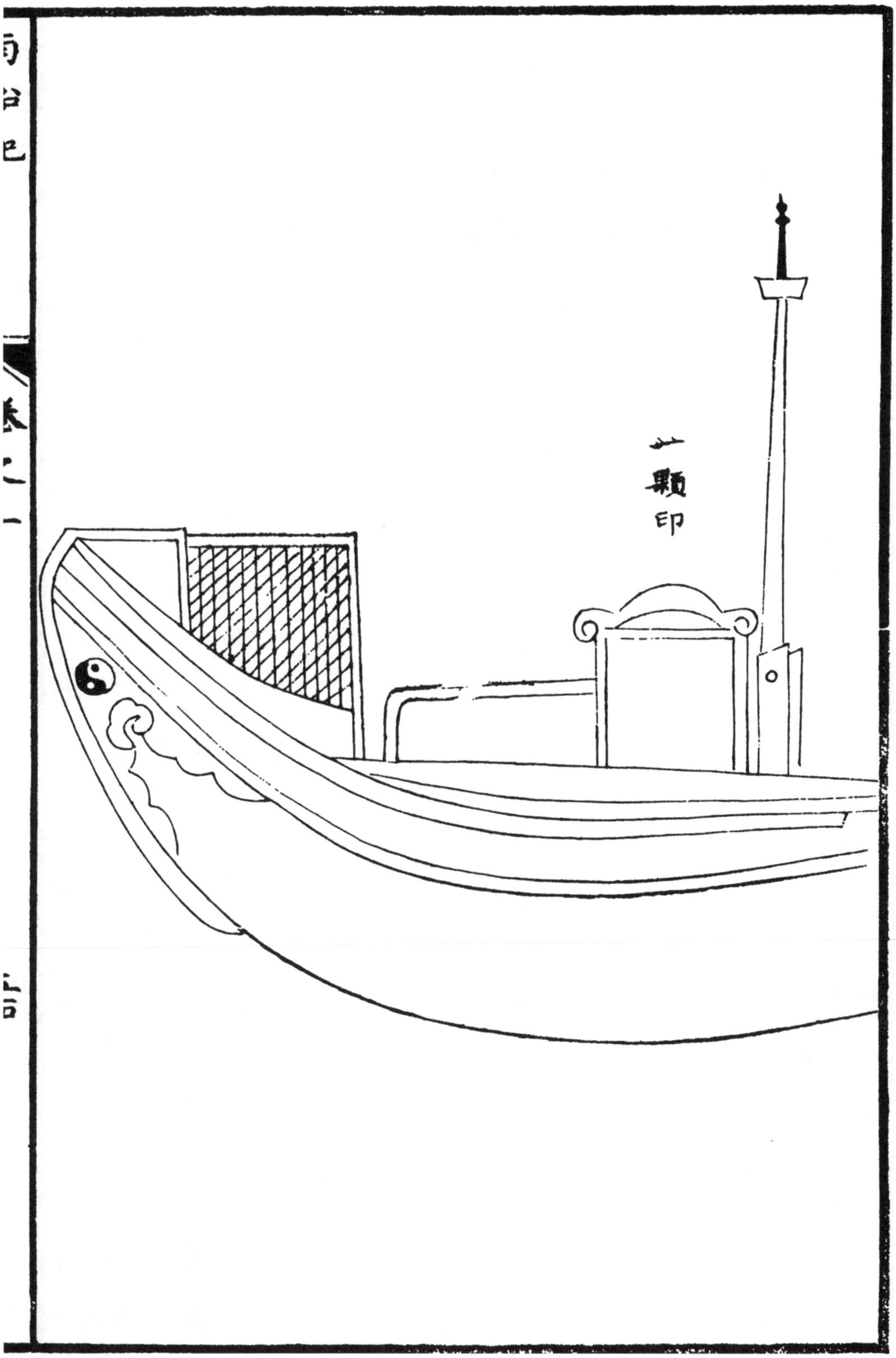
一顆印

啓按巡船以一顆印稱前未之聞訊其所以云官倉如印蓋象形也較之沙船料同而制稍異嘗竊計之戰船貴大而雄巡船貴小而捷何也戰者與敵爲競非大不足以鎮壓之若夫巡者所巡不過城狐社鼠之流辟蠆蓍蜂之屬耳諸哨船輕淺船足任之矣今此與沙船俱適當戰船之一等較武者宜不可無等第之殺云

頭倉至四倉各長四尺　五倉至七倉各長四尺五寸

八倉官樓長四尺二寸　九倉十倉各長四尺五寸

虛頭倉長八尺八寸　虛梢長一丈

共長六丈一尺五寸闊一丈二尺六寸

正底九路長四丈六尺闊九寸厚二寸二分　出水棧二路長五丈二尺闊一尺一寸厚二寸

中棧二路長五丈五尺闊一尺二寸厚二寸　完口棧二路長五丈八尺闊一尺五寸厚二寸

插找六塊長一丈八尺闊一尺五寸厚二寸　出脚板二路長六丈三尺闊九寸厚二寸

左右厫堂四塊長六丈四尺闊一尺三寸厚二寸　搪浪板十塊長九尺闊一尺二寸厚二寸

關梢竈門梁鋪梢盂梢板梁共十六長八尺闊一尺厚二寸

各倉梁頭十二座每座五塊長丈一闊九寸厚二寸　側口二路長四丈厚二寸五分闊六寸

左右康木二路長六丈五尺闊六寸厚三寸　伏獅頭一箇長一丈圍三尺

梢伏獅一箇長八尺圍八尺　將軍柱二箇長六尺

拿獅二路長六丈三尺方四寸五分　大面梁一塊長一丈二尺闊一尺四寸厚五寸

小面梁一塊長一丈闊一尺三寸厚五寸　桅夾板四塊長八尺厚二寸二分闊尺二寸

千斤板二塊長一丈八尺闊八寸厚二寸　櫓跳板四塊長六尺闊七寸厚二寸一分

編舵板夾板共七塊長五尺闊一尺厚二寸　鋪頭板五塊長九尺闊一尺厚二寸

線梁五塊長一丈闊一尺厚一寸五分　上下舵巾板二長八尺闊一尺厚二寸二分

南船紀　卷之一

前後鎖伏三十五塊長五尺五寸濶一尺厚一寸八分

以上共用楠木并折板枋十根分圍三尺長三丈

有舊料減三分

大桅杉木一根圍三尺五寸長四丈五尺　頭桅杉木一根圍二尺五寸長二丈五尺

櫓四張杉木二圍二尺五寸長二丈五尺　舵桿楡木一根圍二尺五寸長一丈八尺

舵牙關門棒檀木二圍一尺長一丈　雜木水戧二根圍一尺長二丈

杉條木旗哨招杆三根圍一尺長二丈　杉槁木八根圍七寸長二丈

裝脩官樓柱二根長八尺見方四寸五分　過梁枋五根長六尺濶六寸厚二寸

壁尺二根長四尺濶三寸厚二寸五分　門二扇長四尺濶一尺六寸厚一寸四分

後梁頭板三塊長六尺濶一尺五寸厚一寸七分　頂板一座長六尺濶六尺厚一寸七分

捲篷板二塊長一尺濶七寸厚一寸四分

長樓土墻板二座長一丈四尺濶三尺厚一寸七分　頂板一座長一丈一尺濶六尺厚一寸七分

後梁板一塊長六尺濶二尺八寸厚一寸七分

梢樓柱四根長六尺方四寸　過梁二根長九尺五寸濶五寸厚二寸五分

桁條三根長四尺五寸方三寸　後土墻板三座長七尺五寸闊五尺厚一寸七分

頂板一座長七尺五寸濶九尺五寸厚一寸七分　銃架一座　銃桿三根

扶梯一張　旗櫃一箇　篷架三座　脚跳板二

前後水梘　鋪板五倉　榔頭一把　水撇二

木羊頭二　戽斗一　水桶一　吊桶一

鍋蓋一　水牌一　水挽一

以上共用杉木　根　分 圍一尺五寸 長一丈五尺

杉木連二枋　塊 長一丈四尺闊一尺二寸厚五寸

有舊料減三分

油艙 桐油一百斤 石灰四百四十斤 黃麻一百斤

油飾彩畫 桐油十二斤 水膠二斤 墨煤二斤 藤黃二錢 銀硃五兩 靛青一兩

二硃五兩 黃丹一斤 蜜陀僧一兩

三碌三兩五錢 枝條綠三兩五錢

光粉二斤

風篷二扇 青篁竹一百五十 毛竹二根 黃藤四十斤 稍篷蘆席廿領 棕毛五十斤 蘆柴五十束

杉條篷秤扛四根 圍一尺長二丈

縴繿一條 繫水一條 青水竹三百五十根 竹挽二條

棕錨纜櫓綳等六件棕毛三百五十斤麻旗線籮頭等十件黃麻一百五十一斤白蔴二十斤

旗二面黐帶二條白綿布槐花八兩蘇二疋黃絲線五錢染木八兩明礬五兩

纓頭一副黑纓二斤白麻綫三錢生狰水牛皮一分紅鹿皮一分

釘槅蜊殻十斤

玲瓏桅餅檀木一段圍二尺五寸長三尺白楊木一段圍二尺五寸長一尺

鐵釘浮動什物大小鐵釘四百七十斤槅鑽八箇重二斤櫓脚鐶四箇重一斤

鐵攀頭一條重六斤萬字鋼十斤鐵挽子二把重一斤

本船諸料共該銀　百　十　兩　錢　分　厘　毫內如

有舊木釘三分扣除實該銀　百　十　兩

工食銀

九江式哨船

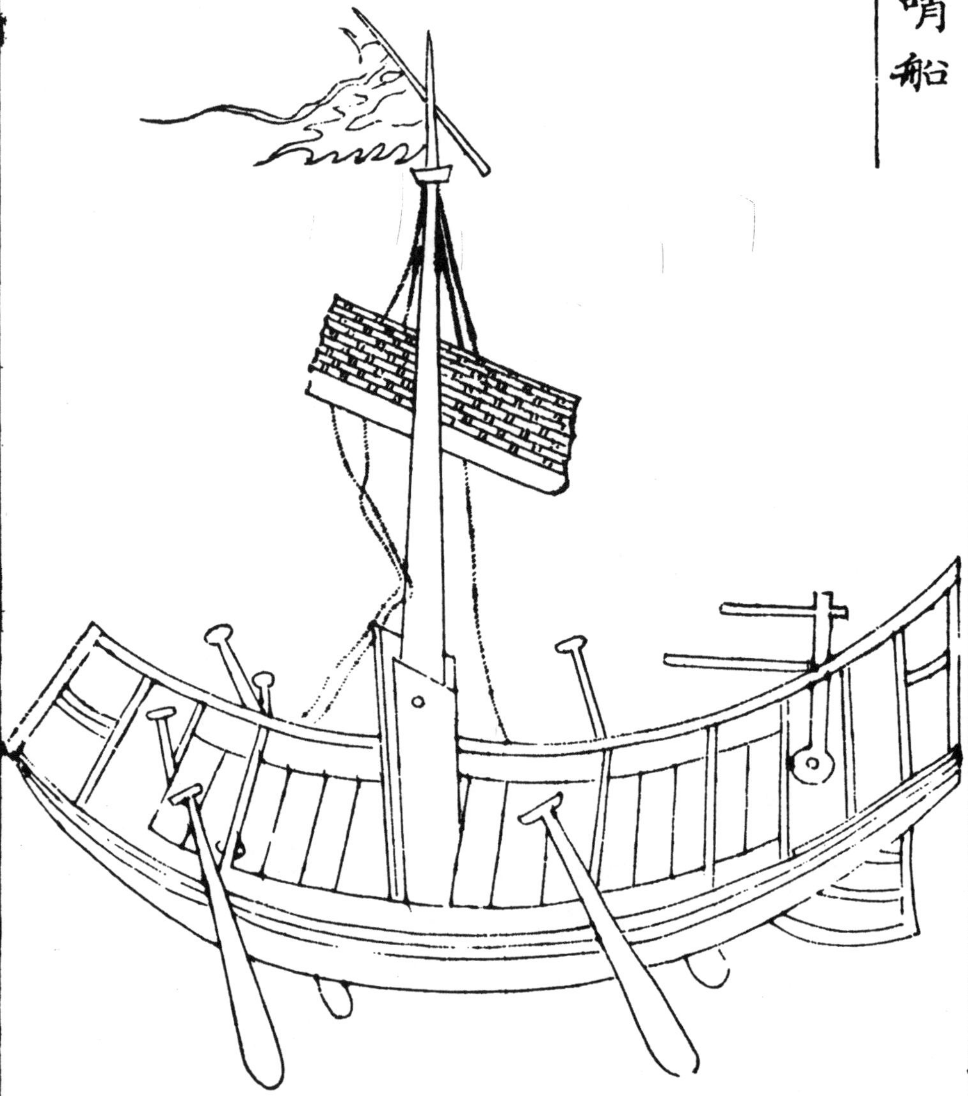

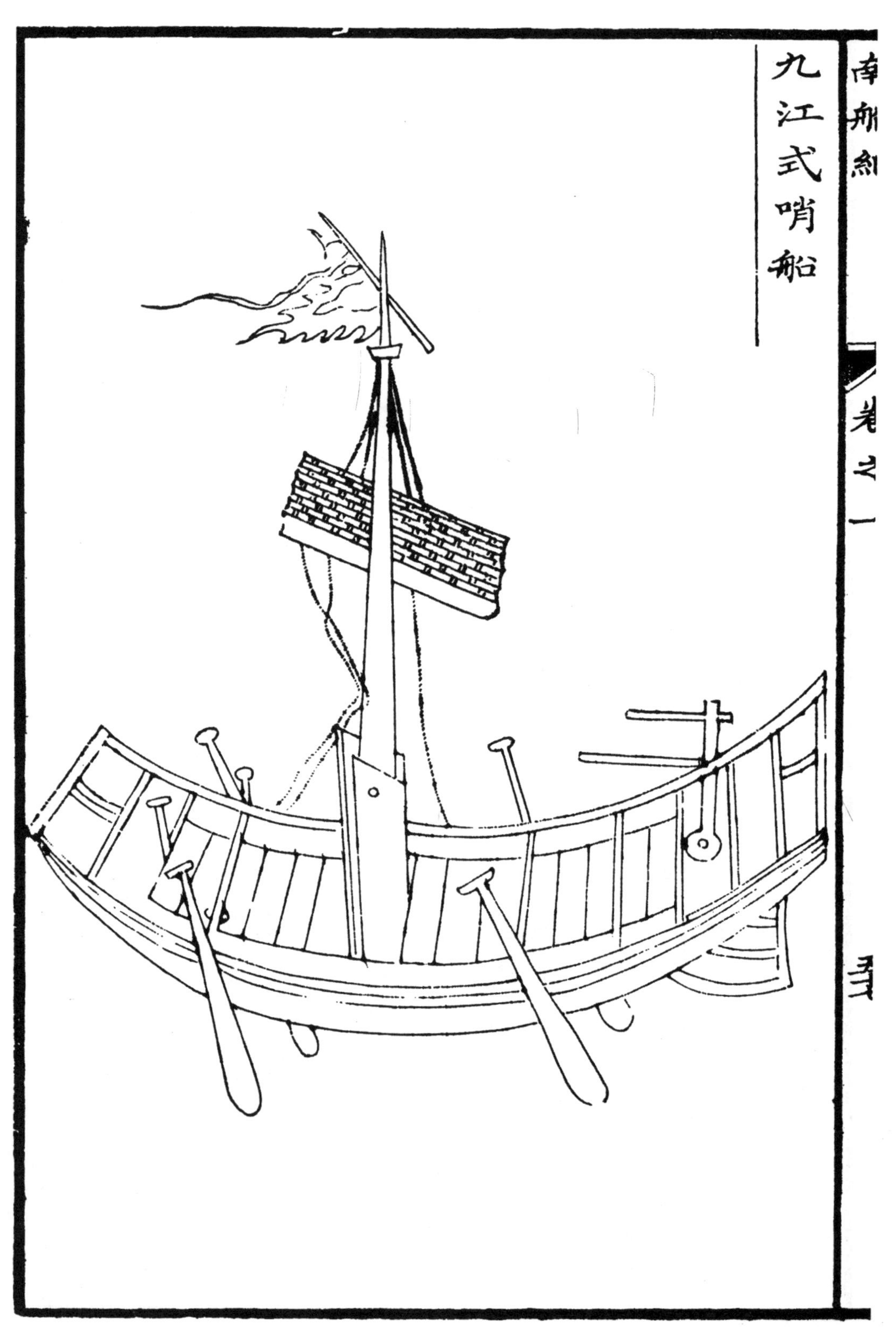

啓按哨字名義不蒙戰陣及考往古戰陣圖書皆無哨名至會典始載神機營有左哨右哨又律疏載軍衛有罪者蔱瞭哨即會典所謂哨者觀之左右遊擊之義也即律疏所謂哨者觀之塹堡覘諜之義也然亦未有名其器者船之名哨實肇於正德之九年比年流賊猖狂東馳西突國狗之瘈無走弗噬海内洶洶東南揺動南京守備操江謀為援察之計故有是設求其江船之最利於疾速者莫如九江安慶九江者無洞而差長安慶者有洞而差小泿入汩出狎浪騎風豈唯便於伺察為哉使戰陣而庸之則或為向道或為挑戰或為疑兵或為伏甲馬注不利所謂立成器以為天下利非是耶

頭倉至四倉各長三尺一寸　五倉長二尺五寸

六倉至九倉各長三尺二寸　虚頭倉長六尺

虚梢長六尺五寸

共長四丈二尺濶七尺九寸

正底五路長二丈七尺五寸闊一尺二寸厚一寸六分　幇底二路長二丈八尺闊九寸厚一寸六分

拖泥二路長二丈九尺闊九寸　出水棧二路長三丈五尺闊一尺二寸

左右中棧二路長三丈五尺闊一尺二寸　完口棧二路長三丈五尺闊一尺二寸

出脚板二路長四丈闊七寸厚一寸八寸　康木二路長四丈闊七寸厚三寸五分

廒堂四路長三丈三尺闊九寸厚一寸六分　拿獅二路長四丈厚三寸闊五寸

側口二路長三丈厚一寸六分闊三寸　闌頭板六塊長五尺厚一寸六分闊一尺

盂頭板二路長五尺厚一寸六分闊八寸　闌梢板二塊長四尺五寸闊一尺厚一寸六分

插找四塊長七尺厚一寸六分闊七寸　鋪梢板五塊長三尺闊一尺厚一寸六分

面梁一塊長七尺厚三寸闊一尺　将軍柱面梁一長六尺闊八寸厚三寸

前後鎖伏板二十四長四丈五尺闊三丈厚一寸六分

各倉梁頭十一座每座用板五塊各長六尺闊九寸厚一寸六分

草鞵底三塊長四尺五寸厚七分闊六寸　伏獅頭一箇長五尺

將軍柱一個圍二尺長五尺　梢伏獅一箇長九尺圍二尺五寸

上下舵巾板二塊長三尺厚二寸闊七寸　編舵板三塊長三尺厚一寸六分闊六寸

槳扇板四塊長八尺厚一寸四分闊七寸

以上共用楠木并折板枋十根今圍三尺長三丈

有舊料減三分

桅心杉木一根圍二尺長二丈六尺　杉槁木四根圍七寸長二丈

杉木旗哨桿一根圍七尺長一丈五尺　抑伏杉木二根圍七寸長一丈五尺

杉木招杆一根圍七寸長一丈　水梘二十根內一根圍一尺長一丈五尺

篷提頭杉條木二根圍一尺長二丈　櫓一張杉木五根圍二尺五寸長二丈

鋪板一倉脚踶一塊砲架一副旗櫃一箇共用松木一根

圍三尺長三丈　槐木舵桿一根圍一尺長七尺

槐木舵牙一根圍七寸長四尺　槳四把用杉木五根圍尺五長二丈

榆木槳樁四根圍七寸長二尺　楠木將軍柱一根圍二尺長四尺

榆木櫛頭一個圍二尺五寸長一尺三寸　檀木水櫥二根圍一尺長四尺

槳皮條八　戽斗一　水牌一

油艌桐油八十斤石灰一百六十斤黃麻八十斤

棕五件棕毛四百八十斤　麻五件黃麻二十八斤

牽䉒一條水竹五十根　竹挽子二條

風篷一扇 青筆竹三十一根 棕毛四斤 蘆席五領 蘆柴十五束 黃藤兩斤 毛竹一根

旗一面 號帶一條 白綿布一疋 染 槐花四兩 明礬一兩

纓頭一副 黑纓八兩

桅餅玲璫四箇

油飾彩畫 桐油三斤 墨煤四兩 畨硃六兩 黃丹一兩

鐵釘浮動什物 大小鐵釘一百八十斤 拐棒鐶十四個重七十斤

萬字鉤十六個重四斤
小鐵索二條
弓篷圈六个
桊鉤八箇
櫓脚鐶一個
鐵挽子一把
鐵錨一重四十斤
篙鑽四個

砲架鐵圈四副
弓篷鉤六個
風篷鉤六箇
扒頭釘八箇
吊舵圈一箇
旗櫃戽斗小釘五十個
鐵鍋一口濶一尺二寸
攸篷圈一箇

本船諸料共該銀　百　十　兩　錢　分　厘　毫內如

有舊木釘三分扣除實該銀
工食銀七兩五錢六分

安慶哨船

大勝關哨船

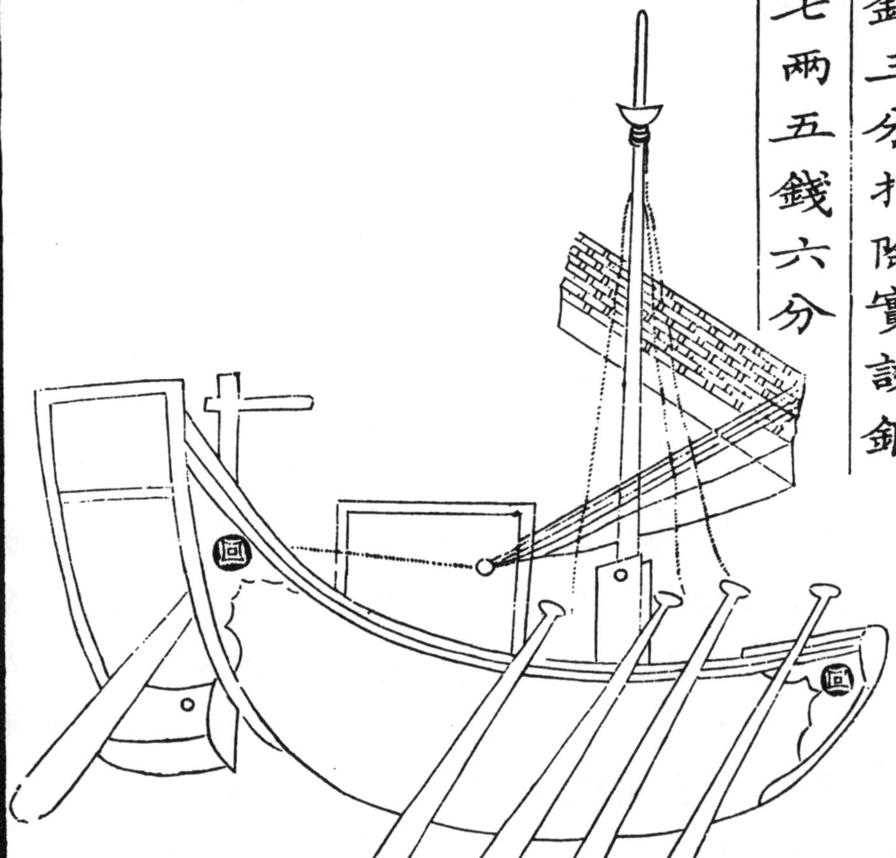

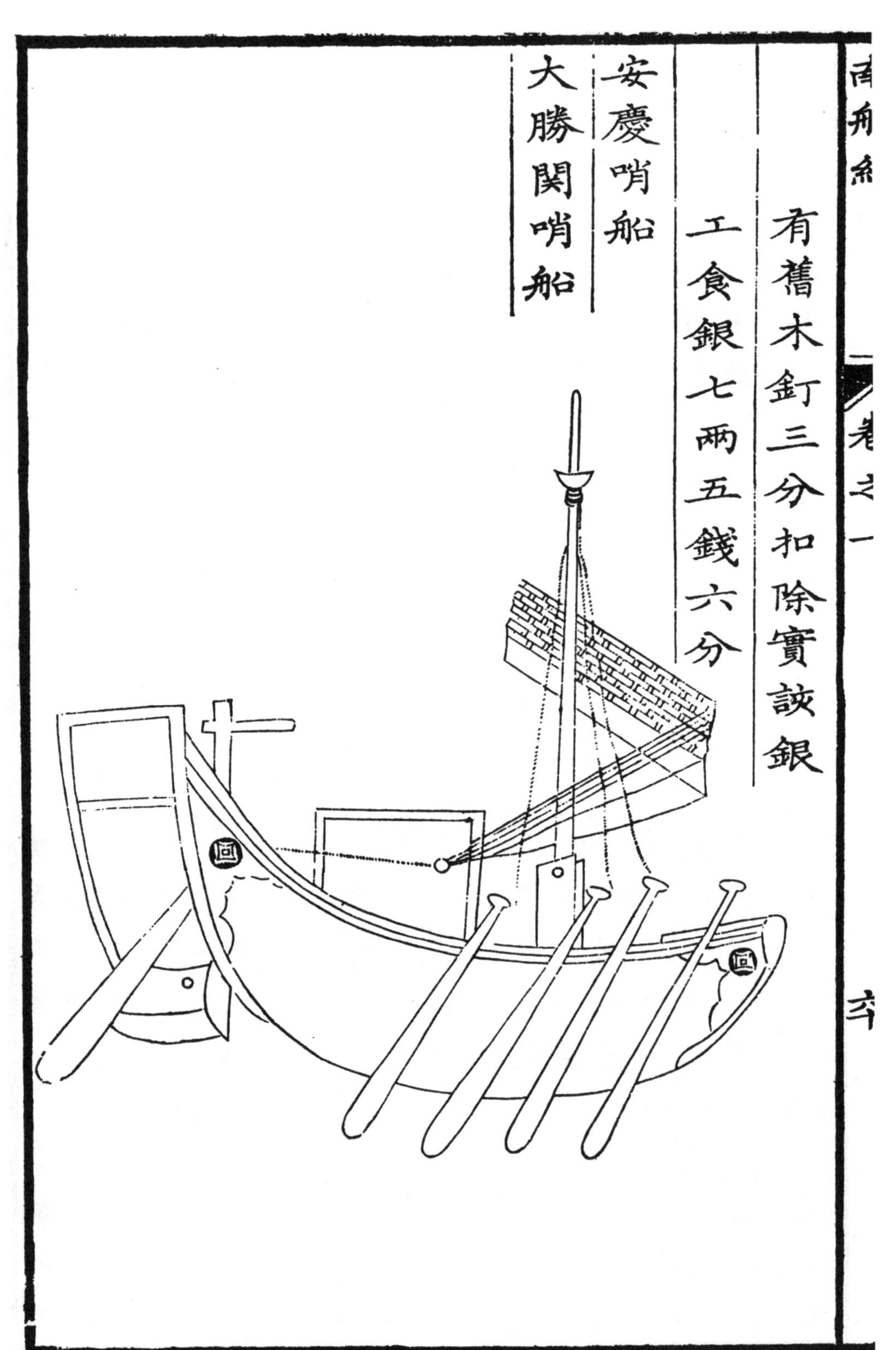

啓按安慶船䟽備前九江舩下而所謂大勝關哨舩者
非別有一式也即此以給候人俾爲之守夫關爲南都
險要長波斷岸譏察
非常非是焉濟哉

頭倉至四倉各長三尺　五倉官樓至八倉各長三尺

虛頭倉長六尺二寸　虛梢長六尺五寸

共長三丈六尺七寸闊七尺八寸

正底五路長二丈四尺厚一寸六分闊一尺二寸　封底二路長二丈四尺五寸厚一寸六分闊一尺

拖泥二路長二丈五尺厚一寸六分闊一尺一寸　出水棧二路長二丈八尺厚一寸六分闊一尺一寸

中棧二路長三丈三尺闊八寸厚一寸六分　完口棧二路長三丈四尺闊一尺厚一寸八分

左右插找二路長一丈厚一寸六分闊一尺　出脚二路長三丈六尺七寸闊一尺厚一寸八分

草鞵底二塊長七尺厚八分闊一尺　厰堂板四路長二丈八尺闊一尺厚一寸六分

裏口二路長二丈八尺濶四寸厚二寸　拿獅二路長三丈一尺濶五寸厚三寸

康木二路長三丈六尺七寸濶四寸厚三寸　鬬頭板六塊長六尺濶一尺二寸厚一寸六分

鬬梢板五塊長五尺八寸濶尺厚一寸六分　竈門梁花板四塊長五尺八寸厚一寸六分濶一尺一寸

鋪梢板四塊長六尺五寸厚一寸六分濶一尺二寸　鋪頭板二長五尺厚一寸六分闊一尺一寸

線梁一塊長五尺厚二寸五分闊八寸　各倉梁頭十座每座板三塊長六尺五寸弍分闊一尺三寸

前後鎖伏板二十長四尺濶一尺一寸厚一寸六分　官樓土墻二塊長六尺五寸厚一寸六分闊一尺三寸

横梁板二長五尺厚二寸濶一尺三寸　上下舵巾板二長五尺五寸厚二寸濶一尺一寸

桅夾二塊長四尺五寸厚一寸八分闊一尺　編舵板四塊長二尺五寸闊一尺厚一寸六分

面梁一塊長四尺闊一尺三寸厚三寸　伏獅頭一箇長五尺八寸圍二尺五寸

梢伏獅一箇長五尺八寸圍二尺　前後鎖伏水梘　根

將軍柱一個長五尺圍二尺

以上共用楠木并折板枋　根　今圍三尺長三丈

有舊料減三分

桅心杉木一根圍二尺長二丈六尺　杉槁木四根圍七寸長二丈

旗杆杉木一根圍七寸長一丈五尺　杉木哨杆一根圍七寸長一丈

蓬提頭杉木二根圍一尺長二丈　鋪倉脚踵旗櫃松木一根圍三尺長三丈

櫓一張杉木五分圍二尺五寸長二丈　槐木舵桿一根圍一尺長七尺

槳栗木八根長八尺　槳水扇八塊楠木一根圍三尺五寸長六尺

槐木舵牙一根圍七寸長四尺　榆木槳樁八根圍七寸長二尺

吊桶一　榆木榔頭一圍二尺五寸長一尺三寸

檀木水櫊二根圍一尺長四尺　戽斗一

水牌一　㯋皮條十六

油艙桐油八十斤石灰一百六十斤　黃麻八十斤

頂纜度縴等棕五件棕毛一百八十斤　麻索等四件黃麻三十五斤

縴豐青水竹五十根　竹挽一

風篷一青筆竹三十一根棕毛四斤　黃籐四斤蘆席五領　蘆柴十五束毛竹一根

旗一面號帶一條白綿布一疋　染槐花四兩明礬一兩

纓頭一副黑纓八兩　槍餅玲璫四白楊木檀木

油飾綵畫銀硃六兩三碌六兩　二硃六兩光粉十兩　合碌六兩墨煤八兩

畨硃十二兩黃丹二兩　水膠十二兩石黃四兩　靛青一兩桐油五斤

鐵釘浮動什物
鐵釘一百八十斤　攀頭二條各長三尺五寸　拐棒鉤七斤
萬字鉤四斤　鉡頭四條　帽盔箍二道
方箍一道　鐵螞蝗四條　梢頭磨臍二
櫓箍二道　櫓丁公一個　吊舵圈一
納伏圈六副　槳鉤十六個　槁鑽四箇
槳扒頭十六　槳櫃釘五十　鐵挽子一把
鐵錨一個重四十斤　風蓬鈎一副
鐵索一條長二丈五尺重一十五斤
鐵鍋一口　弓蓬圈六箇　攸蓬圈一個
瓦碗　鉤六個

本船諸料共該銀　十　两　錢　分　厘　毫內如有舊

木釘三分扣除實該銀

工食銀

輕淺便利船

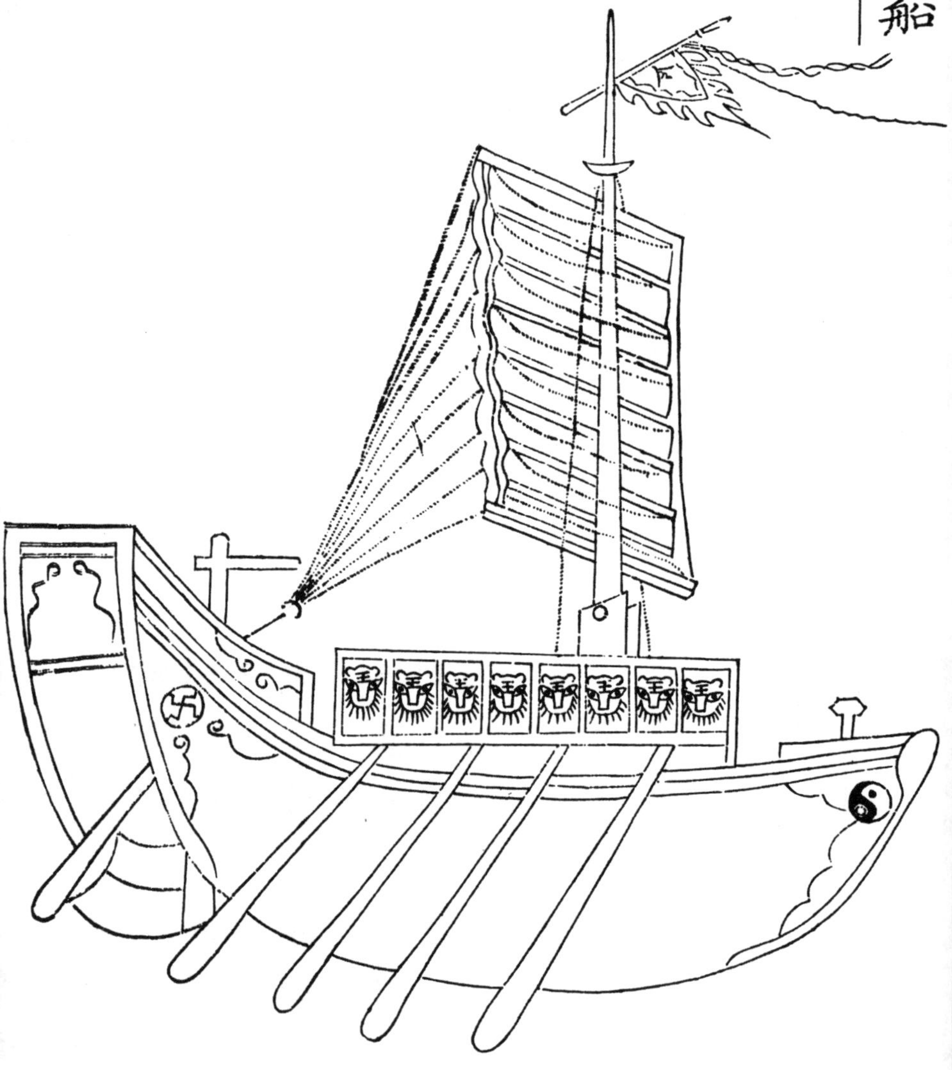

啟按飄揚不滯曰輕浮泛不礙曰淺亭通不括曰利旋轉不勞曰便舩以是名古何做乎劉裕嘗設輕利船壯伐取勝則是名之命未為無因考其尺度與一百料戰船同致其法制與一百五十料戰船同大較法象走舸可以巡可以戰唯夫所以用之夫用船者兵嘗謂兵之不可不利也而切謂器之尤不可不利也何也古人有言曰器械不精以其卒與敵也況夫船之為器所係尤重蓋容一人則一人之命所懸容十人則十人之命所懸容百人則百人之命所懸苟一鍊之隳不謹則滅項之禍無涯三軍之命唯危而匠氏之心易忽夫所以忽之者特狃於偷惰之私溺於侵漁之習而不知師旅之命係於舉手之下也嗚呼制其心而不使至於忽者誰之責與敢以是為吾督司者告

頭倉長三尺五寸　二倉三倉各長三尺三寸

四倉五倉各長三尺二寸　六倉至十倉各長三尺四寸

十一倉長三尺五寸　虛頭長七尺

虛梢長八尺五寸

共長五丈二尺五寸闊一丈零五寸

正底九路長三丈七尺厚一寸八分闊一尺　幫底二路長三丈八尺厚一寸八分闊一尺一寸

出水棧二路長四丈二尺厚一寸八分闊一尺一寸　中棧二路長四丈六尺厚一寸八分闊一尺四寸

完口棧二路長四丈八尺厚一寸八分闊一尺二寸　插找二路長一丈七尺闊一尺厚一寸八分

出脚板二塊長五丈二尺五寸闊八寸厚一寸八分　床木二路長五丈二尺闊七寸厚四寸

前海漫板五塊長九尺厚一寸八分闊一尺二寸　拿獅二路長五丈闊五寸厚四寸

關頭板六長七尺厚一寸八分闊一尺一寸　鋪頭橫板一塊長六尺厚一寸八分闊一尺二寸

將軍柱面梁一塊長八尺厚四寸闊一尺一寸　線梁一塊長八尺厚三寸闊一尺

關梢板六塊長六尺五寸闊九寸厚一寸八分　草鞋底三塊長七尺厚八分闊六寸

鋪梢板五塊長八尺厚一寸八分闊一尺一寸　上下舵巾板二塊長八尺厚二寸闊一尺

皂門梁花板二塊長六尺厚一寸八分闊九寸　土墻二路長一丈七尺厚一寸六分闊一尺五寸

平盤板二路長一丈七尺闊三寸厚一寸八分　廒堂板六路長三丈六尺厚一寸八分闊一尺一寸

前後鎖伏板二十五長四尺厚一寸八分闊一尺一寸

梢後挽脚梁一塊長八尺五寸闊一尺厚二寸五分

側口二路長三丈二尺厚二寸闊五寸　大面梁一塊長一丈五尺厚四寸闊一尺二寸

伏獅頭一箇長六尺五寸圍三尺

各倉梁頭十三座每座板三塊長九尺闊一尺二寸厚一寸八分

將軍柱五個長五尺五寸圍二尺五寸　編舵板四塊長三尺厚一寸六分闊一尺一寸

舵夾板四塊長五尺厚二寸闊四寸　櫓梭三箇長四尺厚三寸闊四寸

櫓三張長一丈七尺闊五寸厚五寸　槳十把用板八塊長八尺厚一寸四分闊七寸

槳印子十箇長八尺厚二寸闊五寸　櫓跳板二塊長四尺厚二寸闊五寸

櫓床板二塊長四尺厚二寸闊四寸　小官樓一座左右土牆二長四尺闊一尺

龍骨二路長三丈厚二寸五分闊四寸　帆桅一塊長三尺厚三寸五分闊一尺

槍夾板二塊長六尺厚一寸八分闊尺一寸　隨船水槻　根

鋪倉板九

以上共用楠木　十根分圍三尺長三丈

杉木　根圍三尺長三丈　有舊料減三分

杉木桅一根圍三尺長四丈六尺　杉槁六根圍七寸長二丈

旗哨杠杉木一根圍一尺長二丈

桅栓舵牙一根　槳椿十（檀木四根圍　尺長七尺）

檀木閂門棒一根（圍一尺長八尺）　槳栗木十六根（圍八寸長八尺）

脚跳板松木　蓬秤扛杉木三根（圍一尺長八尺）

水擑二　榔頭一　木羊頭二　庳斗一

裝脩柱子十二根（長五尺五寸見方四寸五分）　順篐頭地脚枋六根（四根長三丈二根長一丈）

女墻門三十六（長三尺五寸濶一尺七寸）　門檔七十二根

銃架一座　銃桿三　扶梯一張　旗櫃一

鼓架一座　鍋蓋一　水桶一隻　吊桶一

水牌一

以上共用楠木　根　分（圍三尺五寸長三丈二尺）

杉木　根　圍二尺五寸長二丈五尺　有舊料減三分

油艌　桐油一百八十五斤　石灰三百六十斤　黃麻一百八十五斤

油漆彩畫　桐油十斤　黃丹四兩　番硃一斤　蜜陀僧四兩　墨煤一斤　土子半斤　光粉二斤　石黃二兩　二硃六兩　靛花青五兩　水花硃三兩　合碌六兩　水膠一斤

風篷一扇　青篁竹二百根　黃藤十五斤　棕毛二十斤

縴䉶一　青水竹一百根　竹挽二條

旗一面　號帶一條　黃綿布一丈　紅綿布三尺

纓頭一　墨纓十二兩　紅鹿皮半分　生犉水牛皮半分　麻線二錢

桅餅玲瓏葫蘆頂仙掌　櫃木一段圍二尺五寸長四尺

棕

頂纜一條　繫水一條　吊舵一條

櫓綳三條　度縴一條　錨纜一條

麻

縴索一條　減蓬一條　迎篷一條

旗索一條　都管一條

鼓一面　槳皮條十六條

鐵釘浮動什物

大小鐵釘四百二十四斤

拐棒鉤四十個

萬字鉤六十個　攀頭鐵葉二條長七尺

攸蓬圈二個　砲頭釘四十箇

鐵挽子二把　銃架鐵箍二十八道

小釘二百箇　老鸛嘴四十個

將軍柱箍三道　舵桿箍二道

槳鉤三十二個　桅箍四道

櫓箍二道　扒頭釘三十二箇

櫓方圈一箇　櫓脚鐶一箇

風蓬鉤一副　櫓丁公一個

吊舵圈一個　鼓鉤四副

跳板圈一個　篙鑽四個

鎖伏圈十箇　旗櫃鼻斗小釘五十箇

鐵錨一口重六十斤　鎖伏圈十個
鐵鍋一口濶一尺五寸　粗碗十個
鉾頭二條

本船諸料共該銀　百　十　兩　錢　分　厘　毫內如有舊木釘三分扣除實該銀

工食銀

後湖金水河船圖數之三

後湖者古玄武湖也今庫之以藏版籍金水河者古燕雀湖也今堤之以衛宮廷湖有禁重民數也河有漁鷹時鮮也觀之禁之漁知船之設匪易與濫矣

後湖一號樓船

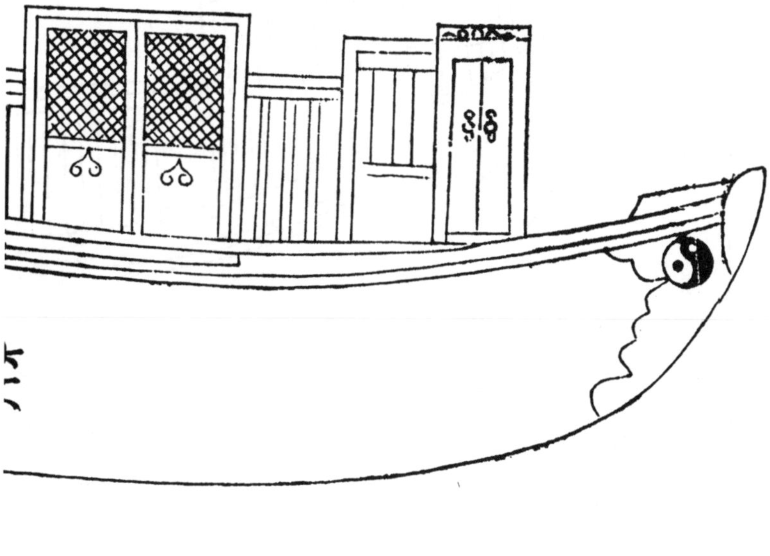

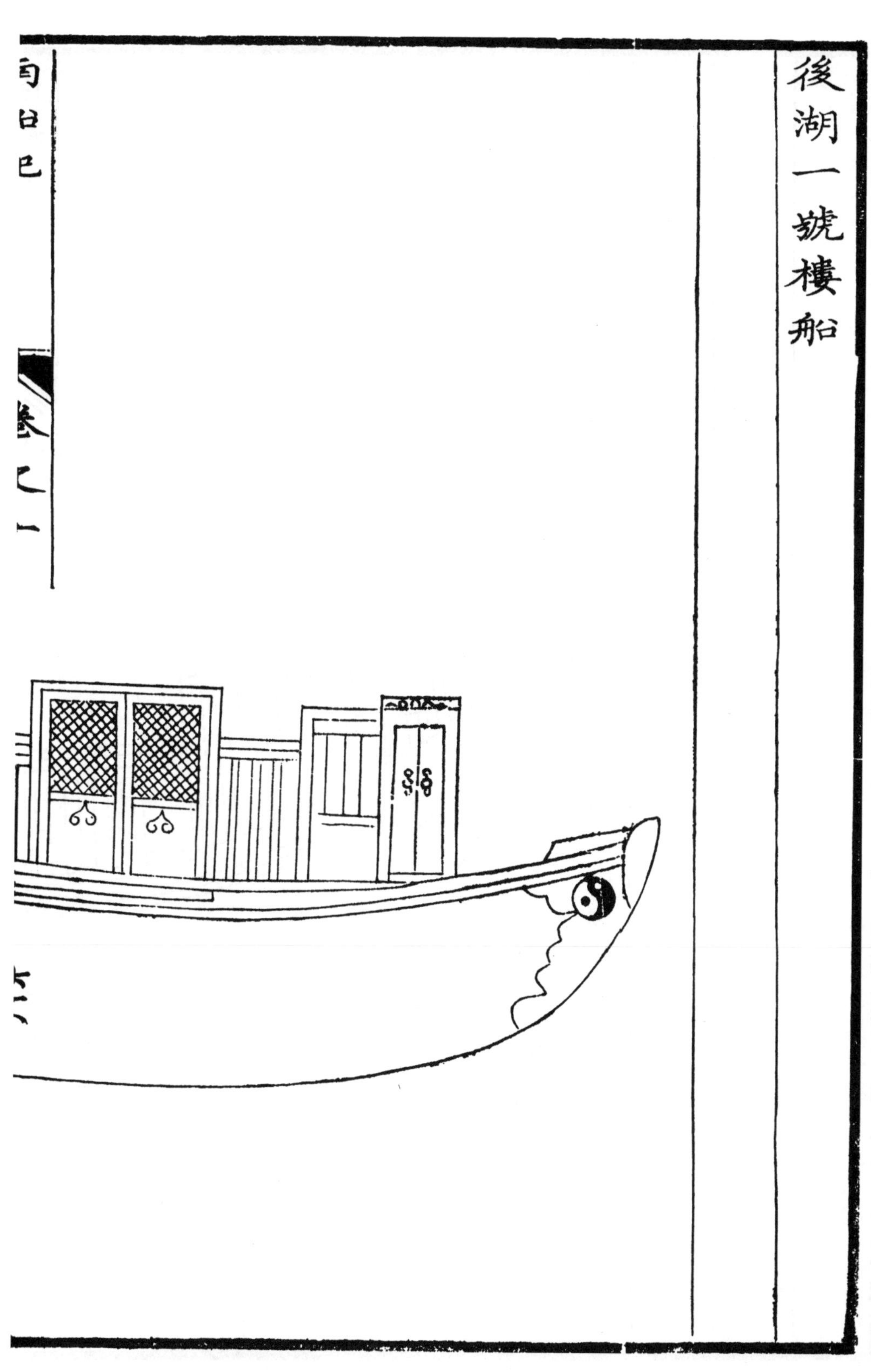

後湖二號樓船

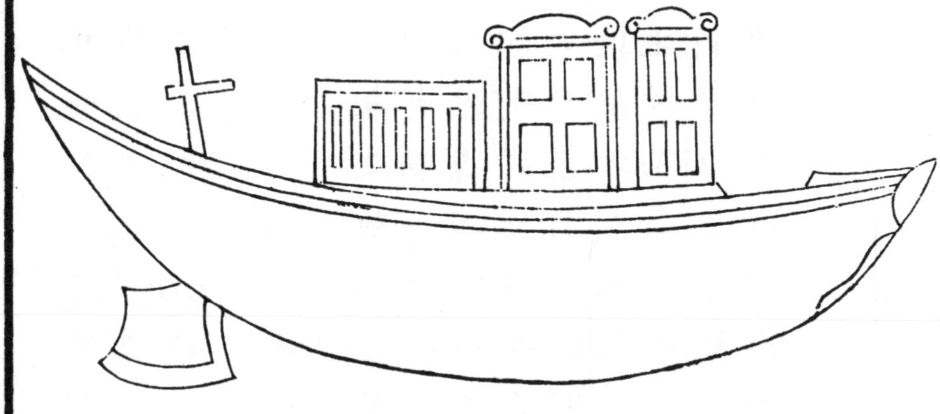

啓按後湖者

皇朝之天府萬方之版宅焉觀其周遭可四十里五洲中峙如蓬島然昔之國於斯者不為歌舞之區則為講武之地又不然則為耕耤之藪故有稱為天然之池有稱為建業帶以為險者而豈名

聖圖遠大為得剏建之極哉議者謂天造地設以有待亶其信矣是故

成祖都北百司盡隨而唯後湖之藏二百餘年雖燕輔北畿數歲而一登其籍於中者猶一日也未嘗改設謂非萬世之固莫是過與惟夫浩森淵泓虹梁艱措濟必以船而船之設有禁令焉何則式之禁也有三帆檣不備樓棹不備縴索不備行之禁也有三期非五日不渡官非監守不渡人非查對匠役不渡鑰之禁也亦有四焉內府藏之中官守之監生請而出納之戶科部司驗之酌其政而啓閉之其嚴於法者如此嚴其地也樓船二官所乘也小者舊制大者正德十五年有為而創備云

頭倉至九倉各長四尺三寸

虛梢長九尺

共長五丈五尺

正底九路 長三丈九尺厚一寸七分各濶一尺

幇底二路 長四丈厚一寸七分濶八寸

拖泥二路 長四丈二尺濶一尺厚一寸七分

出水棧二路 長四丈六尺濶尺厚一寸七分

中棧二路 長四丈八尺厚一寸七分濶一尺二寸

完口棧二路 長五丈厚一寸七分濶一尺

插找四塊 長七尺厚一寸七分濶七寸

關頭板六塊 長七尺濶一尺三寸厚一寸七分

出脚板二路 長五丈五尺濶七寸厚一寸七分

厫堂二路 長四丈八尺濶一尺厚一寸七分

關梢板四塊 長六尺濶一尺厚一寸七分

灶門梁二塊 長六尺厚一寸六分濶八寸

伏獅頭一個 長七尺圍二尺五寸

木鎖梁一塊 長七尺厚三寸濶八寸

鋪頭板四塊 長七尺厚一寸八分濶一尺

側口二塊 長二丈六尺濶七寸厚二寸五分

拿獅二路 長四尺方四寸

左右土墻二路 長九尺厚一寸五分濶一尺

梢樓頂板七塊各長七尺厚一寸二分濶一尺　官樓頂板六塊各長八尺濶一尺二寸厚一寸

長樓頂板七塊長一丈二尺厚一寸濶一尺一寸　左右康木二路長五丈五尺方四寸

草艥底二塊長九尺厚一寸一分濶七寸　舵扇五塊長三尺厚一寸五分濶一尺

盂頭鎖伏板三塊長二尺五寸濶一尺厚一寸八分　梢後鎖伏五塊長二尺五寸濶一尺厚一寸八分

各倉梁頭十一座每座用板三塊長 尺濶一尺厚一寸八分

以上共用楠木十根圍三尺長二丈八尺

連二連三枋十二塊

有舊料減三分

榆木舵桿一根圍二尺五寸長一丈五尺　檀木舵牙關門棒二根圍一尺長一丈

杉槁木六根圍七寸長二丈

裝脩柱十八根（長七尺方四寸） 掛枋地脚枋五（長一丈八尺濶八寸厚二寸五分）
彎梁橫枋十四（長八尺濶一尺厚二寸二分） 槅子四十六扇（長五尺五寸濶一尺六寸）
雨篛板三十塊（長五尺濶一尺七寸） 地平十八扇（各長四尺五寸濶二尺五寸）
麻力板十二空（每空濶四尺五寸長一尺五寸） 麻力槽枋廿四（長四尺五寸濶三尺厚二寸）
抱廳弁梢左右披水板踏脚一箇床一張攙樓雲頭板六
塊（各長八尺濶一尺二寸厚一寸五分）
以上共用杉木十一根（圍二尺五寸長二丈） 有舊料扣三分
油艙（桐油一百八十斤石灰四百斤） 黃麻一百八十斤
吊舵繚䓁用（椶毛一百斤）
鐵釘浮動什物（大小鐵釘二百八十斤萬字鍋三十箇重十斤）

鉄槁鑽八箇　拐棒鋾二十個重十斤

地平圈六副　鉄挽子二把　門鑼二副

遮風兩日晹篷

青筀竹一百根　毛竹四根　棕毛五十斤

黃藤十斤　箬葉一百斤

油飾彩畫

桐油五十斤　墨煤四斤　光粉二十斤

二硃一斤　水膠六斤　水花硃一斤

密陀僧四兩　畨硃四斤　黃丹二斤

白麪十斤　枝條碌四兩　靛花青一兩

藤黃一兩

本船諸料共該銀十　兩　錢　分　厘扣舊釘板三分

實該銀十　兩　錢　分　厘

一號船工食銀十七兩九錢七分

二號船工食銀十二兩六錢三分

後湖平船

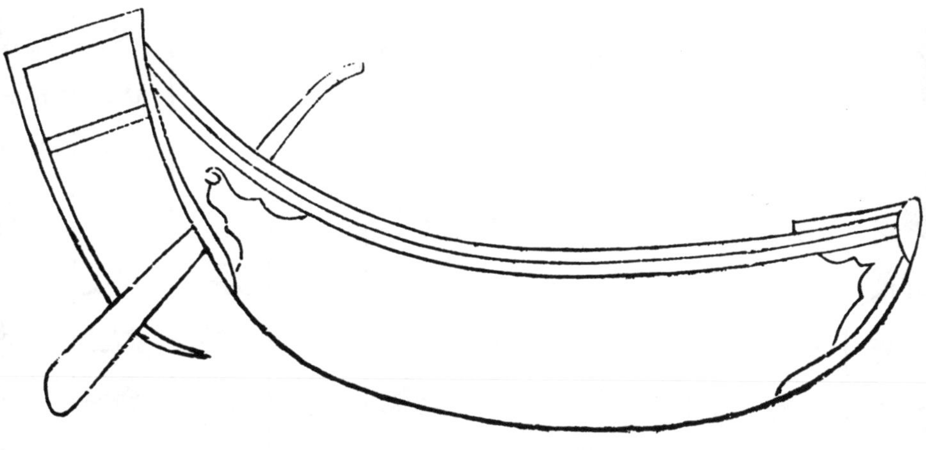

附按平船所專載者曰冊籍曰查對人曰匠役曰物料其禁令悉備樓船之下

頭倉至七倉各長三尺四寸　八九倉各長三尺五寸

虛頭長五尺二寸　虛稍長六尺

共長四丈二尺

正底五路各長三丈一尺厚一寸六分闊一尺一寸　幫底二路長三丈六尺闊七寸厚一寸

栀泥二路長三丈六尺闊九寸厚一寸六分　出水棧二路長三丈八尺闊七寸厚一寸六分

完口棧二路長四丈二尺厚一寸六分闊一尺三寸　插找四塊長六尺厚一寸六分闊八寸

康木二路長四丈二尺闊四寸厚四寸　關頭板六塊長五尺五寸闊一尺厚一寸六分

出脚板二路長四丈二尺厚一寸六分闊八寸　廒堂四塊長三丈四尺闊八寸厚一寸六分

關梢板一塊長四尺五寸厚一寸六分闊一尺　梢伏獅一箇長四尺五寸闊七寸厚一寸六分

頭伏獅一個長五尺五寸圍八寸　鋪梢板二塊長四尺厚一寸五分闊一寸二分

各倉梁頭十座每座用板三塊長六尺闊九寸厚一寸六分

拿獅二路長四尺二寸方二寸五分　草鞵底二塊長六尺厚九分闊七寸

木鎖梁一塊長五尺厚二寸闊七寸　舵盤板一塊長五尺厚一寸五分闊八寸

以上共用楠木十根圍三尺長五丈

有舊料減三分

鉄釘浮動什物釘一百十三斤　萬字鉤十六個重三斤
鉄挽子一把　鉄篙鑽二個
拐棒鉤十箇重三斤

油艌桐油一百斤　黃麻一百斤
石灰二百斤

按後湖船有禁諸凡風篷檣櫓索纜一不敢備應改造者幸毋為卷案所欺云

本船諸料共該銀 十 兩 錢 分

工食銀肆兩八錢

金水河漁船

啓按魚船於諸舩中制至小材至簡工至約而其用爲至重而至慎也何也漁以致孝享也大內者龍宮之窟河廣且浚魚之鮮儁焉採之以爲
奉先殿之供
聖祖孝思維世之則矣宜其
聖聖相承以孝治天下

頭倉至六倉各長三尺　　㕓頭倉長三尺五寸

㕓梢長三尺

共長二丈四尺五寸

正底三路長一丈八尺濶八寸厚一寸　　幇底二路長一丈九尺濶七寸厚一寸

拖泥二路長二丈一尺濶五寸厚一寸　　完口栈二路長二丈三尺濶一尺厚一寸

康木二路長二丈四尺五寸闊七寸厚三寸　　插找二路長四尺厚一寸濶

伏獅頭一個長二尺一寸圍二尺　　梢伏獅一個長二尺三寸圍二尺

孟頭板一塊長一尺五寸厚一寸四分闊二尺二寸　孟鎖梁一塊長二尺五寸闊四寸厚一寸四分

提梁頭一塊長二尺五寸闊一尺厚一寸四分　關頭板三塊長二尺五寸厚一寸四分闊一尺

關梢板三塊長二尺厚一寸四分闊九寸　裏口二塊長五尺厚二寸闊一尺

各倉梁頭七座每座用板二塊長三尺五寸闊一尺厚一寸四分

以上共用

鉄釘五十斤

油艌桐油六十斤石灰一百六十斤　黃麻四十斤

本船諸料共該銀

快船圖數之四

恭惟
南鼎初寧江防專賴
北狩繼遠月貢旋勦竊嘗津問閼河而知路途苦鮮船之害也
又嘗道聽駕部而知旗甲苦領船之累也此憂國者每每形
之論列救急補偏良多裨益即如締造之費覊之兵不足工
繼之工不足户繼之三部調停財不偏匱政足均矣究其所
出孰非
朝廷之入哉未有府庫而非財賦也仰唯
聖明御極之十年下徹民辜悉從南京兵書王公之議貢減其九

之三船去其十之七榜揭穹碑象魏昭布於是軍伍之領駕者蘇驛遞之牽挽者節誠邁

列聖曠百年而嶄見之盛典也比年以來猶以船政爲病得無斯民得隴無厭之心安所覬望也乎或草蟲之感方般泛舟之役旁午尾雖頳而肩未息也

明明在上未必不可嗣請以光前政苟一分之省則三部之餘又孰非朝廷之財吁本兵者所司也豈敢僭踰雉歲有兼助之費會督之委會督者官之聯故冐及之若夫馬船之政雖與黄船並稱非聯也非聯非職也非職不録

快船

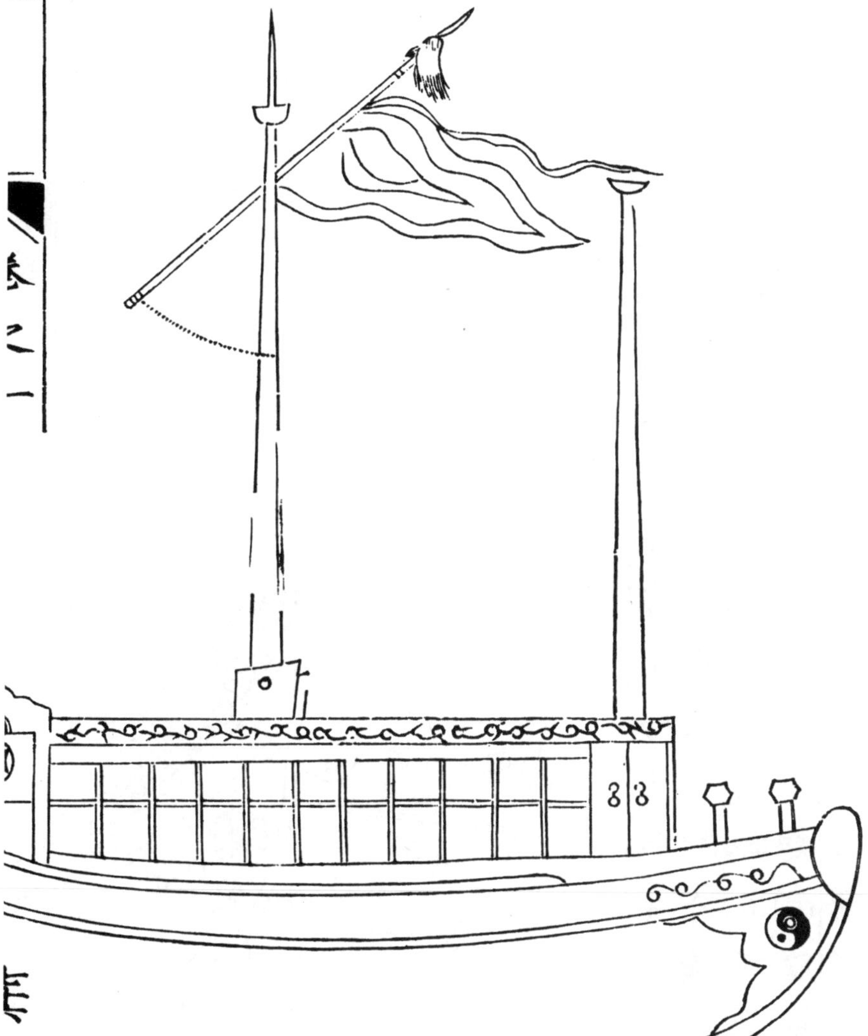

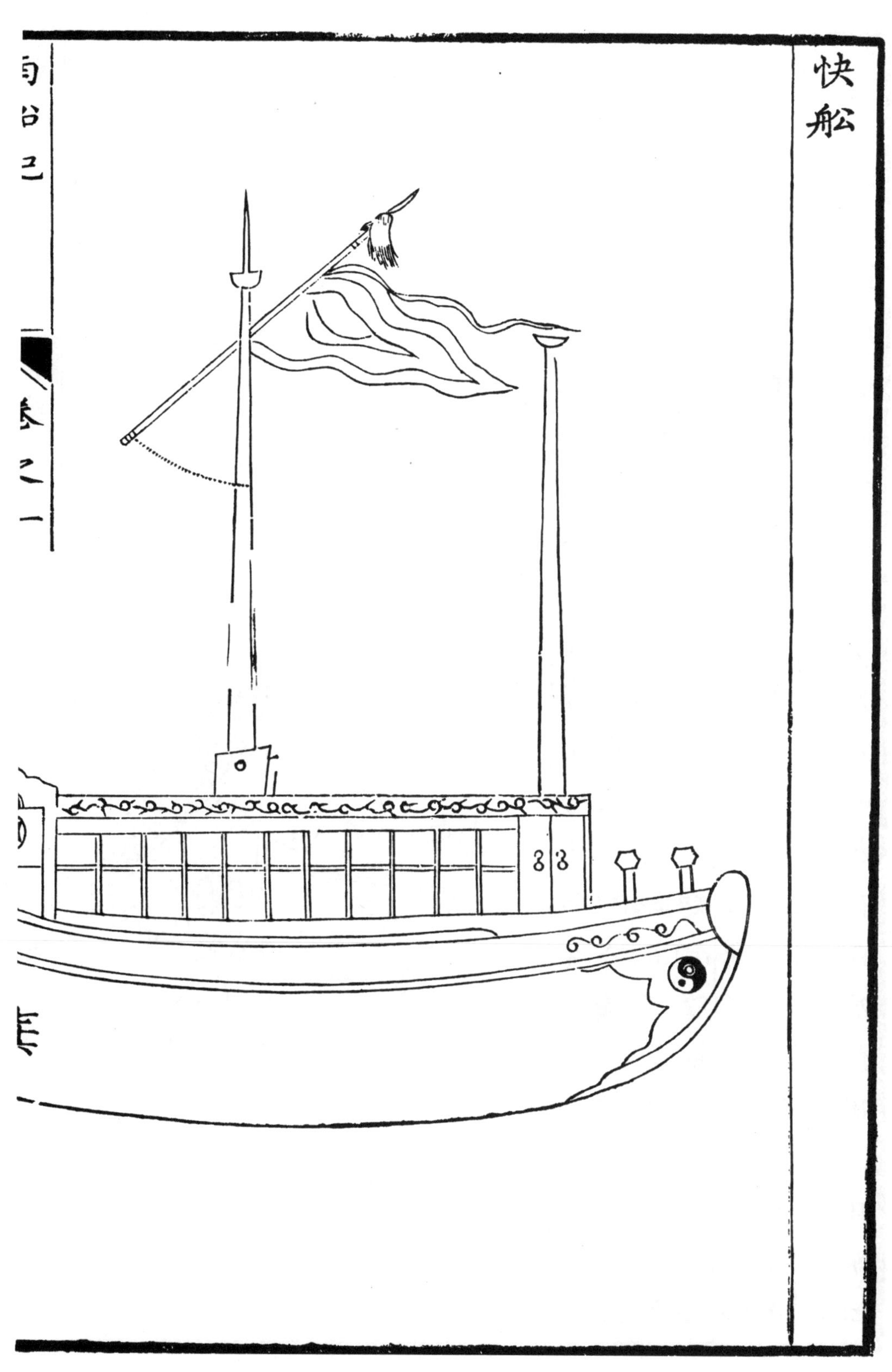

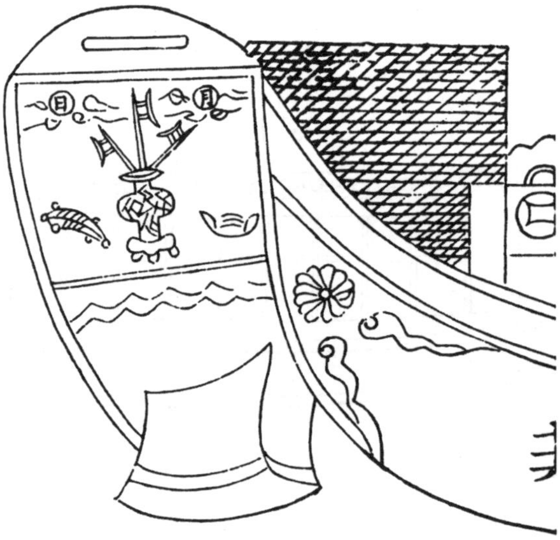

啓按快船者專供南京貢獻之政令如鮮藕新茶青梅枇杷榴柿柑橘冬笋橄欖凡八起守備所進也用船五十三今裁而十矣天鵝諸禽風鯽芥菜鶿雞鴨蛋鮮笋鮮乾鰣魚蜜煎糖精菓菓凡十起尚膳監所進也用船五十七今裁而十二矣荸薺刀茳薑芋十樣果凡十起司苑局所進也船二十六今裁而十二矣鮮菌栗子凡二起

神宫監所進也用船五香稲凡一起供用庫所進也用船二

制帛凡一起司禮監所進也用船三各色紵絲羅綾凡一起内織染局所進也用船四

誥勅符驗軸凡一起印綬監所進也用船一白哨鹿皮凡一起巾帽局所進也用船四楊梅凡一起内宫監所進也用船四此皆一歲一進而有限者也冬衣綿布二起針工局所進也船無定數黒扇篾箕筅籮篩箒烘籃及戧金雲龍膳桌銅器凡二起内宫監所進也船無定數此皆驗數驗裝而有期者也又若承天瑠璃之運磚瓦之運亜土之運則皆一時之興作而非着之常典者也此固船所必用而歲造之不容已者焉其制畫一料無高下

謹稽兵部造船廠工度而列之於左

一船倉尺寸 出造船廠碑

前五倉 共長一丈六寸每倉濶三尺底濶五尺四寸横濶六尺

中四倉 共長一丈三尺六寸每倉順濶三尺四寸裏口濶六尺四寸

神堂倉 順濶三尺横濶四尺八寸 下官倉二 共五尺五寸 八尺倉 三尺九寸

以上各倉口要濶廳堂要窄

一船身尺寸

底心長四丈二尺六寸濶九尺六寸　梁頭濶一丈二尺六寸

插頭虛板長一丈三尺四寸　插梢虛板長一丈三尺三寸

以上梁頭十四座頭尾共長六丈九尺三寸

一板厚薄

底心梁頭搪浪板三樣俱二寸二分下鋸二寸浄

兩廒兩棧加擦板三樣俱二寸下鋸一寸八分浄

一匠作工價

大木匠工銀八兩　艌作工銀七兩

鋸匠工銀三兩舉底者四兩

平船艙作工銀六兩五錢

平船細木作工銀一兩五錢

畫作工銀二錢　油作工銀三錢

以上顏料各匠備桐油各甲備

一大小風蓬二合價銀二兩有提頭梯子者加銀五錢

裁革船圖之五

器以利用制以趨時皆之所在物不得而違爲故因革損益君子亦唯隨時以盡變通之利而已何也利也者時之所便而安者之謂也或有利於古而不利於今者君子從而革之非君子有心於革也利之窮也或有不利於今而利於後者君子從而興之非君子有心於興也利之通也是故因之昔者未必不爲今之革革之今者未必不爲後之因裁革船三亦夫是而已矣向使其不利也於何舉之使其利也於何廢之故曰時也是存其制以俟達時通利者

海船
南台巴
長
一

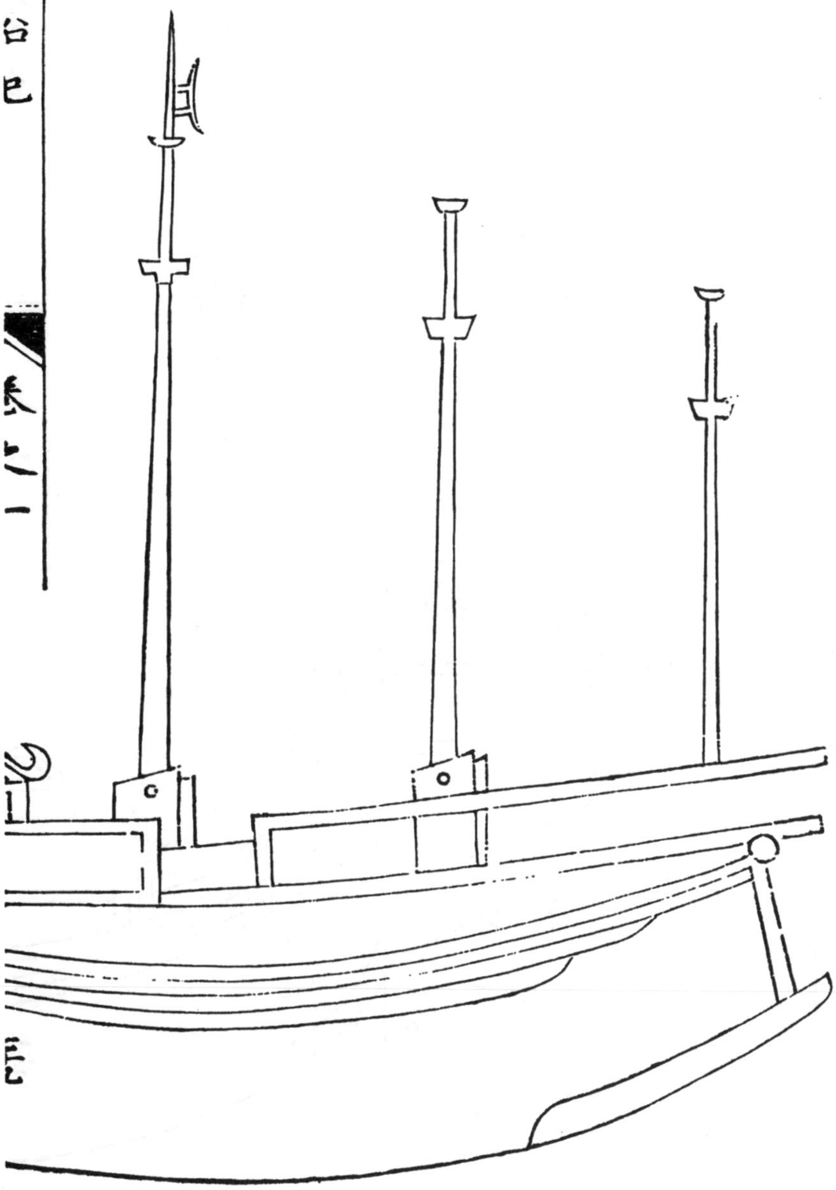

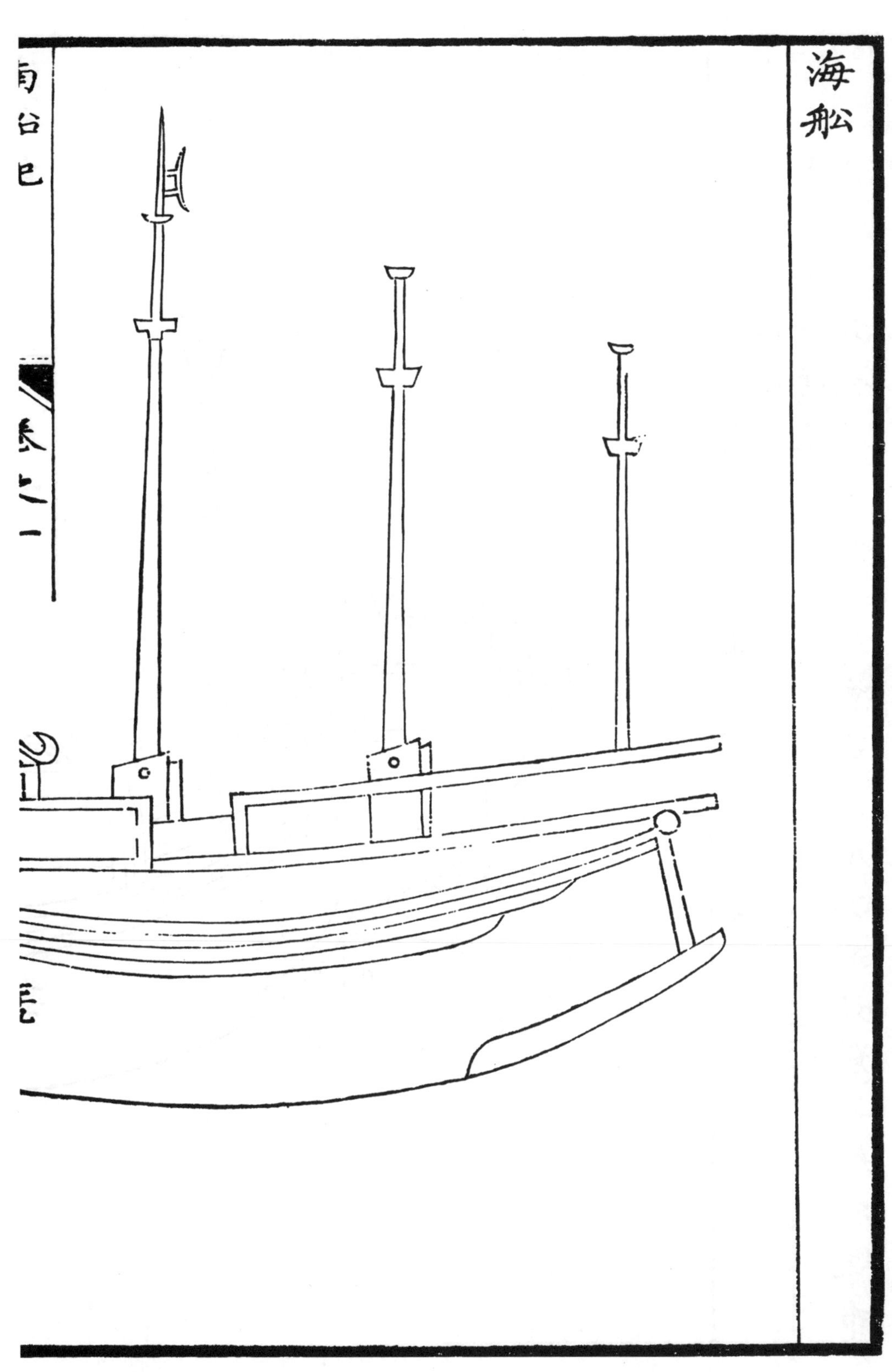

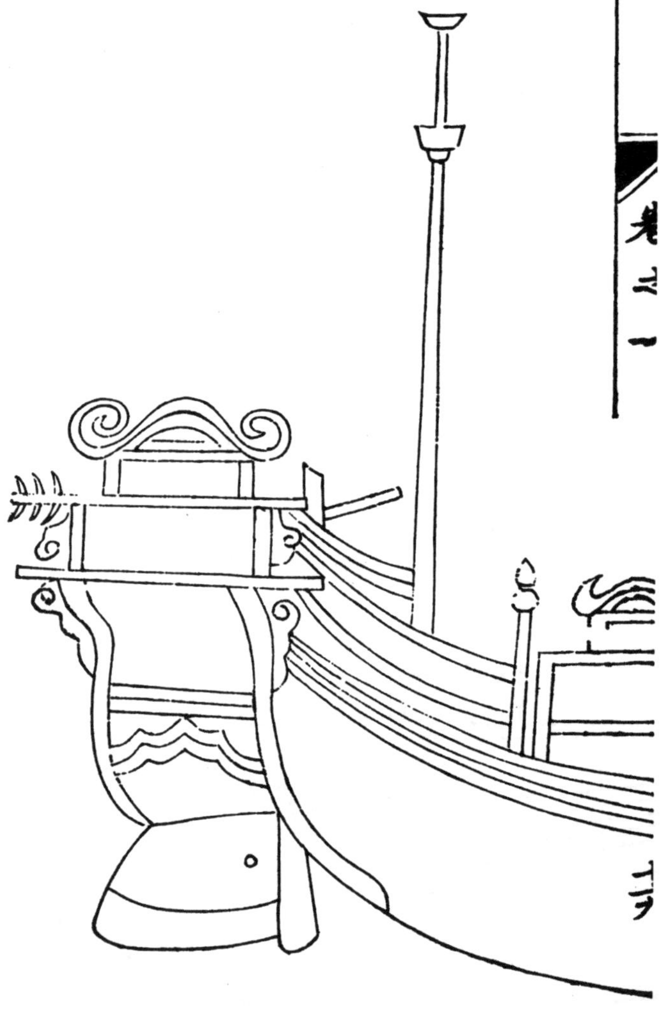

謹按海運船元制也元世賴之我
明承之
太祖用餉遼東
成祖用足京廩至十二年會通河成其運始罷其船改運布

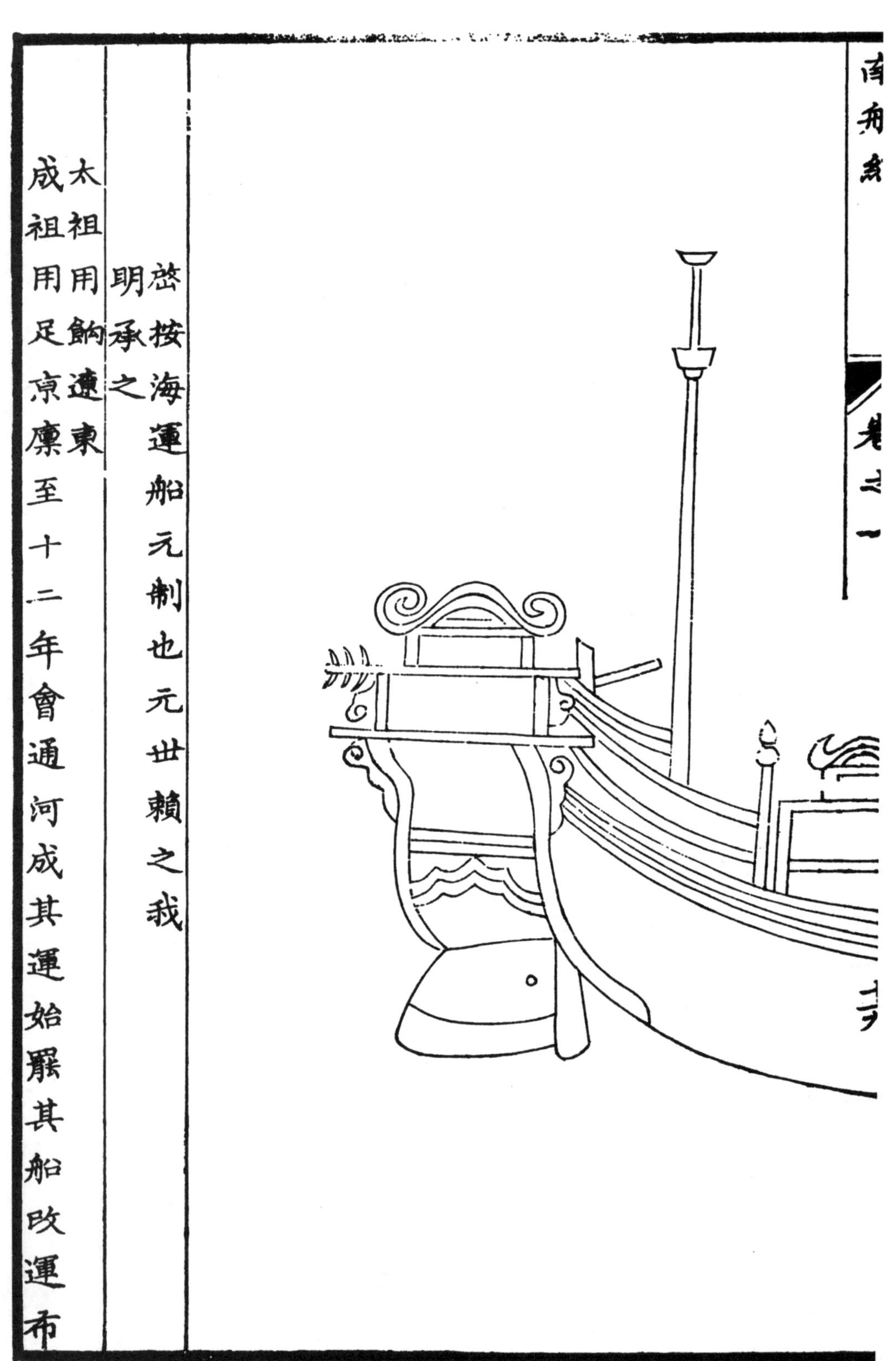

花正統間以餘船備寇正德間題止海船於是乃革矣革之誠是也而天下之議者未已容無所述嘗聞其為海運不可行之說者三有曰九虜也視華為仇懼華之隱海濱者為變故設此以羈其心用其力而輕棄其命也今天下皆赤子寧忍自驅赤子以冒不測之險哉此謂不可行者一說也有曰海運由崇明開洋不旬日而抵直沽者尚矣今沙漲變遷直沽以下淤淖幾二百里崔葦彌天芥舟不渡運而抵此大船無所停泊小船不能接濟縴莫為力浚莫為工此謂不能行者二說也又有曰惠通閘沮治無不通萬一艱難懷慶祥符之故道猶存其去衛河七十里耳飛輓無難此謂不必行者三說也其為可行之說者亦有三有曰河運煩勞不若海運之簡速會計其費河視陸省十三四海視陸省十八九此計其利害而謂其可行者一說也有曰河害非虞雅夫治久蘖生一旦有如往年流賊奔突東西則炙背薰心之疾也惠通有梗祥符能獨利哉此論其常變而謂之當行者二說也有曰登青淮海鹽販為生兩浙閩廣商掠為業蓋華而夷者也其間寧無堪用之才使招而試之各隨土著道其險要豈唯可以集事亦化暴為良之機也此即人事而謂之能行

者三說也嗚呼諸說是非各有輕重夫謂海之不可行
者漕政録有見會通之利也謂海之可行者衍義補習
知海道之故也人多以此咎文莊啓天下紛更附和之
談不知文莊未嘗言廢河而任海也亦未嘗言河海分
任其事也特以先事之圖欲乘閑暇習船一二俾知海
道以濟意外分毫之急云雖然近又竊有聞馬閘之旁
海間有支河由海州入東安衛抵靈山通馬家濠可避
劉家島大洋之險又由馬家濠至海滄口新河四百里
可避蓬萊黑水之險取道間行舟穩而捷是又一會通
而更便者也唯其導泉引水決河立閘之工所不能無
蓄洩芸濬而成其功侈之者尤謂其有三利噫三利未
足言而前之六說可無勞於聚訟矣是故海船未可輕
廢乃即職掌之工料匠氏之圖形
條述之以備爲國憂民者考焉

一千料海船

杉木三百二根　雜木一百四十九根

楠木二十根　榆木舵桿二根

栗木二根　櫓梭三十八枝

丁線三萬五千七百四十二個　雜作一百六十一個條

桐油三十二斤八兩　石灰九千三十七斤八兩

艌麻一千二百五十三斤三兩二錢

船上什物絡麻一千二百九十四斤棕二千一百八十三斤十二兩黄麻八百八十五斤白麻二十斤

四百料鑽風海船

杉木二百廿八根　桅心木二根

雜木六十七根　鉄栗木舵桿二根

櫓坯二十根　松木五根

丁線一萬八千五百八十個　雜作九十四個條

桐魚油一千一斤十五兩 石灰三千五斤十三兩

艌麻七百二十九斤八兩八錢

船上什物 絡麻五百七十四斤十四兩四錢 白麻十斤 黃籐三百八十三斤八兩 棕毛七百三斤

蜈蚣船

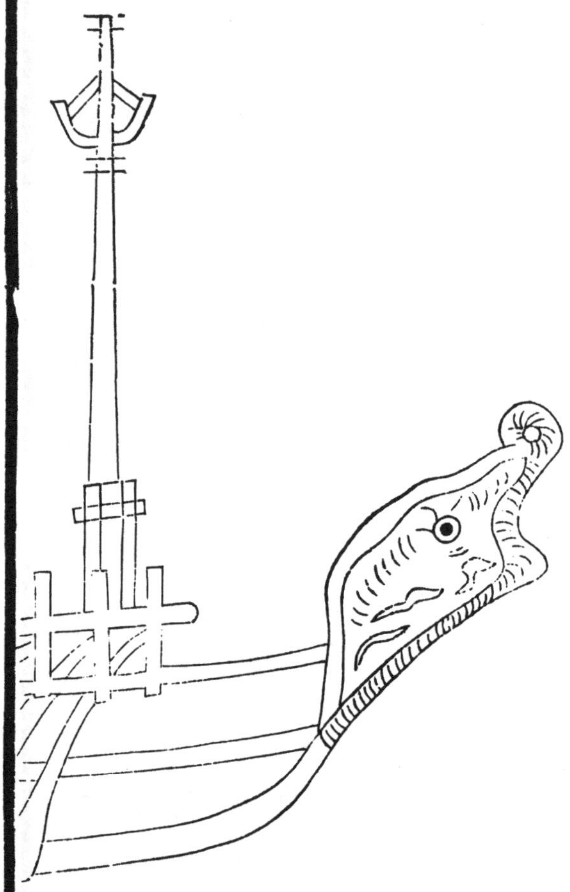

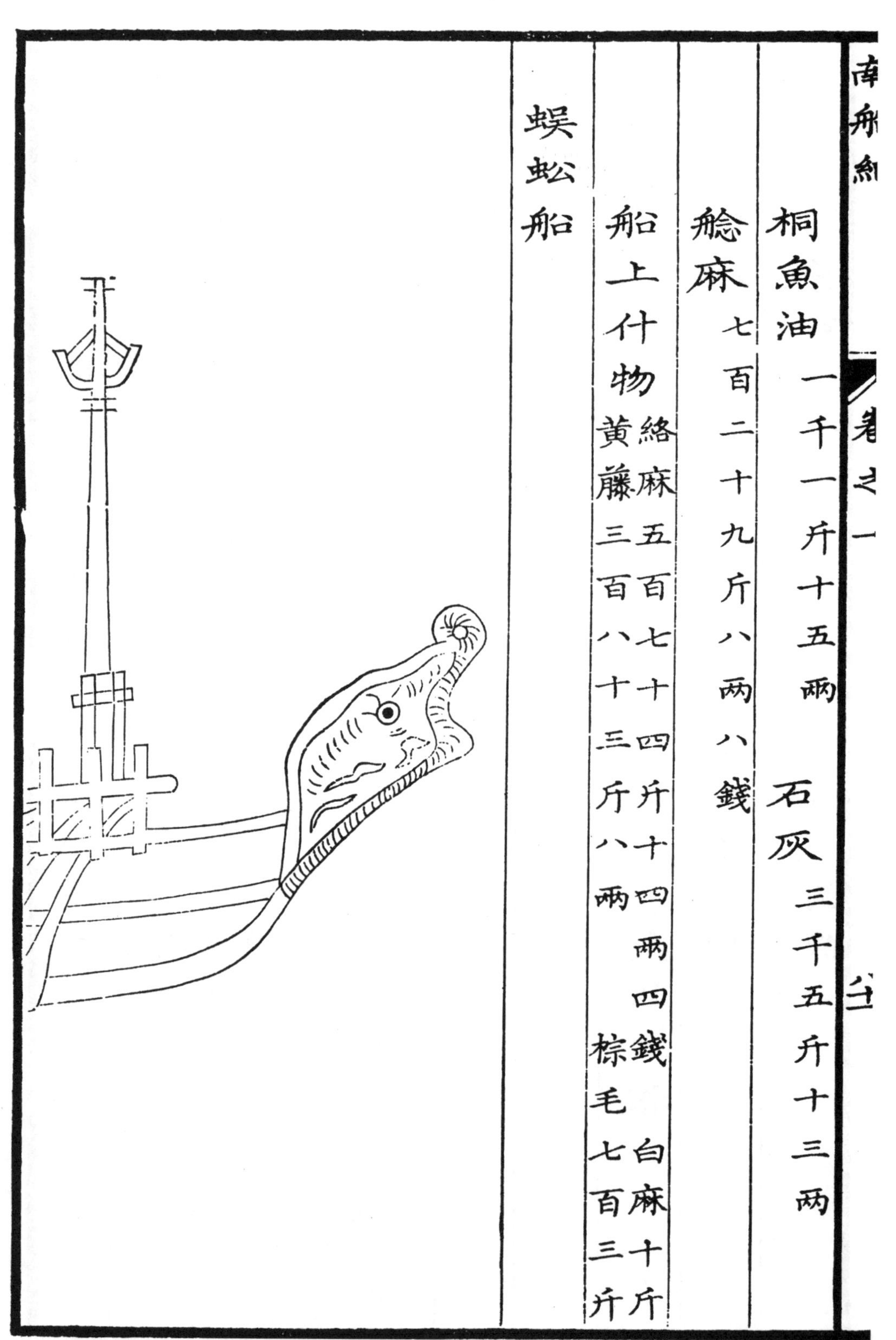

啓按船曰蜈蚣象形也其制始於東南夷專以駕佛朗機銃銃之重者千斤至小者亦百五十斤其發之烈也雖木石銅錫犯無不碎觸罔不焦其達之迅也雖奔雷掣電勢莫之疾神莫之追蓋島夷之常技也浸循流入中國中國因用之以馭夷狄諸凡火攻之具砲箭鎗毬無以加諸故江防是船特為是器而備其成造也嘉靖之四年其裁革也嘉靖之十三年數年之間未及一試而真知其功用之大也即近日海變而觀之窮孽潜滋命將致討鋒未及交而群醜悉斃於茲銃薄震之下誠哉猛烈矣乎宜其於船無不可駕而此必歸之蜈蚣船者何耶嘗見兵家者流於凡戰陣營壘無不侈言之以張大其威靈故古之為陣者有曰天地風雲龍虎鳥蛇蛇之一局獨舉而誇其首尾相應之勢未有及於蜈蚣者也今夷人以是名船形之製也式彀似之鷸雉川曰蜈蚣之氣能逼蛇夷之制義毋迺為是故與東而知此亦不可不為之所也嗚呼海宴河清萬世所願使長蛇之勢不能盡偃則蜈蚣之制其能不興也乎名器尚存述之以俟

船身共長七丈五尺闊一丈六尺

正底一路長三丈九尺連接　前巾一路長一丈八尺連接

後巾一路長一丈四尺連接　幇底拖泥棧板二十二路外左右

拖泥棧板六十片內左右　左右康木二路長八丈

左右廒堂二路　龍骨十五根

關梢裓六塊　上下舵巾二塊　舤桅二塊

彎梁四十二座　使風梁一座高六尺五寸長一丈六尺

前龍口梁一座　後斷水梁一座

過梁拖梁二十二根　頭桅面梁一塊

大桅面梁一塊　䉶頭枋六根

側口枋七塊　順水平盤六塊

左右遮陽柱二十三根　左右遮陽板四十塊

戰臺柱子弁過梁四十三根

戰臺上下枋八根　戰臺板三十五塊

梢樓柱十五根　梢樓頂板十五片

左右扛板　大桅夾二塊

頭桅夾二塊　舵夾板二塊

桅栓一根　中路鎖伏板一路

官樓頂板　倉内鋪板四十片

舵扇板四扇　大桅杉木一根圍四尺五寸長六丈

頭桅杉木一根圍三尺長四丈五尺　七星桅杉木一根圍二尺長二丈

櫓十八張杉木九根圍二尺五寸長二丈五尺　旗竿杉木二根圍一尺長二丈

舵桿一根　舵牙閂門棒二根

杉槁木十根圍七寸長二丈　架銃將軍柱二根

扶梯六用杉木二根圍二尺五寸長二丈五尺　槍車心絞舵

椰頭　水撳二箇

槍餅玲瓏仙人掌等檀木一段白楊木一段

以上共楠木

前遮腸生水牛皮三張　蘆柴五十束

油艌桐油六百斤石灰一千二百斤　黄麻六百斤

油飾彩畫

桐油四十五斤　石灰四十五斤

黃丹一斤八兩　光粉四十斤

蜜陀僧三兩　土子一斤

水丹十五斤　墨煤六斤

糯米四升　銀硃二斤八兩

畨硃三斤　二硃三斤

漆黃三斤　靛花青一斤

合黃三斤　三碌三斤

風篷二扇

青箽竹二百十根　黃藤四十斤

棕毛五十五斤　杉條篷秤扛四根

錨頂纜度繂吊舵

棕毛六百三十斤　白蔴二十五斤

黃麻二百五十斤

繂簹

青水竹四百五十根

櫓繃

黃藤十八斤

鼓一面　銅金一面

黃布旗二面

號帶二條

七星旗一面

號帶一條

五方旗五面　棺幃幔一副　斗衣二副

白綿布二十四疋　黄絲線一兩五錢
青絲線一兩五錢

染　槐花二斤　蘇术六兩　明礬八兩
靛青二十五斤　陳灰二十斤

纓頭　黑纓十斤　生犢水牛皮五分
紅纓一斤九兩　紅鹿皮五分
白麻線三兩

鉄器　大小釘一千六百斤　鉄葉四十四條
櫓脚鐶十八副　櫓丁公十八個
鉄挽子二把　將軍柱鉄箍二道
舊鑽十個　鉄錨二口

兩頭船

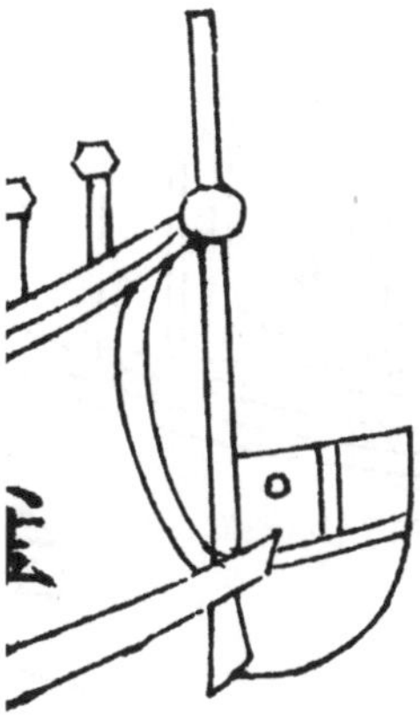

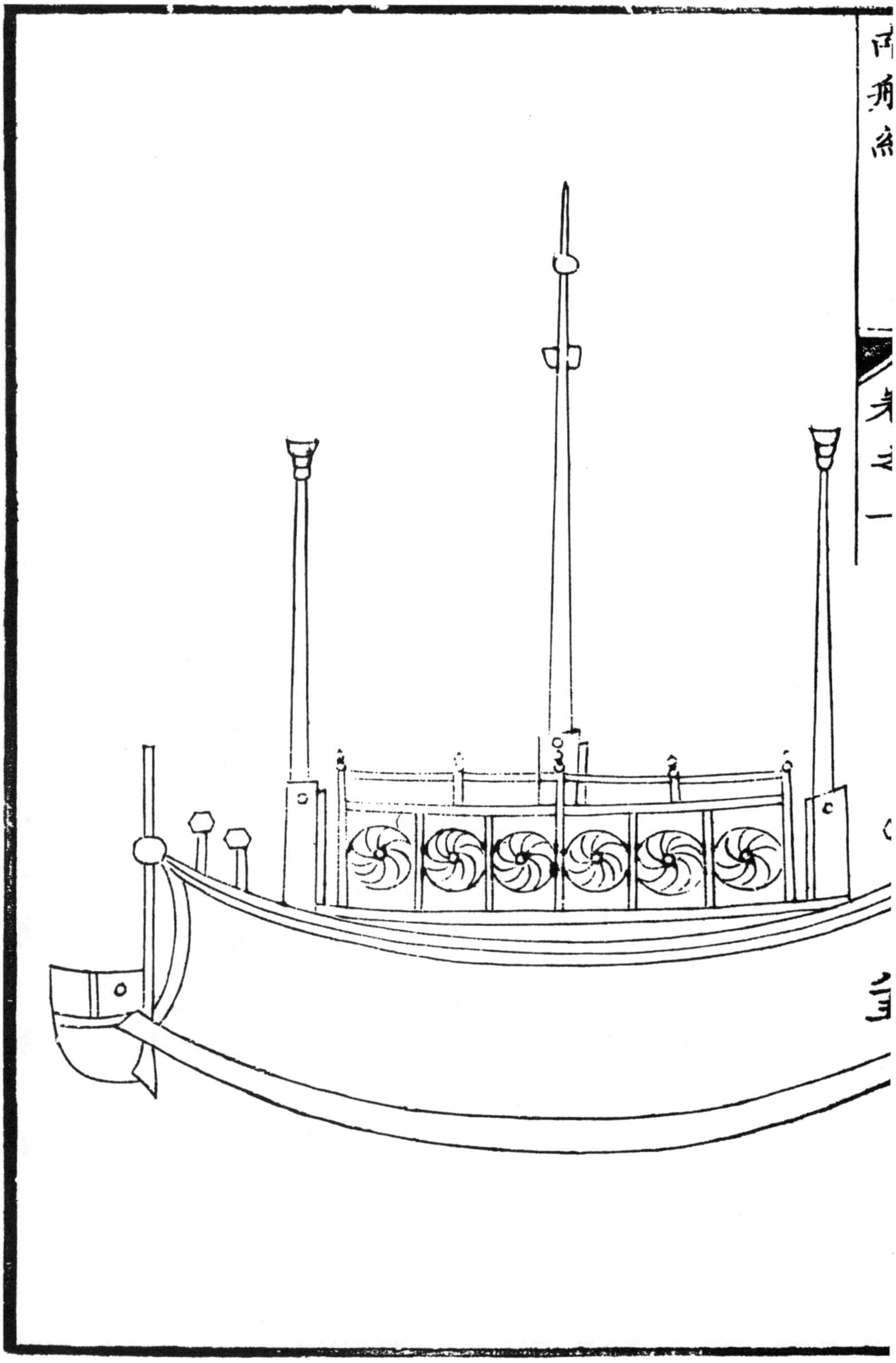

啓按大學衍義補有兩頭船之說蓋爲海運謀船巨遇風懼難旋轉兩頭製舵遇東風則西馳遇南風則北馳海道諸船無適其利稽之戰船卷牘亦有是名載華已久惜未親見其式果於江防利乎否也嘗謂武備不嫌於多慮患不妨於遠慕爲之前猶將求之而況爲之前者有未泯乎觀於補西北海其利則其在江湖浸瀆宜無不利也茲因未泯舊尚圖之以托存羊之意

各工料無稽

八世孫守義謹録

南船紀卷之一終

南船紀卷之二

吴江沈啓子由著　八世孫守羲重鐫

一黄船因革數目例之一

會典國初造黄船制有大小皆爲

御用之物至洪熙元年計三十七隻正統十一年計二十五隻常

以十隻留京師河下聽用成化八年本部奏

准照快船事例定限五年一脩十年成造其停泊去處常用廠房

苫蓋軍夫看守

工部條例凡留京預備

黄船一十隻例該五年一脩十年一造如遇該脩造之年官軍

領駕咨送本部劄付督造主事督同提舉司官吏匠作料計合用物料會有者行龍江抽分竹木局等衙門關支會無者行拘上江二縣鋪户買辦給作脩造遵照
欽限完工仍付原差官軍領駕料價支蘆課工食支匠班銀兩
又凡南京各衛永樂年間額設大
黄船二十四隻内渡江幷千料遠年朽爛在塢不該脩造船九隻止有一十五隻又設小
黄船三十六隻俱照例五年一脩十年一造先年該修理者就行督造主事幷提舉司官吏匠作會辦脩理該造者結申到
部

奏行工部轉行本部覆查明白奏奉

欽依然後改造正德十四年該南京外守備衙門題

准今後大小

黃船例該改造者南京工部委官覆勘明白即便會計工料

奏行本部轉行成造不必覆查回奏其會有會無物料工價俱

同前

計開

北京預備大　黃船十隻

通州左衛二隻俱三百料

通州右衛二隻俱四百料

神武中衛六隻四百料四隻三百料二隻

南京大　黄船一十五隻四百料十隻三百料五隻

俱南京水軍左衛旗軍領駕内二隻嘉靖十八年改作香膳船

南京小　黄船三十六隻二百料七隻一百五十料七隻

一百二十料十隻九十五料一隻一百料八隻八十五料三隻

南京金吾前衛一隻　金吾後衛一隻

水軍右衛三隻　廣洋衛五隻

龍江左衛五隻　錦衣衛三隻

龍虎左衛四隻　江陰衛五隻

虎賁左衛一隻　豹韜左衛一隻

橫海衛一隻　留守右衛一隻
留守後衛一隻　和陽衛二隻
旗手衛一隻　龍江右衛一隻

匾淺　黃船因革數目例之一

卷查匾淺船專爲進
貢薦新之用先有二百料匾淺船三十隻成化三十三年俱因
朽壞拆卸停造正德十四年外守備衙門會議大船沿途閣
淺不便進鮮
題咨到部議處先行料船十隻備行督造主事督令龍江提舉
司造完十隻給與南京錦衣等衛小甲領駕其脩造工料比

小黄船間有多寡

船十隻俱二百料小甲私增物料以致反大

錦衣衛一隻　羽林衛一隻

金吾前衛一隻　金吾後衛一隻

府軍左衛一隻　留守右衛一隻

留守前衛一隻　豹韜衛一隻

水軍右衛一隻　鷹揚衛一隻

戰巡等船因革數目例之三

會典新江口戰船永樂五年額設一百三十一隻宣德以後增至三百一十九隻至成化十年堪操者止肴一百四十隻

拆卸未造内三四百料俱改造二百料快船

工部條例凡新江口戰船原額一百七十八隻划船三十七隻三板船三十隻巡船九十隻擺搭浮橋船五隻正德九年

奏添哨船一百隻造完九十七隻除正德十五年行取四十隻赴京現在五十七隻通共三百九十七隻該五年一脩十年一造先年修理物料以五分為率官出三分軍出二分成化二十三年南京内外守備

題稱會同南京工部議得巡船衝冒風浪易於損壞比之戰船不同除脩理戰船仍舊照依原議事例遵行外其見今及以後巡船并在船浮動什物但遇損壞俱行文南京工部給官

料脩理如各官軍不行看守用心撐駕以致不久損壞并遺失器具者痛加懲治追陪等因

卷查嘉靖十三年為條陳操巡急務以脩職業以靖江洋事該操江兼管巡江南京都察院右副都御史潘

題稱新江口戰船見在兩班止用一百二十二隻餘船無軍領駕置之無用欲於一百二十二隻之外添存二十八隻共湊作一百五十隻外再欲將原船改造軽淺利便船五十隻共定作二百隻發管駕操其餘船隻俱要除單等因該本部看得脩造戰船雖該本部職掌其應添應減事體例係兵部掌行本部難以議擬覆咨兵部議處去後今該前因通查案呈

到部臣等看得南京兵部尚書劉　等議開操江都御史潘

所

奏裁革新江口戰巡等船事情與先年南京工部右侍郎何

所

奏大略相同但船料大小船隻名色各異操演取用之際亦各

有所宜必須斟酌應用多寡量爲去留要將四百料戰座船

量留二隻二百料者量留三十八隻一百五十料者十二隻

一伯料者十六隻三板船十一隻浰船十五隻浮橋船五隻

四百料巡座船一隻巡沙船五隻一瀕印巡船十五隻哨船

三十隻共一百五十隻就將現在堪用者存留應造應脩者

照數補完其餘不堪應用船隻木料發回提舉司改造輕淺
利便船務合式樣大小適中可以禦風可以容衆便於撐駕
者五十隻共二百隻比與本官原
奏減數目相同及仍要遵照舊例脩造一節為照前項船隻既
經南京各官會同議處事體已為允當相應依擬合候
命下本部一咨兵部轉行南京兵部將前項戰巡等舩悉依原議
大小名色照數存留并脩造二百隻其餘船隻盡行裁革一
行南京工部查照舊例各依年限修造其該管官員務要嚴
督造作如法不許板薄釘稀仍令領駕各軍小心愛惜若不
及年限損壞者照例責令看守之人陪修還官如此則舩非

虛誤財無妄費江防不弛而警急有備矣緣係條陳操巡急
務以脩職業以靖江洋及奉
欽依該部知道事理未敢擅便本部尚書秦　等具題奉
聖旨是欽此欽遵
計開
四百料戰座船二隻
瀋陽右衛一隻　天策衛一隻
二百料戰船三十八隻
府軍衛一隻　水軍左衛二隻
府軍右衛二隻　神策衛一隻

瀋陽右衛一隻　豹韜衛二隻
瀋陽左衛一隻　鷹揚衛一隻
天策衛二隻　留守左衛一隻
興武衛一隻　金吾左衛一隻
留守中衛二隻　錦衣衛二隻
應天衛一隻　龍江右衛一隻
龍江左衛一隻　廣洋衛二隻
虎賁右衛一隻　龍虎衛三隻
江陰衛二隻　金吾後衛二隻
府軍左衛二隻　豹韜左衛一隻

留守右衛一隻　羽林右衛一隻

一百五十料戰船一十二隻

留守左衛一隻　水軍左衛一隻

水軍右衛一隻　虎賁左衛一隻

留守中衛一隻　府軍右衛一隻

留守前衛一隻　江陰衛一隻

留守右衛一隻　龍江右衛一隻

豹韜衛一隻　應天衛一隻

一百料戰船一十六隻

府軍右衛三隻　府軍左衛一隻

應天衛一隻　江陰衛一隻
金吾前衛一隻　鷹揚衛一隻
留守前衛一隻　豹韜衛一隻
羽林左衛一隻　天策衛二隻
龍虎衛二隻　横海衛一隻
三板船一十一隻
水軍左衛二隻　府軍右衛一隻
水軍右衛一隻　金吾前衛一隻
應天衛一隻　鎮南衛一隻
龍江左衛一隻　旗手衛一隻

龍虎衛一隻　虎賁左衛一隻

划船一十五隻

鎮南衛一隻　水軍左衛二隻

横海衛一隻　水軍右衛一隻

神策衛一隻　虎賁左衛一隻

龍虎左衛一隻　豹韜左衛一隻

興武衛一隻　金吾後衛一隻

江陰衛一隻　旗手衛一隻

龍江左衛二隻

四百料擺搭浮橋船五隻

留守中衛一隻　　留守前衛二隻

留守後衛一隻　　留守右衛一隻

四百料巡座船一隻

廣洋衛領駕

二百料一顆印巡船一十五隻

羽林右衛一隻　　金吾前衛一隻

府軍左衛一隻　　錦衣衛一隻

龍虎衛一隻　　留守前衛一隻

江陰衛一隻　　留守右衛一隻

留守左衛一隻　　旗手衛二隻

羽林左衛一隻　府軍右衛一隻

鎮南衛一隻　水軍右衛一隻

二百料巡沙船五隻

留守中衛一隻　天策衛一隻

神策衛一隻　龍虎衛一隻

府軍右衛一隻

九江式哨船一十四隻

龍江右衛一隻　龍虎衛一隻

水軍左衛一隻　龍驤衛一隻

水軍右衛一隻　府軍右衛一隻

府軍後衛一隻　　虎賁右衛一隻

旗手衛一隻　　廣洋衛二隻

驍騎右衛一隻　　應天衛一隻

武德衛一隻

安慶式哨船一十六隻

龍江右衛一隻　　龍虎衛一隻

水軍右衛二隻　　廣洋衛一隻

天策衛二隻　　府軍左衛二隻

留守右衛二隻　　錦衣衛一隻

橫海衛一隻　　豹韜衛一隻

府軍右衛一隻　江陰衛一隻
龍虎左衛一隻
輕淺利便船五十隻
府軍衛二隻　留守左衛一隻
金吾左衛一隻　水軍右衛三隻
神策衛二隻　虎賁左衛三隻
驍騎右衛二隻　鎮南衛三隻
羽林左衛二隻　龍虎衛三隻
留守後衛三隻　武德衛三隻
瀋陽左衛二隻　留守右衛二隻

龍江右衛三隻　鷹揚衛二隻
豹韜衛二隻　錦衣衛一隻
廣洋衛一隻　虎賁右衛一隻
府軍右衛二隻　横海衛一隻
應天後衛一隻　龍江左衛一隻
府軍後衛二隻　豹韜左衛一隻
龍虎左衛一隻　江口自造一隻樣船也

大勝關哨船二隻

卷查嘉靖十二年該關備申兵部轉行本部劄付提舉司照哨船一式成造巡邏工料如例出給

本關弓軍領駕

一後湖金水河船數目例之四

工部條例凡後湖額設樓座船二隻平船一十隻該三年一小脩六年一大脩十年改造南京光禄寺掌醢署額有供應打魚船二隻在金水河採捕魚鮮該五年一修十年一造工料出辦與　黄船同

後湖樓船二隻

平船十隻

龍江提舉司匠丁三十七人充水手五日一撐送是役為冣軽

金水河魚船二隻
光祿寺掌醞署厨役領駕

馬快船條例之五
會典洪武初置江淮濟川二衛馬快船及南京錦衣等衛風
快船以備水軍征進之用既建北京遂專以運送
郊廟香幣
上供品物軍需器仗及聽候差遣俱屬南京兵部掌管
工部條例南京各衛快船額設七百八十八隻宣德十年奏
准物料每船以十分爲率官給六分軍餘自備四分中府委官於
造船廠督造弘治十年談南京兵部奏

准改造快船一隻南京工部給銀七十兩本部出草場地租銀二十兩本船釘板算銀十兩共一百兩本部委官督造正德十二年又該南京兵部

奏行會議原給銀一百兩不敷成造南京工部添銀二十兩兵部添銀一十兩其底船不許變賣存留改造匾淺舩裝載蘆柴等用除去釘板銀十兩每船共銀一百二十兩每年成造六隻嘉靖元年又該南京兵部車駕司

奏議每船一隻兵工二部各加銀一十五兩與前一百二十兩共一百五十兩每年成造一十二隻行至嘉靖四年又該南京兵部議處船底為照每年改造快船小甲陪補不下百兩

而有用底船因仍丢棄誠爲可惜今後快船聽差二三十年委果損壞覆查明白即將釘板估計價值内除十兩資助本船打造工食餘價定作三分南京工部坐二分兵部坐一分於該給銀内各作扣除作數兵部覆議所賣底船必須會同南京工部差委該司經管官員眼同驗估責付本船小甲變賣不必拘定年限挨次成造仍咨該部會同南京工部議處施行

又嘉靖八年南京兵部爲會議重大事宜請

聖裁以裨脩省事具題

准議行内開一脩船費多會同南京户工二部查議得舊例成造

快船一隻該料價銀一百五十兩其底船臨期看估扣算但
人得那移或生欺騙且官須會勘未免後時合無比照漕運
底船事例每隻定作銀二十兩外給官銀一百三十兩今奉
欽依歲造四十隻除底船外每年共用官銀五千二百兩宜酌量
各衙門錢糧廣狹以定分數合無以二千五百兩坐派南京
戶部於北新關商稅餘銀內支給以一千六百二十兩坐派
南京工部於蘆課銀內支給以一千零八十兩坐派南京兵
部於缺官及扣剩柴薪銀內支給其戶工二部銀兩聽兵部
每年於正月間支取過部以便應用間有遭遇風水漂流損
壞底船難拘定數須是臨時估算不在二十兩之限所造船

隻合查比舊式稍從淺狹使易於撐駕牽挽奸人不得多攬裝載以緩行船甲不至陪添工料以受累且又便江防之用不失立名風快之初意其造船之時兵工二部各委主事一員督同該廠把總指揮等官照依時價收買船料立限成造務使官錢費有所歸船隻堅而可久

一裁革各船例之六

一海船

工部條例凡山東登州衛海船原設一百隻正統十三年減免八十二隻止造十八隻歲撥五隻裝運青登萊三府布花鈔錠一十二萬餘斤前去遼東賞軍餘船灣泊海濵以備海

寇弘治十六年山東巡撫都御史

奏減四隻其十四隻分派湖廣江西各省四隻就彼成造浙江

福建各省三隻每隻解銀五十兩赴部買料成造正德四年

爲遭風損壞官船事題

准不必打造今後各布政司每三年徵價解部三府布花准收折

色正德五年户部奏

准仍復打造嘉靖三年本部尚書崔　議得海船之設本爲裝運

布花防禦海寇今布花已收折色若資此以爲戰艦恐遇風

則奔馳莫止臨陣則重大難捷等因

奏行查覆奉

聖旨是海船工程依擬停止今後各布政司不許科派擾民欽此

一蜈蚣船

工部條例嘉靖四年爲脩武備以固畿甸事南京内外守備

衙門題

准鑄造佛朗機銃六副打造蜈蚣船一隻查係廣東按察使汪鋐

奏有佛朗機番船長十丈闊三丈兩旁駕櫓四十枝週圍置銃

三四管底尖面平不畏風浪人立之處用板捍蔽不畏矢石

每船三百人撑駕櫓多人衆無風可以疾走各銃舉發彈落

如雨所向無敵號曰蜈蚣船其銃用銅管鑄造大者千餘斤

中者五百餘斤小者一百五十斤每銃一管用提銃四把以

鐵爲之銃彈内用鉄外用鉛其火藥置法與中國異銃一舉發遠可百餘丈木石犯之皆碎自古銃之猛烈無出其右是年行取到廣東船匠梁亞洪等三名發仰提舉司先行料造蜈蚣船一隻長七丈五尺濶一丈六尺及南京兵仗局鑄佛朗機銃六副給發新江口官軍領駕操演

又嘉靖十三年爲條陳操巡急務以脩職業以靖江洋事裁革見戰船下

一兩頭船

始創無查

工部條例嘉靖十三年裁革見戰船下

八世孫守義謹録

南船紀卷之二終

南船紀卷之三

吴江沈啓子由著　八世孫守義重鐫

一典司之一

南京工部都水司

郎中一員

註選主事一員

按周官川衡掌川澤之禁令而平其守皆下士爲之至漢元鼎始置水衡都尉又置左右使者歷漢因革不常唯魏世主天下水軍舟船器械由晉而齊而梁而隋有以進賢兩冠與御史中丞同者有爲大舟卿位視中書郎列卿之末者有改監及少監並爲令者唐爲使而領舟楫河梁之署不屬將作郎宋置都水監判監事一人以員外以上充同判監一人以朝官以上充丞二簿一並以京朝官充掌内外河梁隄堰之事然猶自爲監也

恭唯
本朝凡在兩直隸者悉屬之工部都水司郎中司其總其在外
河埽之治造船之役差主事一員
監之故龍江關有工部分司云

工部條例凡脩造戰巡等船先年本部劄委司屬官一員前去龍江提舉司督造正德十三年會議題
准註選都水司主事一員住劄龍江提舉司督造

題名記環留都長江也天塹之也人固之江操耳戰船由設也江爲通津警往来之暴有巡船焉由江而入臨都城曰龍江十餘里分司署焉分都水司督造船事而駐劄於此也所屬有提舉司有幇工廠造船之所也屬官提舉一員副提舉二員典史一員正德年間裁減存提舉副提舉各一員今止

有提舉矣凡造船之料摠司之也計料有科人匠有科屬吏各承行也人匠皆洪武永樂年間取江西福建湖廣浙江南直隸邊江府縣熟於造船者挈家於提舉司隸籍聽役今[illegible]藝者百無一二名外匠也幫工有軍指揮千百户各一員率以趨之聽提舉司取撥於新江口之营也工竣皆随船歸操爲令司唯督視其成若夫驗料正費謹作衛工亦不敢辭勞也利之所在弊端毛舉匪明蔽宜匪公蔽仁匪毅蔽斷匪介蔽恵徒法無威徒費濫功非也難易之間克任與否嫌疑非所計無媿而已是職也成化以前文案灰燼二十三年本部

奉

欽依委官一員嚴督提舉司官吏匠作及南京中軍都督府差撥官軍督造之責蓋重也往歲部委攝行廼事更代不常

右侍郎新泰崔公請於

廷添註主事一員帶俸南京工部都水司比洪閘例專任三年滿日起送吏部改選督造之責始專也予始承乏人曰南京之清秩也抵任諸寮曰吾部之仙官也予以為然可免俗累矣按其事舛舛然略無統紀既而視船於營弊殆甚焉予心不遑寧也夫以保障重寄乃兒戲如此也哉江南窮民膏血取集於船必視為官物焉仁者不為也歸其宪其在我者一一經理之料惟真用惟當工惟精弊者滌廢者復斯工速用

舒船皆經久圖也但歸於管吾未如之何矣

右侍郎懷慶何公轉

聞命下檄予會同兵部職方兵科按季點閘故壞船者賠且罪吁

持刃斷水能如之何然愈於不為也漸可致警工作庶乎少

息民徵可疏緩急可有備矣不自反者乃我咎焉惑也所惜

者交承不面事與俱往来者之容心未必不猶我之初来也

兹用石端疏分司專任者姓諱附籍任年月於其上来者如

次而具則専任分司者自是秩然於目矣雖然人之賢否職

之舉墜觀之者得以指其名而臧否之予不能無罪也僭及

膚妄非敢為衒且佞溦云耳唯同志君子矜恕焉幸也嘉靖

八年歲次已丑十有一月吉旦

賜進士第承德郎南京工部主事建德方鵬撰

一典司之二

提舉司

提舉一員

副提舉一員

按提舉司即漢舟檝署也官制云水衡都尉屬官有檝櫂令丞晉水衡則曰船曹吏齊職儀則曰官船典軍後周則曰舟工中士隋則曰舟檝署令唐因之宋因之令掌公私舟船及運漕之事丞為之貳元豊中詔都水外監提舉汴河提舉有司疑始於此今直隷之為司者曰衛河曰清江其領漕船之職猶故也惟龍江者專掌黄船戰船及風快海運等船之政令是故凡工之將興也經始署事鳩工度材及其興也稽其工敘恊其法式禁其奇

裒又其旣也比其功而秩其稍食錢其貨而陳其會要出其船而詒其器數上之部司以聽部司者之考法爲

又以朔望之期也聽中軍都督府之治也如之

司吏二名一人匠科一計料科

四廂匠籍凡二百四十伍户

廂長四十名舉匠頭之有身家者爲之

船作頭一十五名船木作四名索作二名鉄作一名紬木作一名艌作四名蓬作二名纜作一名

内官監匠三十八名

御馬監匠四名粘馬槽 丁字庫匠三名管魚油

酒醋麪局匠三名

寶船廠匠二名　後湖水夫三十七名

地產冊凡地土共三千六百一十二畝八分二厘九毫七絲九忽三微二圭

桐油六千一百二十五斤十一兩五錢原額五千八百二斤五錢嘉靖年增

黃麻一萬二千三百六十一觔原額一萬一千二百四十九斤七兩嘉靖年增

工部條例龍江提舉司幷瓦屑壩廠田地塘埂佃户佃種遞年出納油麻提舉司徵收貯庫聽候脩造黃戰等船會用嘉靖五年據佃户王儼等狀告某等欺隱田租本部委官踏勘查出二處田地塘埂共三千三百六十畝九分二釐二毫九絲六忽五微二圭先將欺隱地租追補以後照例辦納

卷查嘉靖　年又告佃田地塘埂二百六十一畝一分三
厘二毫五絲
稻田每畝桐油二斤黃麻四斤共田二千六百五十九畝四分一厘
一毫一絲三忽麻一萬六百三十五斤一十一兩四錢油五千三百一十七斤一十兩七錢
麥地每畝桐油一斤麻二斤八兩共地五百一十三畝四釐六毫四
絲一忽一微麻一千二百八十七斤四兩一錢八分　桐油五百一十三斤一十兩八錢九分二厘
藕水塘溝每畝桐油一斤黃麻一斤共二百九十一畝四分四釐四
毫一忽七微二圭麻二百九十二斤二兩九錢二分八厘油二百九十二斤三兩四錢二分八厘
菜地基地墳地荒地柳埂每畝黃麻一斤共一百四十八
畝九分二厘八毫一絲七忽五微麻一百四十八斤一十兩油壹斤十四兩

八世孫守義謹録

南船紀卷之三終

南船紀卷之四

吳江沈啓子由著　八世孫守義重鐫

一造船例

卷查各樣船隻據各該衙門於該脩該造年分移文本部蕟付都水司本司掌印郎中稟堂一劄付督造主事一劄付龍江提舉司相驗督造主事將原立稽考隔眼薄籍查對年限果及帶領官吏匠作人等看果損壞或修或造備由著落提舉司回申本部本部又劄都水司會同覆勘是的呈堂本司仍行兩關會驗木料兩關抽分有者謂之會有抽分無者謂之會無回呈到堂本部以其應修者復劄督造主事幷提舉

司將會有者支用將會無者買辦脩理完日附簿薣各收領
其應造者具
題待
日工部咨行本部備劄督造幷該司改造凡改造者舊料三分新
料七分其關支買辦與脩理司
工部條例弘治十六年本部因料價不敷題
准將改造戰巡等船會無物料分派直隸蘇松等十二府廣和二
州徵解應用其匠作工食係脩理者本司隨宜斟定係改造
者照後開原定椅例於雇工班匠銀內支給
又拆船出釘箍桶等匠例該提舉司移文靳江口取討在營

下班軍役不支工食若夫
黃船仍在本部雇匠拆造
預備　黃船二千五百五十八工五分該銀七十六兩七
錢八分五釐

船木作七百八十工
鉄作一百三十工
蓬作九十一工五分
纜作二十九工五分
鋸作七十四工係裝艙作鋸板用
雕鑾作五十八工
撕麻舂灰扯鑽共四十三工五分
油漆作一百三十三工
裝鑾作八工
抹金作四工
雙線作二工
擺錫作一工五分

鋸匠二百二十五工
上鉄作二十七工五分
索作七十四工
裝艙作三百一十工
艌作三百工
五墨作三十二工五分
鼓作六工
纓作二工五分
蜊殼作二十三工五分
鑾作四工

穿椅作六工　裁縫作九工五分
染作一百三工　竹作二十工五分
桶作一十二工五分　上索作一工五分
銅作二十一工五分　鑄作五工
旗作六工　旋作五工
響銅作十四工

南京大黃船一千二十二工該銀三十兩六錢六分

船木作三百五十工　鋸作一百二十工
扯鑽擡板二十五工　艙作一百一十五工
撕麻舂灰二十工　鉄作打釘四十五工
鎚釘七工　裝脩作一百四十五工
鋸匠二十五工　雕鑾作一十三工
蓬作三十五工　索作三十工
纜作十四工　油漆作一十八工
五墨作六工　竹作二十工
蚓殼作七工　染作十二工
旗作六工　纓作一工
篗線作一工　銅作二工
旋作二工　粧鑾作二工

擺錫作一工

南京小　黄船九百三十四工該銀二十八兩二分區淺船同

船木作二百九十八工　鋸匠一百三十工
艌作一百一十五工　蓬作三十五工
索作三十二工　鉄作打釘
鐿釘七工　纜作十六工
裝修作一百六十工　鋸匠五十工
雕鑾作三十工　油漆作三十二工
五墨作八工　裝奩作二工
旗作三工　染作四工
纓作一工　雙線作一工
旋作二工　蛃殼作七工
擺錫作一工

四百料戰座船二千四百八十七工一分該銀七十四兩
六錢一分

船木作八百五十工　鋸匠二百五十工
鉄作一百九十五工五分如買釘此項革
艌作三百四十三工六分
索作六十二工五分　蓬作八十九工
纜作一十八工五分　裝脩作三百六十四工
五墨作三十工　雕鑾作七十九工
蜊殼作四十七工　油漆作六十六工五分
旗作九工五分　篗線作六工
縧作二工　旋作五工
擺錫作三工　鼓作五工
染作四工　上鉄作一十七工
裝脩鋸匠四十工

二百料戰船一千工該銀三十兩

船木作三百十工　鋸匠一百十工
鉄作七十工如買釘此項應革
艌作一百三十四工　蓬作五十五工
索作三十三工　纜作七工
裝修作一百五十工　裝脩鋸匠六十五工
油漆作十工　五墨作一十一工

染作二十五工　旋作三工　纓作一工　蝌殼作三工
旗作十工　篗線作一工　鼓作三工

一百五十料戰船七百五十一工該銀二十二兩五錢三分

船木作二百七十工　鉄作四十八工如買釘此項革
鋸匠一百一十工
艌作一百工　纜作七工
蓬作二十九工　索作二十一工
裝脩作八十一工　油漆作十一工
裝脩鋸匠四十工　五墨作九工
染作十五工　旋作一工
旗作二工五分　篗線作一二五分
纓作一工　蝌殼作二工
鼓作三工

一百料戰船四百九十工該銀一十四兩七錢

船木作一百四十九工　鋸匠一百工
鐵作四十二工如買釘此項革
艌作五十七工　蓬作二十六工
索作二十一工　纜作四工
裝脩作并鋸匠七十一工
油漆作五工　五墨作四工
染作三工　旗作二工
旋作一工　纓作一工
雙線作一工
剉鏇作三工

三板船二百五十六工六分七釐該銀七兩七錢

船木作八十工　鋸作四十八工
鐵作三十三工六分七厘如買釘此項革
艌作三十二工　蓬作二十五工
纜作五工　索作二十一工
油漆作三工　五墨作三工
染作二工　旗作二工
旋作一工　雙線作五分
纓作五工

划船二百四十六工六分七釐該銀七兩四錢

船木作六十五工　艌作三十二工
鋸匠作五十二工　艂作二十五工
鐵作三十三工六分七釐如買釘𤓰項單
纜作五工　索作二十一工
染作三工　旋作一工
旗作二工　油漆作三工
五墨作三工　纓作五分
篾線作五分

四百料擺搭浮橋船六百六十六工六分七釐該銀三十兩

船木作三百四十工　鐵作五十九工六分七釐
鋸匠作一百四十工　如買釘𤓰項單
艌作一百五工五分　纜作八工
索作六工五分　油漆作四工
五墨作三工

四百料巡座船一千四百工該銀四十二兩

船木作四百一十六工　鋸匠二百工

鉄作一百十九工如買釘此項革

艌作一百九十四工　索作三十五工

篷作五十工　纜作十工

裝修作二百四工　裝脩鋸匠三十三工

雕鑾作四十四工　五墨作十七工

油漆作三十八工　蜊殼作二十六工

隻線作四　纓作一工

旗作八工　旋作三工

鼓作三工　染作四工

擺錫作一工

二百料一顆印巡船七百一十六工六分七釐該銀二十

一兩五錢

船木作二百九十八工　鋸匠一百工

鉄作七十工三分七厘如買釘此項革

艌作九十六工　蓬作三十五工
索作三十三工八分　纜作六工
裝脩作并鋸匠六十三工　五墨作三工
染作一工五分　旗作一工
旋作一工　纓作一工五分
油漆作五工
叟線作一工五分

二百料巡沙船八百七十工該銀二十六兩七錢

船木作三百二十工　鋸匠一百二十工
鐵作八十三工五分如買釘此項革
艌作一百十工　蓬作五十二工
索作三十四工五分　纜作六工
裝修作一百十八工　油漆作九工
五墨作九工　染作工五分
旗作一工五分　旋作工五分
纓作五分　叟綫作一工
蜊殼作二工

九江安慶大朕關哨船二百五十二工該銀七兩五錢六
分

船木作九十工　裝修作七工
鋸匠作六十五工　鉄作鎗釘六工
艙作四十五工　篷作十工
索作十二工　纜作五工
油漆作三工五分　染作二工
五墨作二工五分　隻線作一工
纓作一工　旗作一工五分
旋作五分

輕淺利便船八百七十六工該銀二十六兩二錢八分

船木作二百九十二工二分三厘
鋸匠作一百三十六工三分八厘
裝修作一百四十一工二分七厘五毫
裝修鋸匠六十二工　艙作一百四十一工
索作二十九工　鉄作十四工
五墨作十工七分　油漆作九工七分

蓬作二十九二　旗作二工
纓作五分　旋作一工
嫂線作五分　鼓作三工

後湖樓船五百九十九工該銀一十七兩九錢七分

船木作一百八十七工　鋸匠七十五工
鉄作三十工　艌作六十八工
裝脩作一百五十工　裝修鋸匠二十七工
蓬作十九工　索作十六工
油漆作二十二工　五墨作五工

二號樓船四百二十一工該銀一十二兩六錢三分

船木作一百七十工　鋸匠六十五工
鉄作二十一工　艌作六十五工
蓬作十八工　索作十四工
油漆作十一工　裝脩作并鋸匠五十七工

平船一百六十工該銀四兩八錢

船木作六十工　鋸匠四拾八工
索作五工　艌作三十六工
撕麻舂灰四工
蓬作七工

金水河船本船先年成造如例近年以来以其至小至輕每打魚時取渡船代用

二收船之例

凡應偹造船隻各該官軍駕送到龍江提舉司河下灣泊督造主事奉劄篤同該司官吏與原来官軍備將點單稽查船身板片浮動什物無缺卽為收納以待駕軍拆卸修造完日仍付領駕回營

一收預備船由北京工部題准咨本部及差官軍駕送到司驗收

一收南京大小　黃船由南京中軍都督府照會本部令
原駕旗甲将船送提舉司河下交割如前例近因各軍
到司不法俱改泊　黃船廠河下塲內自行看守應脩
者估工給料撥匠脩理應造者估給木料七分舊船准
作三分聽其脩領遣匠與造不復點単查對彼此稱便
一收新江口戰巡等船由操江都察院衙門咨本部差原
駕官軍送至提舉司河下點檢板木什物果全方給批
回近因本船係操軍看守不加愛惜未及年分或沈溺
他處或飄泊無存是以每有呈部行委本司相驗板片
齊偹什物週全方令該營自行拆卸運送到司交割仍

將原造本船文卷點對查明少者陪補

一後湖船由户科手本船泊於彼遣官詣湖估計發料詣湖脩造雖云三七相兼盖湖禁有入無出唯工訖告完云

三收料之例

凡脩造等船該用楠杉等料兩關會有者都水司先發其船應用某號木植數目到局知會本局待提舉司照數差匠到彼查同本關抽分主事差人送發批回爲驗會無者俱督造主事拘招鋪户商人照數買辦丈量秤驗明白發付提舉司收貯以待匠作支用其鋪商隨各具到狀三紙告標開註納

過數目一存照一封送都水司查明印記一莖提舉司出給
印信實收申部都水司案呈移付屯田司估價於蘆課銀內
支鋪商親自赴庫關領
工部條例嘉靖七年咨送到
黃船五隻內三隻該脩艌者係是楠木內二隻該改造者係是
川杉等木本部差官賫價四路收買絕無川杉本植題奉
聖旨這船隻既期限緊急准暫用楠木改造欽此
卷查嘉靖二十年正月爲立定規法宿弊以便稽考事該本
部都水司案呈奉本部營繕司主事沈　呈奉劄相勘各船
或造或脩如法料計內惟會有木植原該都水司劄令兩局

閱支向来文移止令大木次木中木根數字様並無圍員長短丈尺領者菱者但憑見數閱支節該領到楠木中間心空皮爛者有之灣曲尾小者有之匠作稱說俱係該局委官給菱原抽木料切照兩關與提舉司地方相離一十餘里彼此授受原無印烙記號又無丈尺圍圓其數里之間木商輻輳匠作通同以小易大何從稽考況原料丈尺有限若料大而用小不無破費之欺若料小而用大難免包補之累及查黄船小甲所領每盈所估之數戰船所領多係不堪之材該局官吏難逃輕重之弊似此議得欲凡會查木料之時都水司行令該局就將根數圍圓長短丈尺覈實編號開報到司本

司照數算派某船某號等木若干備行委官并提舉司對驗號尺相同堪用者印烙明白方許支出運赴船廠驗實鋸用等因到部送司查得各卷造修船隻會有木料俱將勘定原料圍長數目行該抽分衙門查會文移止有舊管新收大次中小號數案呈劄付虞衡司起勘合關支該局原無圍長尺寸今奉前因似亦相應立為定規案呈到部擬合通行為此劄付本部各委官并龍江瓦屑二局龍江提舉司查照施行

一木料

楠木　松木　川杉木採買如無題改楠木

杉木　杉木桅心　杉槁

杉木連二枋鋪商無販亦折楠木　杉木連三枋

榆木舵桿用　檀木梔餅等項用　白楊木同上　樟木

雜木　栗木槳把用

二竹貨料

貓竹　筀竹　水竹　苦竹龍笛用

箬　蘆　黃藤　棕毛濕者折算

蘆蓆

三蔴料

黃麻本司地租項下支用如無買辦　白麻

四油料

桐油（本司地租項下支用如無買辦）　猪油（鼓用）　香油（漆用）

魚油（貯九庫內造海船用之）

五灰炭料

石灰　木炭　煤　稻皮（鑄作用）

麥穩（同上）　木柴　攙缸灰（染作用）　瓦灰（漆作用）

六五金料

鐵釘（大中小）　鐵事件　鐵錨　鐵鍋

鐵灶　金箔　銅（響銅黃熟銅）　紅熟銅

花錫　硼砂

七皮毛料

生血水牛皮　生掙水牛皮

紅真皮　紅鹿皮　漿皮條　茜紅火把纓

黑纓頭

八絲布料

黃熟官綃　黃生官綃　白綿布　苧布漆作用

白綿同上　青綿紗穿椅用　青絲線　黃絲線

大紅贑線　綠絲綫　生絲左綫　大紅絨

白麻線

九漆染西料

生漆　熟漆　黜漆　白麪

光粉　水花硃　銀硃　二硃

畨硃　紅土　蘇木　黄丹

藤黄　石黄　槐花　密陀僧

合碌　三碌　枝條碌　銅青

靛花青　墨煤　靛青　水膠

土子　猪脻　明礬

四餘料之例

凡龍江提舉司收貯各船舊板堪用者每船作三分支用其外朽爛木植完頭督造官呈部委官變賣解部作正支銷內有堪用者存留附卷會用

一改造大黄船一隻木楂完頭銀五錢
一改造小黄船一隻木楂完頭銀四錢一分
一修理大小黄船一隻木楂完頭銀二錢一分
一戰巡等船俱拆卸本司幇工廠擇其堪用者存留其不
堪者變賣無定數
一後湖船無變賣
鐵釘每船拆十亦作正料三分更有餘不堪用者存留
以待會用無定用例

五稽考之例

工部條例嘉靖七年為議重大事宜請
聖裁以裨脩省事南京禮部等衙門條陳内一欵點閘減脩造以
紓財用據督造船隻主事方鵰呈稱本職督造新江口戰巡
等船四百隻每船一隻成造費銀二百餘兩脩理亦不下五
十餘兩例約五年一脩十年一造動費料銀數萬兩切見船

之所以速於脩造者其弊在於撑駕官軍視為官物不加愛
惜及將隨船什物私相借貸以致易壞故耳合無比照先年
題
准正陽門等查點军〻事例本部委官時臨泊船處所點閘及將
前船十隻編作一幇每日輪流一軍看守等因該工部覆看
得前項處置甚切時弊相應依擬但事干兵務恐非工屬一
官所宜獨任又一月二次點閘不無煩瑣合無添差兵部委
官一員公同兵科給事中一員每遇季終會同點閘如有官
軍不行愛惜抛棄磕損及將隨船什物私相借貸輕則責令
賠脩重則公同參究提問其編幇輪守之規亦依所擬施行

仍每季終取具管船官軍不致遺失損壞結狀查較如此則
法令既嚴而戰具常完脩造有節矣奉
聖旨是依擬行欽此

八世孫守義謹録

江寧黄子俊刋船　李咸懐　吴省南　張廷猷刻字

南船紀卷之四終

守義八世祖憲副公究心經濟居官居鄉咸有著述吳江水考及南船紀二書最有名於世水考撰於居鄉時嘗付梓而板今廢失守義於雍正甲寅歲業較勘重鐫矣船紀四卷乃嘉靖中以南工部營繕司主事署江提舉司造船主事時所撰也當時船政廢弛弊端蝟集規畫精專使吏不得侵船皆經久獨為稱職更念章程不定來者無徵乃日討月求銖研寸究因舊附新撰為此書詳部准行捐俸刋定凡各船圖形工料數目暨因革典司諸例無不詳備明析今其板亦無存惟家藏印本二冊而已守義念此書雖前明之制而官司營造已之參考損益歷世可徵且先公經世盡職之大略於是焉在倘不及今刋刻致久而散軼沈淪

則子孫之咎也因勉力庀材繼水考所付諸梓人即用原本重翻
故行欵悉如其舊云
乾隆六年八月十二日八世孫守謙謹識

南船紀四卷明嘉靖間[illegible]南京工部主事沈啓所撰

國朝乾隆[illegible][illegible]先[illegible]祖[illegible][illegible]江水考復取是書重

校付梓後遂得與水[illegible]

欽定四庫全書提要謹[illegible]謹錄

南船紀

金陵全書

甲編・方志類・專志

龍江船廠志

（明）李昭祥 撰

南京出版社
南京出版傳媒集團

提要

《龍江船廠志》八卷，明李昭祥撰。

李昭祥，字元韶，上海人。明嘉靖十六年（一五三七）應天鄉試舉人。二十六年（一五四七）丁未科進士，授浙江蘭溪知縣。三十年（一五五一），升任南京工部主事，駐扎龍江都水分司，督理船政。仕終南京工部郎中。有《栖雲館集》《慎餘録》《漵陽雜稿》《讀書一得》等。李昭祥生卒年不詳，按其中舉、登科時間推算，約生於明正德年間，卒於明嘉靖、萬曆年間。其籍貫，歐陽衢序中稱雲間人，康熙《松江府志·人物》中稱華亭人，而本志卷首則自署『上海李昭祥』，《官司志》注遴主事欄亦自題『直隸上海人』，今從其自署。

李昭祥自幼受儒家傳統思想熏陶，事親至孝，崇尚仁義，樂善好施，曾置義田五百畝，以紓鄉里徭役之累。入仕後，勤於職守，勇於任事，多謀善斷，較爲開明。初任蘭溪知縣時，當地重男輕女之風甚盛，生女多不撫育。他下令民間凡育三女者，免其徭役。三年即無弃女者。移風易俗，立見成效。

李氏之作《龍江船廠志》，雖身爲在職官員，所述亦其份内之事，但并非奉旨或奉命而作，而是在其位，謀其政，欲有所爲而爲之的自發行爲，應屬私家纂修，又具一定的官書性質。其寫作動因，一是鑒於『船書之設，誕而寡核，船紀之作，漫而靡歸』，『損益因革，或同或異，未有成志』，以致船廠管理混亂，『財殫力疲，利未見而害有甚』，企圖通過修志修訂各項規章制度，如官吏、匠作人員職守、工料定額、費用核算等，對船廠進行治理整頓。另一重要原因則是痛感『近世學者重藝文，蔑世務，勾稽磨勘輒目爲俗吏』之風的可惡，於是『潛心盡力』，耗時兩年，『委瑣不遺』地撰成該志。可見這不僅是『補職掌之遺，備一代之典』的志書，也是一部憤世之作。

《龍江船廠志》共八卷：訓典志，舟楫志，官司志，建置志，斂財志，孚革志，考衷志，文獻志。前有歐陽衢序一則。歐陽衢，江西泰和人，進士出身，時任南京尚寶司卿。曾充嘉靖十六年（一五三七）應天鄉試主考官，李乃其門生，其資料來源，一是輯録當時所見官方文書、檔案卷宗；二是汲取前人成果，主要是參閱此前十年沈啓所撰《南船紀》《南廠紀》等；三是親臨現場，探究訪求，丈量計算，調查統計，即所謂『博考載籍、名物度數、沿革始末，一一書之』；

凡事隔久遠，無從稽考者，一概從略。寫作態度極爲嚴謹審慎，故所述多翔實可信。

《龍江船廠志》作爲一部專志，在我國志書修纂中具有重要意義。其特點一是體例上有創新，從實際出發，因事制宜，自成體系，繁簡得中而又能『綱目相屬，先後有倫』。二是在指導思想上突破了『有美無刺，隱惡揚善』的陋習，專列一孚革志，深揭船廠弊端三十事，其中多真知灼見。三是經世致用的目的很明確，僅船的圖式，就達二十餘幀，真可謂『器數并陳，法象兼著』，是研究古代造船技藝的重要典籍。四是彙集的資料很豐富，對研究龍江船廠的方位、四至、規模、造船工藝、古代官辦船廠的管理思想、體制以及與實船廠的關系等方面，均提供了第一手資料，極具史料價值。

該志成書於嘉靖三十二年（一五五三），曾有刻本，經汲古閣等多家輾轉收藏，二十世紀四十年代現身於無錫，由鄭振鐸收入《玄覽堂叢書續集》。一九四七年由國立中央圖書館影印出版。至八十年代，除北京圖書館、南京圖書館有藏外，已屬罕見。《金陵全書》收録的《龍江船廠志》以南京圖書館藏本爲底本影印出版。原書版框尺寸爲横長九十八毫米，縱高一四二毫米；現擴爲横長一三九毫米，縱高二四〇毫米。

王亮功

龍江船廠志序

我

聖祖奄有四海定鼎金陵環都皆江也四方往來省車輓之勞而異舟楫之便洪武初年即於龍江關設廠造船

以備公用於[illegible]工部而分司於[illegible]李
然官無專責惟部堂暫委官一
員監督提舉司官遂爲冷衙龍江
南北相距十[illegible]千餘里百凡取辦
於兩錢糧時多工料日繁奸弊日滋

正德十三年識　準咨吏部註選本
司主事一員居廠專理船務纂定法
損益因革戈同要具來有戒志者請
庚戌李子元韜由名進士出宰劇邑
更歷老練擢任斯職慨然[illegible]

患記載之靡悉是上無道揆下無法
守也財殫力疲利未見而害有甚焉
者矣豈
國家建官之初意哉于是稽以並力博
考載籍名物度數沿革始末一一書

之越兩寒暑萃成爲志授予讀之予
觀其目錄有八首之以訓典曰謨訓
曰典章具載焉尊
王命政令自上行者也然訓典者何故
次之以舟楫曰制額曰器數曰圖式

具載焉而非人孰尸之故次之以官司曰郎中曰主事曰提舉凡役於廠者具載焉然人非周知其所蒞亦奚以從事故次凡廠以内曰山川曰道里曰署宇曰坊舍具載焉動資於財故

次之以斂財曰執訣曰大價曰單板曰雜料凡廠之所需者具載焉財聚弊生故次之以孚革曰律己曰收料曰造船曰收船曰佃田曰着料具載焉然處之過不及其失均也故次之

以考衷曰稍食曰量材具載爲七者
備矣而曰創制曰設官曰遺跡有一
弗詳亦焉得爲全書故次之以文獻
終焉綱目相屬先後有倫上不得以
立異下不得以行私財不告匱人不

告勞觸之迎刃而解矣豈非司廠者之一大快哉昔周公相周以大聖人之才知豈不有餘裕哉而著爲周禮無亦曰文武之政布在方冊舉而措之易易耳我

朝諸司職掌

大明會典一周禮也此志固一船事耳

然非元韜之才識之遠思慮周密亦

安得補遺典於百年之餘哉即微以

占鉅由今以觀後乎於李子將來之

樹立得之矣李子名昭祥雲間人予

丁酉主試應天取士也因序之

嘉靖癸丑日長至

賜進士及第奉政大夫南京尚寶司卿

前翰林院侍講

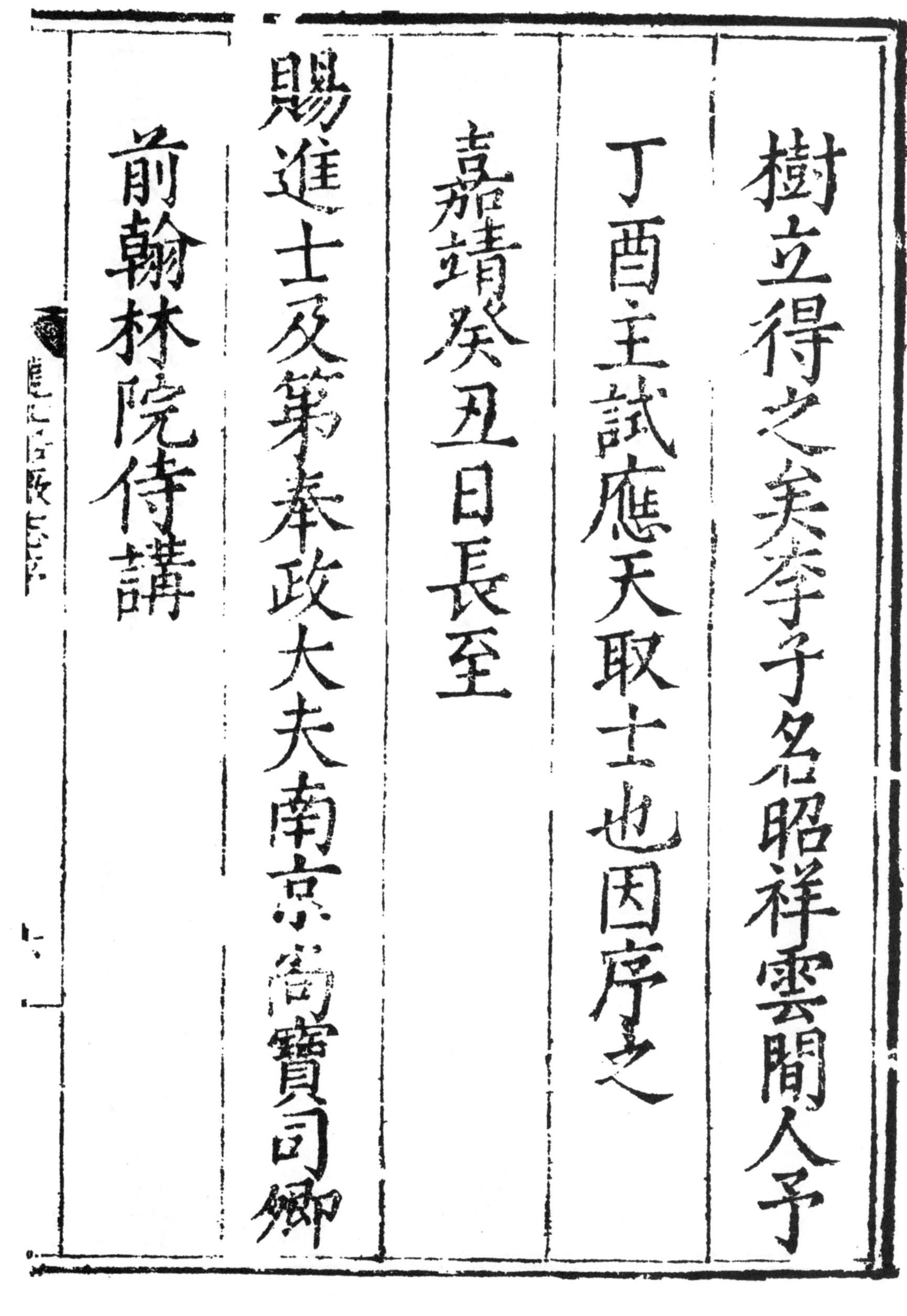

國史編脩司經局洗馬　經筵講官校
正
歷朝寶訓實錄同脩　會典宋史泰和
歐陽衢撰

龍江船廠志目錄

上海李昭祥

数為圖式明此而職守可慎矣

第叁卷

官司志有是事而後有是官先郎中次主事次提舉而凡役於廠者咸得附見焉

第肆卷

建置志凡廠以内山川之形勝道里之廣袤署宇之沿革坊舍之廢置皆以次録之

第伍卷

歛材志船務非料不集曰地課曰木價曰單板曰

雜料廠之所需者備是矣

第陸卷

孚華志弊不革則利不興上不嚴則下不肅故其目有六而首之以律巳而曰收料曰造船曰收船曰佃田曰看料者次之

第柒卷

考裹志作船之務工料先焉豐約盈縮不可過亦不可不及也曰稍食曰量材斯二者皆當考其裹焉而後可

第捌卷

文獻志志歷代船制之由始曰創制船官之由始曰設官而古今論船之異同用船之利鈍者備錄之曰遺蹟廢可以廣鑑矣

龍江船廠志目錄終

龍江船廠志卷之一

訓典志

在昔盛時上有道揆渙為謨訓下有法守瞭為典常故百工釐而庶績凝所以率之者有具也河濵之器罔有苦窳神聖所風默而成之太上立德由此其選矣文告筆與防範斯密明徵保定與治同歸逮我
皇祖開基殪漢戡吳率舟楫是資首建專局用司厥務
神謨所存利用不匱垂裕無疆
列聖嗣興秉時損益凡以羽翼舊章而已易文之秘象

象莫殫槩僃迺行此成規所為附見也百工之所信
者將于是乎在乃志訓典

謨訓

洪武[redacted]年勅

昔聖人也朴民俗亦厚制不飾華六曹之設內工官
居數中之一耳其所司之工者皆無異伎國無奇衺
然而公務雖簡其成也必精其廢也必當一舉而無
再為一廢而無復造所以民逸者多勞者少因是而
官賢稱君聖德令之人受職任事則又不然矣凡臨

事之際必因公而役私因私以弊上於國則不利於
民爲害是以神人共怒禍及身家往往有之未嘗有
福臻而愆消者也然罪者已往存者猶爲未不隔禽
戮也所以古人重其事而選人在福民之福固國以
奉天地是以前賢能體君心而以務事工得家國而
國昌今朕設工部實法古制特以爾某爲工部某官
當敬事信工無弊上下咸合汝員良哉

宣德三年勅

朕惟工部掌天下百工山澤之政令度民力因地利

天時以成國家之務夫天地生人雖有貴賤之分而
好逸惡勞情無不同過用人力則不堪命惟以身體
人用人之力如己力斯民不病焉國家用度皆出於
民過用於上必過取於下財匱民貧何以爲國惟以
身體國用民之財如己出斯財不[illegible]焉凡所舉作當
度緩急爲之節制以息民力以紓國用斯爲良哉古
者役民於農隙當思用之以時古者山林川澤有厲
禁當思用之有制今天下工匠數倍
祖宗之世而畏避亡遁者日多當思撫綏安養之道至

若屯田水利之政皆有成法比年因循廢弛罔聞實效嘗思興舉作新之方爾其懋哉夫侈用傷財權充之端厲民循欲歛怨之階書曰民爲邦本本固邦寧節財所以愛民愛民所以愛國臣之職以道事君尚率爾屬惟公惟清輔予于治庶幾明良相成之美爾惟欽哉故諭

嘉靖六年旨

訪得南京進貢船隻起數甚多管運内官廩靖守法若固有貪刻害人者不無沿途多索人夫勒要折乾

銀兩不遂所欲動輒搜求甚至毆打職官綁縛夫役
累河一帶俱被其害甚非朝廷恤民之意便着兵部
行南京內外守備查進貢起數可省則省可併則併
如起數係定額難以省併裝運之時照例着科道兵
部官監視務要儘船裝載不許多撥聽其夾帶私貨
搭人索錢其管運內官務選老成安靜的去凡奸貪
刻剝好生事端之人俱不許差遣都察院還出榜禁
約人夫照例上水二十名下水十名合用廩給口粮
俱照関文應付敢有似前多索夫役指要折乾銀兩

生事害民的撫按巡河兵備等官將本船為首一人
拏與被害之人對問明白干礙應參官員指實具
奏
按舟檝之務冬官之一端耳然敬事信工節財愛民
則無異道焉竊嘗伏讀御覽我
祖宗及
皇上惓惓之意惟欲損上益下俾家國俱足公私並利
以臻至治而已至于洞察留都貢獻船隻之擾民併
省從約嚴禁運官誶誶不已如此其節愛盛心即虞

廷咨吁交儆之義何以加焉方今造船者能無成之不精廢之不當因公營私病國而害民乎侈用傷財厲民徇欲而不知以身體國乎撥船者其有不稽厥實多與以滋奸蔽之弊乎

聖靈孔赫

國典於昭有一于此知不免矣書曰率作興事慎乃憲欽哉屢省乃成詩曰王之藎臣無念爾祖敬揭首卷相與佩服焉

典章

諸司職掌凡在京并沿海去處每歲海運遼東糧儲船隻每年一次修理其各衛征戰風快船隻等項若缺少損壞當修理者務要會計木釘灰油麻藤及所用工具件數撥用如有不敷亦當預爲規畫或令軍民採辦或就客商收買或外處撥支審度利便定擬

奏

聞行下龍江提舉司計料明白行移各庫放支物料其工程物件照依料例文冊然後興工如或新造海運船隻須要度量産木各便地方差人打造其風快小

船就京打造者亦須依例計造木料等項就於各場
庫支撥若内外有船隻務要周知其數設或需索運
用酌量多寡撥與其各河泊所帶辦魚油鰾每
歲催督進納備用

大明律 凡造作不如法者笞四十若造軍器不如法者
笞五十若不堪用及應改造者各併計所損財物及
所費工錢重者坐贓論其應供奉御用之物加二等
工匠各以所由為罪局官減工匠一等提調官吏又
減局官一等並均陪物價工錢還官

又凡造作局院頭目工匠多破物料入己者計贓以
監守自盜論追物還官局官并覆實官吏知情符同
者與同罪失覺舉者減三等罪止杖一百

會典國初造黃船制有大小皆為
御用之物至洪熙元年計叁拾柒隻正統十一年計貳
拾伍隻常以十隻留京師河下聽用成化八年本部
奏
准照快船事例定限五年一修十年成造其停泊去處
常用廠房苫蓋軍夫看守

又新江口戰船永樂五年額設一百三十一隻宣德以後增至三百一十九隻至成化十年堪操者止一百四十隻所餘未造内二四百料者俱改造二百料

快船

又洪武初置江淮濟川二衛馬快船及南京錦衣衛等風快船以備水軍進征之用既建北京遂專以運送

郊廟香帛

上供品物軍需器仗及聽候差遣俱屬南京兵部掌管

永樂五年改造海運船二百四十九隻備使西洋
諸國正統七年令南京造遮洋船三百五十隻給官
軍由海道運糧赴薊州等倉
○登州衛每年裝送花布鈔錠原設海船一百隻正
統間止存三十一隻
職掌條例凡修造戰巡等船先年本部劄委司屬官
一員前去龍江提舉司督造正德十三年本部會議
題
准註選本司主事一員駐劄管理

又凡留京預備　黃船一十隻例該五年一修十年一造如遇該修造之年官軍領駕咨送本部劄付督造主事督同提舉司官吏匠作料計合用物料會有者行龍江抽分竹木局等衙門關支會無者行拘上江二縣鋪户買辦給作修造遵照
欽限完工仍付原差官軍領駕料價支蘆課工食支班匠銀兩

又南京各衛永樂年間額設大　黃船二十四隻内濟江并千料遠年朽爛在塢不堪修造船九隻止有

一十五隻又設小　黃船三十六隻俱照例五年一修十年一造先年該修理者就行督造主事并提舉司官吏匠作會辦修理結申到部奏行工部轉行本部覆查明白奏奉

欽依然後改造正德十四年該南京外守備衙門題准今後大小　黃船例該改造者南京工部委官覆勘明白即便會計工料　奏行本部轉行成造不必覆查回奏其會有會無物料工價俱同前

（又）嘉靖七年咨送到預備　黃船伍隻內三隻該修

艙者係是楠木內二隻該改造者係是川杉等木本部差官齎價四路收買絕無川杉木植題奉
聖旨造船隻既限期緊急准暫用楠木改造欽此以上黃船例

○新江口戰船原額一百七十八隻划船三十七隻三板船三十隻巡船九十隻正德九年奏添哨船一百隻造完九十七隻除正德十五年行取四十隻赴
京見在五十七隻通共三百九十七隻該五年一修十年一造先年修理物料以五分為率官出三分軍出二分成化二十三年南京內外守備題稱會同南

京工部議得巡船衝冒風浪易於損壞比之戰船不同除修理戰船仍照原擬事例遵行外其見今及以後巡船并在船浮動什物但遇損壞俱行南京工部支給官料修理如各官軍不行看守用心撑駕以致不久損壞并遺失器具者痛加懲治追賠等因工部覆奏備行本部從公查照如果前項巡船曾經會議相應修理別無違礙就將該用物料查會關支撥辦仍委官一員嚴督龍江提舉司官吏匠作及南京中軍都督府差撥官軍同原船旗軍相兼用工如或本

部雖經會議事有窒礙者宜從徑自奏請定奪等因到部時本部右侍郎黃因曾經會議不復奏請耶將戰巡等船照舊出料修理自後各船官軍不復出辦弘治十六年本部因料價不敷題准將改造戰巡等船會無物料分派直隸蘇松等一十二府廣和二州徵解應用其匠作工食併修理者本司隨宜斟定係改造者定立則例榜示俱於班匠銀內支給

又嘉靖七年為議處重大事宜請勸戒以裨修省事南京禮部等衙門條陳內一嚴點閘

減修造以節財用撙省造船隻主事方鵬呈稱本職督造新江口戰巡等船四百隻每船一隻成造費銀二百餘兩修理亦不下五十餘兩例約五年一修十年一造動費料銀數萬兩切見船之所以速於修造者其弊在於撑駕官軍視爲官物不加愛惜及將隨船什物私相借貸以致易壞故耳合無比照先年題准正陽等門查點軍器事例本部委官騎館泊船廠所點閘及將前船十隻編作一幇每日輪流一軍看守等因該工部覆看得前項處置甚切時弊相應依

擬但事干兵務恐非工部一官所宜獨任又一月四
次點閘不無煩瑣合無添差兵部委官一員公同兵
科給事中一員每遇季終會同點閘如有官軍一衎
愛惜拋棄擡損及將隨船什物私相借貸輕則責令
賠修重則公同參究提問其編號輪守之規亦依所
議施行仍每季終取具管艙官軍不致遺失損壞結
狀查較如此則法令既嚴而戰具常完修造亦有節
矣奉
聖旨是依擬行欽此

嘉靖十三年爲條陳操巡急務以修職業以靖江洋事該操江兼管巡江南京都察院右副都御史潘題稱新江口戰船見在兩班止用一百二十二隻餘船無軍領駕置之無用欲於一百二十二隻之外添存二十八隻共湊作一百五十隻外再欲將原船改造輕淺利便船五十隻共定作二百隻發營駕操其餘船隻俱要除革等因該本部修造戰船雖係本部職掌其應添應減事體例係兵部掌行本部難以擬議復咨兵部議處去後今該前因通查案呈到部臣

等看得南京兵部尚書劉龍等議開操江都御史潘
所奏裁革新江口戰巡等船事情與先年南京工
部右侍郎何塘所奏大畧相同但船料大小船隻名
色各異操演取用之際亦各有所宜必須斟酌應用
多寡量為去留要將四百料戰座船量留二隻二百
料者量留三十八隻一百五十料者十二隻一百料
者十六隻三板船十一隻則船十五隻浮橋船五隻
哨船三十隻共一百五十隻就將見在用者存留應
造應修者照數補完其餘不堪應用船隻木料發回

提舉司改造輕淺利便船形合式様大小適中可以
遇風可以容衆便於撑駕者五十隻共二百隻比與
本官原奏減數目相同及仍要遵照舊例修造一節
為照前項船隻既經南京各官會同議處事體已為
允當相應依擬合候
命下本部一面咨兵部轉行南京兵部將前項戰巡等船
悉依原議大小名色照數存留并修造二百隻其餘
船隻盡行裁革一行南京工部查照舊例照依年限
修造其該管官員務要嚴督造作如法不許板薄釘

稀仍令領駕各軍小心愛惜若不及年限損壞者照例責令看守之人陪修還官如此則船非虛設財無妄費江防不弛而警急有備矣奉

聖旨是欽此 以上戰巡船例

又後湖額設樓座船二隻平船一十隻該三年一小修六年一大修十年改造南京光祿寺掌醢署額該供應打魚船二隻在金水河採捕魚鮮五年一修十年一造工料出辦與黃船同 以上湖船漁船例

[illegible]一山東萊州衛海船原設一百隻又正統十三年減

船八十一隻止造一十八隻歲撥五隻裝運青登萊三府花布并鈔錠一十二萬餘疋斤前去遼東賞軍餘船湾泊海濱以備海寇弘治十六年山東巡撫都御史奏減四隻其十四隻分派湖廣江西各四隻就彼成造浙江福建各三隻每隻解銀五千兩赴部買料成造正德四年為遭風損壞官船事題准不必打造今後各布政司每三年徵價解部三府花布准收折色正德五年户部奏准仍復打造嘉靖三年本部尚書崔　議得海船之設本為裝運花布防禦海寇今

花布已收折色若資此以為戰艦恐遇風則奔馳莫
止礁障則覆大難旋等因奏行查覆奉
聖旨是海船工程依擬停止今後各布政司不許科派
擾民欽此 以上海船例
○嘉靖四年為修武備以固畿甸事南京內外守備
衙門題准鑄造佛朗機銅銃六副打造蜈蚣船一隻
查係廣東按察使汪鋐奏有佛朗機番船長十丈闊
三丈兩傍駕櫓四十枝周圍置銃三四管底尖面平
不畏風浪人立之處用板捍蔽不畏矢石每船二百

八櫓搖櫓多人衆無風可以疾走各銃舉發彈落如
兩所向無敵號曰蜈蚣船其銃管用銅鑄造大者千
餘斤中者五百餘斤小者一百五十斤每銃一管用
提銃四把以鐵為之彈丸內用鐵外用鉛其火藥製
法與中國異銃一發彈落遠可百餘丈木石犯之皆碎
自古銃之猛烈無出其右是年行取到廣東船匠梁
亞洪等三名發提舉司先行料造蜈蚣船一隻長七
丈五尺闊一丈六尺及南京兵仗局鑄佛郎機銃六
副給發新江口官軍領駕操演以上蜈蚣船例

又南京各衛快船額設七百八十八隻宣德十年奏准每船物料以十分為率官給六分軍辦自備四分中府委官於造船廠督造弘治十年該南京兵部奏准改造快船一隻南京工部給銀七十兩本部出草場地租銀二十兩本船釘板等銀十兩共一百兩本部委官督造正德十二年又該南京兵部奏行會議原給銀一百兩不敷成造南京工部添銀二十兩兵部添銀一十兩其底船不許變賣存留改造扁淺船裝載蘆柴等用除去板釘銀一十兩每船共銀一百

二十兩每年成造六隻嘉靖元年又該南京兵部轉偏司奏議每船一隻兵工二部各加銀一十五兩共銀一百五十兩每年成造一十二隻嘉靖四年又該南京兵部議處船為照每年成造快船小甲陪補不下百兩所有底船固仍委棄誠為可惜今後快船聽差二三年委果損壞覆查明白即將釘板估計價值內除十兩資助本船打造工食餘價定三分南京工部坐二分兵部坐一分於該給銀內各自扣除作數兵部覆議所賣底船必須會同南京工部差委該

司經管官員眼同發估責付本船小甲變賣不必拘
定年限挨次成造咨行兵部會同本部議處施行
又嘉靖八年南京兵部為會議重大事宜請
聖裁以裨修省事題准內開修船費多會同南京工部
查議得舊例成造快船一隻該料價銀一百五十兩
其底船臨期看估扣算但人得那移或生弊端且官
須會勘夯兌後時合無比照漕運底船事例每隻定
作銀二十兩外給官銀一百三十兩令奉
欽依歲造四十隻除底船外每年共用官銀五千二百

兩宜酌量各衙門錢糧廣狹以定分數合無以二千五百兩坐派南京户部於北新關商稅餘銀内支給以一千六百二十兩坐派南京工部於蘆課銀内支給以一千零八十兩坐派南京兵部於缺官及扣剩柴薪銀内支給其户工二部銀兩聽兵部每年於正月内支取過部以便應用間有遭遇風水漂流損壞底船難拘定數臨時扣算不在二十兩之限所造船式合查復舊稍從淺狹使易于撑駕牽挽奸人不得多攬裝載以緩行船甲不至添賠工料以受累且又

便江防之用不失立名風快之初意至造船之時兵工二部各委主事督同該廠把總指揮等官照依時價收買船料立限成造務使官錢有所歸船隻堅而可久（以上快船例）

按脩造快船兵部司之而海船蜈蚣廢亦久矣畧之可也然會督之責協濟之費往卷甚詳豈遺制遂泯亦稽古者所憾也故附錄之以示存羊之意云

成規

凡事體遵行已久卷籍可稽而未經奏請或雖經

奏請而條例所不載者不敢混入別爲成規附錄于後以便檢閱

一扁淺黃船卷查尋爲進貢鷹新之用先二百料扁淺船三十隻成化二十三年俱因朽爛折卸停造正德十四年外守備衙門會議大船沿途閣淺不便題咨到部議覆先料船十隻造完給與南京錦衣等衛小甲領駕工料比小黃船間有多寡

一添設哨船卷查嘉靖十二年大勝關備申兵部轉行本部劄付提舉司照哨船式成造發該司領駕巡

還工料如例出給
一抽分座船嘉靖九年以前原係龍江抽分竹木局打造嘉靖十四年始送提舉司修理至嘉靖二十三年送司改造遂為定例
一計料船隻凡遇該修造　黄船由外守備戰巡船由操江各該衙門移文本部一行督造主事一行龍江提舉司相勘應否督造主事吊查卷簿果及年限看驗委係破壞取具提舉司官吏匠作不扶結狀呈報本部復委都水司會勘另官例行料計近年不復僉勘止是

督造主事勘報提舉司開具工料揭帖送督造主事看詳會案
回騰贓呈堂僉都水司案呈將會用竹木等料行
抽分委官查會抽有者謂之會有無者謂之會無查
會至日應修者劄行督造主事及龍江提舉司將會
有者關支會無者收買興工工完呈報仍行提舉司
將用過物料造冊一本本部一本督造分司各查照
若改造者具題候
旨工部移咨至日方劄委官興工
一解領船隻凡戰巡船該修造者該營批若干 戶或

百户觧泊橋外按批督造分司行委提舉司官吏查照本船點單將船上浮動什物逐一點看如船身破壞者查原造文卷點完板片方准開橋放入隨禀督造主事親臨覆驗無欠仍令駕船軍士將應改造者拆卸堆架方給批廻修造完日呈報本部移文原發衙門差官各具印信領狀領駕督造主事覆委官查照本船點單點齊交割官軍領駕赴操江衙門委官驗看有無堅固嘉靖二十一年操江衙門移咨本部内開查驗造完戰船八隻滲漏要行整修等因該

主事李　照得造船雖十分完固者乍不慎閘淺擱岸不日可破前船八隻俱經督同各官人等眼同驗過出廠到營未久豈遂滲漏彼此推諉終致誤事還為未便合于船完之日呈報本部移咨操江衙門委官前來廠前與本部委官眼同驗看如式方始領駕如有前弊退回重修經營匠作如法究治到營之後不拘久近但有損壞責有攸歸具呈本部准行遵守以為定規

一會支物料凡修造合用楠杉等料抽分場局會有

者都水司案呈奉部劄行該局知會提舉司差經管匠作具印信領狀赴廣衙司關領勘合赴抽分分司掛號發局查對無差出給查同仍赴抽分分司告領准票前赴該場支領到廠查驗明白給作領用嘉靖二十年帶管督造主事沈啓查得會有木植向来文移止分大次根数並無圍圓長短領者發者但憑見数関支節該領到楠木中有空爛灣小及無兩関與提舉司相離一十餘里彼此稽考原無記號又無圓長丈尺数異之間木商猾棍匠作通同以小易大何

從稽考況原料丈尺有限着料大用小不無破費之
歎着料小而用大難免包陪之累及查　黄船小甲
所領每盈所估之数戰巡船所領多係不堪之材該
局不無輕重之弊并議欲會查之時就將根数圍長丈
尺覈實開報照数派撥委官并提舉司對驗相同方
許印烙支出赴廠驗實給用等因具呈本部准立定
規劃付各委官并龍江瓦屑二局龍江提舉司查照
施行
一收買物料凡會無物料供督造主事拘招商舖照

数買辦丈量秤驗明白發提舉收貯待用其舖商隨各具到狀三紙管標納過数目一存照一封送都水司查明印記一發提舉司出給印信實收申部都水司案呈移付屯田司估價商舖親自赴庫關支

嘉靖二十六年奉部劄為乞恩憫察艱苦因時估價以甦商困事據商人楊紀等連狀告稱本部造船所買楠木價比兵部減少二部相隣事同一體乞賜吊查定立規則超活商民等因到部　爰司廳會同四司官會議得本部木價雖比兵部畧人但本部闊

尺比之兵部每尺短少五分照尺折筭價之盈縮相去不遠相應悉照兵部圖尺鑄造銅尺一樣二根一留都水司備照一發提舉司較定遵守價值亦照兵部支給劄仰該司官吏將發下銅尺收貯遵行

又嘉靖二十九年該本部尚書潘[illegible]看得兵部原議船政書册內摘本照圖計價自圖叁尺起其叁尺以下者不曾開載雖照銅尺圖量仍依時估筭價至今遵行

又嘉靖三十一年為申明舊制裁弊安民事該本部

尚書潘[redacted]題各衙門買辦木植遵照舊規着令編定坐地鋪行領價買用凡經過行商抽分完日給票照行不許拘留抑買及近年内外木作類多虛張尺數責有於無收小作大而釘鐵灰硃等料率候委官回齊一併支價似為淹滯以致商鋪屢稱賠累今後應總給者總給應截支者截支其拘留折買減價齊給重估覆料等弊盡行裁革等因該工部覆奏

欽依通行遵守于是行商坐賈各有定業矣但各工之用木無涯鋪行之產業有限而截支之令卒亦未見

施行竊恐將來鋪行之告病殆有甚於行商者矣當事者可不預爲之支計乎

又嘉靖三十二年該本部尚書孫公[redacted]看得圓量木植原無一定之規人易爲弊備行督造主事李昭祥查議得楠木頭稍俱除鼻量至五尺下篾稍圍比之頭圍每木長一丈容其減小一寸五分以爲定式如稍尖小不及此式者每小一寸折減長一尺杉木圍三尺者自頭除鼻量至三尺下篾二尺以下者量至二尺下篾稍圍須及頭圍一半如尖細不及一半者

不拘幾尺除去不量其木價俱止照頭圍算給具呈
本部覆行會議無異依擬遵行
一規算單板嘉靖二十三年該本部尚書宋公景因提
舉司修造船隻所用木植率以根計大小長短無從
稽覈乃立單板則例詳見後凡木悉歸於板以板丈尺
稽木大小長短船亦如之又行各衙門但係本部修
造船隻每樣取造一隻前來委官逐一丈量通長深
闊丈尺揭算該用單板數目每船置簿一本發仰提
舉司收掌修造之時按籍求之如指諸掌公私便之

嘉靖二十八年督造主事裘衍吊取稽查偶值回禄
遂成灰燼今雖檢閲舊案重録成帙已非原本舛謬
良多上下猶以爲據而不敢少加損焉是刻舟而記
劍也嘗欲細加校讎未遑畢志故備記所聞以俟采
者

一拆卸舊船凡船隻應改造者本船釘板即充所造
船料三分止給新料七分相兼取用修者每用新板
換下舊板與拆卸一應不堪舊料俱收入廠入庫造
報本部聽候變賣其修造各船木楂定頭工完之日

督造主事行委提舉司查數發仰原管作頭領責價銀解部取批迴送驗附卷黄船俱有定數戰巡船查照舊案施行

改造每隻大黄船銀伍錢　小黄船銀肆錢伍分

修理每隻大小黄船銀貳錢壹分

嘉靖拾伍年造貳百料戰船壹隻壹百伍拾料壹隻哨船貳拾隻叁板船貳隻划船肆隻壹顆印巡船拾壹隻巡沙船貳隻共肆拾壹隻完頭叁千斤木楂壹萬叁百斤

嘉靖拾陸年造巡座船壹隻貳百料巡沙船壹隻壹顆印巡船肆隻划船叁隻共玖隻完頭貳百斤木楂捌百斤

嘉靖拾柒年造肆百料戰座船壹隻完頭壹百斤木楂貳百斤

嘉靖拾捌年造貳百料戰船捌隻完頭貳千肆百

斤木楂伍千貳百伍拾斤哨船拾隻肆百料戰
座船壹隻浮橋船壹隻壹百料戰船壹隻共壹
拾叁隻完頭壹千壹百斤木楂叁千貳百斤
嘉靖貳拾年造浮橋船肆隻完頭壹千斤木楂壹
千捌百伍拾斤
嘉靖貳拾壹年造貳百料戰船貳拾玖隻完頭[illegible]
千柒百斤木楂壹萬捌千捌百伍拾斤
嘉靖貳拾貳年造壹百伍拾料戰船拾壹隻壹百
料拾伍隻叁板船捌隻划船玖隻巡沙船貳隻
共肆拾伍隻完頭叁千伍百陸拾肆斤木楂[illegible]千
千捌百貳拾斤
嘉靖貳拾伍年造輕浅利便船伍拾隻完頭伍千
斤木楂捌千玖百伍拾斤
嘉靖貳拾伍年修造後湖樓平船拾貳隻完頭肆
百斤木楂壹千叁百叁拾叁斤
嘉靖貳拾貳年造大勝關哨船貳隻完頭壹百斤
木楂貳百貳拾斤
嘉靖貳拾叁年造揚分座船壹隻完頭捌拾斤木

楂貳百斤

嘉靖貳拾玖年造金水河漁船貳隻完頭叁拾斤

木楂壹百斤

修理比改造數少酌量定擬

一變賣舊料嘉靖拾柒年爲修造船隻變賣木料事該龍江提舉司看得累年舊料堆積朽爛具申督造主事及都水司稟堂准令變賣價銀貳拾玖兩陸錢貳分解部嘉靖貳拾柒年爲變賣繩索以杜卷宗事提舉司通申修造各起船隻換下棕麻繩索乞行變賣等因該都水司稟堂行仰該司變賣價銀壹拾兩貳錢伍分解部俱有批廻在卷

一折徵油麻[illegible]拾[illegible]年爲查處油麻以便成造
事該督造主事李昭祥看得提舉司額管油麻田地
塘埂共叁千陸百壹拾畝壹分有零歲徵桐油陸千
壹百貳拾伍斤黄麻壹萬貳千叁百陸拾肆斤收時
則麻倍于油用時則油麻相等以致油恒不足麻恒
有餘要將本年應徵黄麻盡數折徵桐油但查佃户
帖內桐油每斤價銀壹分柒厘黄麻每斤價銀壹分
叁厘筭該麻壹斤肆兩玖錢貳分伍厘折該油壹斤
訪得見今時價與此微有不同似一衙官損民法當

詳慎稱文都水司禀堂覆行拘審鋪户查照時價酌量議擬每麻壹斤捌兩折徵桐油壹斤案呈本部依擬施行

一格眼文簿龍江提舉司掌之船完書其歲月與其號數修理改造則據而考焉及期者結申本部其未及期者則否

一關防出入本廠園墻頹缺木柵毀盡耕牧者雜於工作之間防範頗難舊例編有匠丁輪流把守一應物料非奉分司批照不許擅取出外但出入收支原

無典籍彙記卷案汗漫牽緣爲奸嘉靖叁拾年督造主事李昭祥始立出入各壹簿不拘関支收買但物料入廠即登入簿取用之時匠作赴分司告給小票壹紙掛號出簿提舉司照票驗發每月終該吏將入簿送分司查對已支盡者印盖支訖二字未支者發回該司按籍稽査于是出入之数一舉睫而無遁情矣

一派徵船料卷査弘治十六年本部因料價不敷題准將改造戰巡等船料分派直隸蘇松等十二府廣和

二州徵鮮應用其匠作工食修理者隨宜斟定改造
者定例刊榜曉示遵行詳見第七卷
一處辦雜工凡戰巡船改造拆船出釘箍桶等匠該
提舉司移文新江口取討在營下班軍役不給工食
若　黄船仍本部雇匠應役
一改造　黄船原係旗甲駕送到廠交收一如戰巡
船例後因各軍到廠不法俱改泊黄船廠塢内本部
估工給料遣匠修造亦照新舊三七分數扣給不復
點單查對彼此稱便近時黄船仍復送廠而旗甲頗

知畏慎不復似前不法矣

一後湖船隻三年一小修六年一大修十年一造該湖移文本部委官諸湖估計發料修造亦照三七扣給而湖禁有入無出惟工訖告完而已

一裁革船数正德十三年裁革戰巡船貳百伍拾肆隻内貳百料戰船柒拾柒隻壹百伍拾料壹拾叁隻壹百料壹拾伍隻今船伍隻三板船壹拾柒隻划船貳拾伍隻肆百料巡座船叁隻貳百料巡沙船叁拾肆隻壹顆印巡船叁拾隻哨船叁拾隻貳百料兩頭

船貳隻蜈蚣船貳隻

一黄船公費預備船興工及先祭告出水亦如之董厥事也每祭用羊豕各一提舉司具申本部支官銀買辦仍送所掌司及該送船指揮後乃以隨船舊旗幔繩賣充用不復具申故歷年皆無案卷蓋緣莫稽嘉靖三十二年提舉司備申都水司及督造分司禀堂詳允轉行估價共得銀柒兩伍錢有零准充公用仍行用過數目及有無餘剩申報查考

龍江船廠志卷之一

龍江船廠志卷之二

舟楫志

爰自象渙制器舟楫肇興其來尚矣月令五反五覆乃告舟備雖崇卑廣狹厥制靡傳而慎重之意可想也降乃青龍赤雀鐵軸牙檣名以義奇規緣時別紛乎無稽而古制日遠矣我

皇祖開基備物制用職掌一書巨細畢舉獨舟楫之制曠焉不無後有作者將奚考稟焉矧以備巡幸則等威儀章以供薦獻則孝敬攸寓以固江防則武備攸

餙尤所不容忽者哉乃括提舉司之所修造者類而
為五曰黄曰戰曰廵曰漁曰湖是巳黄船之別有四
戰廵船之別各有七湖船之别有二漁船則無異制
馬嗚呼器數並陳法象兼著是亦足以補職掌之遺
倫一代之典矣乃志舟楫

制額

北京預備　黄船壹拾隻

叁百料肆隻内　通州左衛貳隻

通州右衛壹隻　神武中衛壹隻

肆百料陸隻內　通州右衛貳隻
定邊衛貳隻　神武中衛貳隻
南京大　黃船壹拾伍隻嘉靖拾捌年將貳隻隊作香膳船
叁百料伍隻　肆百料拾隻俱南京水軍左衛旗軍領駕
南京小　黃船叁拾陸隻
貳百料柒隻　壹百伍拾料柒隻
壹百料捌隻　壹百貳拾料拾隻
玖拾伍料壹隻　捌拾伍料叁隻
金吾前衛壹隻　金吾後衛壹隻

錦衣衛叁隻　旗手衛壹隻
龍江左衛伍隻　龍江右衛壹隻
江陰衛伍隻　橫海衛壹隻
留守右衛壹隻　留守後衛壹隻
廣洋衛伍隻　和陽衛貳隻
水軍右衛叁隻　豹韜左衛壹隻
龍虎左衛肆隻　虎賁左衛壹隻
貳百料匾淺　黃船壹拾隻
錦衣衛壹隻　羽林衛壹隻

金吾前衛壹隻　金吾後衛壹隻
府軍右衛壹隻　留守右衛壹隻
留守前衛壹隻　豹韜衛壹隻
水軍右衛壹隻　鷹揚衛壹隻
肆百料戰座船貳隻
瀋陽右衛壹隻　天策衛壹隻
貳百料戰船叁拾捌隻
府軍衛壹隻　府軍左衛貳隻
府軍右衛貳隻　神策衛壹隻

瀋陽左衛壹隻
瀋陽右衛壹隻
豹韜衛貳隻
鷹揚衛壹隻
天策衛貳隻
留守左衛壹隻
留守右衛壹隻
留守中衛貳隻
興武衛壹隻
金吾左衛壹隻
金吾後衛貳隻
錦衣衛貳隻
應天衛壹隻
龍江左衛壹隻
龍江右衛壹隻
廣洋衛貳隻
龍虎衛叁隻
虎賁右衛壹隻

江陰衛貳隻　水軍左衛貳隻

豹韜左衛壹隻　羽林右衛壹隻

壹百伍拾料戰船壹拾貳隻

留守左衛壹隻　留守右衛壹隻

留守中衛壹隻　留守前衛壹隻

府軍後衛壹隻　水軍左衛壹隻

水軍右衛壹隻　虎賁左衛壹隻

龍江右衛壹隻　豹韜衛壹隻

江陰衛壹隻　應天衛壹隻

壹百料戰船壹拾陸隻

府軍衛壹隻　府軍左衛壹隻

府軍右衛貳隻　應天衛壹隻

江陰衛壹隻　金吾前衛壹隻

鷹揚衛壹隻　留守前衛壹隻

豹韜衛壹隻　羽林左衛壹隻

天策衛貳隻　龍虎衛貳隻

橫海衛壹隻

三板船壹拾壹隻

水軍左衛壹隻　水軍右衛壹隻
府軍右衛壹隻　金吾前衛壹隻
龍江左衛壹隻　應天衛壹隻
虎賁左衛壹隻　鎮南衛壹隻
旗手衛壹隻　江陰衛壹隻
龍虎衛壹隻

划船壹拾伍隻

水軍左衛貳隻　水軍右衛壹隻
虎賁左衛壹隻　豹韜左衛壹隻

龍虎左衛壹隻　橫海衛壹隻
金吾後衛壹隻　鎮南衛壹隻
神策衛壹隻　旗手衛壹隻
興武衛壹隻　江陰衛壹隻
龍江左衛貳隻
肆百料擺搭浮橋船伍隻
留守中衛壹隻　留守右衛壹隻
留守前衛貳隻　留守後衛壹隻
肆百料巡座船壹隻

廣洋衛領駕

貳百料巡沙船伍隻

留守中衛壹隻　府軍右衛壹隻

天策衛壹隻　神策衛壹隻

龍虎衛壹隻

貳百料壹顆印巡船壹拾伍隻

留守左衛壹隻　留守右衛貳隻

留守前衛壹隻　金吾前衛壹隻

羽林左衛壹隻　羽林右衛壹隻

府軍左衛壹隻　錦衣衛壹隻
江陰衛壹隻　龍虎衛壹隻
旗手衛貳隻　水軍右衛壹隻
鎮南衛壹隻

九江式哨船壹拾肆隻

水軍左衛壹隻　水軍右衛壹隻
府軍右衛壹隻　府軍後衛壹隻
龍江右衛壹隻　驍騎右衛壹隻
虎賁右衛壹隻　龍虎衛壹隻

龍驤衛壹隻　旗手衛壹隻
應天衛壹隻　武德衛壹隻
廣洋衛貳隻
安慶式哨船壹拾陸隻
府軍左衛貳隻　府軍衛壹隻
龍江右衛壹隻　水軍右衛貳隻
龍虎左衛壹隻　龍虎衛壹隻
錦衣衛壹隻　留守右衛壹隻
豹韜衛壹隻　廣洋衛壹隻

江陰衛壹隻　　橫海衛壹隻
天策衛貳隻
輕淺利便船伍拾隻
留守左衛壹隻　　留守右衛貳隻
府軍左衛貳隻　　府軍右衛貳隻
府軍後衛貳隻　　留守後衛叁隻
水軍右衛叁隻　　金吾左衛壹隻
虎賁左衛叁隻　　虎賁右衛壹隻
羽林左衛貳隻　　瀋陽左衛貳隻

龍江左衛壹隻　龍江右衛叁隻

豹韜左衛壹隻　豹韜右衛貳隻

龍虎左衛壹隻　龍虎右衛叁隻

錦衣衛壹隻　橫海衛壹隻

應天衛壹隻　驍騎右衛貳隻

鷹揚衛貳隻　武德衛貳隻

興武衛壹隻　鎮南衛壹隻

廣洋衛壹隻　神策衛貳隻

江口自造壹隻様船

大勝關哨船貳隻
巡檢司弓兵領駕
金水河漁船貳隻
光禄寺掌醢署廚役領駕
後湖船壹拾貳隻
楼船貳隻平船拾隻俱水手撑駕
抽分廠船壹隻
看船水手領駕
器數

船之制雖修短廣隘不可律齊其集衆材而始成一也譬諸人百骸九竅一不備則殘船之器不下百數一不備則廢稱工秩材典司者將於是乎稽之不容以瑣而畧也猶醫之於人察百骸洞九竅不容以小而遺也語曰室先基船先底言工有始也底有正大船拾叁路小者遞減每路長短廣狹視船大小而隆殺之有幫初剏爲幫左右各壹路輔之以棧棧必側之爲趨泥爲出水爲中爲完口爲出脚平鋪完口之上者皆棧名也每棧左右各壹路惟漁船無出脚無中棧凡船必崇其尾故有插找用板尖其一端插于各棧之盡處也中虛則不固故托

之以梁梁必衡之如屋梁也分倉者曰座梁大船捨梁小者邊緘前曰提頭次曰龍口次曰頭桅者三次曰馬口曰桅面曰落脚口官倉者三曰靠背曰旁倉者三曰斷水曰灶門而又有桅脚梁線梁桃梁檗梁者皆橫于船面者也過梁亭梁一字梁喜鵲梁者皆架于船樓者也左右有康前後有樓大船有長樓其前為捲樓左右窓櫎直連稍亭皆施花版小船則嗐官樓而已裏口在下側口在上裏口在聽堂之裏以承水規鎖伏側口側于上以承樓柱窓檑者鎖伏本同而隨在異稱船面橫板以蔽倉口曰鎖伏在孟頭者曰孟頭鎖伏其餘仙橋長樓中路後倉等做此羅框雖設而因船以殺完口之上又側壹口為羅框上干壹板曰千艙黃艙座艙為有之拿獅伏獅其用殊也首尾樓大木曰伏獅而鳥獅側木曰拿獅以拿伏獅也火攢仙橋其實一也大桅前[illegible]

仙橋下直□頭又名□橋有車羅以用武也尾有鬬機以示文也貳下科戟船以木縱横架于頭如卓扇使用授者侍以為團座擺尾一字梁下閘藏花板曰鬬機桅面梁桅夾桅栢桅拴以小木横貫桅夾之下桅點船面上以小木斜撑桅腰以為固桅餅桅頂上平置之以護桅也桅哨竿餅上再加哨杆桅箍鉄為之桅緯挹桅皆索也皆因桅而設者也舵巾稍上横大版以貫舵者舵桿舵牙插于桿以推移舵搭腦承舵攔柱舵板舵夾舵盤舵關即關門棒舵箍鉄為之舵吊索也皆因舵而制者也共桅舵二者船之要也可不致詳與于是有仙人樁立于船尾土墻盡處仙人掌又名七星板以貫篷腳使下亂也將軍柱以繫纜者草鞋底關稍兩端

各艦壹板琵琶欄淨瓶柱有鼠橋官樓下梁木也鸛嘴門也牽蝦鬚
貳百料船車羅丁左右各壹板挑出船前如蝦之鬚象鼻座船頭下之木狗腦黃座船左右廳
堂之上再加浪槽板故用小木側干平盤之內以承浪槽板曰狗腦羊頭又名玲瑞又曰捨車置于
桅首以貫索幟蓬者有荷葉葫蘆寶珠稍亭上之頂黃船則用金塗之纓帶長樓
左右短欄間以柱壹柱帶雲頭雲角俱刻鏤為之黃船用文墻土墻刹便船左
右各列短板為衛曰女墻黃座船梢上左右側板曰上墻有天篷披頂板海漫船面上用
長板滿覆之護腮左右披板盡處各犢板蔽之諸板則皆因象以成名
有順水樑百料戰座船梗木外梁挑梁兩端各側長板如羅桂者順檫黃座船頭左右各架
板以防檫如車羅狀撻水叁板擋舵頭擋浪板豆起故名擺水船左右各垂板以便使風有

磨旗順水夜上柱端復架長板上柱康刀以黃磨船合內左右各校綁滿橋口之下平基
橋船上有之馬踏大脚跳也千斤挑出左右以搖擺者當家大船頭面上橫批者是也
押伏梆頭倚者護損戧座船挑梁兩端用之有鋪頭鋪稍閂頭閂稍
有搭杆撐酾縴頭纜面俱物名有水櫥米錢櫥以止船錢以關船
水牌船上記物件者水視鑽伏下過水者有井平地腳扶地平者車關亘
耳大船稍上起舵者也以圓木長叁尺許橫之曰車關兩端承之以車耳日曬樓上鋪板兩
翦左右蔽兩板也則皆因用以定號櫓槳異名而同用搖者曰櫓
木為梭為印藤為箍鐵為脚鏍為丁公索為綳划者曰槳栗木為把又名八尺楠木為翁輪木為椿皮條
束為跳板異用而共名脚跳板櫓跳板金鼓以令眾唯預備船

有金而戰船獨缺旗幟以發號唯肆百料船為多而黃船獨少預備黃船大小黃旗叁餘黃船則壹而已戰座船大黃旗帶之外有五方旗放銃旗發放旗催櫓旗共貳拾壹面貳百料船共柒面此其損益之宜沿襲之故有不可得而知者乃若水殿檐帷等威以尊黃船稍亭為殿形上施寶珠雲角樓之左右俱有青幕龍頭琵鼓雅樂以具刻龍頭于船首繫以紅綃大鼓之外復有伏鼓椅皁床杌致用以周御船有連椅貳膳卓貳拜床壹御杌貳釜竈盒桶鐥蓋以具鐵釜竈各貳膳桶肆浴桶之類無不畢具又泥金朱彩物色以章用器俱硃紅花板雲頭寶珠之類俱泥金以上皆預備船綵黃船無之他如篷蓋纜縴俱以竹為之鈎管釘鋼鐵錨杵錠俱以鐵為之雕

鑾旋油漆堊塗凡此類者更僕數之未易終也典司者一或懵焉何以稽其工敘秩其稍食幾其貨賄而禁其奇衺也哉考工記亦周禮之遺也讀其所以察車者輪軹軫轐尺度纖舉揉直杼侔必當於用雖良工莫踰焉豈聖人之眛大體而斤斤若此哉稍工秩材冬官之事守也近世學者崇藝文蔑世務勾稽磨勘輒目為俗吏夠工作末技乎是篇之著委瑣不遺非敢遠迹古人庶幾鑒鏡將來爾矣

圖式

總圖二

凡量船舊用營造尺近雖照兵部尺量未而船書未改匠作亦沿故習參錯難考今悉從新尺

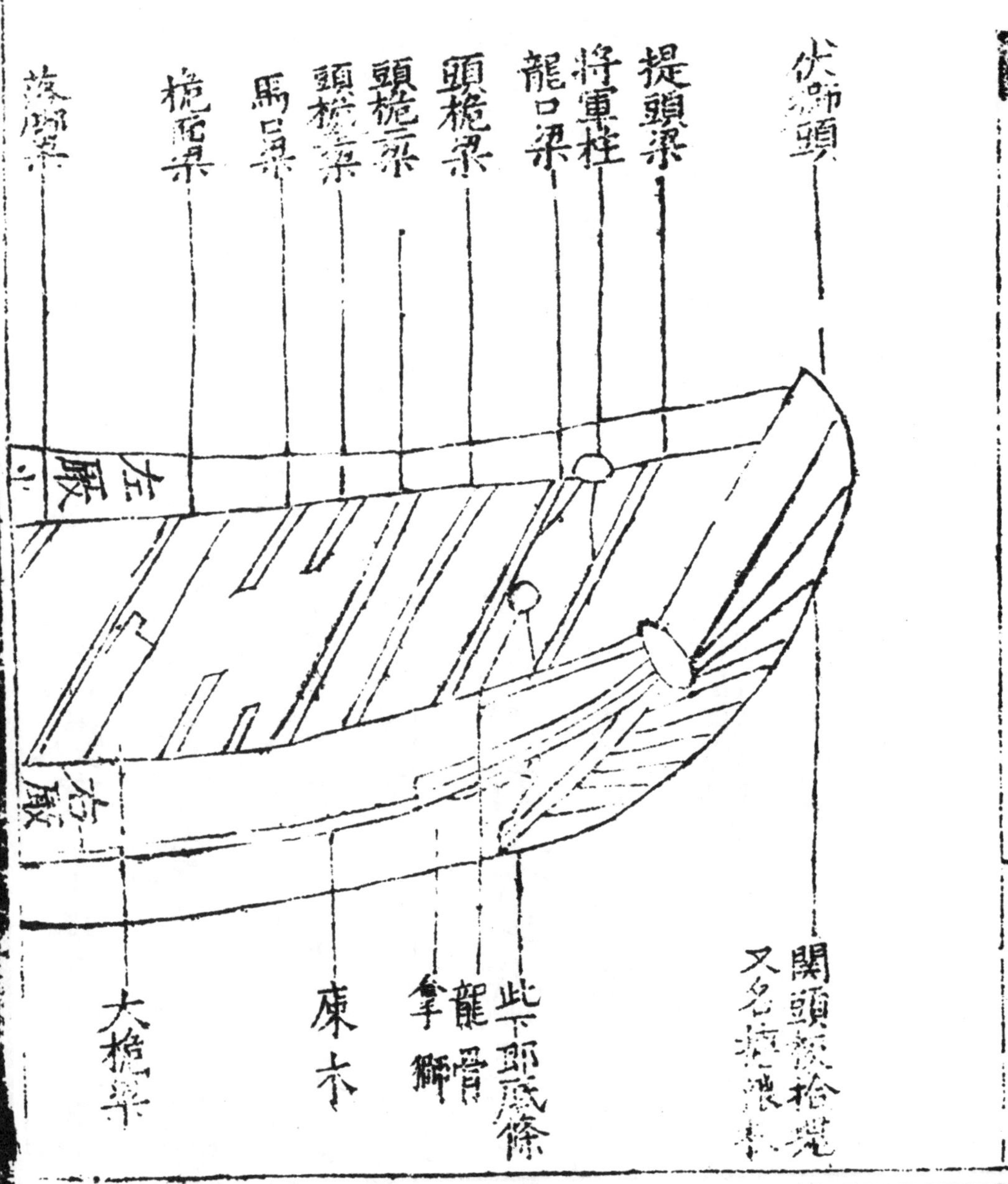

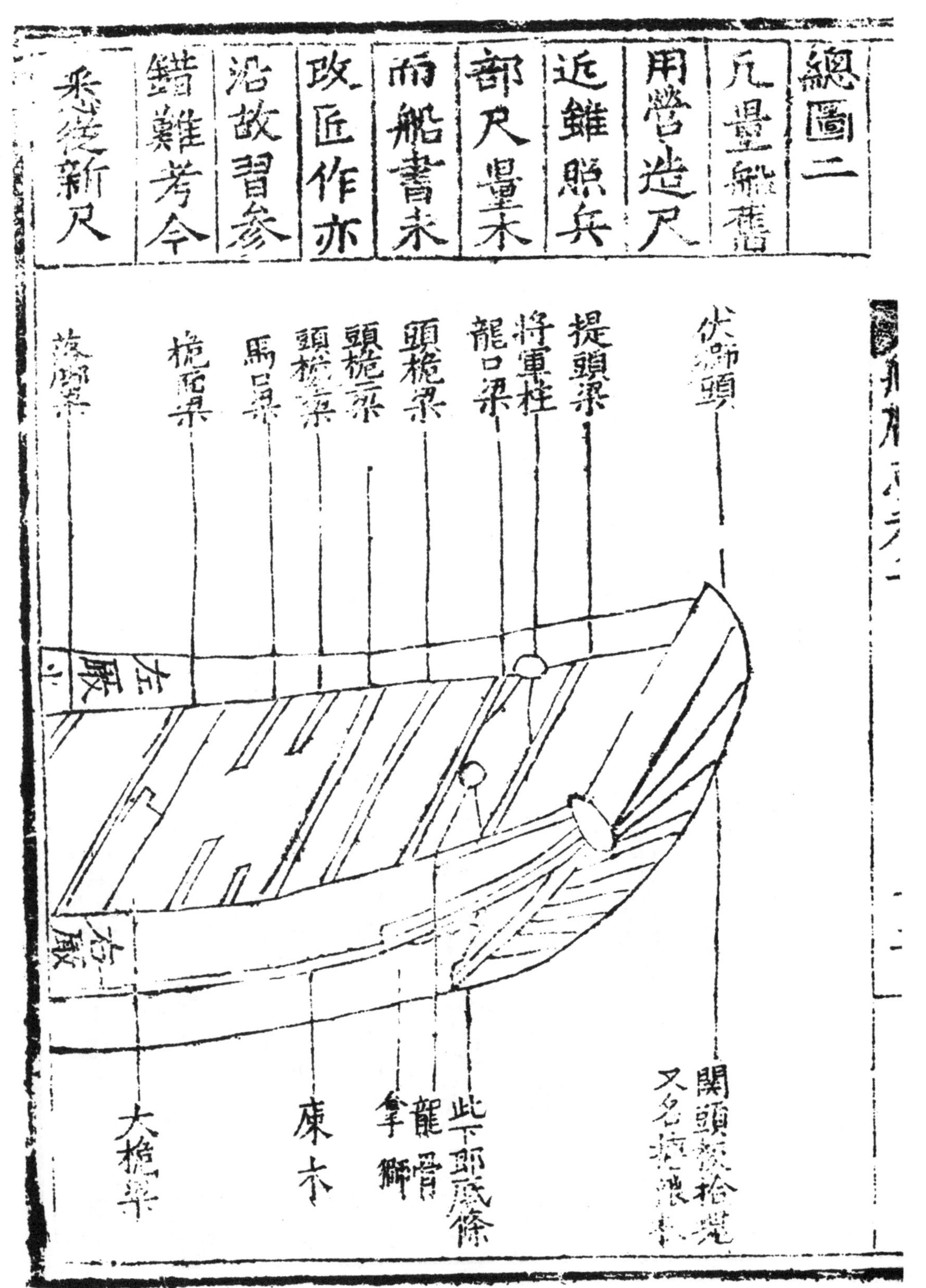

比舊每尺長五分鋸板厚薄不一不能悉載每船梁其底板最厚者餘可類推

預備船底厚伍寸

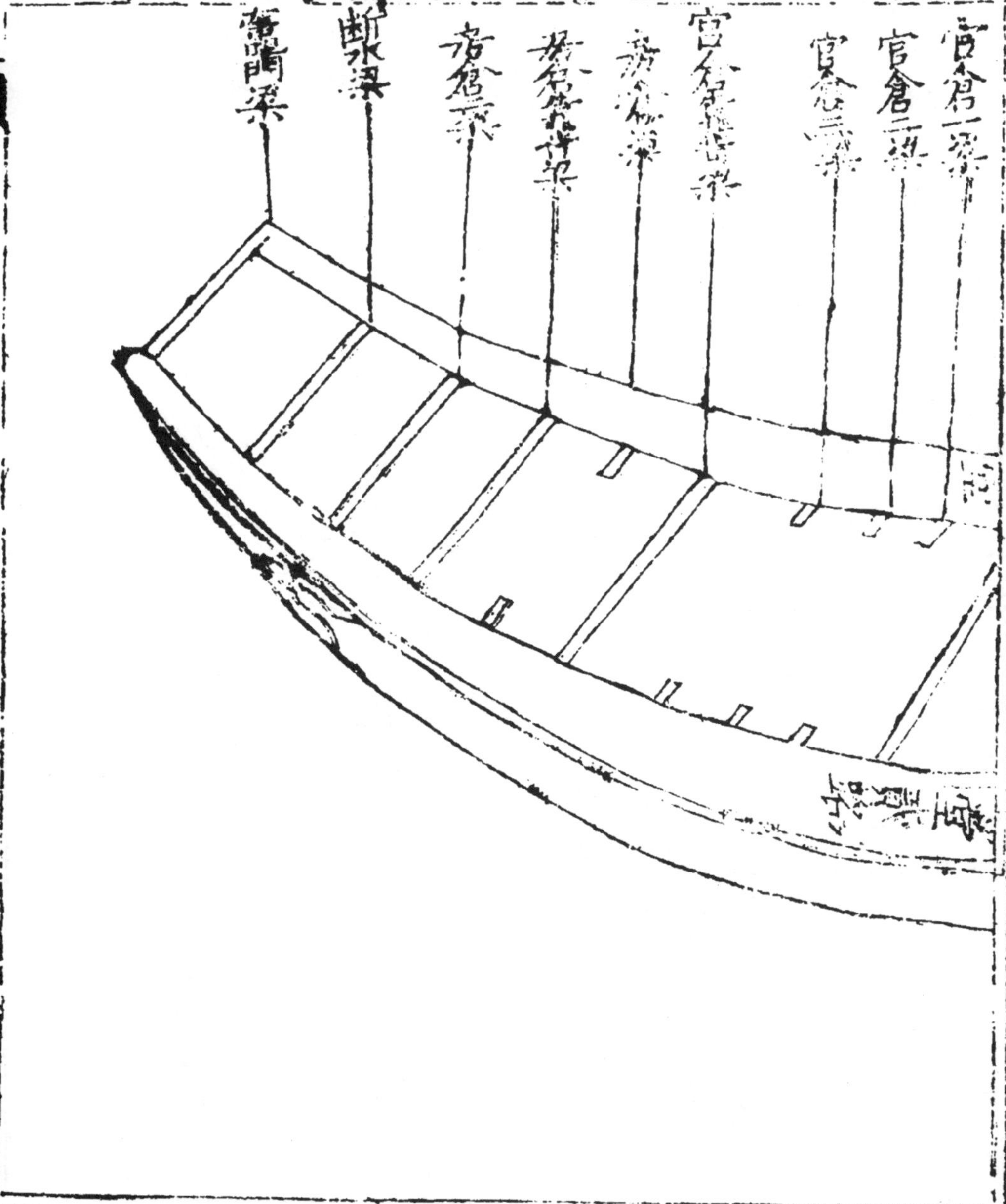

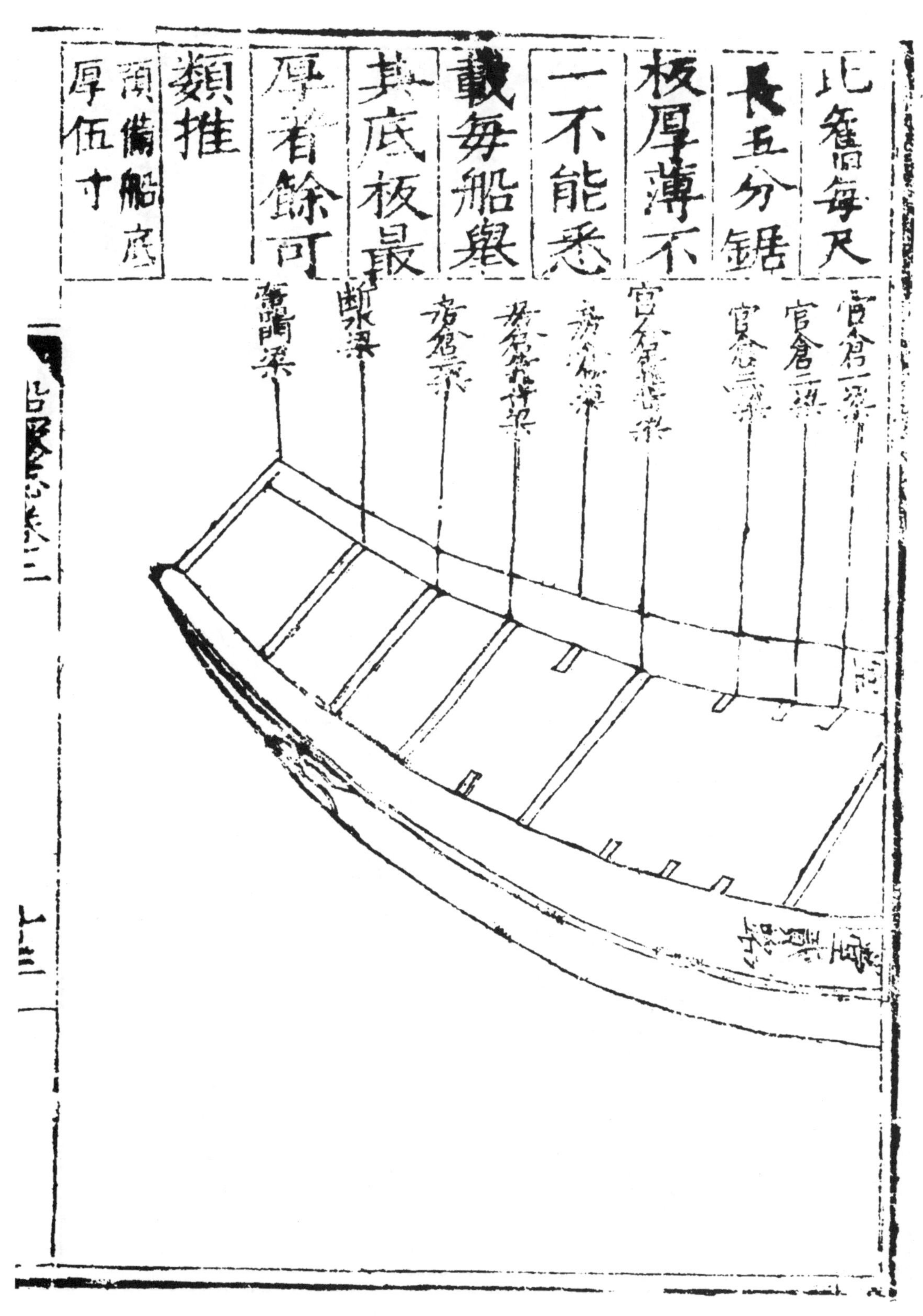

大黄船底厚貳寸貳分
黄船底厚貳寸壹分
戰座船底肆百料者厚貳寸捌分
貳百料者貳寸貳分
壹百伍拾料者壹寸陸分
壹百廿者壹寸陸分
[illegible]淺船便

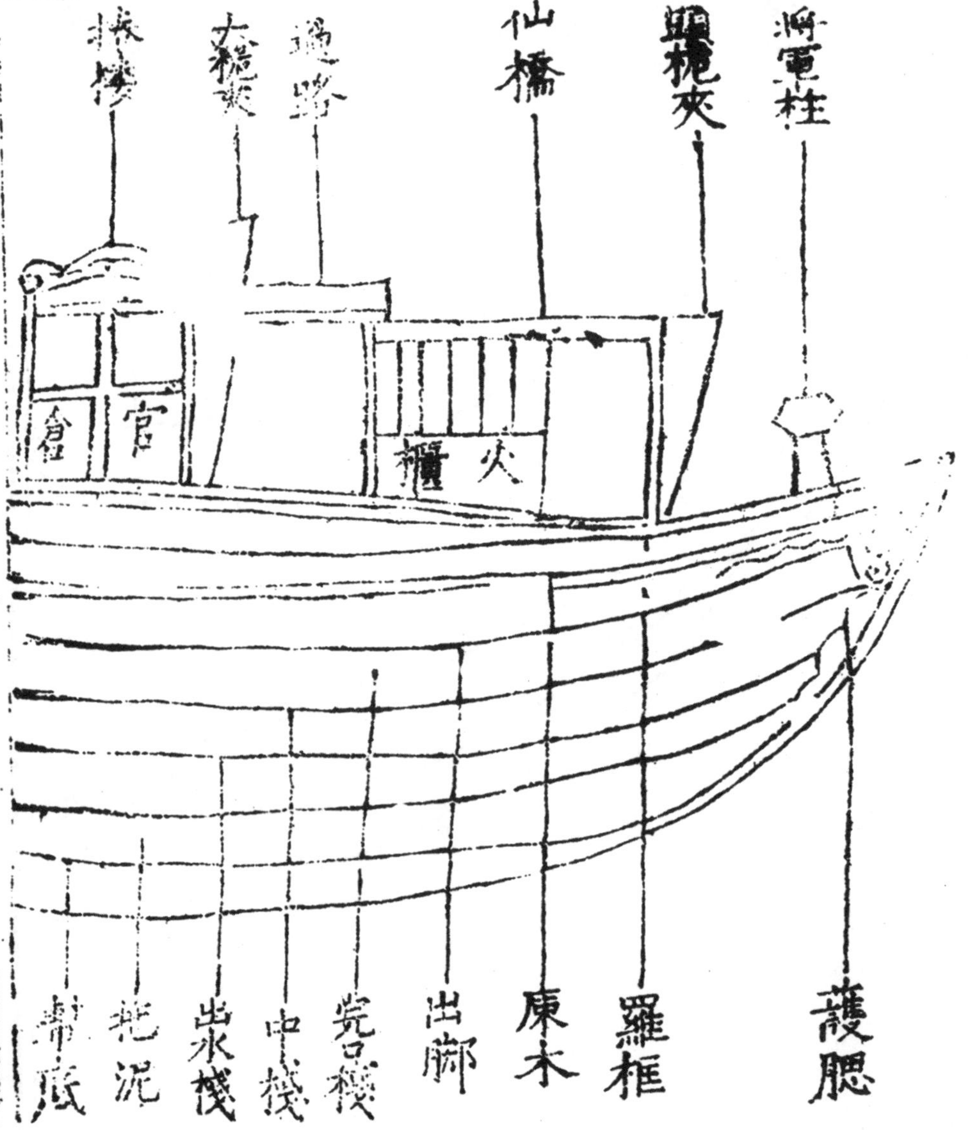

厚貳寸[illegible]百料巡座船厚貳寸陸分貳百料沙船厚壹寸玖分擺搭浮橋船厚貳寸一顆印巡船厚貳寸哨船厚壹寸伍分划船厚壹寸伍分

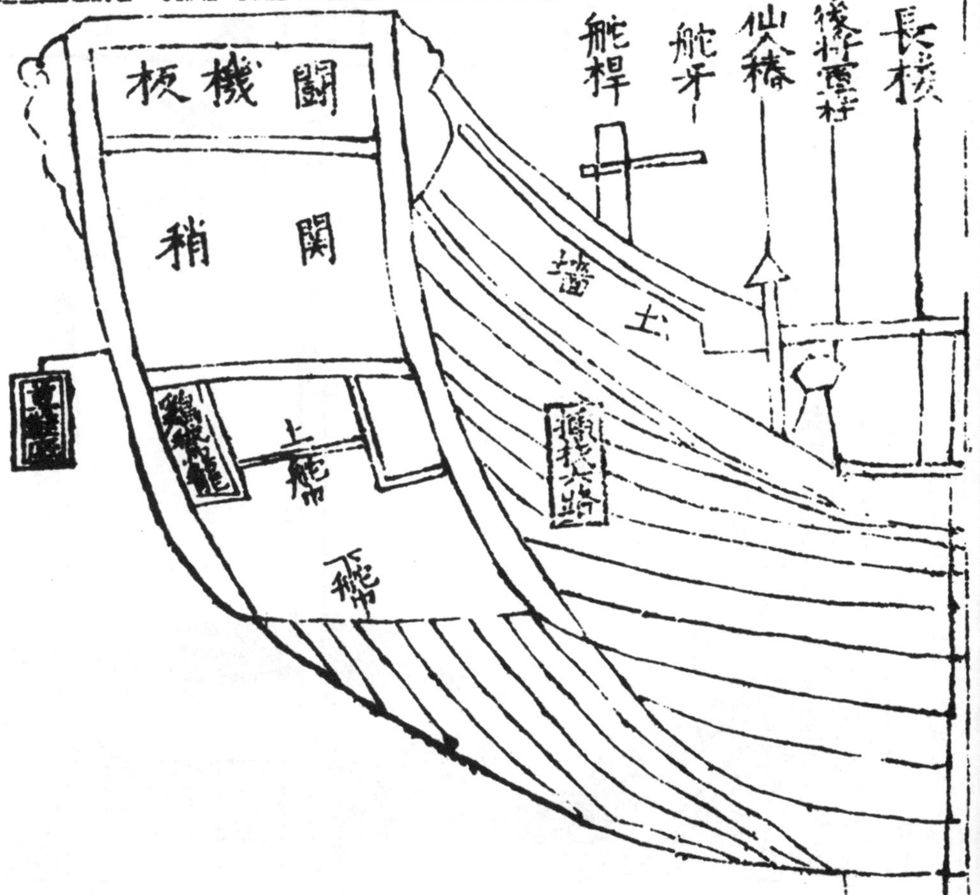

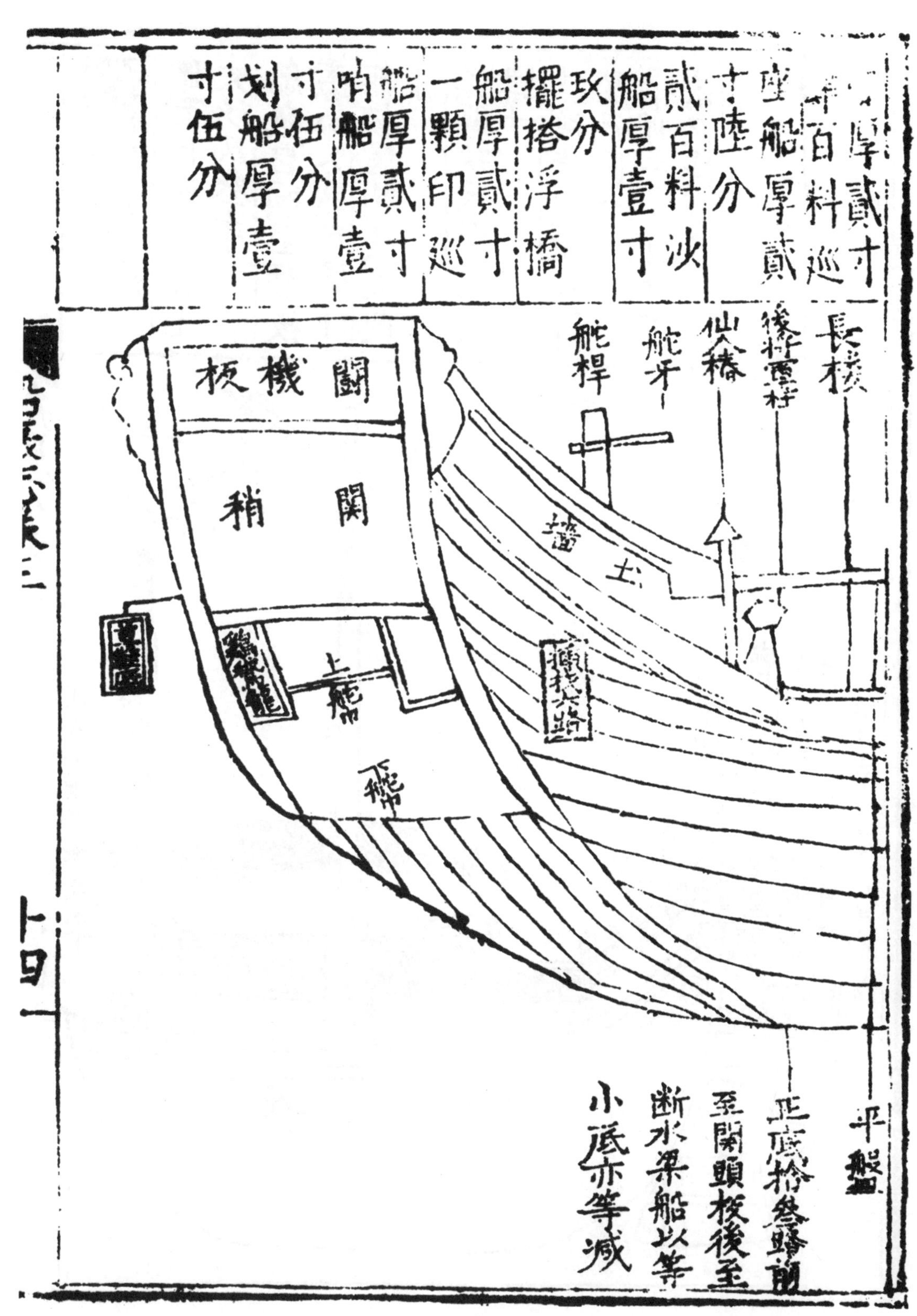

預備大黃船

船面自頭至稍七丈玖尺叁寸

船底自頭至無板處伍丈貳尺肆寸

無板處稍貳丈貳寸

頭闊玖尺深伍尺肆寸

中闊壹丈伍尺深陸尺貳寸

梢闊壹丈肆寸深柒尺貳寸

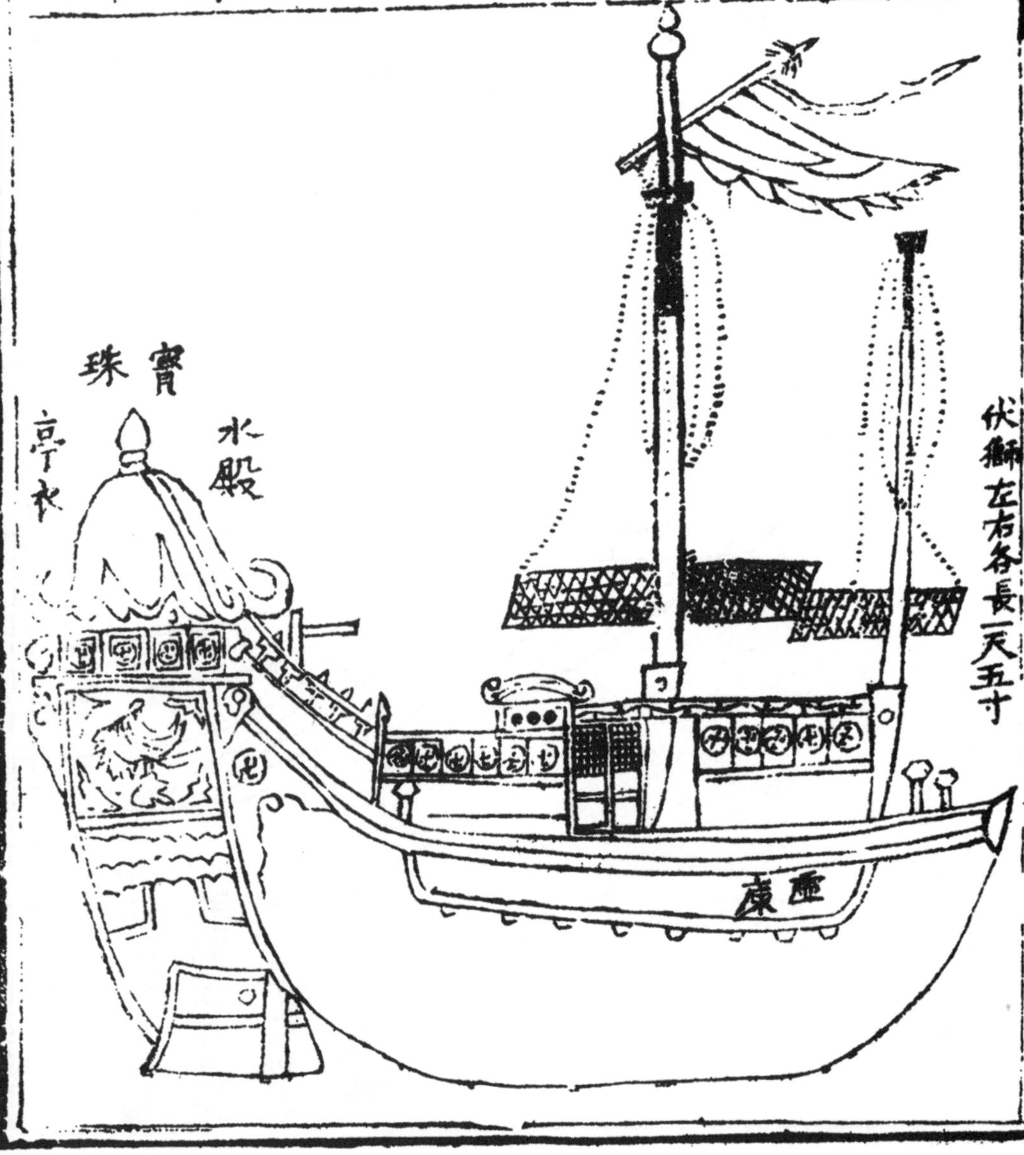

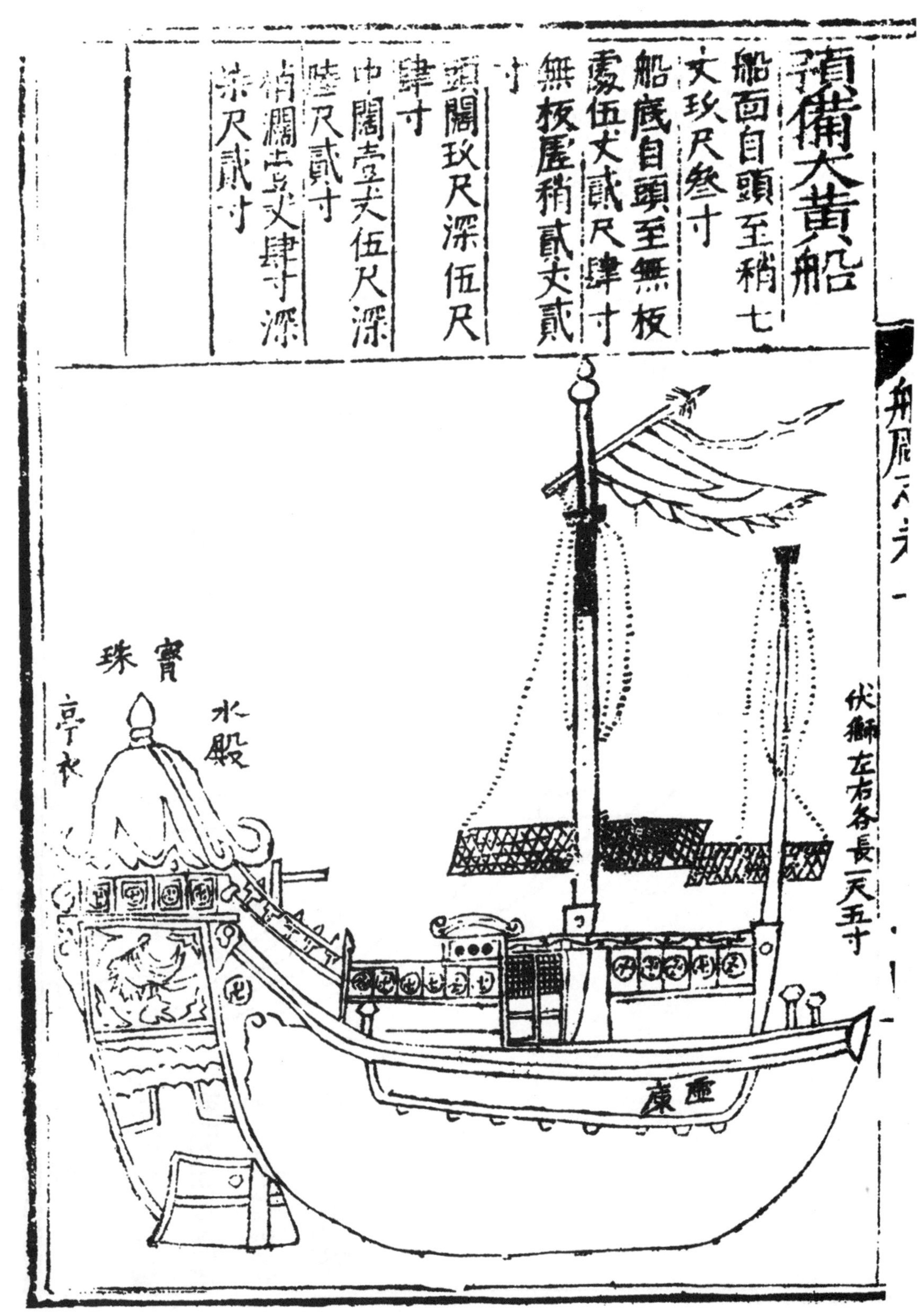

御船紀曰船之數十而式一也將不嫌於無別乎嘗聞龍輿鳳輦制有等威數有隆殺是故議禮諸司之未及也有能請定二船而尊其制一如丹駕之儀副其二以備備理其他悉從會典所謂大小有制者而殺之則名分嚴而朝廷尊上下辨而民志定矣

按預備者備巡幸也故停泊通州番輪修造俾供御恒不乏焉然自都燕以來百九十年未嘗一御豈非鑒楚澤之荒唐懲邗溝之侈逸不為乘危之舉以勞民傷財也哉雖然明堂不毀路馬必式董修造之役

者毋以其不用而忽之也

大黄船

一艘面自頭至梢捌丈肆寸船底自頭至梢板處伍丈肆尺壹寸無板底梢壹丈陸寸頭闊壹丈壹尺伍寸深伍尺叁寸中闊壹丈肆尺肆寸深伍尺叁寸梢闊壹丈叁寸深陸尺柒寸

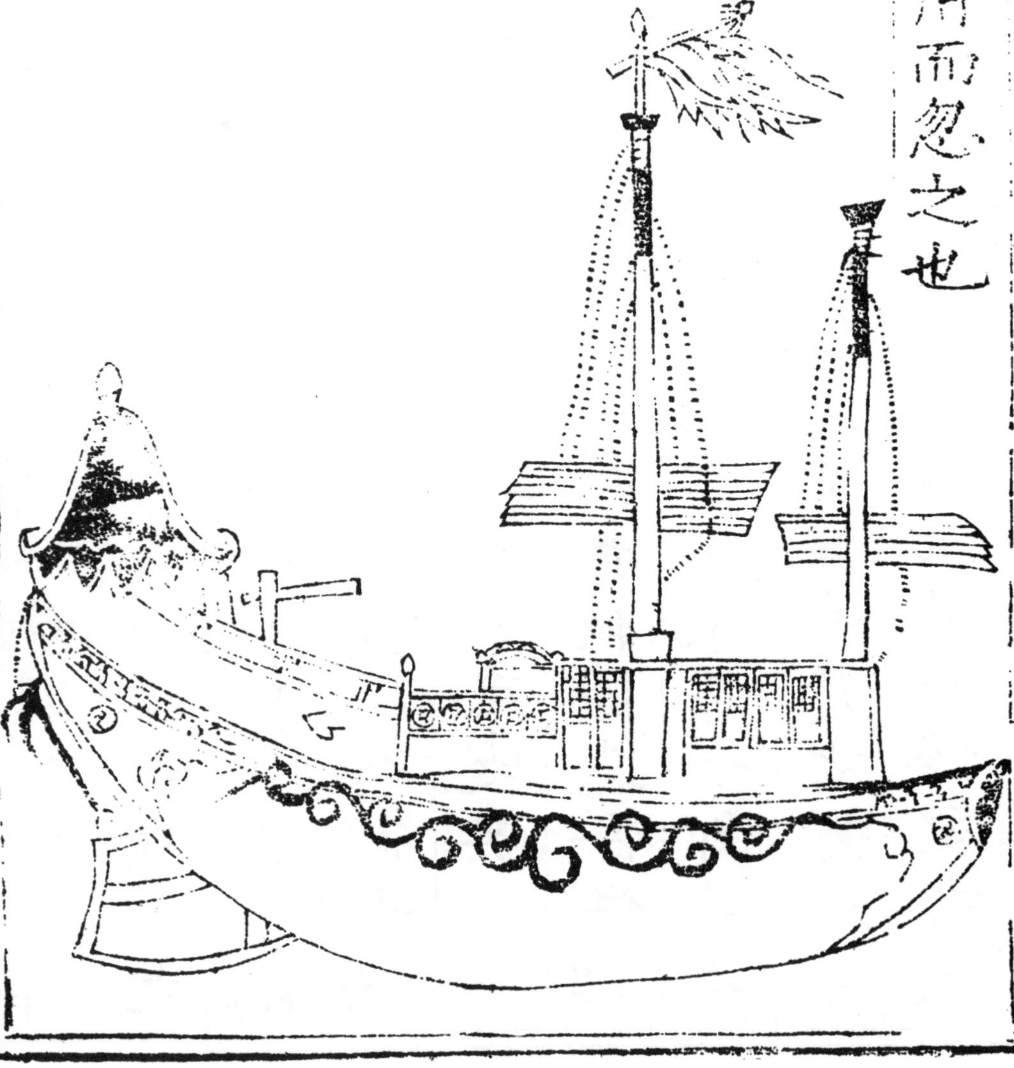

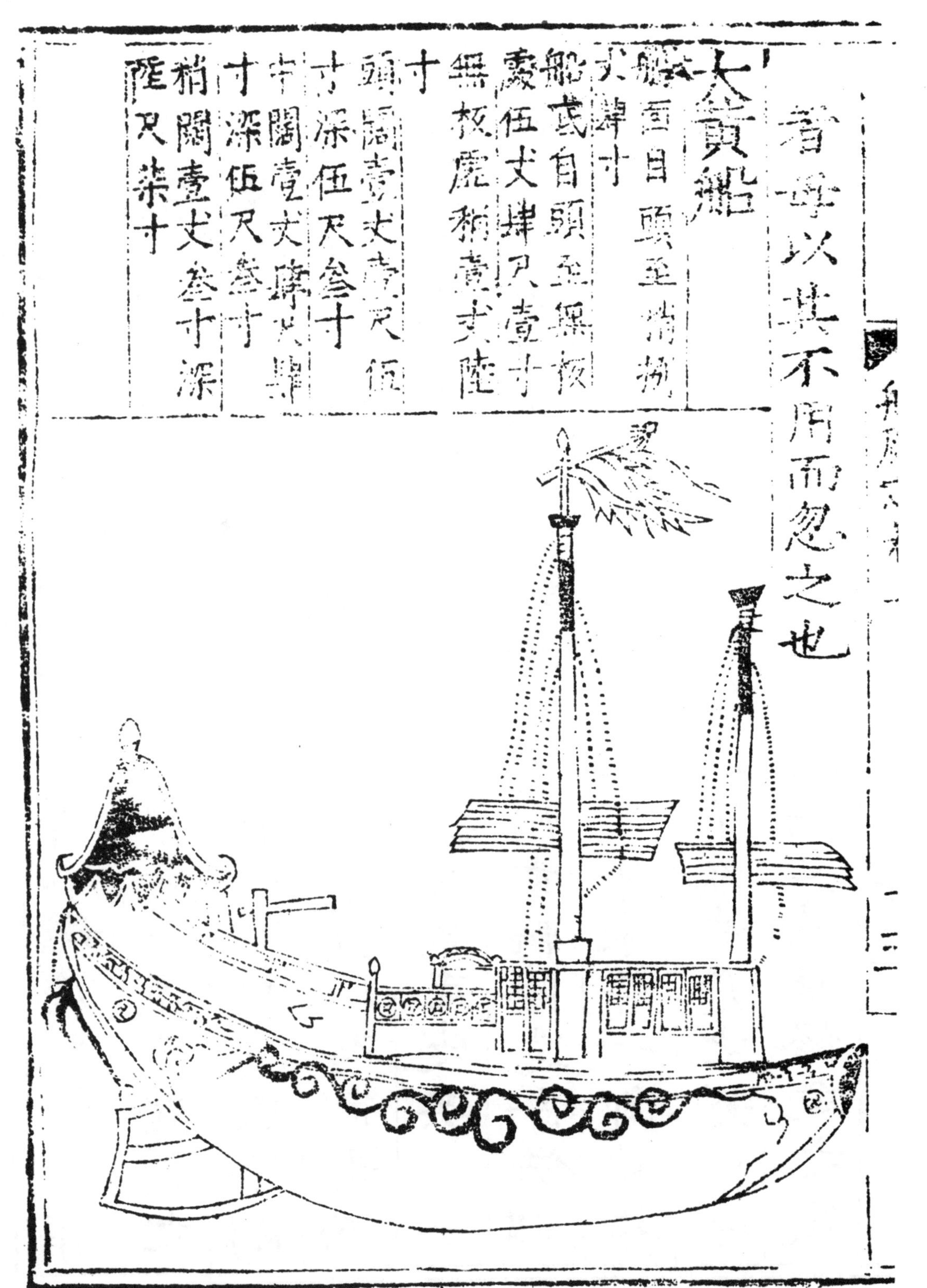

按大黄船專充本部及內官御用各監器貢之用與兵部快船相無差撥歲有常數往返不絕竊謂一器之價有限歲運之費不貲修造船隻之費裝盛箱櫃之費挽送夫役之費起車綱脚之費計一器至京而費且數倍矣近歲大司馬王公建議減省進貢快船

皇上慨然行之損上益下恩至渥也方今司農告詘有能獻計將歲運之器就京師監局成造則供御不缺而民力所省多矣又安知不足以動

宸衷之軫念乎

小黃船扁淺船同

船面自頭至稍柒
丈玖尺伍寸
船底自頭至無极
要伍丈肆尺伍寸
無极處稍壹丈伍
寸
頭闊壹丈壹尺柒
寸深伍尺貳寸
中闊壹丈伍尺深
伍尺貳寸
稍闊壹丈伍尺深
陸尺伍寸

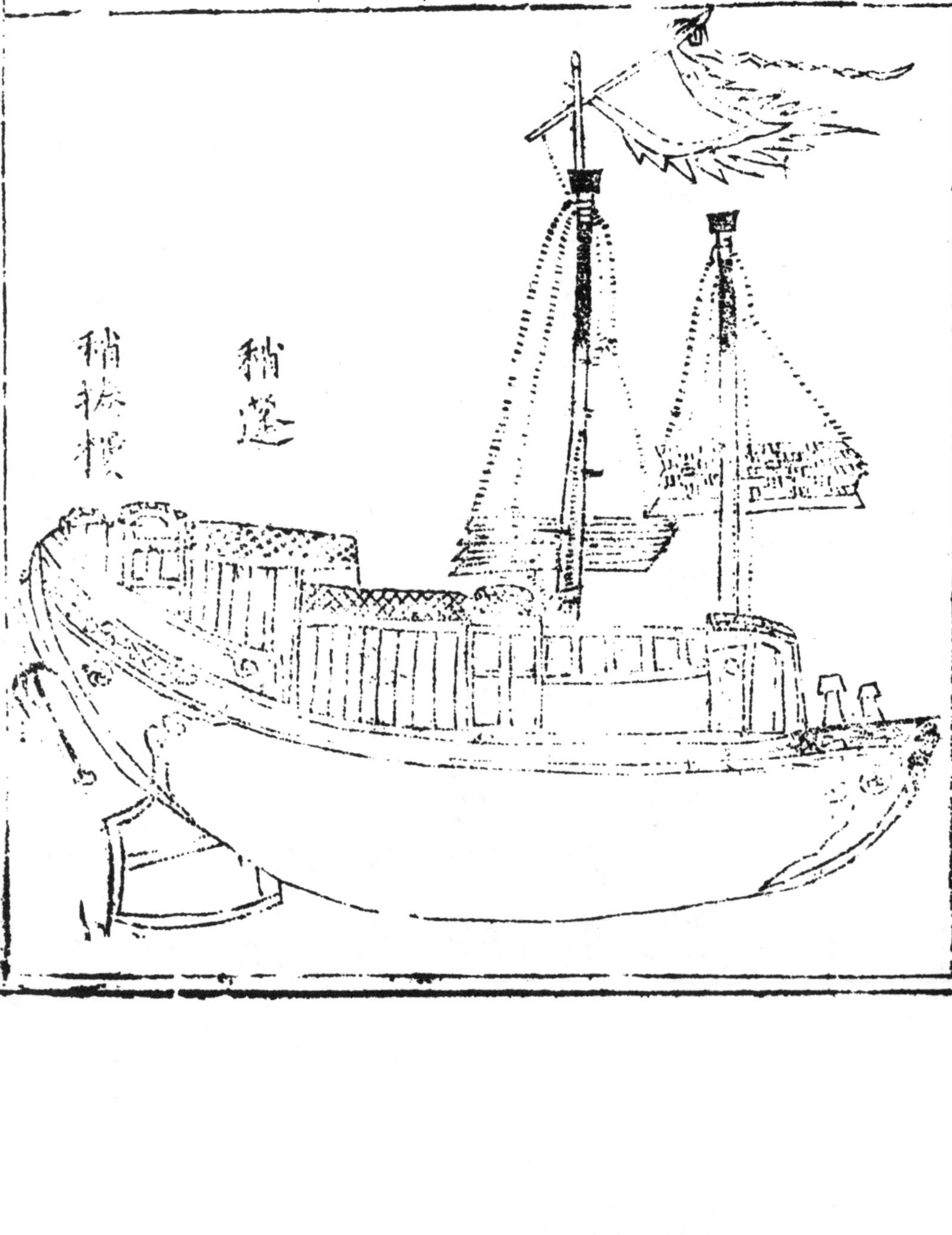

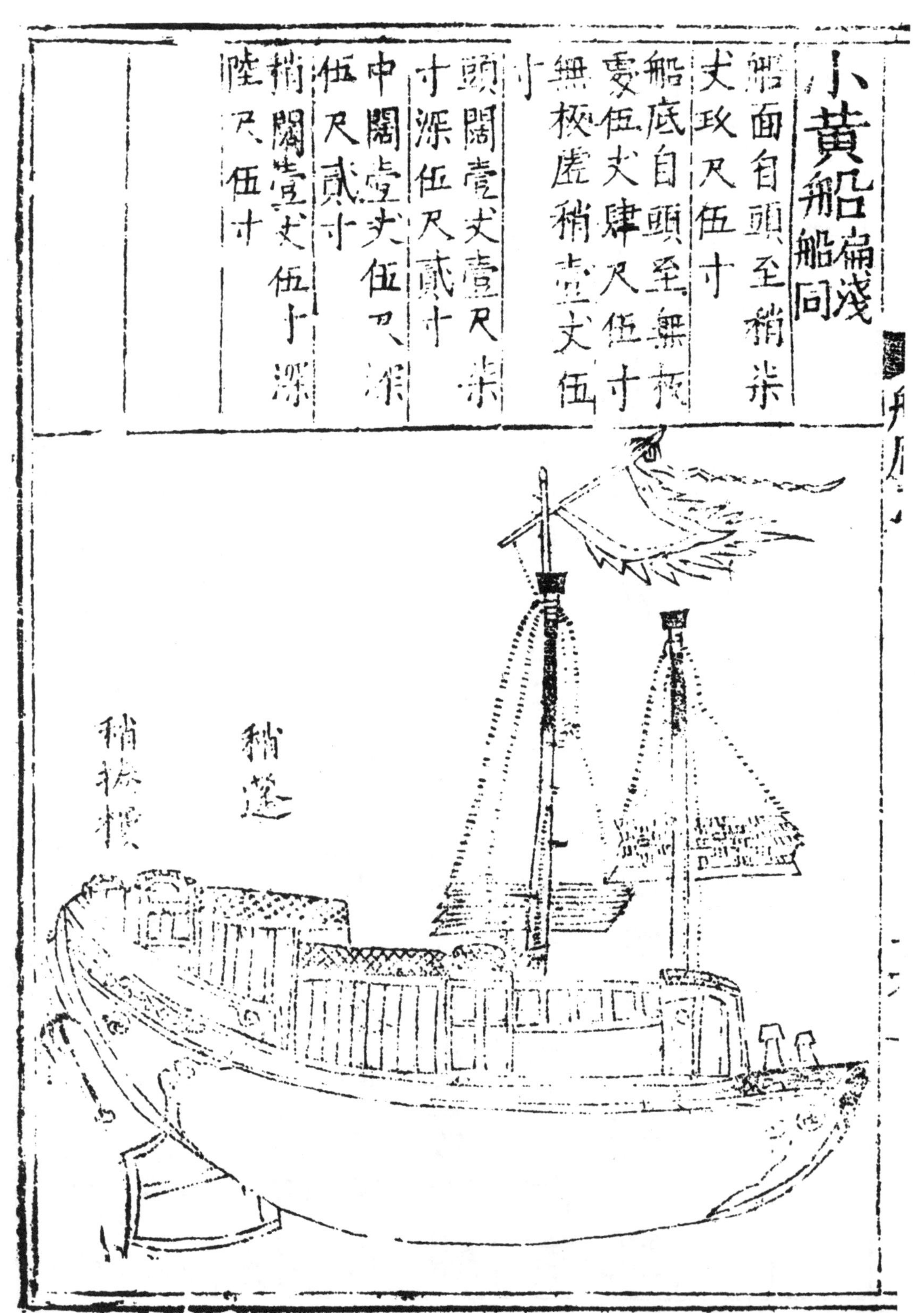

夫既謂之黄船矣而何取於小何取於扁淺乎利於行之疾也時鮮之貢以薦
宗廟是
聖天子之所以廣孝思示不匱也其可忽諸按是船供自九十五料始至二百料止視大黄船不過半之料以遞減制宜遞隘邇因從旗甲之便就於原泊塢内修造本部估給工料遣匠往役不復稽其尺度遂使利於私載者漸為加廣厥制一定莫敢損益不惟工料視昔有加而所謂扁淺輕速之意果安在哉

肆百料戰座船

船面自頭至稍捌丈玖尺伍寸
船底頭至無派優陸丈伍寸無板虛
稍壹丈叄尺伍寸
前闊壹丈貳尺捌寸深肆尺玖寸
中闊壹丈陸尺伍寸深陸尺
稍闊壹丈貳尺玖寸深柒尺

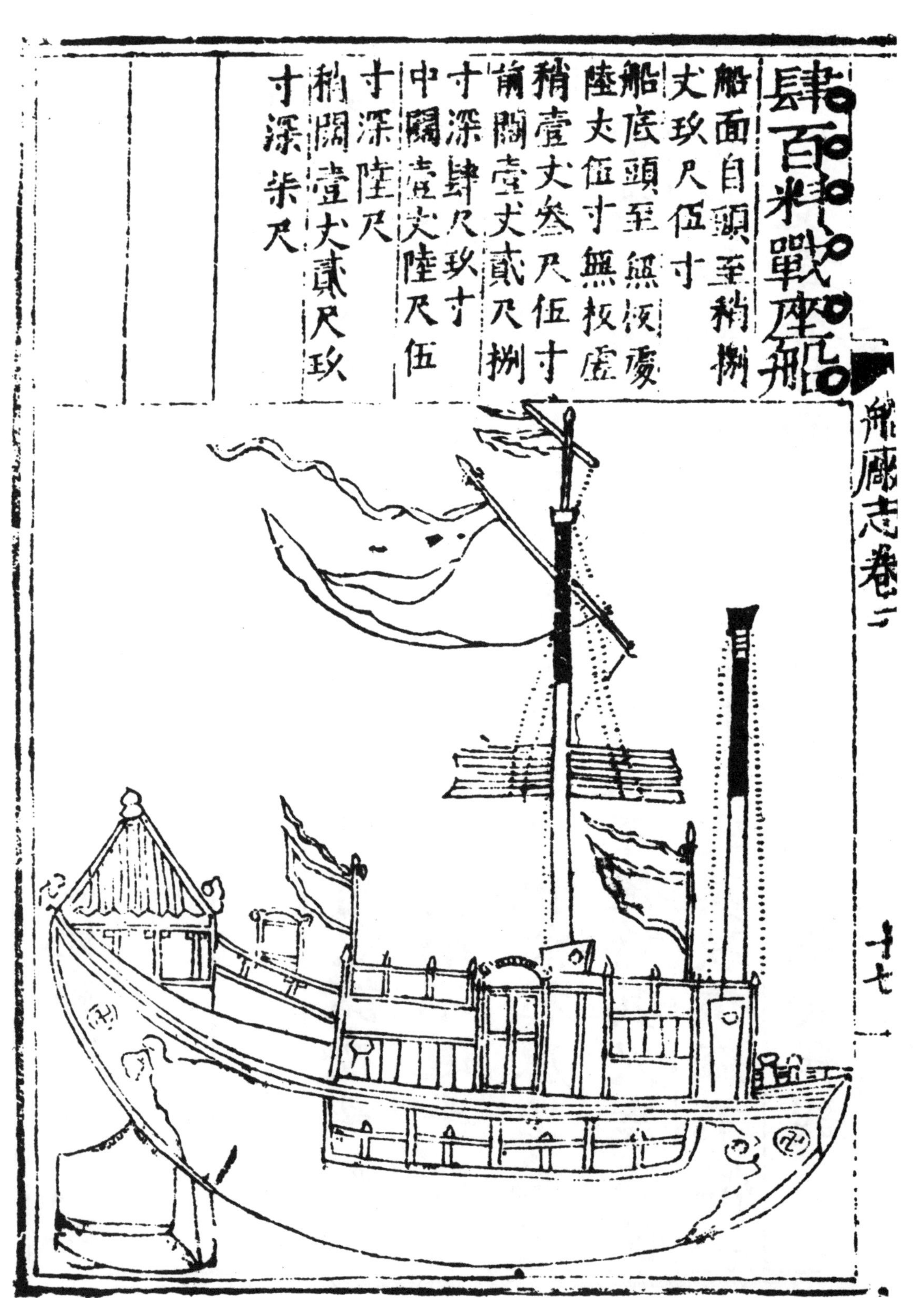

南船紀曰戰船曰座即邊營陸寨之帥幕也號令之所以整齊者是經畧之所以指示者是威靈之所以震耀者是窺伺之所以寢息者是規制其可以簡陋乎哉是故桅標大纛屯營以準稍翼方亭遠敵以覘舲艫中敞帷幄以尊艙維外周矢石以捍艣枝齒列馳驟以騰浪板掌鋪奔突以便弩穴矛窗攻擊以利要其儀式迨樓船之軌範與夫樓船之為器也大而雄堅而利用之驅浪乘飈正猶滄溟鯨運波濤駕旋轉之威霄漢鵬摶風雲鼓扶摇之勢有不戰而先奪

人之心者矣此自古迄今所不能改與稽其尺度頗爲適宜過此恐難爲馭善陣者毋令越其制云

按我
聖祖嘗謂陳友諒乘尾大不掉之舟以自取敗而彭蠡之戰六舟飄摇勢若游龍卒以克敵戰艦之不貴大亦明矣而乃有肆百料者何與夫主將貴持重非持重則敵得而窺其隙偏裨貴敏疾不敏疾則不能赴功校所乘之舟亦各有宜也不然則斯船也獨非
國初之遺制耶

貳百料戰座船

船面自頭至稍捌丈捌寸

船底自頭至無板處肆丈貳尺伍寸無梁處稍壹丈伍寸

頭闊捌尺伍寸深肆尺肆寸

中闊壹丈貳尺陸寸深肆尺伍寸

稍闊玖尺捌寸深伍尺

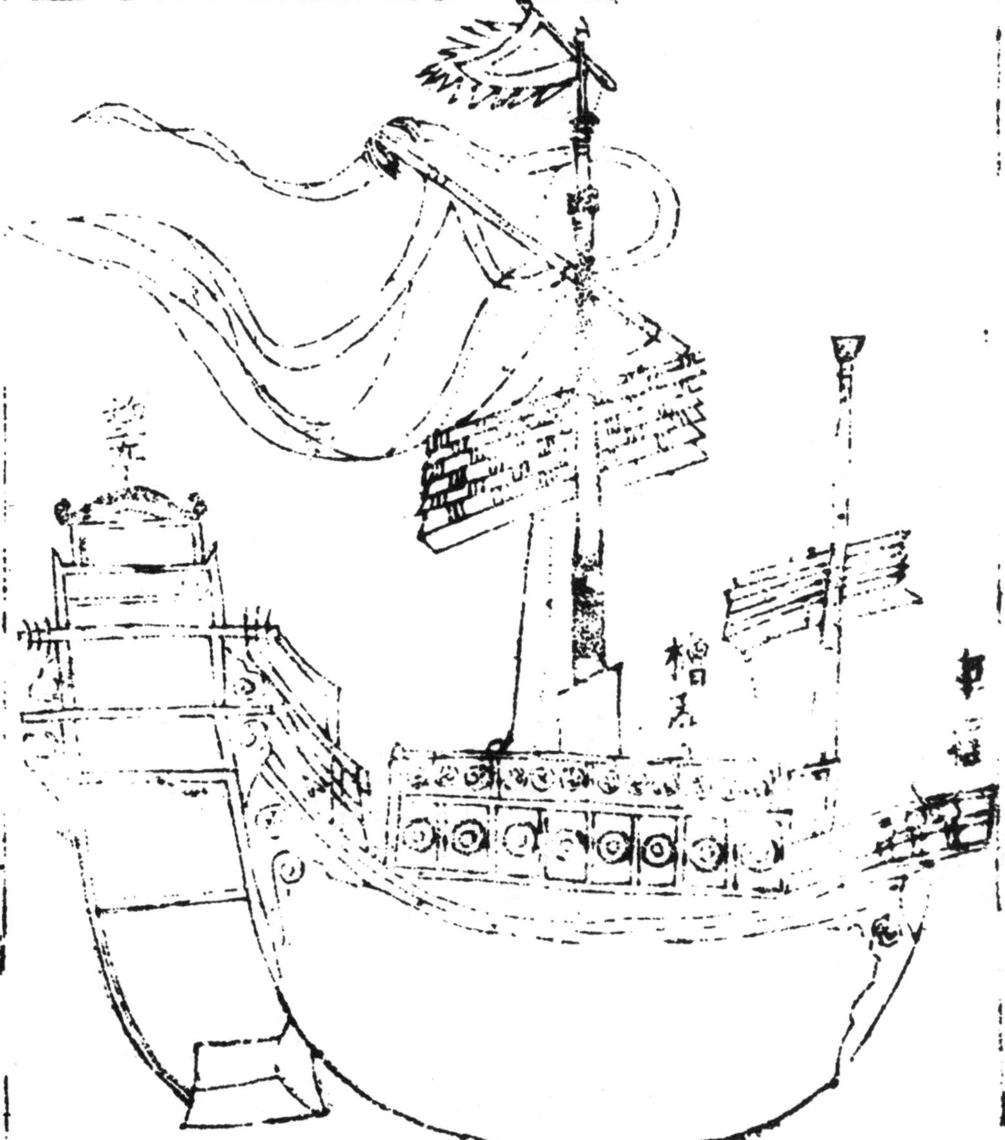

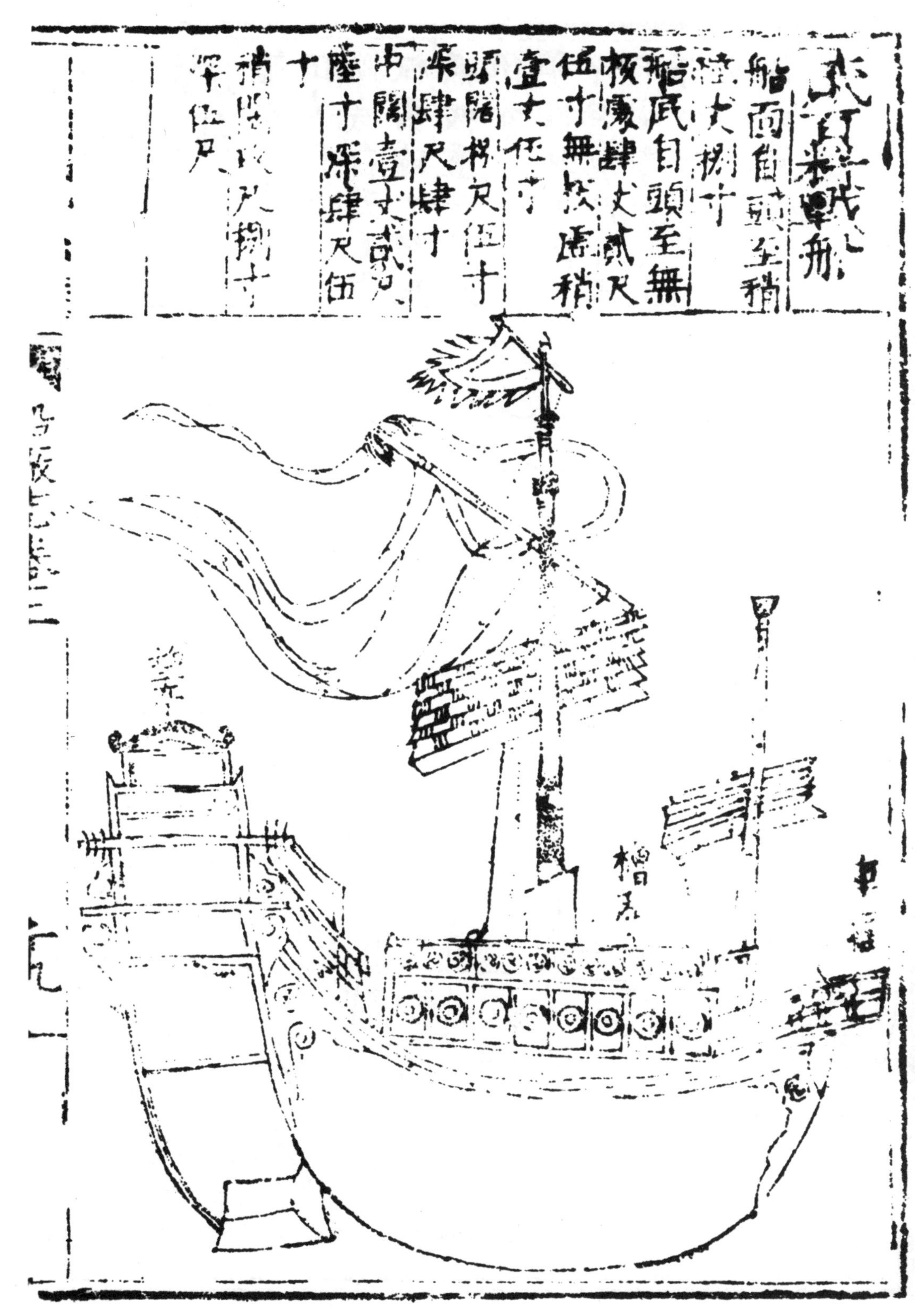

壹百伍拾料

戰船

船面自頭至稍
伍丈伍尺
船底自頭至無
校肆丈貳尺
無板廣稍捌尺
伍寸
頭闊捌尺貳寸
深叁尺陸寸五
中闊壹丈壹寸
深叁尺陸寸
後闊柒尺柒寸
深肆尺壹寸

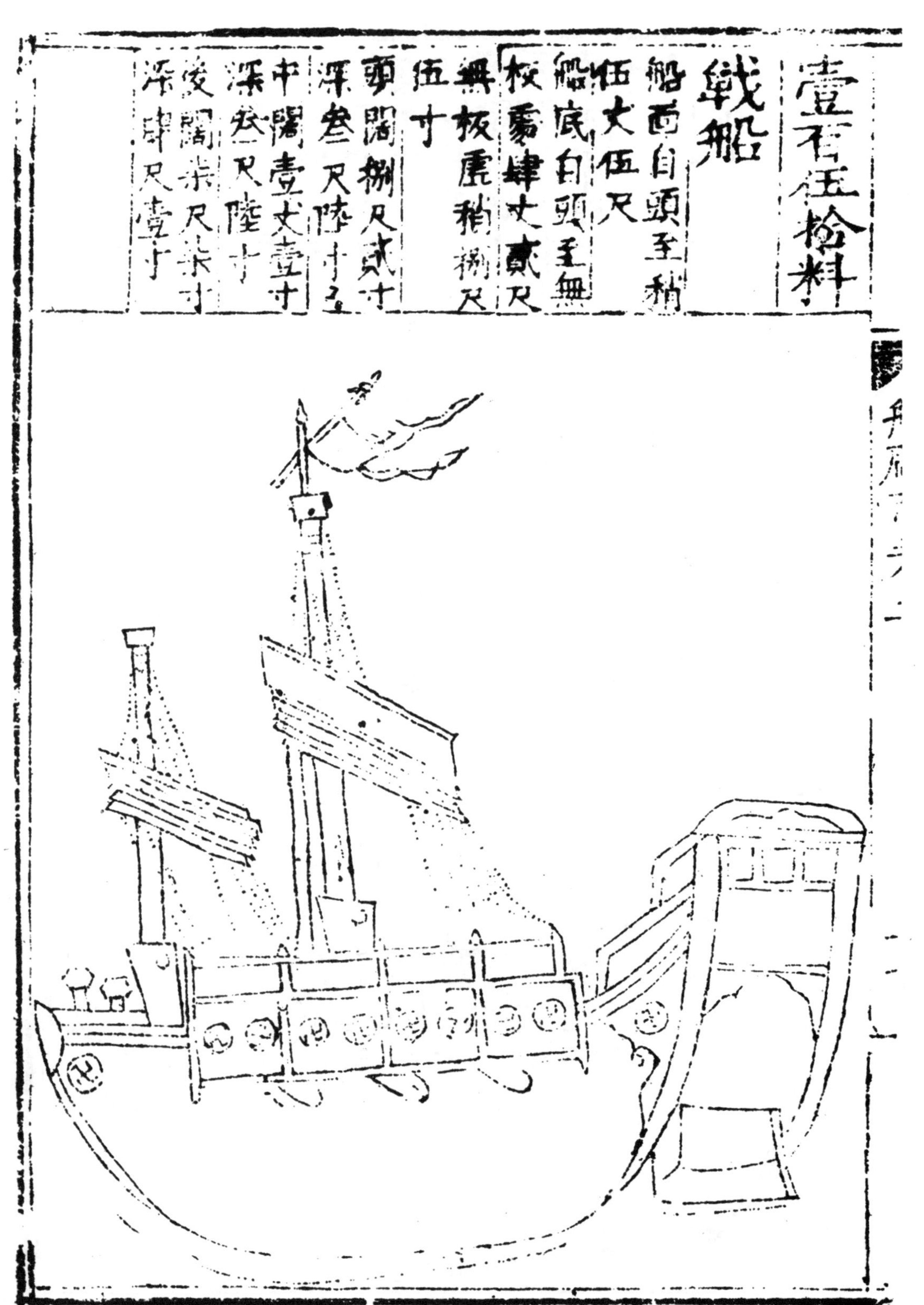

壹百料戰船

船長自頭至稍肆丈陸尺貳寸
船底自頭至稍板長叁丈肆尺貳寸
梁板至稍柒尺捌寸
頭闊陸尺伍寸深貳尺叁寸
中闊捌尺壹寸深叁尺捌寸
稍闊柒尺貳寸深肆人

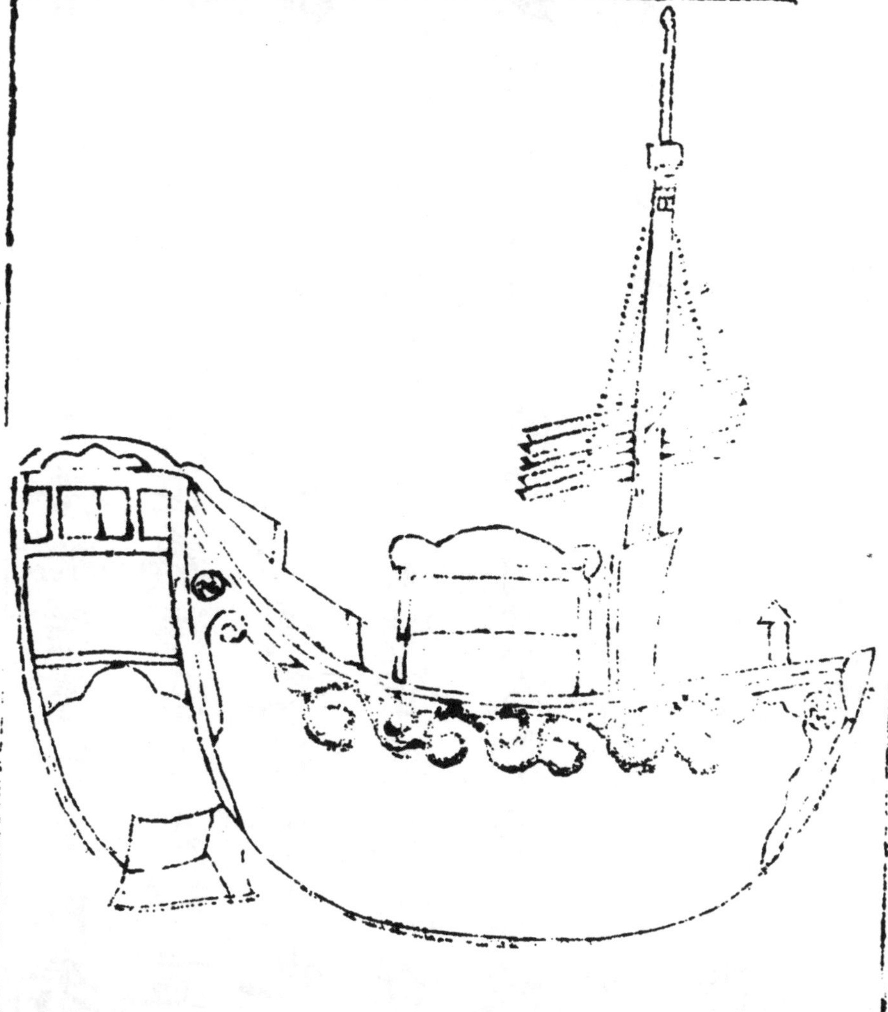

夫戰船一也而制以逅殺所以辨尊卑之等利遲速

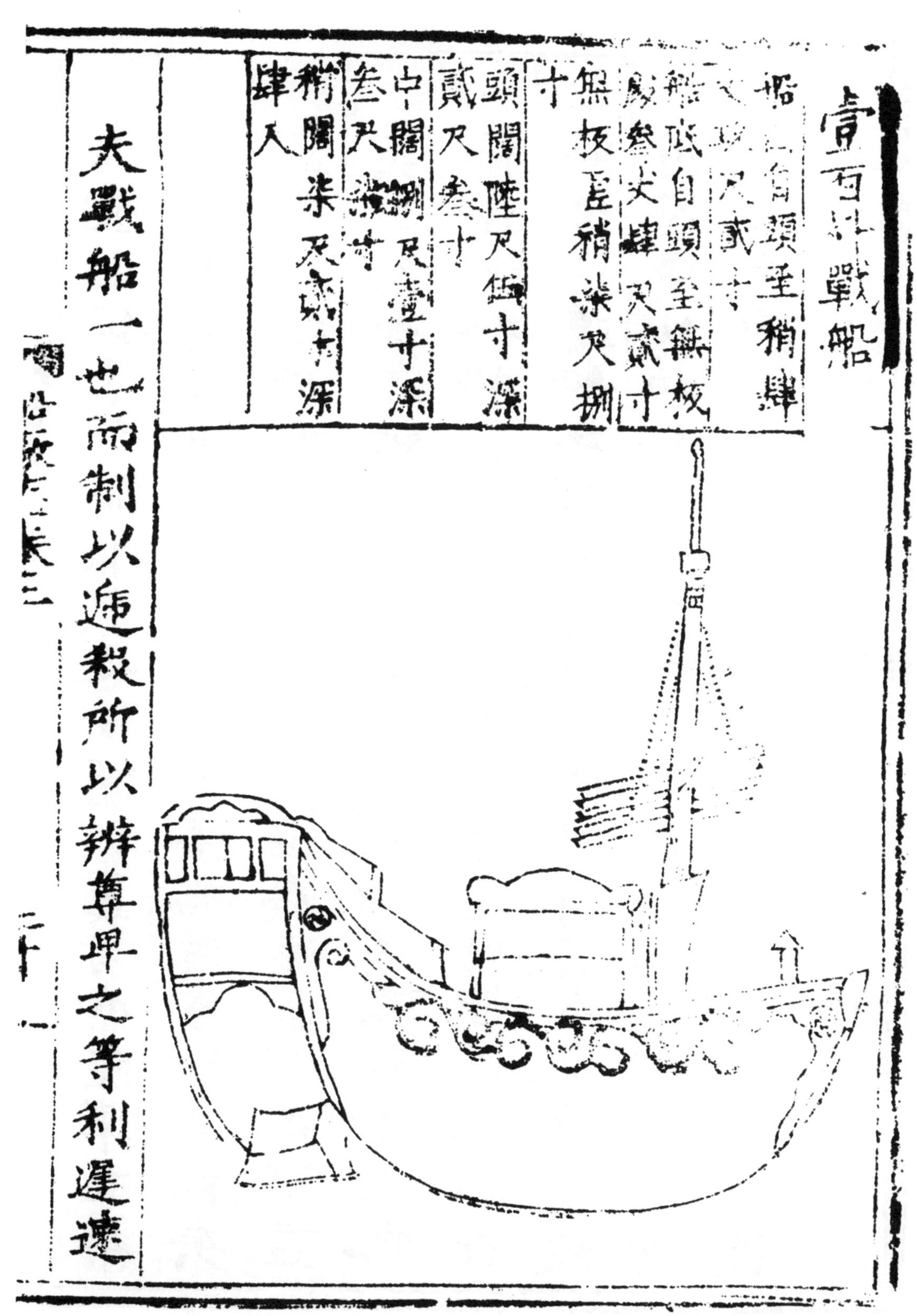

之宜也伍子胥論船戰之法謂大翼者當陸軍之車小翼者當輕車突冒者當衝車樓船者當行車似矣然長岸之役竟以艅艎資敵吳世為澤國宜足以盡其利而楚遂能克之何哉器雖利而用之存乎人也楊僕之樓船孫權之艨衝王濬之連舫皆足取勝而陶侃以運船為戰亦克成功故將得其人則隨宜致用因變就功而器械之利不與焉方今傾帑庫以營戰艦歲費不下萬計大小畢具邏巡並宜誠足以揚武烈圖江防矣棄是舟艦倘思所以善用之哉

叁板船(划船同)

船面自頭至梢叁
丈玖尺伍寸
船底自頭至無板
處叁丈肆尺伍寸
無板處梢伍尺
頭闊伍尺叁寸深
叁尺壹寸
中闊捌尺肆寸深
叁尺壹寸伍分
梢闊伍尺伍寸深
叁尺肆寸

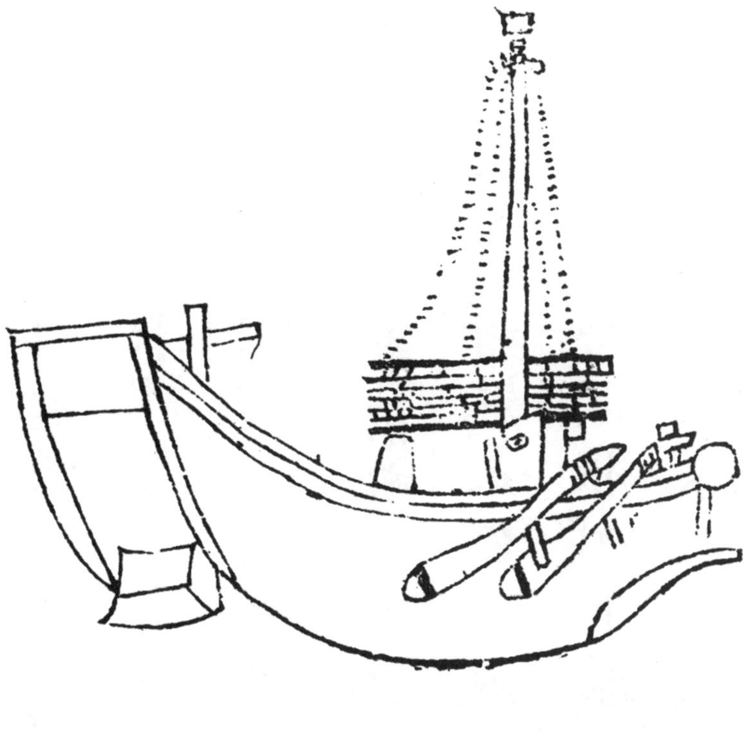

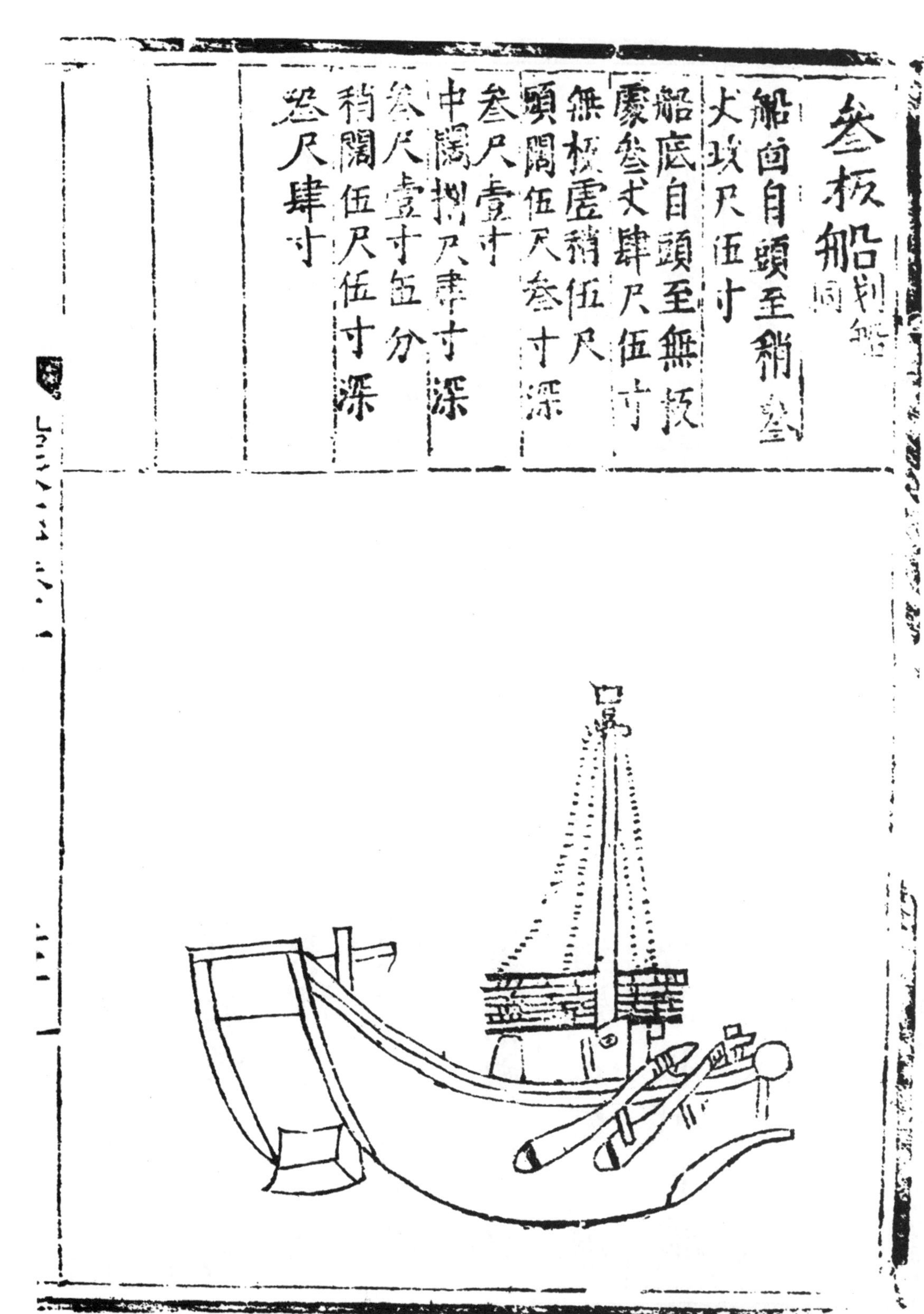

按二船名異而制同蓋戰船之極小而最捷者也所容不過十餘人耳三軍之衆動以萬計於茲何取焉稽之於古則遊艇飛舸輕舠舴艋往来神速率多取効善陣者所不廢也楊行密用飛艫以歸弘鐸魯肅因漁艇以擒關羽故因變設奇投機制勝顧所以用之何如耳豈可以其小而畧之也哉雖然長風巨浪撼掔摧山而縱一葦以當之苟非素習則股戰目瞬不能安其身矣雖有長技將安施乎此訓練之所以爲要也

浮橋船

船面自頭至稍陸丈貳尺

頭闊壹丈貳尺伍寸深肆尺肆寸

中闊壹丈伍尺深肆尺陸寸

稍闊壹丈貳尺伍寸深伍尺叁寸

船底自頭至稍陸丈伍尺伍寸

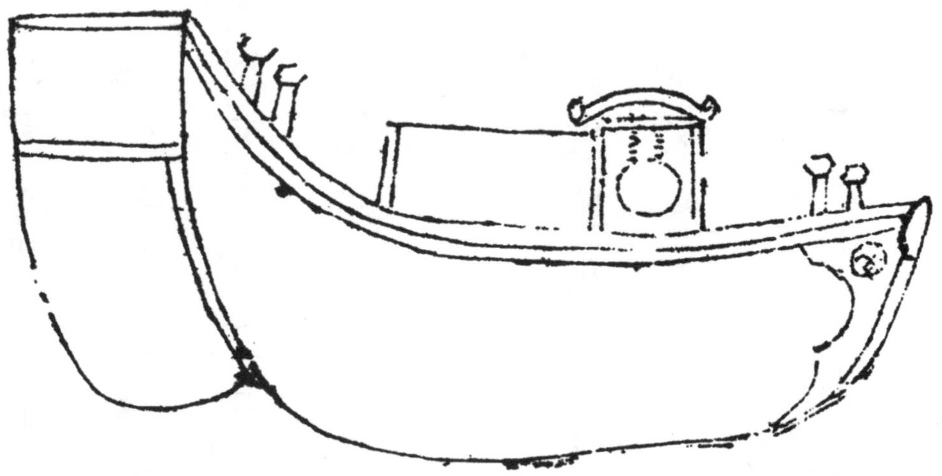

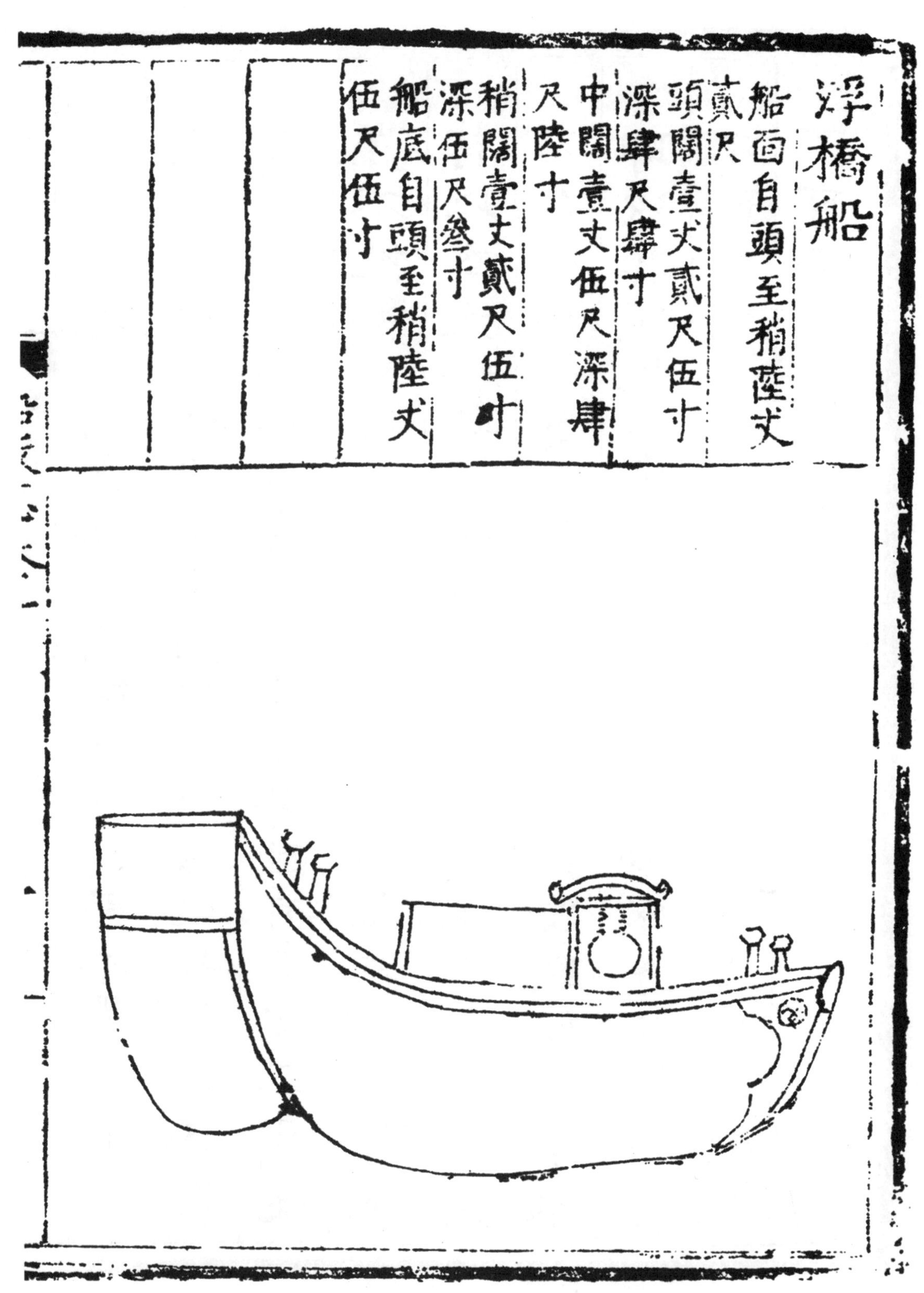

按詩曰造舟為梁橋之用船昉諸此矣木罌竹筏皆足以濟師而况船之為用其利尤溥此兵家所不容廢者然武王之濟孟津繆公之濟西河去文王未遠豈不能襲而用之哉而皆無聞焉以是知梁舟之制特以重大婚之禮非為軍旅設也至宋祖欲取江南乃命朗州造黃黑龍船跨釆石磯以濟厥後樊若水即以其策授之虜人于是天塹失險宋遂不國嗚呼不戰自焚其此之謂乎有志於江防者當知斯船之不可忽也

肆百料戰座船

船面自頭至稍捌丈捌尺，船底自頭至無板處陸丈貳尺，無板處稍壹丈壹尺伍寸，頭闊壹丈貳尺伍寸深伍尺，中闊壹丈伍尺陸寸深伍尺貳寸，稍闊壹丈壹尺柒寸深陸尺叁寸

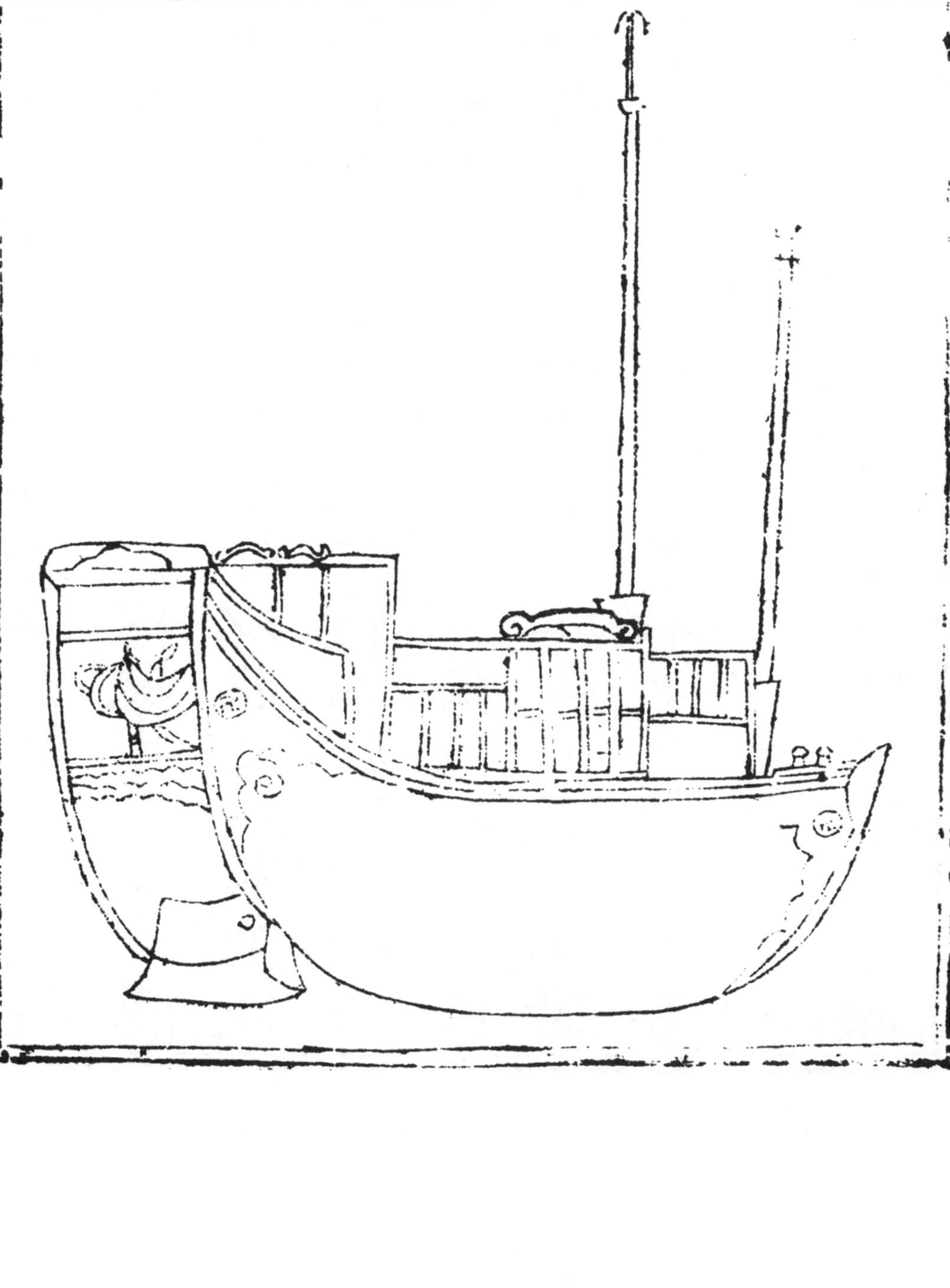

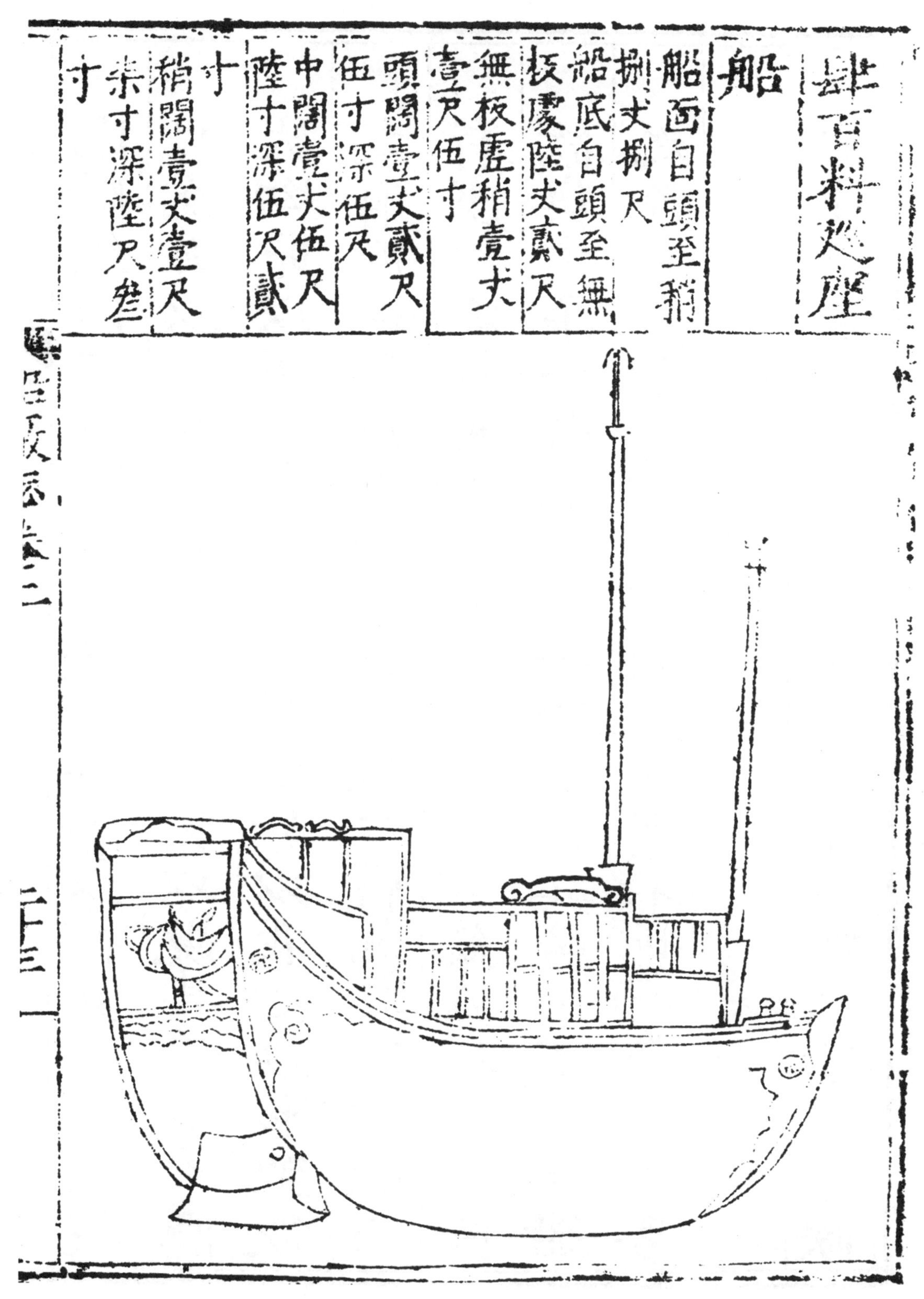

南船紀曰巡邏之政或據扼要害以探其出没或搜剔荒僻以發其埋藏或混雜轃集以覘其嚮傚或隱伏坳曲以幾其閃縮多方緝伺皆以我之無形致彼之有形也輕橈健棹雲掩星馳猶懼為其所覺而何有座船之壯麗反示之有形也哉或總戎以身徇國欲與士卒分勞而設也果欲分任其勞又不必座船之逸假矣若止欲為壯觀之圖則不貲之費必將啓憂國杪時者之竊咨

按昔人立法之意有警用戰艦事用巡二船不可缺

一也然管窺觀水操者進退卷舒俱有成法不紛亂紊軍律之嚴固宜然矣使敵人乘間設奇變起倉卒而欲撥紀律以應之陳而後戰不亦晚乎嘗聞張巡之教士不泥古法人自為戰但使兵知將意將識士情正以此爾今江洋之盜乘風鼓浪倏去倏來若非因勢趨便未有能收尺寸之功者竊以為宜合戰巡而一之操練以觀其進退之常巡邏以習其應變之畧奇正並用緩急從宜則船不虛設而臨事為有備矣況

國家承平日久歲造戰船未嘗禦敵坐以待朽水軍一出即乘巡船則彼之所用以駕馭風濤出没淵浸者固已習之素矣及臨大敵乃復使去其所習而他就焉其為計不亦左乎慶鄭論戰馬欲使安其教訓而服習其道惟所納之無不如志憶知陸戰之所以用焉則知水軍之所以用船矣

貳百料壹顆印

巡船

船面自頭至稍伍丈捌尺柒寸

船底自頭至無极處肆丈叁寸無极處稍壹丈壹尺

頭闊柒尺玖寸深叁尺捌寸

中闊壹丈貳尺深肆尺

稍闊玖尺貳寸深伍尺叁寸

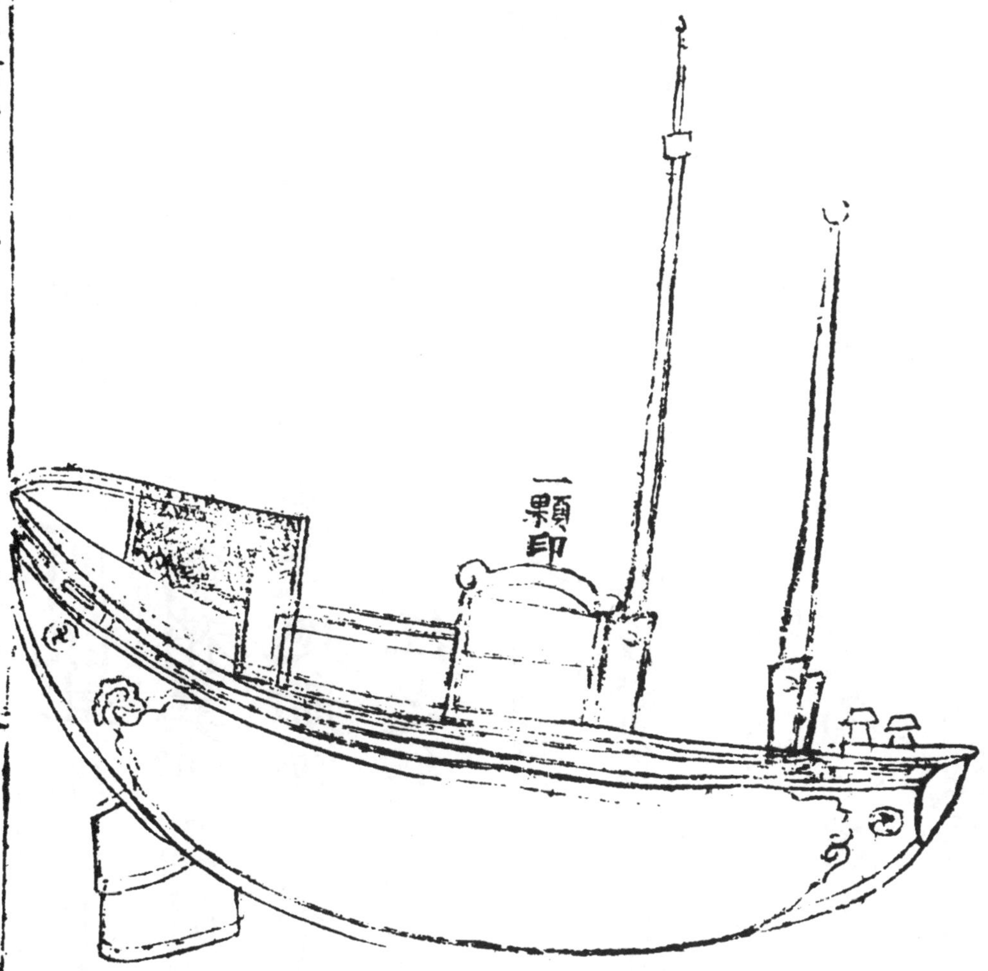

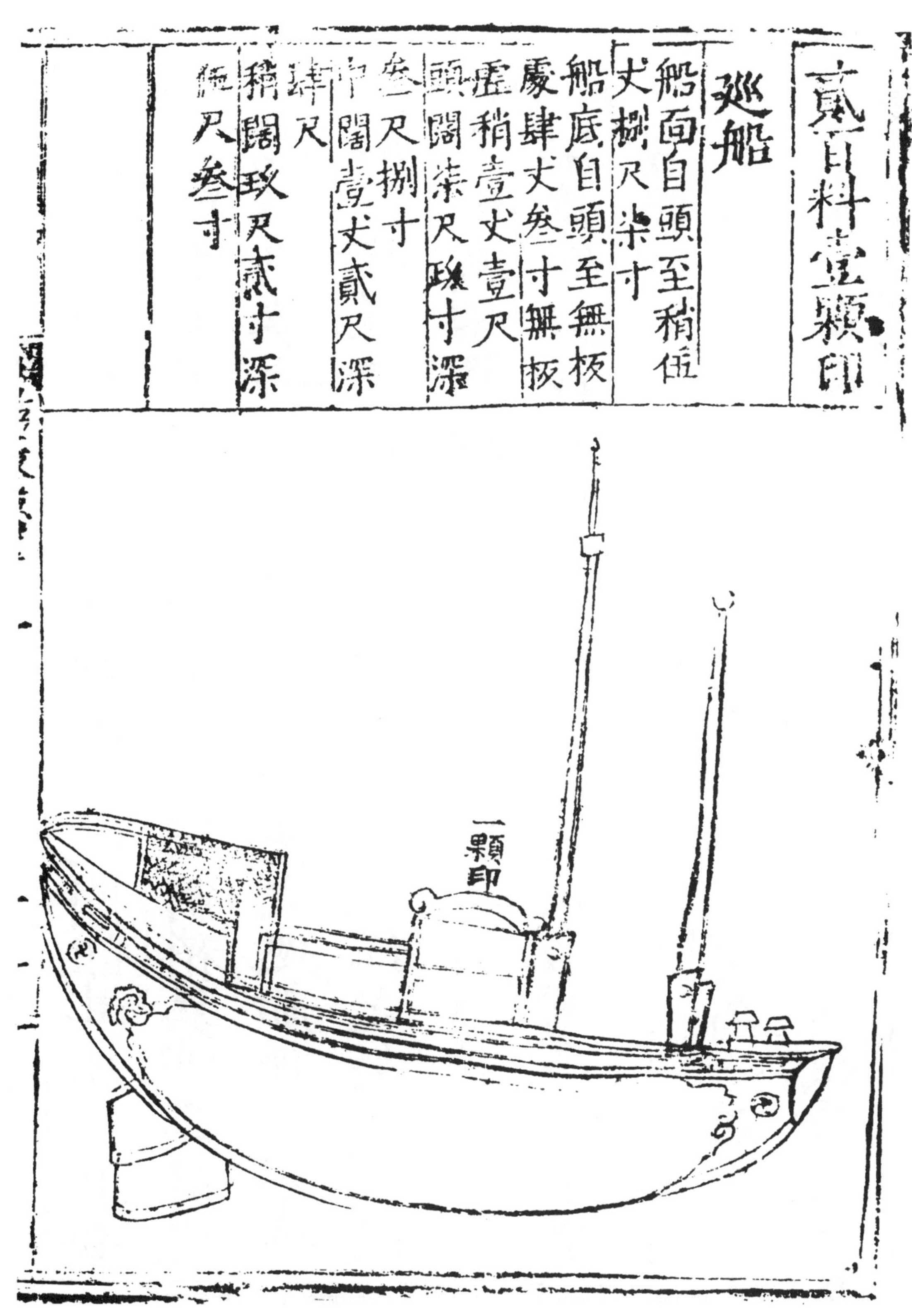

謂艦艦曰船以一顆印稱前來之聞訊其所以官倉
如印盒象形也較之沙船料同而制稍異嘗竊計之
戰船與敵爲鏇非大不足以鎮壓之巡船所巡不過
城狐社鼠之流耳譌哨船輕淺船足任之矣此與沙
船俱適當戰船之一等較武者宜不可無等第云
按是船與沙船戰艦相當而顧巧其名稱多其制式
豈將以侈武備之盛與嘗讀正德中裁革之疏知軍
少船多停泊者十釐六七使誠合戰巡爲一則沙船
戰船料數既同用亦無異又焉用此以勞歲將之修

淺戈
料巡
沙船

舩面自頭至梢陸丈壹入
船底自頭至無板處肆丈無板處梢壹丈壹尺陸寸
頭闊柒尺伍寸
深肆尺壹寸
中闊壹丈貳尺叁寸深肆尺貳寸
稍闊玖尺肆寸
深伍尺

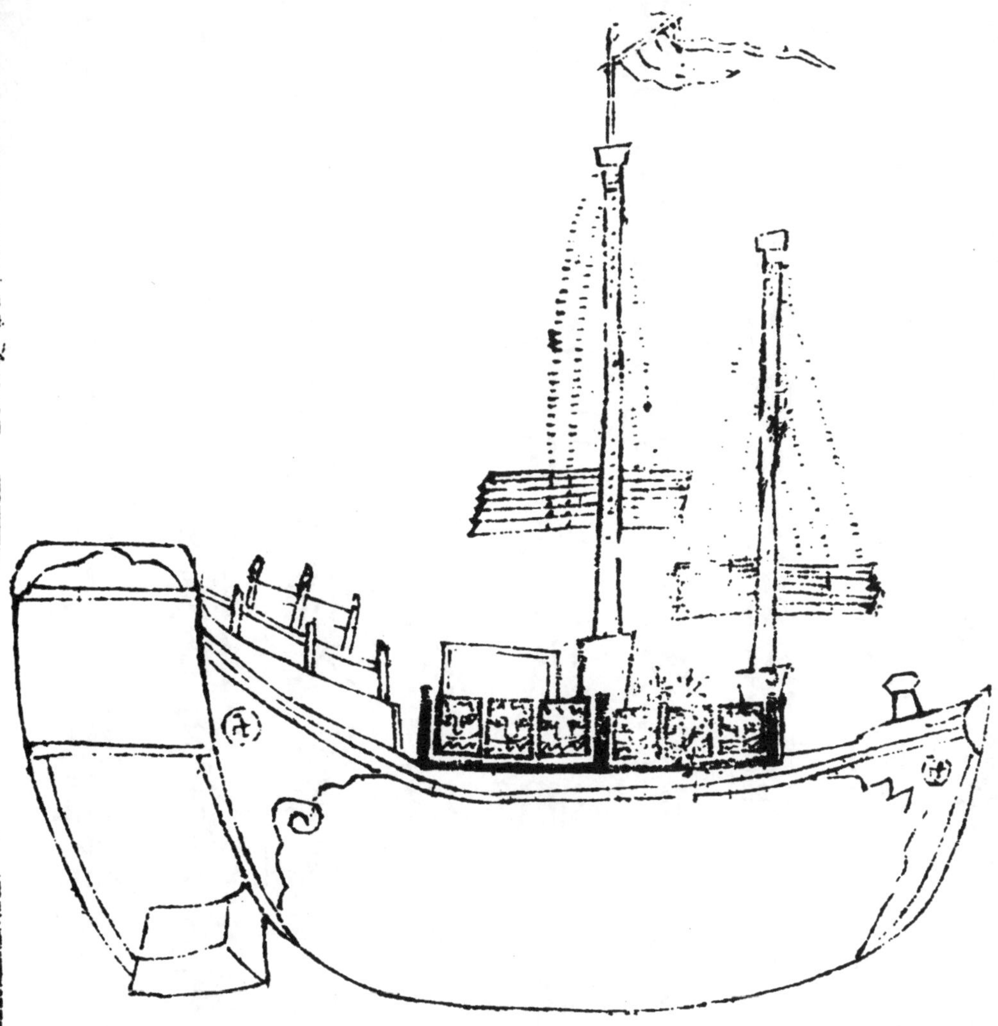

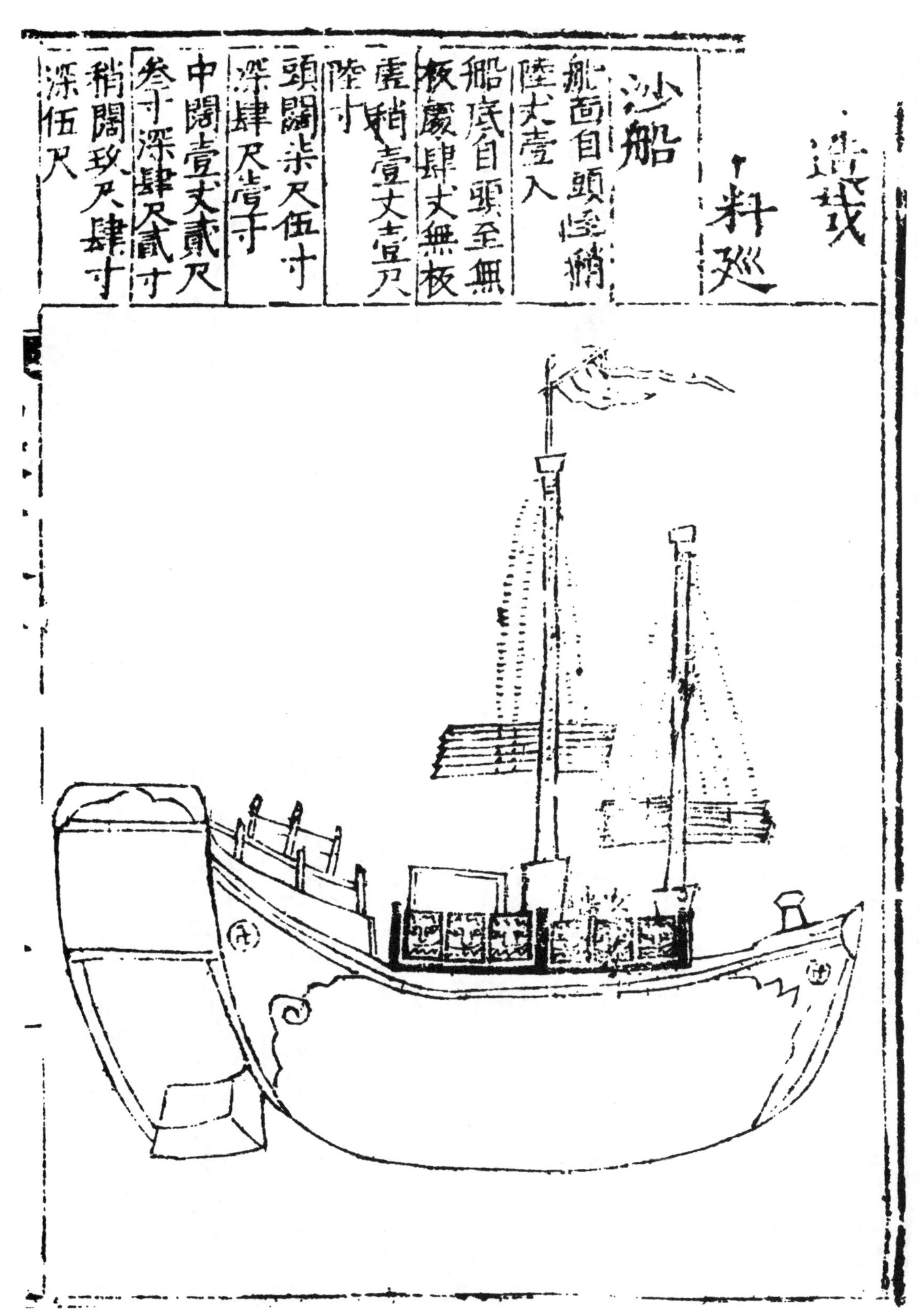

按三沙在崇明界浮居海中其人以魚鹽為稼穡以舟楫為輿馬雖驚濤怒波震蕩掀揭䑸方出沒其間揚眉鼓氣挾其所長而用之故時入江洋為盜巡軍莫制焉巡船而曰沙者豈非倣其制度以夷攻夷之意乎漢人論匈奴之技上下峻阪出入澗谷中國之馬弗能當愚竊以為不然即以匈奴之馬與漢兵乘之欲其上下出入如匈奴亦未易得也故匈奴之長不在馬而在善馭沙人之長不在船而在善操近時言官請改操船為放沙船之制議竟不行豈非當事

者有見於此乎方今江津時戒商旅異途禦人國門

不可長也任巡邏之責者尚加之意哉

九江式哨船

船面自頭至稍叁丈柒尺

船底自頭至無板處貳丈柒尺貳寸

無板處稍伍尺五寸

頭闊伍尺肆寸深貳尺陸寸

中闊陸尺柒寸深貳尺柒寸

稍闊伍尺深叁尺壹寸

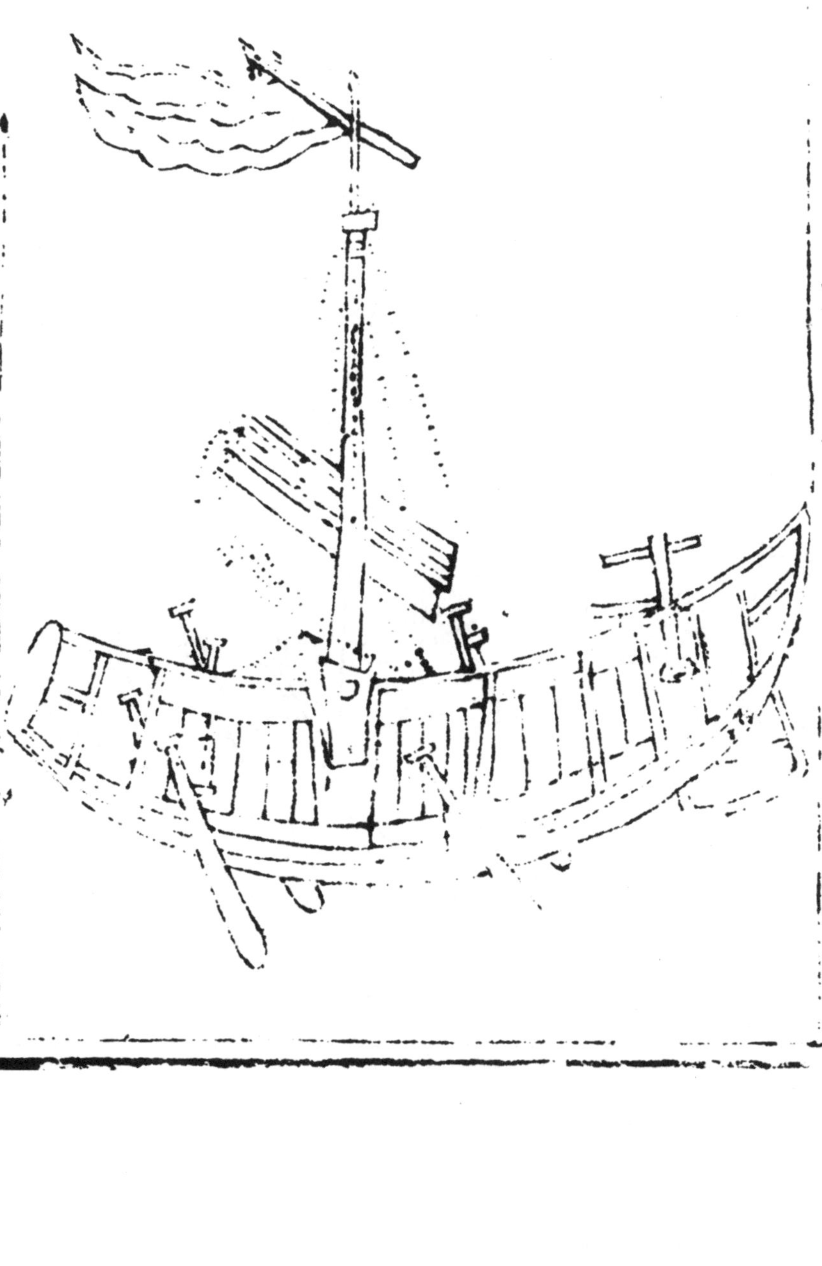

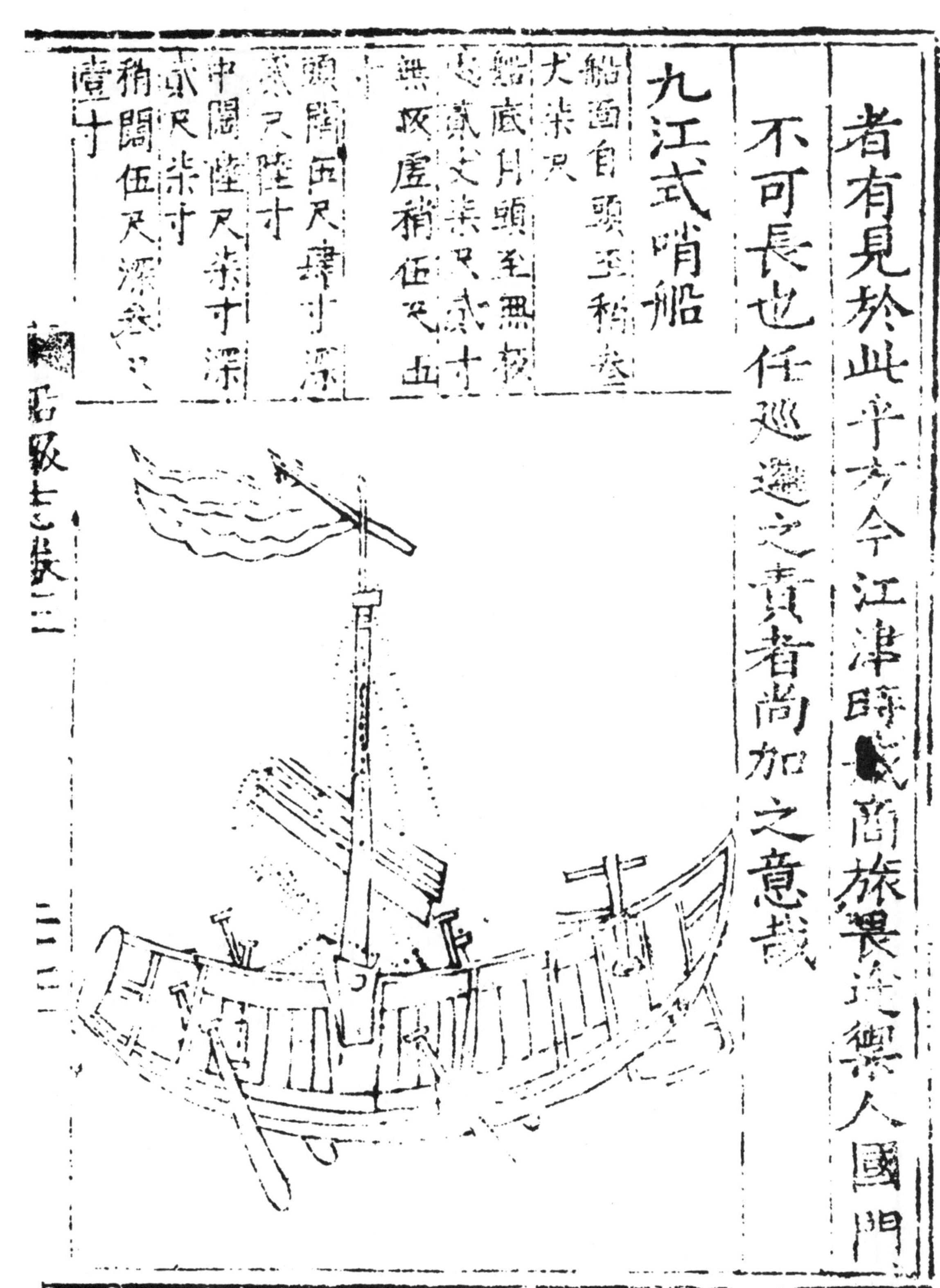

安慶式哨船（大勝關哨船同）

船面自頭至稍叁丈
肆尺壹寸
船底自頭至栅板零
貳丈貳尺無板虛稍
陸尺伍寸
頭闊伍尺肆寸深貳
尺肆寸
中闊陸尺肆寸深貳
尺肆寸
梢闊伍尺貳寸深貳
尺捌

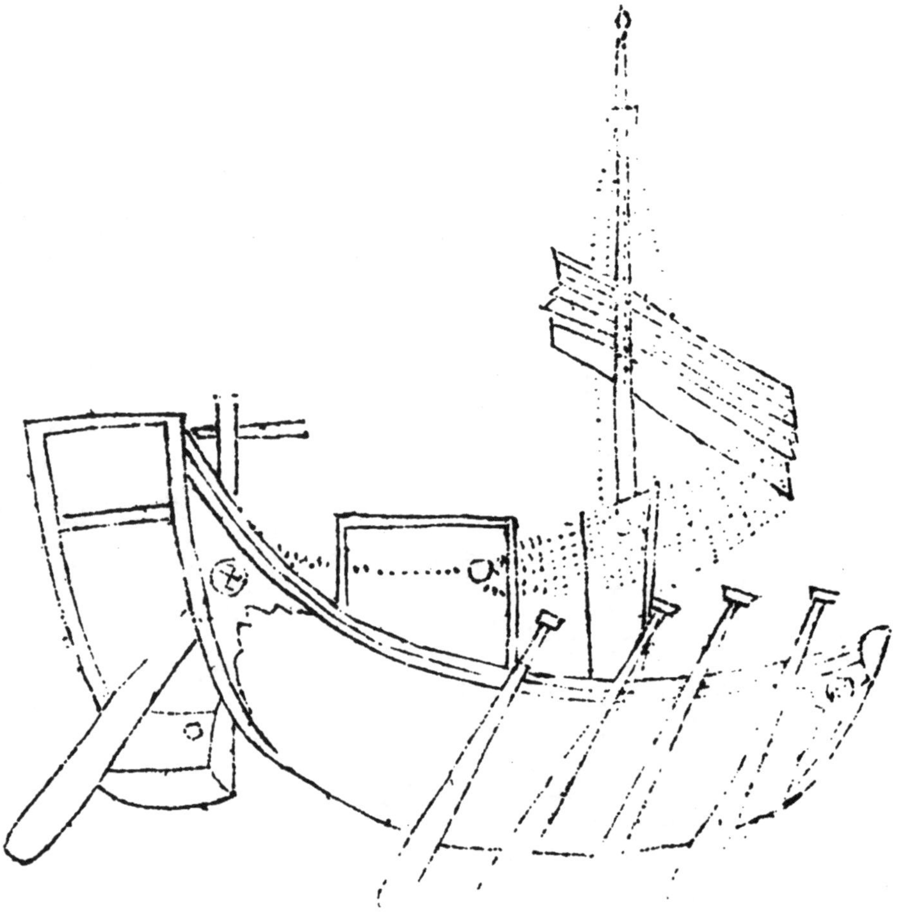

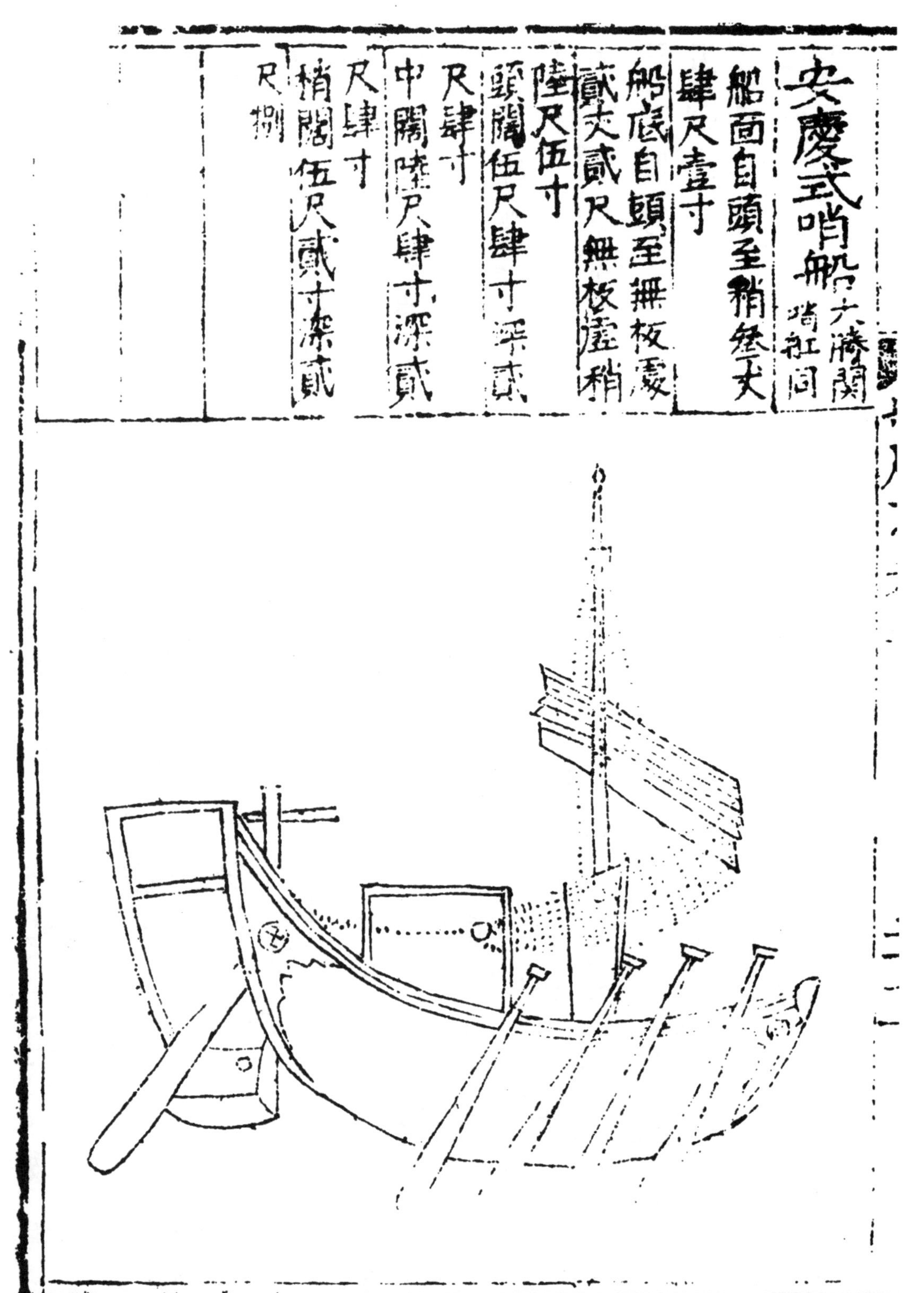

南船紀曰哨字名義不蒙戰陣及考往古戰陣圖書皆無哨名至會典始載神機營有左哨右哨又律疏載軍衞有罪者發瞭哨即會典觀之左右遊擊之義也即律疏觀之墩堡覘諜之義也然亦未有名其器者船之名哨實肇於正德之九年流賊猖狂東馳西突國狗之瘈無走弗噬南京守備操江衙門謀爲探察之計故有是設求諸江船之最疾者莫利九江安慶九江者無洞而差長安慶者有洞而差小泛入汨出狎浪驕風宣惟利于伺察爲哉使戰陣而需之則

或為向導或為挑戰或為疑兵或為伏甲安往不利所謂立成器為天下利者非耶

按哨船之義船紀備矣大勝關當留都上流哨船之設信設險守國之要也然竊以為權不一則難於勾稽勢不屬則緩急不可為用原設哨船不為少矣輪撥聽用司巡者併察而考其成焉則諸體歸一而緩急亦可以為策應矣不猶愈於添設矣乎

輕淺利便船

船面自頭至稍伍丈陸尺

船底自頭至無板處叁丈陸尺陸寸無板處稍壹丈伍寸

頭闊捌尺肆寸深叁尺肆寸

中闊壹丈深叁尺肆寸

稍闊柒尺柒寸深肆尺叁寸

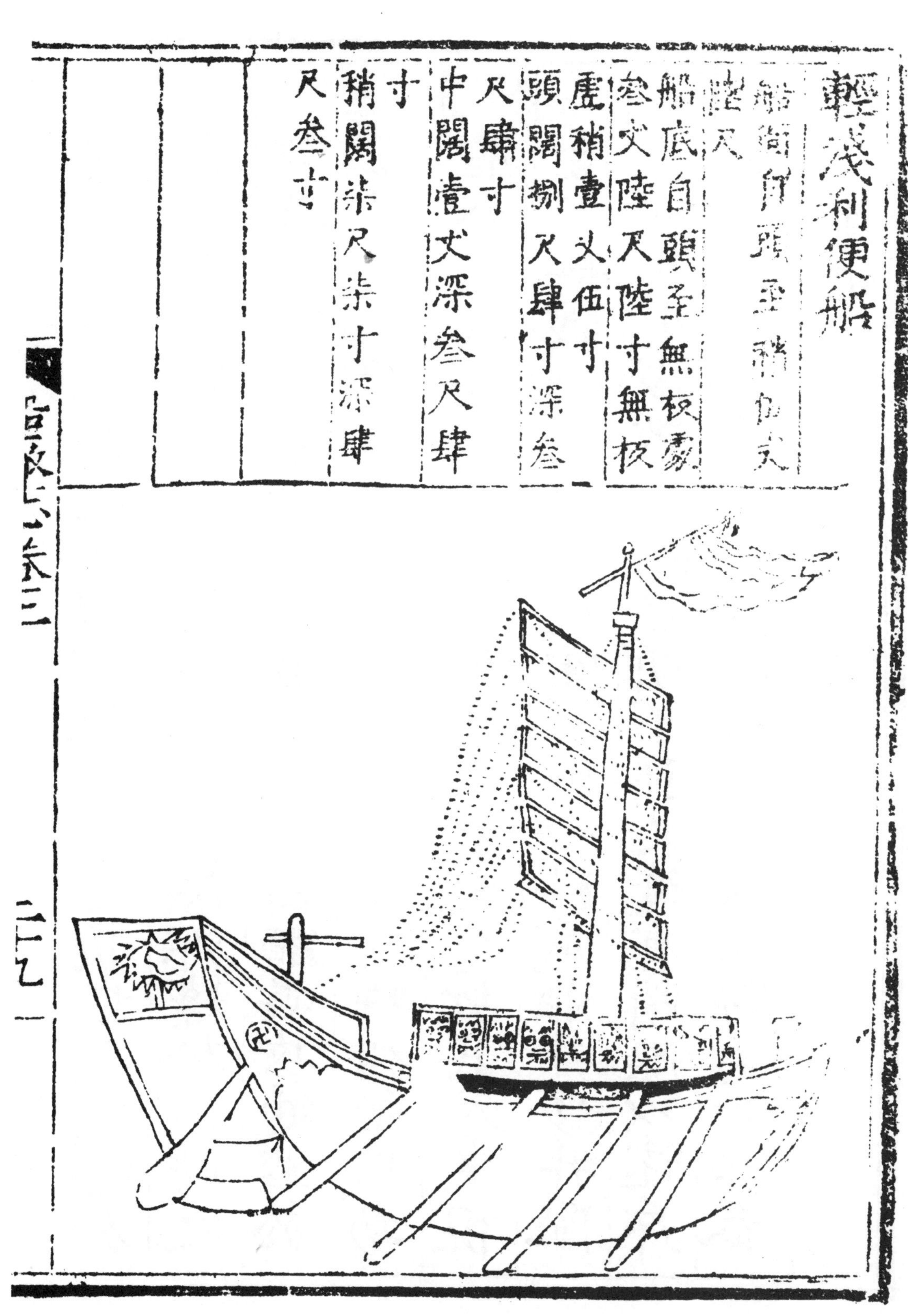

按船而謂之輕淺利便者取其行之捷也其制始於嘉靖十三年都御史潘珍之疏彼誠深達於江防之政者哉然名雖創新義實緣舊昔田顆嘗攻趙鎧於宣州而以輕船取勝劉裕之北伐亦以輕利船成功潘公之為此也殆稽古而準今者與是故其尺度視壹百料戰船其規制視壹百伍拾料戰船非侈非隘適惟其中或戰或巡無所不利又復有哨船以遠斥堠有划船以當冒突如是而不足以取勝焉者非器之罪也

盆水河漁船

船面自頭至梢貳丈貳尺叁寸

船底自頭至無板長壹丈柒尺叁寸

無板塵梢叁尺柒寸伍分

頭闊貳尺柒寸深壹尺肆寸

中闊肆尺深壹尺伍寸

梢闊貳尺柒寸深壹尺肆寸

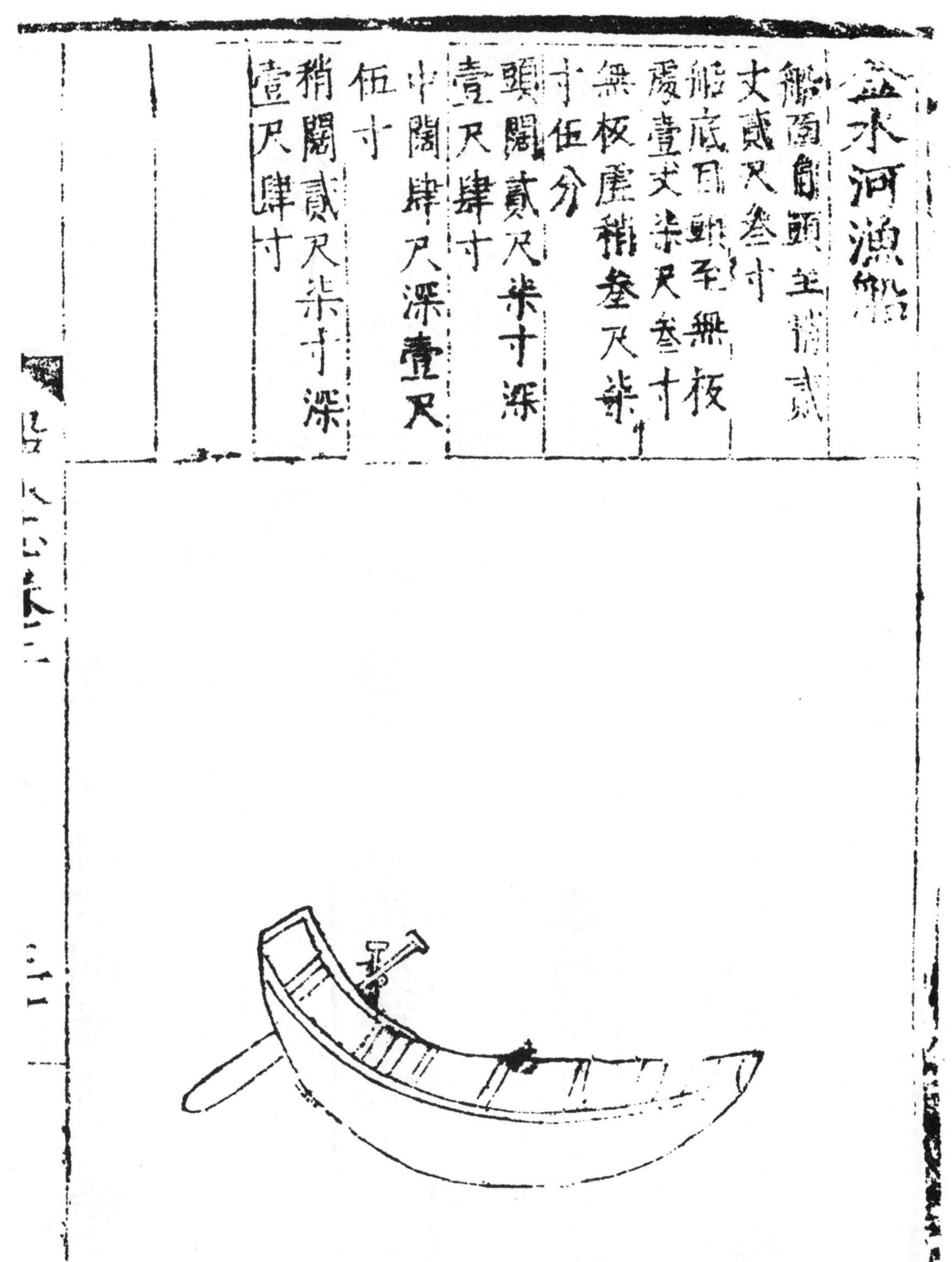

按金水河即古燕雀湖也王宮既宅則是水禁絡宮墻如古之御溝矣我

聖祖乃取其魚以薦

奉先殿此漁船所由設也詩載潛歌禮茂薦寢

聖祖可謂孝思維則矣

列聖以來雖定鼎北京而舊廟之禮奉行惟謹豈非善繼

聖祖達孝之志與然是船視諸船制極小而總約可造作者不可不知其所繫之重也

巡湖一號樓船

船面自頭至稍伍丈伍寸

船底自頭至無板處叁丈伍尺叁寸

無板處稍柒尺柒寸

頭闊柒尺肆寸深貳尺伍寸

中闊壹丈壹尺深貳尺陸寸

稍闊捌尺深叁尺叁寸

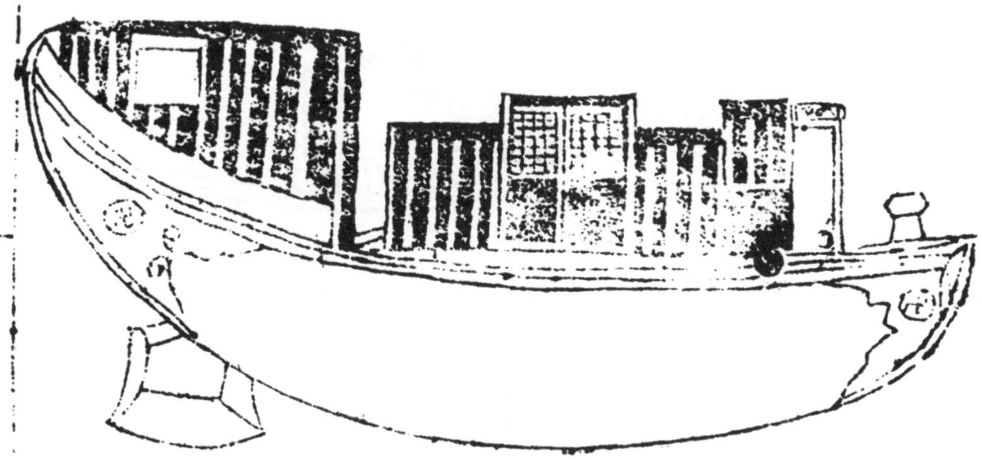

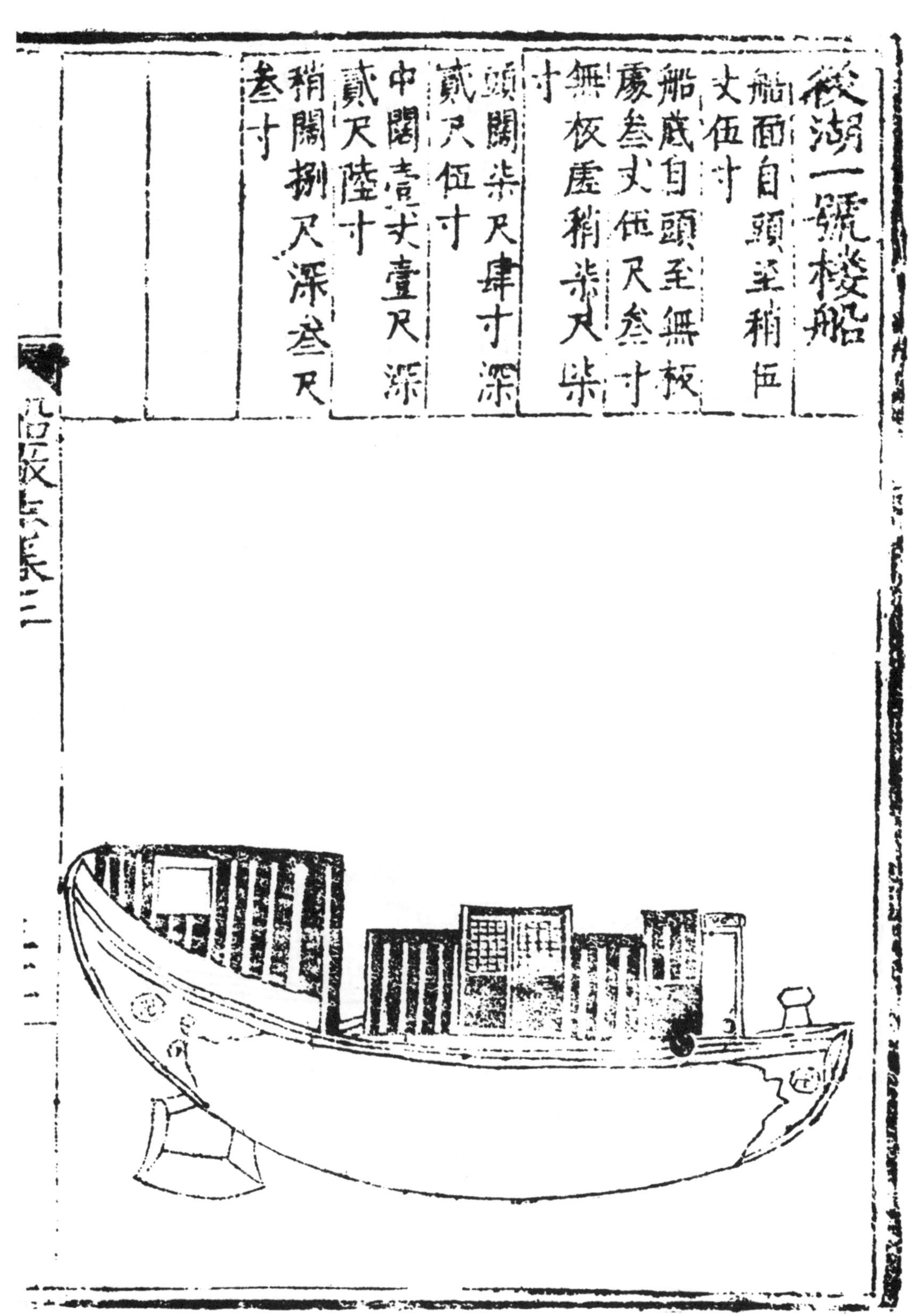

後湖二號樓船

船面自頭至稍肆丈壹尺捌寸

船底自頭至無梭處貳丈玖尺無梭處稍陸尺捌寸

頭闊陸尺柒寸伍分深貳尺伍分

中闊捌尺肆寸深貳尺貳寸

稍闊陸尺肆寸深貳尺肆寸

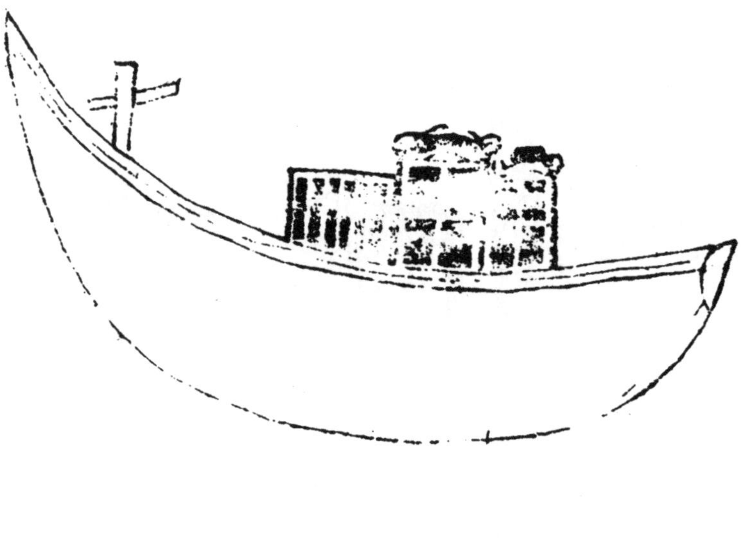

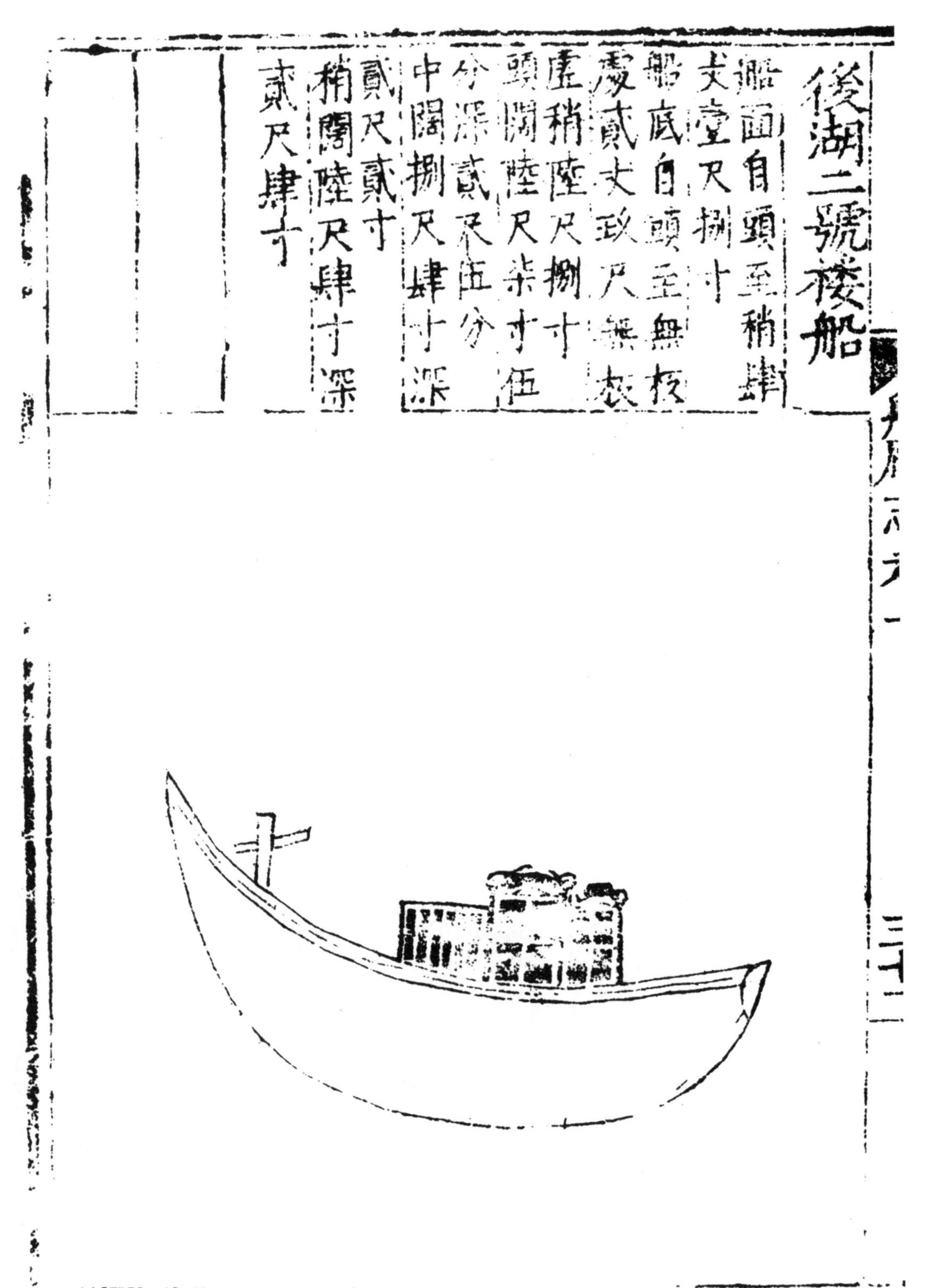

後湖平船

船面自頭至稍叁丈玖尺貳寸

船底自頭至無校處貳丈伍尺捌寸

無校處稍柒尺

頭闊陸尺壹寸深貳尺貳寸

中闊柒尺壹寸深貳尺叁寸

稍闊陸尺深貳尺陸寸

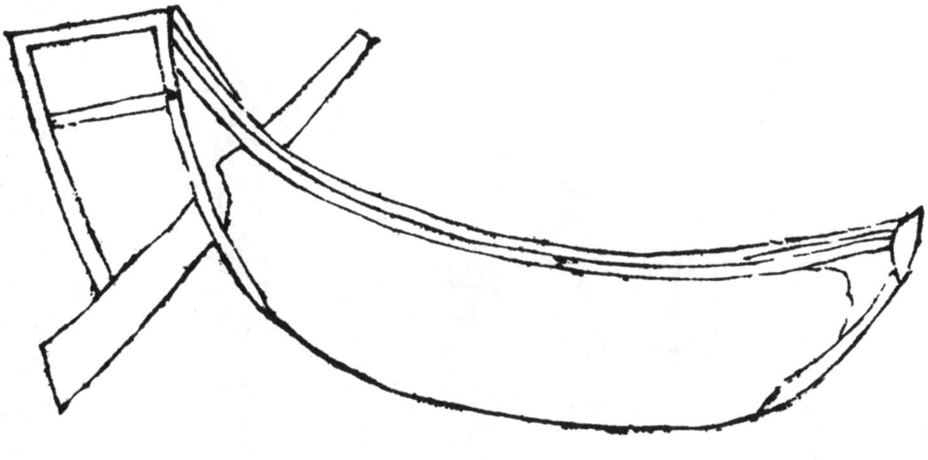

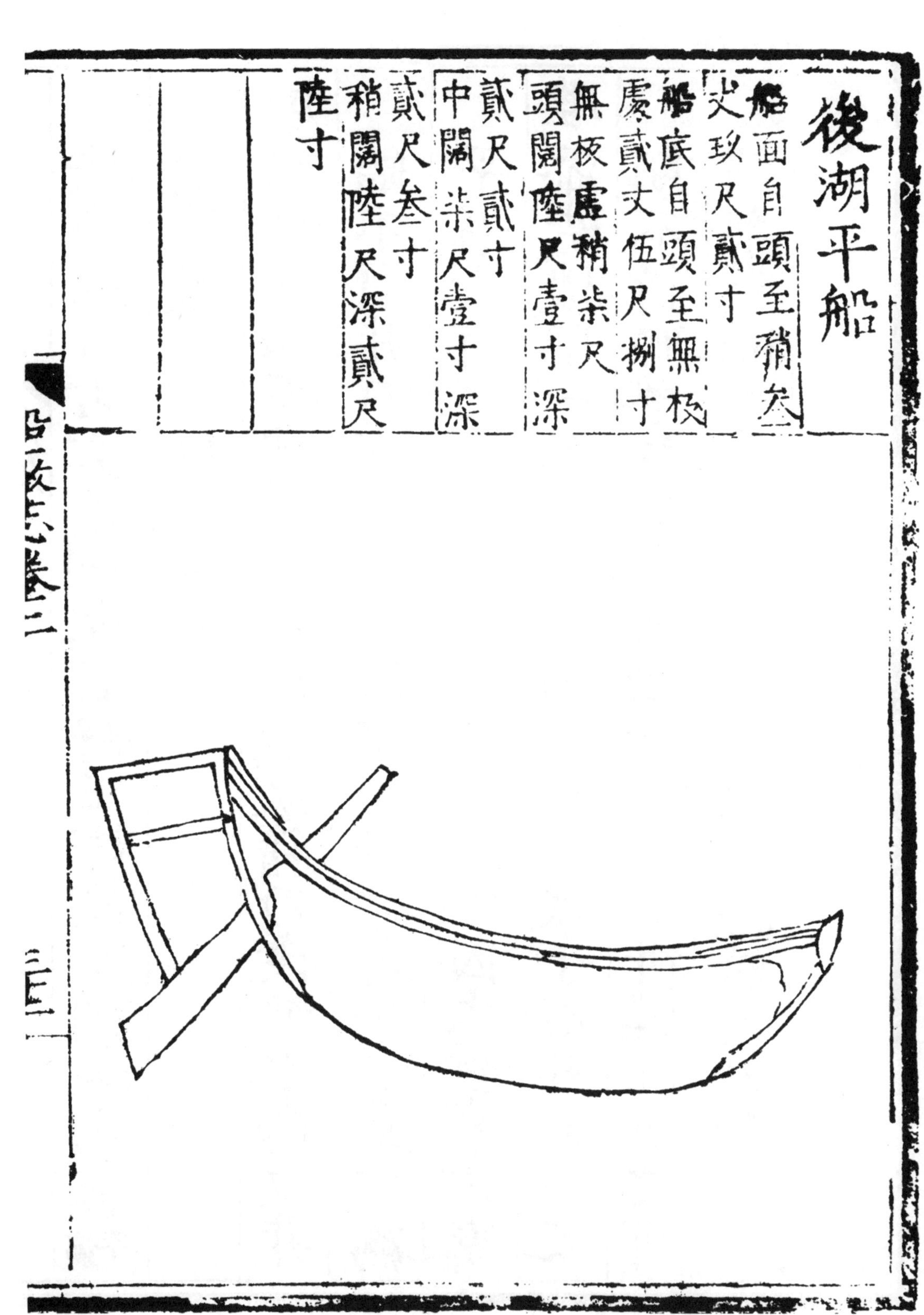

按後湖者古玄武湖也自舒王建議當國遂爲耨耡之地蓋三百餘年矣我

聖祖神謨獨覽開府其中用藏版籍乃復瀦水爲浸非船不濟非有事不入矣船之數爲樓者一官乘之爲平者十有二胥役乘之正德十三年因大査官衆奏

准添造樓船一而稍殺其制焉船皆鏁于右非五日之期不得輒啓啓則請其鑰于内府返復鏁而歸之可謂禁嚴而地重矣其視六朝歌舞游嬉何如哉

抽分座船

船面自頭至梢柒丈伍尺柒寸

船底自頭至無板處捌丈壹尺伍寸

無板處梢壹丈伍寸

頭闊壹丈貳尺深肆尺貳寸

中闊壹丈伍尺陸寸深肆尺柒寸

梢闊壹丈貳尺肆寸深陸尺捌寸

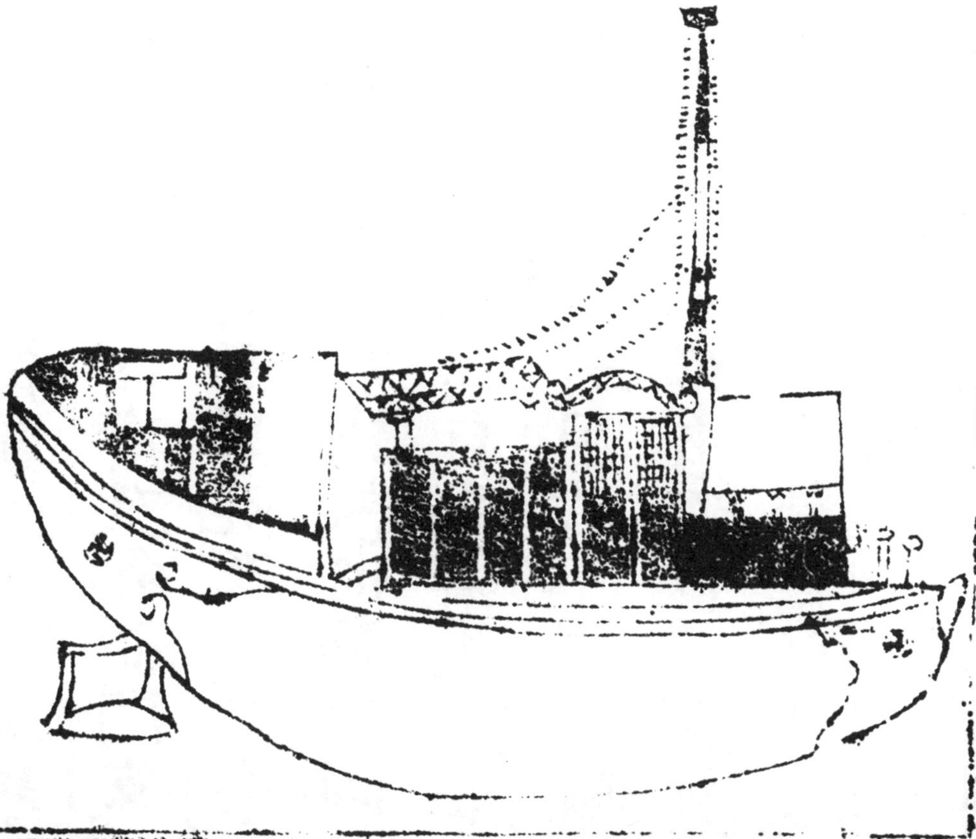

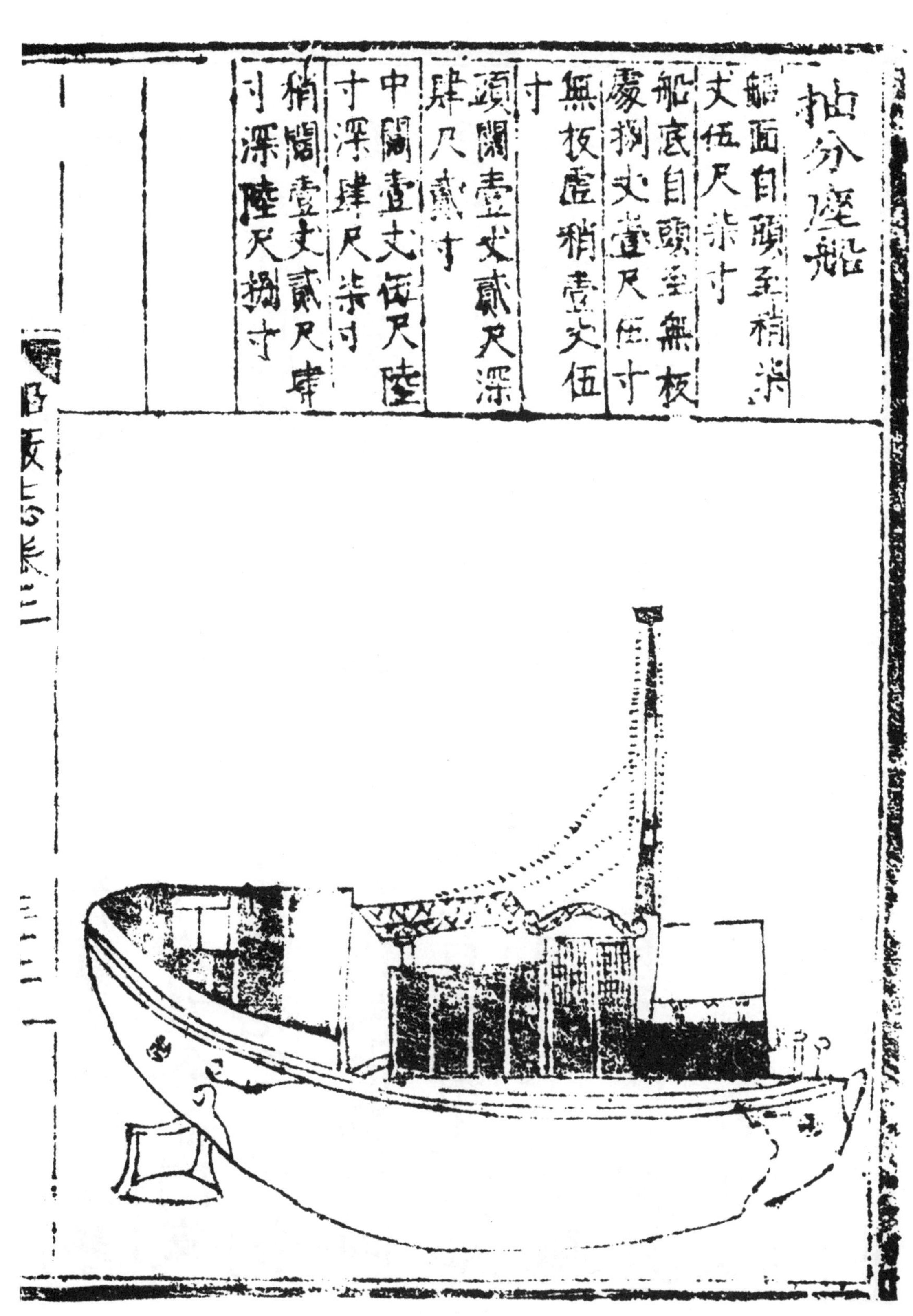

按本部抽分原設瓦屑壩龍江二局官吏專掌其事所抽率多竹木柴炭之類以供　內府及各衙門支用後因抽積數多改收折色于是都察院及本部各委官壹員會同監督驗抽此座船所由設也舊例而局自行修造不屬提舉司屬提舉司自嘉靖九年始但是船撐駕瀕涯日與潮汐者依造用者不同故破漏特速須時為修艌庶不速毀不察者乃欲拘拘於五年之限斯亦迂矣有船水手貳名本部廠給工食云

快船
尺度載兵
部船政書

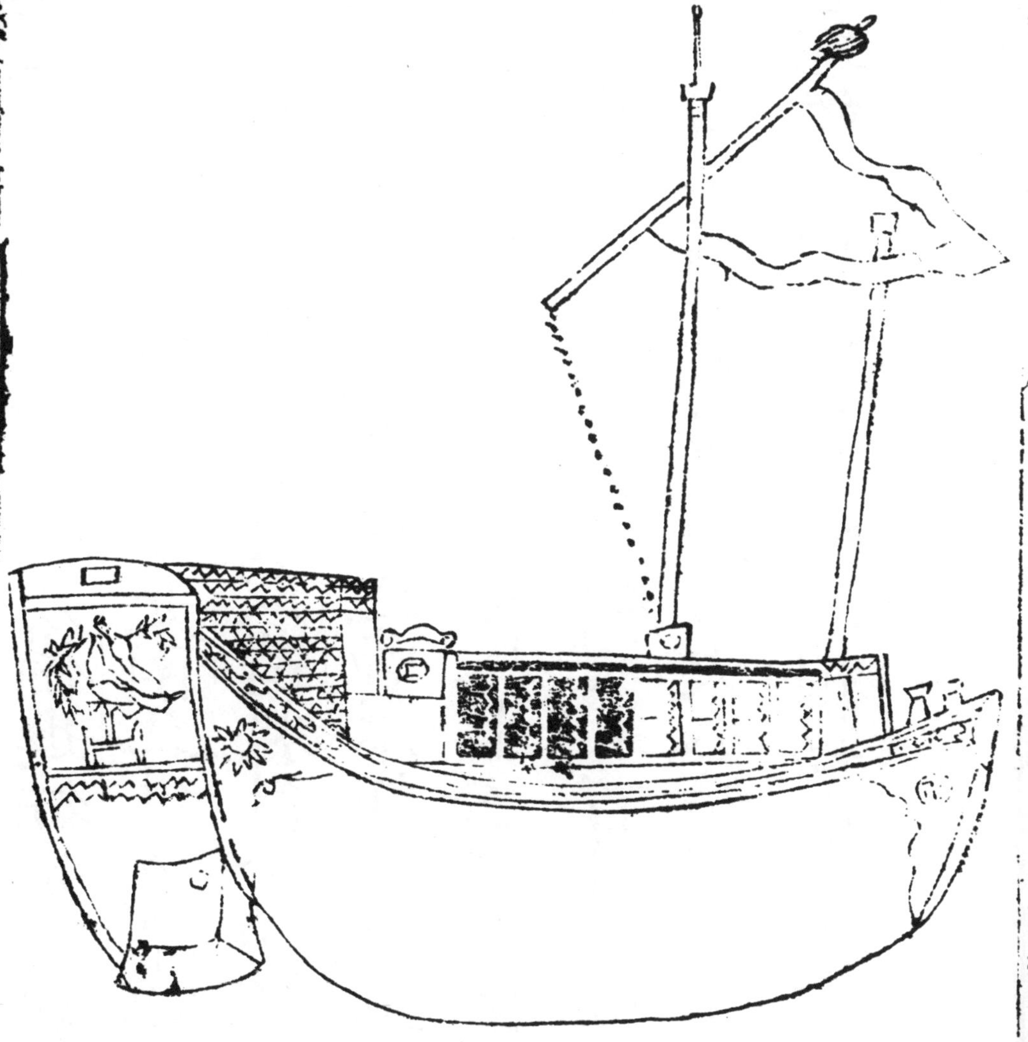

按快船原額九百九十八隻專以備進征也部覈之後乃以充進　貢器物之用于是南北往返絡繹不休舊俱行委提舉司相勘應否改造料計會辦給兵部委官領赴造船廠與工各料之費本部十居其七後節經南京兵部奏減止存七百八十三隻嘉靖二十一年又奏減三十三隻今見額止七百五十隻而已嘉靖二十四年南京兵部尚書宋公始立畫一之規自行委官督理雖料價照舊支給而相勘料計俱不爲之本部矣

蜈蚣船䡈

頭至稍通長捌丈闊壹丈柒尺

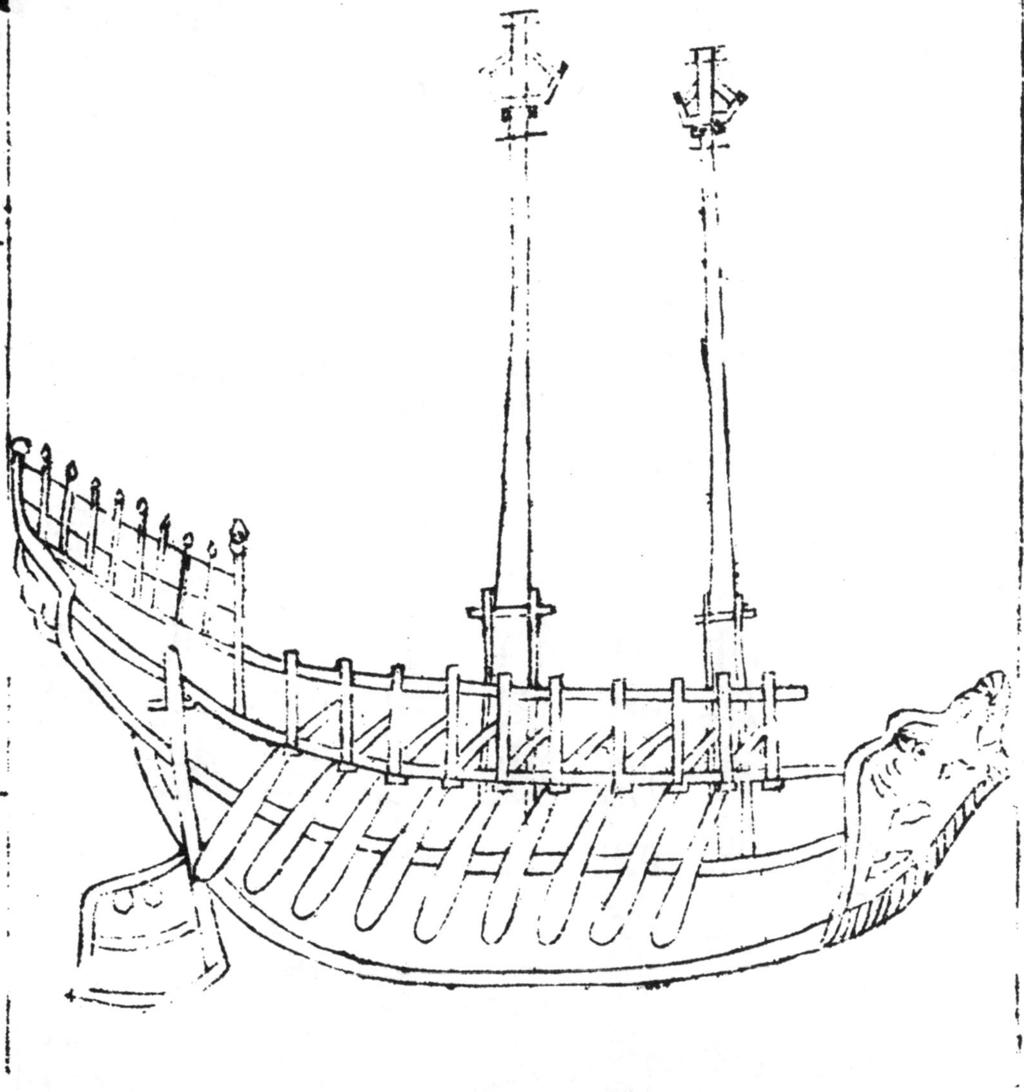

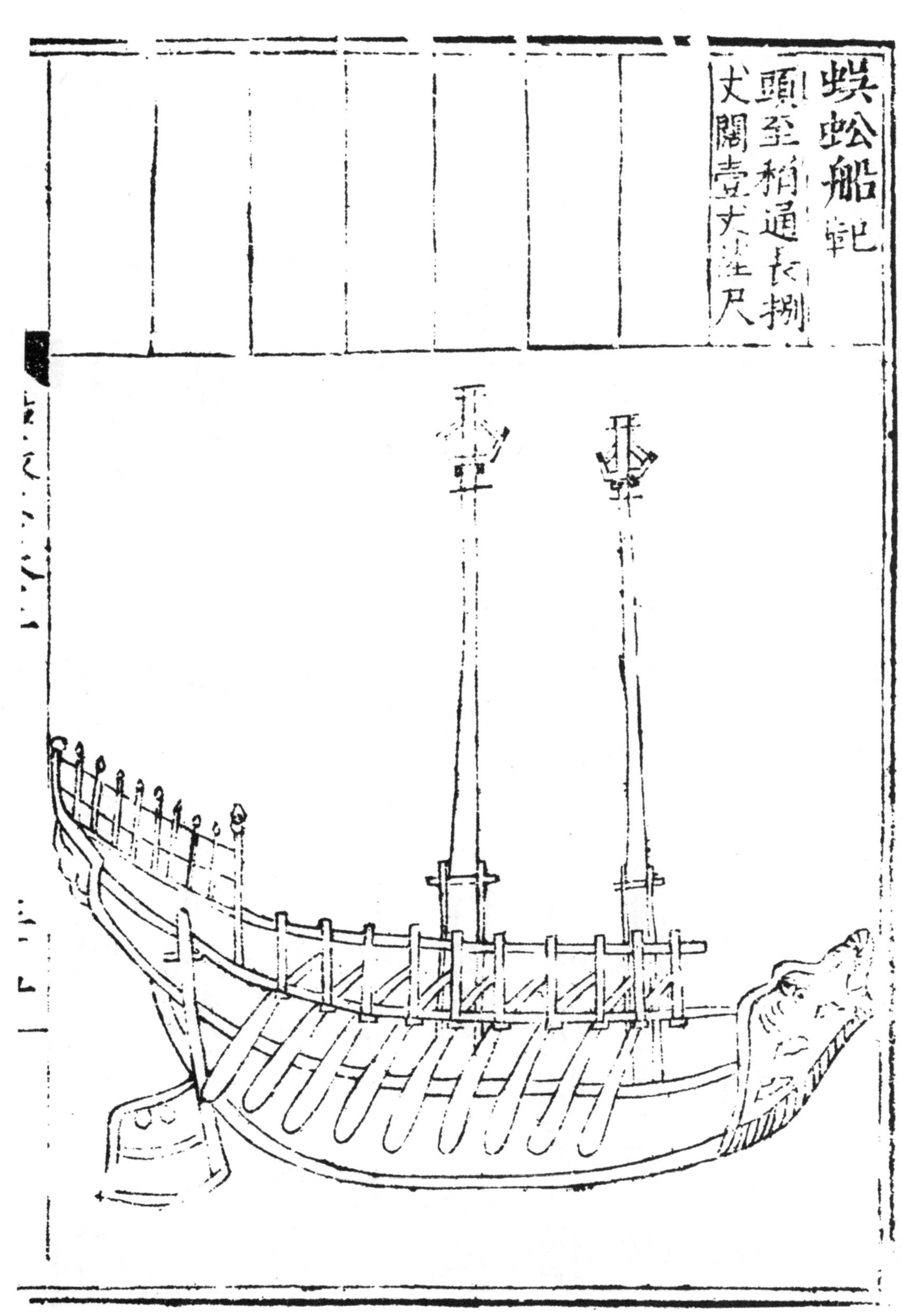

按蜈蚣船自嘉靖四年始盖島夷之制用以駕佛朗機銃者也廣東按察使汪鋐圖其制以獻
上采其議令南京造以為江防之用至十三年而復罷之夫佛朗機銃之猛烈有益於兵家固已試之矣乃若是船之制不過兩旁多櫓取其行之速耳而謂之蜈蚣者盖象形也考之壹百伍拾料戰船兩旁置櫓亦畧似之而扞以厢門義尤為備特其首尾之制微有不同因是而增損之則無蜈蚣之名而有蜈蚣之

用矣何至堂堂
大明取去小夷頗其品式巧其稱謂以為作者之眩哉

海船巳弟

尺度無考

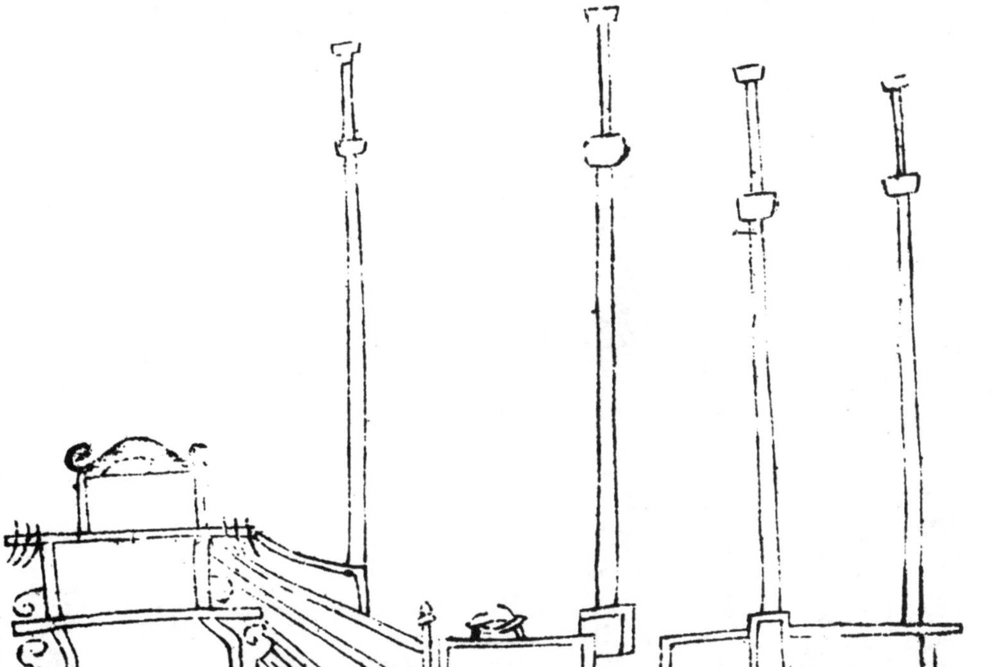

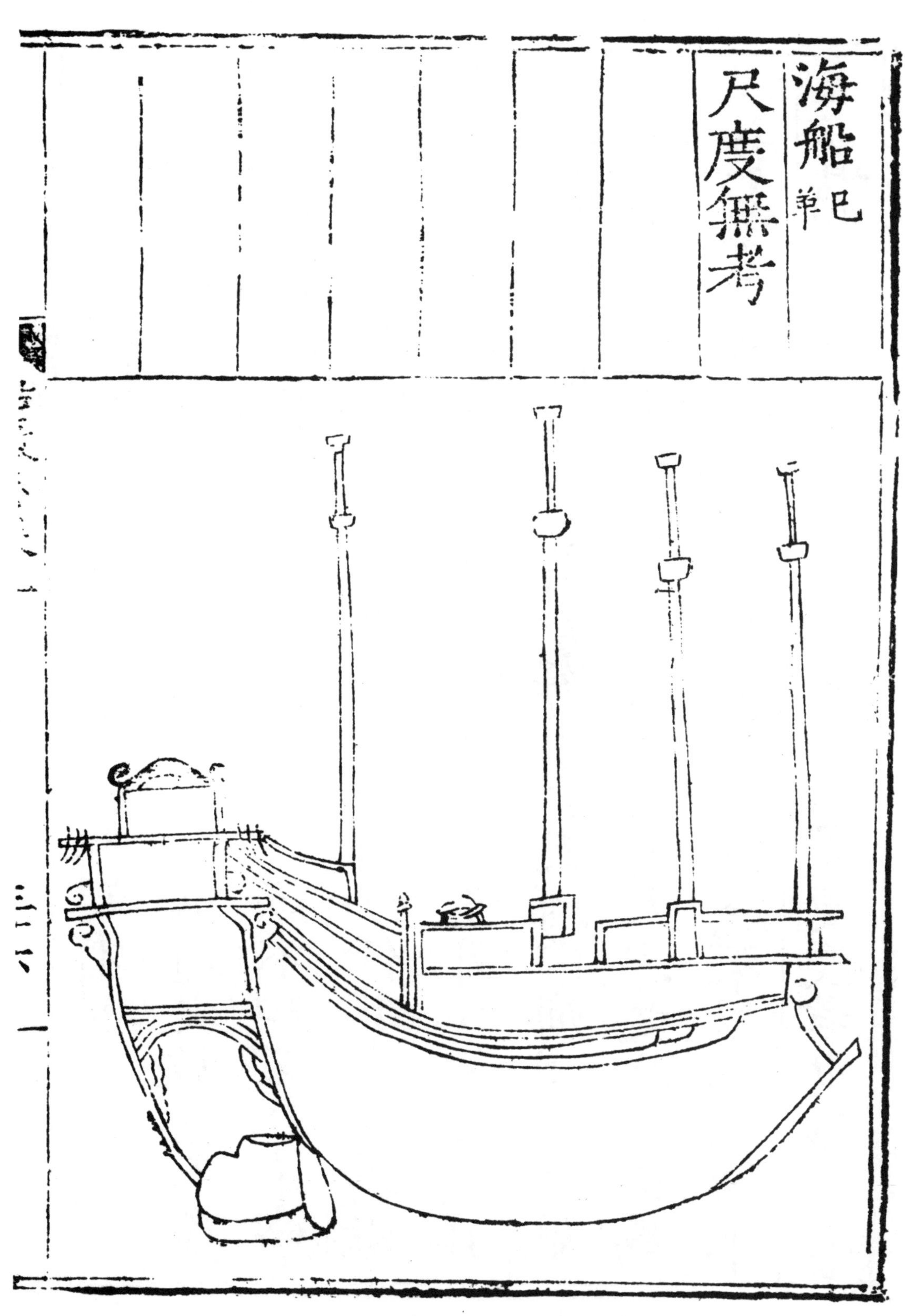

南船紀曰謂海之不可行者漕政錄有見于惠通之利也謂海之可行者衍義補習知海道之故也人多以此咎文莊啓天下紛更附和之談不知文莊未嘗言廢河而任海也亦未嘗言河海分任其事也特欲兼開暇習船一二俾知海道以濟意外分毫之急耳雖然近又竊有聞焉旁海間有支河由海州入安東衞抵鹽山通馬家濠可避劉家島大洋之險又由馬家濠至海滄口新河四百里可避蓬萊黒水之險取道閒行舟穩而捷是又一惠通而更便者也惟其道

泉引水決河立牐之工所不能無俊之著尤謂其有三利噫三利未足言而海運之說可無勞于聚訟矣

按海船者即元之運船也元都燕輓東南之粟由海道入直沽

國初因之永樂十二年會通河成而海運罷然猶用之以輸遼東之花布以備倭夷之侵擾正德中革而復沿至嘉靖三年始題准停造矣然竊聞其說不過曰花布已收折色無事裝運而重大難施不可用以為戰噫是說也以為為 國家惜財則可恐非所以

達變也邇者島夷屢發為寇閩浙至焚村落屠居民雖添設重臣奔走二省而全効未著豈兵威之未振哉士不習也夫海濤之勢與江湖稍異士非素習其間一旦欲用之頭旋股慄不能安其身矣況欲展其技能乎然則謂海船之不可廢者未必無深意也因訪其遺制圖以俟考焉

兩頭船乾

尺度俱無考

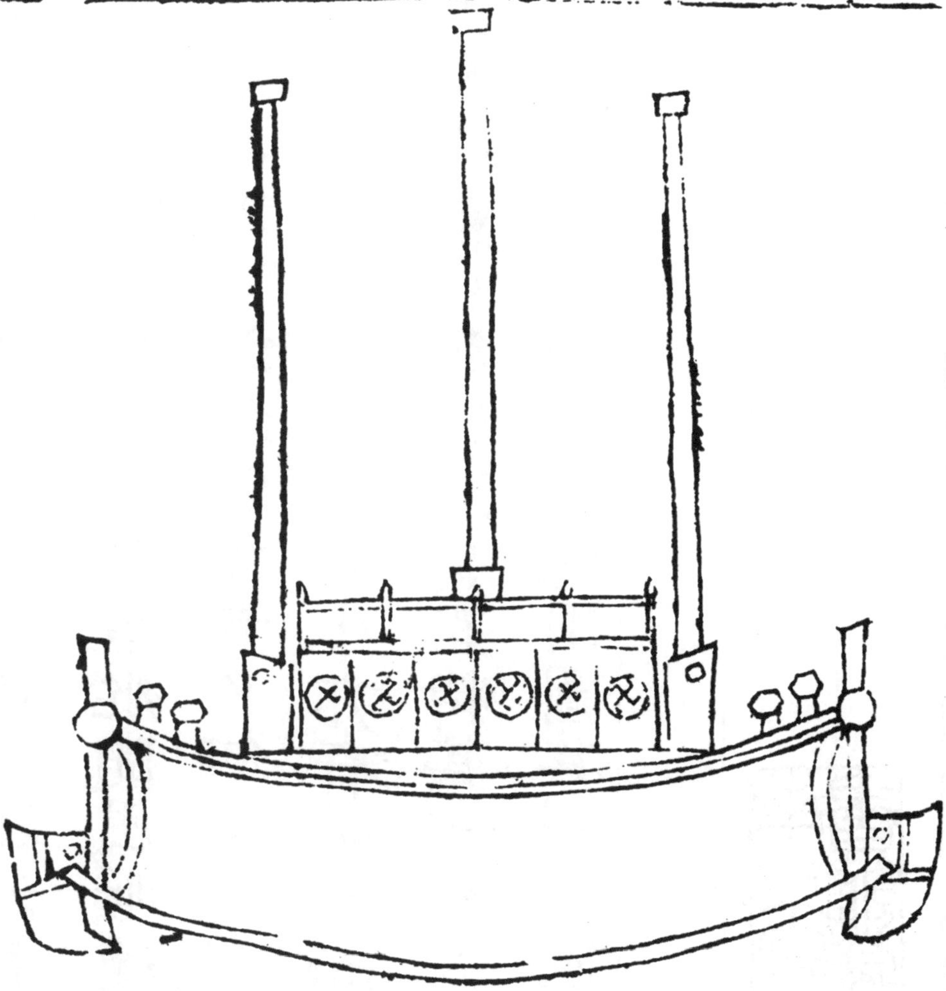

按兩頭船未之前聞也其說始見於丘文莊公盖海風轉易不常而船大難旋故兩頭置舵隨風順逆而用之要亦行海之不可缺者審如是又何憂其重大難旋而遂廢之也哉稽之戰船卷中亦有是名而裁單已久莫可考據竊以為江海異宜特其制有大小耳未有利于海而不利于江者也用圖其制以俟采擇云

龍江船廠志卷之二

龍江船廠志卷之三

官司志

共鼓之後作舟楫者代不乏人周官六職厥屬三千乃稱大備然僅設川衡一官掌川澤禁令而舟楫之務不一槩及豈冬官信亡哉抑上古疆服不及江漢遊巡征伐惟車馬是飭也膠舟之變不爲恥矣楚人乃委諸水濵莫任厥咎典司之曠不以甚與漢元鼎中置水衡都尉左右使者然不主舟楫也主天下舟船自魏黄初始于是乃有專職矣故有以進賢兩梁

冠與御史中丞同者有為大舟卿位視中書卽列卿之末者有攻監及少監並為令者唐為使領舟楫河渠之署不屬將作宋制都水監判監事一人以員外以上充同判一人以朝官以上充丞二簿一並以京朝官充盖自南北分治江淮間戰漕之務不可一日不講則其職任日趨而重者亦勢使然也其屬有舟楫署檝櫂令丞在晉曰船曹吏在齊曰官船典軍後周曰舟中士隋曰舟楫署令唐宋因之掌公私舟船漕運之事元豐中詔都水外監提舉汴渠乃始有提

舉之稱矣

明興法古並建六部政無旁出河渠舟楫之事凡在兩直隸者皆隸都水司郎中總其事主事分往監督故衛河清江龍江皆有分司有提舉司綱舉目張超越前代矣然衛河清江專理漕務皆永樂以後增置唯龍江則肇自洪武初年專為戰艦而設也正德戊寅復註選主事駐劄管理責任既專而防範益密矣

郎中 正五品

郎中雖非為船廠設也然船務無巨細必關白之例不可畧已但事籍員稱雖名姓僅存率多闕畧不無

待于傳雅云

洪武時張名缺　王溥　[illegible]　杜永中　劉杉

永樂時向善　[illegible]　李思忠

宣德時李源

正統時缺

景泰時王名缺

天順時蔡名缺　劉昌四年任　劉春六年任　陳浩八年任

成化時潘傑四年任　黃會十一年任　張縉山西人十八年任　張本浙江人十九年任　彭鏦二十二年任

弘治時

盧暘元年任　安康三年任　司馬莊浙江山陰人六年任　金祺浙江麗水十年任　曹科直隸歙縣人十三年任　汪嚳直隸黟縣人十五年任　汪金憲浙江人十八年任

正德時

徐潭浙江錢塘人一年任

李汎直隸歙縣人四年任

邢珣直隸當塗人八年任

盧學書江西清江人九年任

陳伯安錦衣衛湖廣黃陂人十年任

徐愛浙江餘姚人十年任[redacted]

吳士典福建龍溪人十二年任[redacted]

張漢湖廣安陸人十四年任[redacted]歷本司員外郎

劉守達直隸開州人十五年任[redacted]

方選江西浮梁人六年任[redacted]歷本司主事十

嘉靖時

祝亨應天江浦人三年任[redacted]

李鳳山東冨邑人四年任[redacted]

盧蕙直隸山陽人六年任[redacted]

倪霙 [redacted] 應天上元人七年任

林維翰 [redacted] 廣東壽州人八年任

劉讓嶼 [redacted] 江西安福人十一年任

狄冲 [redacted] 陞任 應天溧陽人嘉靖癸未進士十二年

鄧文憲 [redacted] 廣東新會人十三年任

凃相 [redacted] 江西南昌人十七年任

薛煸 [redacted] 直隸魏縣人十七年任

陳文浩 福建閩縣人嘉靖壬辰進士歷 [redacted] 二十一年 [redacted] 陞任

鄭汝舟 福建莆田人嘉靖壬辰進士歷本部主事員外郎二十二年任陞湖廣按察司僉事

金椿浙江山陰人嘉靖丙戌進士[redacted]二十四
年陞任尋陞廣東瓊州知府

李愚河南祥符人[redacted]二十七年由[redacted]
[redacted]陞任

鍾卿廣東東莞人嘉靖巳丑進士歷户部郎中謫官
二十九年由府同知陞任陞江西九江知府

張珪直隸太倉人嘉靖壬辰進士歷南京刑部郎中
謫官三十一年由府同知陞任

楊九澤陝西華陰人嘉靖戊戌進士由御史謫官
歷陞南京户部員外郎三十二年陞任

督造員外郎主事

正德十三年以前督造之責未有專屬或員外郎或

主事隨時承委裨代靡常今皆無可考矣獨其留心廠務著有政績者猶可得而紀焉

司馬垚 [redacted]弘治二年以都水司員外督造者復廠地為富民侵并者四頃五十餘畝歲增油麻以千數

王鐶 [redacted]人[redacted]弘治四年以都水司主事督造因廠地四曠乃立木柵自幇工廳直抵前廠延袤二百餘丈守者稱便焉

沈啓 直隸吳江人嘉靖戊戌進士嘉靖二十年以營繕司主事蒞理督造僉船務順瓚率贖汗漫難稽作南船紀四卷至今賴之

註選主事 正六品

劉夢詩　江西永新人正德□□進士十四年任陞南京刑部郎中歷陞兗州知府河東塩運使

王烯　順天固安人正德□□進士十六年任陞禮部郎中

方鵬　直隸建德人嘉靖丙戌進士五年任歷陞户部員外郎中按察僉事

陳茂義　浙江慈谿人嘉靖己丑進士歷吏部主事謫官九年任歷陞兵部車駕司郎中廣西叅議

王利　山東陽信人嘉靖中舉人歷知縣十三年任改工部主事歷陞郎中山西僉事

張瀚　浙江仁和人嘉靖乙未進士十六年任改刑部主事郎中陞廬州知府

陳津　直隸長洲人嘉靖中舉人歷知縣二十年任陞南京兵部職方司郎中致仕

裘衍　江西新建人正德丙子舉人歷推官嘉靖二十五年任陞本部虞衡司郎中致仕

李昭祥　直隸上海人嘉靖丁未進士歷知縣嘉靖三十年任

河防科令史壹名典吏壹名附

屬轄

龍江提舉司提舉壹員正八品副提舉貳員正九品典史壹員未入流正德十三年裁革副提舉壹員典史壹員然自嘉靖九年副提舉張秀之後亦不復選止存提舉壹員而已其在弘治以前者不惟事籍莫詳雖名姓亦莫可考

南船紀曰提舉之職專掌戰巡等船之政令斤工之將與也經始畧事鳩工度材及其興也恊其法式禁其竒袤又其既也比其功而秩其稍食幾其貨而陳其要會出其船而詔其器数上之部司以聽部司之考覈焉又以朔望之期聽中軍都督府之治也如之

提舉

凌鶴　應天江寧人　弘治八年任

張赴　山東商河人　正德二年任

鞏璘　河南杞縣人　正德五年任

梁清　廣西欝林人　正德九年任

郭彦實　陜西涇陽人　正德十三年任

権仝　直隸霍丘人　嘉靖六年任

運議直隸潁上人嘉靖十二年任　劉子貞江西安福人嘉靖十六年任

鄒亨江西清江人嘉靖二十年任　鄧璦江西南昌人嘉靖二十五年任

龔佶江西南昌人由中書謫都司檢校嘉靖三十一年陞任

副提舉

榮濟山東曹縣人弘治三年任　張希德湖廣石首人弘治十年任

尹貴江西貴溪人弘治十一年任　荀賢河南新鄭人正德三年任

劉晟陝西渭南人正德十三年任　柯正國四川雲南人嘉靖四年任

張秀直隸新城人嘉靖七年任

司吏貳名一人匠科一計料科

幫工指揮千戶百戶各一員五年一次兵部考選廉勤者充之受中軍都督府操江都察院之約束督率駕船官軍在廠協濟小工如撻板舂灰搜鑽之類船之成也上其數于府院以聽取撥焉邇者軍士習於偷惰督率者以非屬姑息十不一至協濟之工皆出於作頭之雇募而匠役於是愈困矣

雜役附

廂長四十名洪武永樂時起取浙江江西湖廣福建南直隸濱江府縣居民四百餘户來京造船隸籍提舉司編爲四廂一廂出船木梭櫓索匠二廂出船木鐵纜匠三廂出艌匠四廂出棕篷匠廂分十甲甲有長擇其丁力之優者充之長統十户每廂輪長一人在廠給役季一更之歷年既遠匠户皆失其故業且消長不齊嘉靖二十年存者二百四十五户又户丁多寡懸絶視户責役貧者不堪流亡日甚至三十年

而户不及二百矣乃通行清審勾稽廂均其甲甲均其户與丁于是舊規稍復勞逸漸平但遞年船政督察近昔雖宿弊漸除而匠作不樂其業率趨他役以求脫賴版籍素定罔敢輒改雖有力者亦莫行其志云

作頭四十五名匠户中擇其丁力有餘行止端慤者充之所以統率各匠督其役而考其成也舊制船木作艌作各四名蓬作索作各二名鐵作纜作細木作各一名共一十五名歲歲不易後因一役[illegible][illegible]乃分

定三班役一休二週乃復始三年而一審之覈其貧
弱者而更之
內官監匠三十八名先年該監因造上供器皿移文
本部取撥造船匠充役工完發回後因工作增多陪
数添取遂為定例及遇工完止將添取者發回而原
数三十八名即轄内府每月輸錢不可復蠲今四廂
之丁日就衰耗雖本廠之役亦不克支茍不稍為矜
恤吾不知其所終也
御馬監匠四名洪武中移文取撥船匠油艌局槽料

桶

丁字庫匠三名永樂中移文取撥船匠油艌板櫃裝盛各處市舶司所進魚油

寶船廠匠二名洪武永樂中造船入海取寶該廠有寶庫故取撥匠丁赴廠看守今廠庫鞠為茂草而匠丁之輸錢者如故

酒醋麪局匠三名洪熙元年該局奏准行取艌匠作酒榨飯槽等器

後湖水夫三十七名永樂中該湖奏

准取撥匠丁三十七名駕船過湖每名幫丁一人共七十四人分爲二班統以小甲五日一往如遇事故責易提舉司審僉二名送湖聽點是役視諸役最輕人率趨之以避重差

看料匠丁二十名本廠物料叢聚無墻垣之限舊規本部撥班匠二名并四廂空丁輪流看守遇晚附近地方撥人巡徼弘治年間廂民不便告部准令朋辦料錢雇人充役正德二年本部班匠不復撥到在廠者唯雇倩之人而已嘉靖八年都水司免匠户雜差帖照得所轄龍江提舉司專以

修造各項船隻設有廠庫房整搭放木物等料先年俱是西城所轄地方晏公廟車船塌定淮門儀鳳門四廠人戶輪撥看守朔望點鍾齊致失誤結狀其提舉司所轄四廂人戶雜處四散又當該城夫差近該木部督造去事勞苦查各戶原係起取赴京造船人匠今多不諳祖業着令子弟在廠學習本藝以備差用及至拘喚多着來到部以應當該城總小甲坐舖天差搪塞緣由此恐避重就輕號誤工程從宜處置從換續奉本部送到南京通政使司送據龍江提舉司匠籍余件善等連名狀告為分理重復差役事比例大常寸牧馬機拄所事體給帖執照除豁地方雜点以便在廠專役等情當審得四廂人匠在廠造船係當正差西城夫差皆係雜役輕重應否自有不同况西城原聽提舉司巡守人役幾倍于四廂人戶今提舉司既不用西城人夫則西城雜差亦不宜復用四廂人戶巳經禀堂行城遵依分換給帖付照外今該派仍復朦朧差撥以致爭訟法司殊非定策除所司帖取加塗抹另給新帖付照其西城所轄門帶

人户仍舊輪流看守提舉司錢糧朔望呈[illegible]不致失
誤編狀提舉司所轄四廂人户遇夜應當[illegible]減坐鋪
守更此外不許該城勾擾別差科索財物亦[illegible]尊守
使習藝者日間得以在廠專工幫匠者不致妨害生
業庶可經久如該城再行勾擾
許令呈告轉呈本部參送治罪

更夫一十五名係定淮門儀鳳門阜船壩晏公廟四
鋪居民輪撥巡徼

橋夫四名前後廠溪口二處皆有板橋每處僉左右
各一家以司啓閉幾出入

脚頭一名商鋪輪木于廠雇集附近軍民扛擡往往
掯索工價隨時低昂乃僉一人爲首而平其值使統

理而督率之

船戶無定數四廂匠戶背無恒產率以駕船為業舊規有船者隨其大小報名分司置籍紀之以聽本部之差別衙門不得擅撥近因撥置等項頭撥擾害給印烙稍牌為照嘉靖三十年督造分司行儀真衛廠轉行禁革[illegible]公移為[illegible]已見在單濫差以便貧匠活生事撥龍江提舉司[illegible]廂匠戶淮鳳等連名狀告鳳等[illegible]作頭廂[illegible]役家無田產惟靠撐駕船隻活生已家不部[illegible]撥不以所在地方埠口攬載生送再無別項[illegible]遣遷行已久不期近來儀真縣積年埠頭將彼[illegible]船[illegible]用旅[illegible]舍自等船長裝差但不依聽不容在彼[illegible]經其告本部督造分司案行文本部廠[illegible]又[illegible]貴惡埠頭張選蔡景等[illegible]

有賍差船隻豈容賣放不撥捉拿身等替差理法不甘伏乞行文禁革庶免擾害等情據此看得所轄龍江提舉司四廂匠户俱各盪船生理凡有船隻俱報丘冊聽候本部差遣今據前因相應查豁為此合用手本前去管理瓜儀二廠本部主事
朱[illegible]處煩為轉行衛縣禁革施行

佃户照定數即提舉司歲徵油麻人户每遇本廠起船出船車水作壩等務暫拘幫役事已即散不得數召久羈以妨農業

上作頭十六名本部各所局所轄不屬提舉司故稱上以別之每遇預備等船興工提舉司作頭廂不能辦者則暫撥管理搭罩篷作三名旗作油畫作艌作

銅作綵作鑄作𨫼𩎟作穿椅作貼金作纓作旋作各一名箍桶作二名

龍江船廠志卷之三

龍江船厰志卷之四

建置志

周禮設官分職必先辨方正位體國經野所以察地宜立民極也厰地外縈天塹內倚石城衍沃四望盧龍馬鞍崗榜諸峯前後拱揖足稱形勝天待我
明闢置船塲建官設署稟材聚工而茲地日益增重雖百九十年來制有沿革
神謨宏遠莫越範圍無疆之休端在是矣居是地者尚務敬厥事以無負建邦啓土之意哉乃志建置

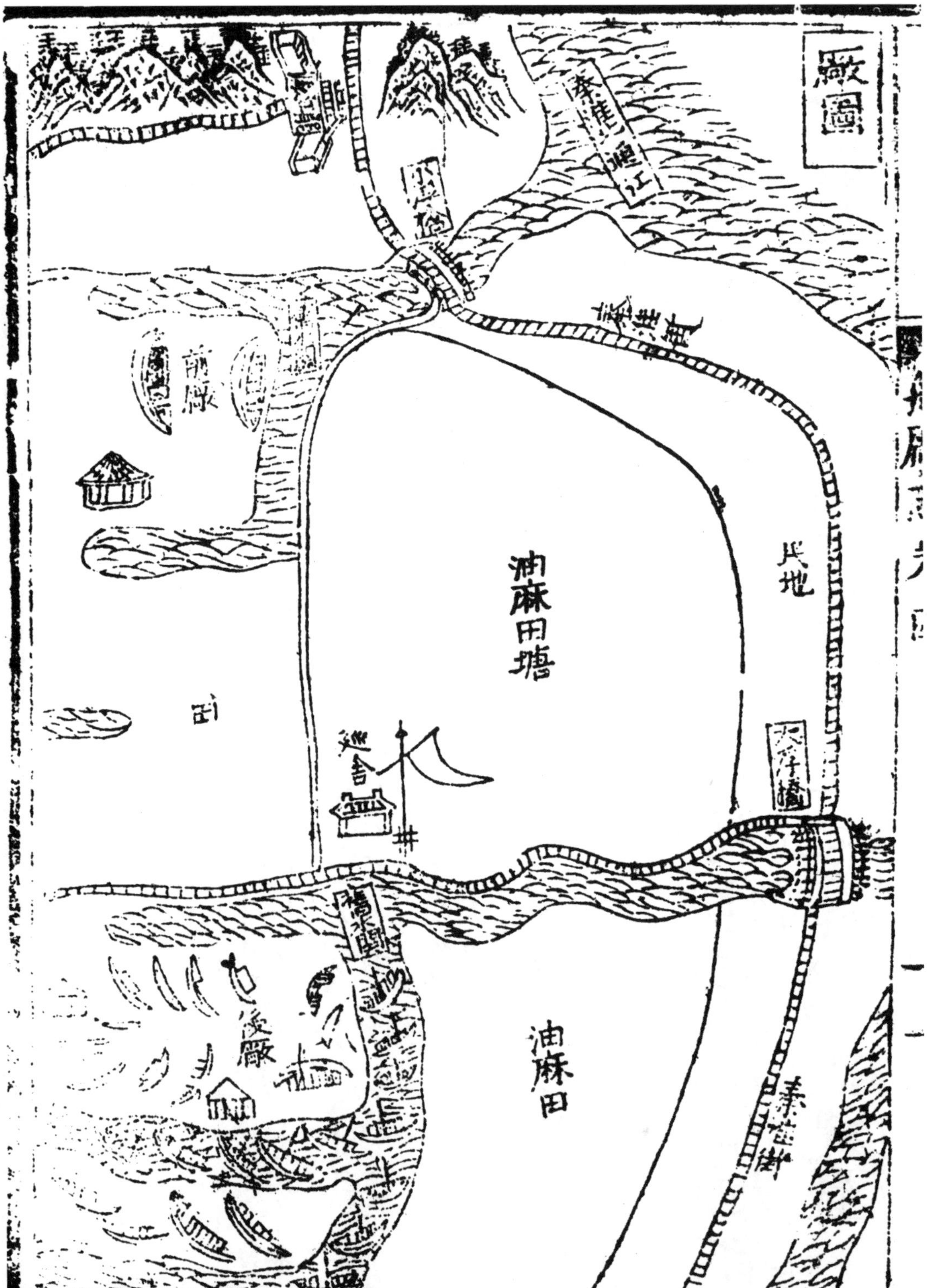
廠圖
油麻田塘
油麻田
民地
前廠
後廠

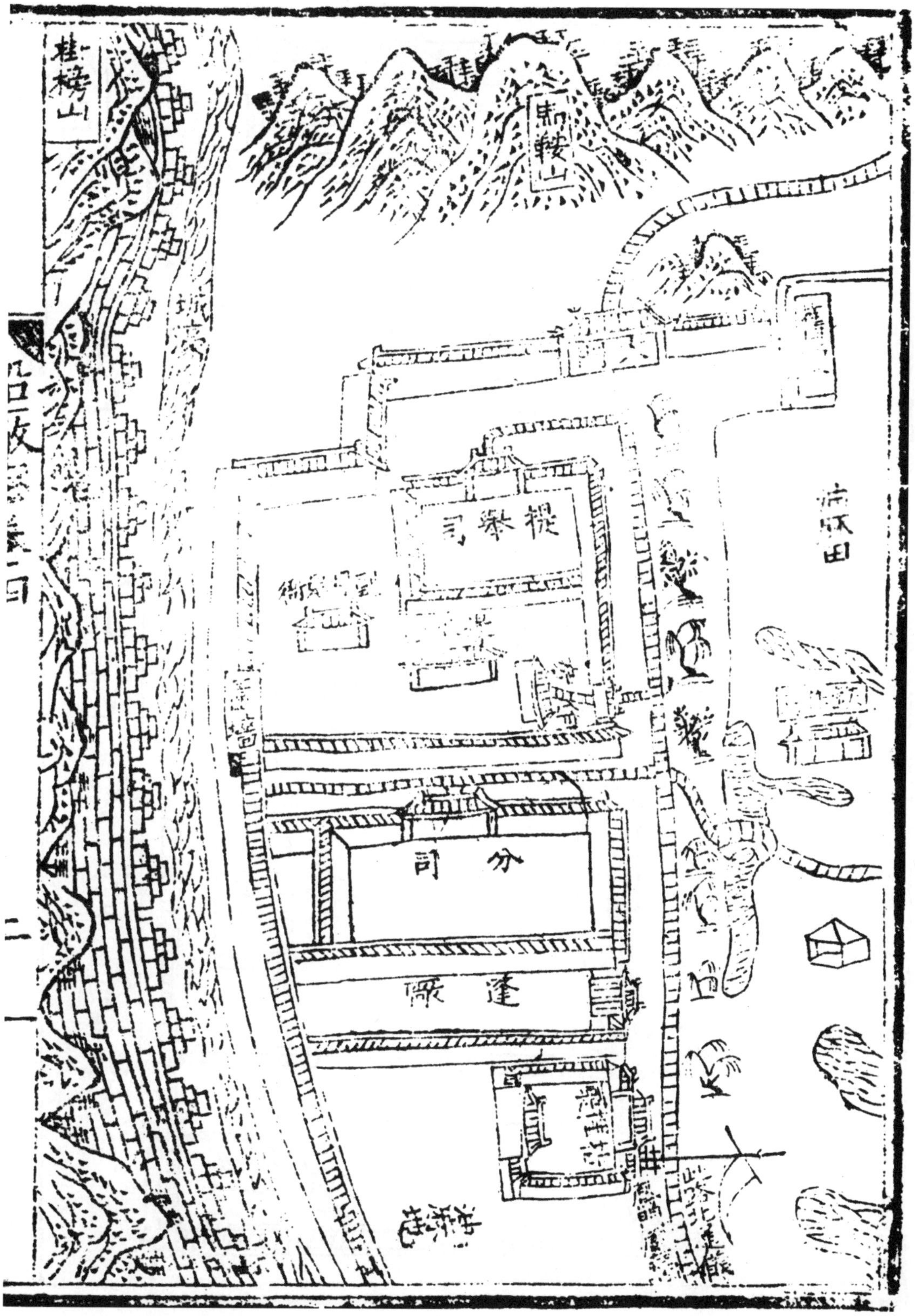
馬鞍山
桂榜山
提舉司
分司
篷廠

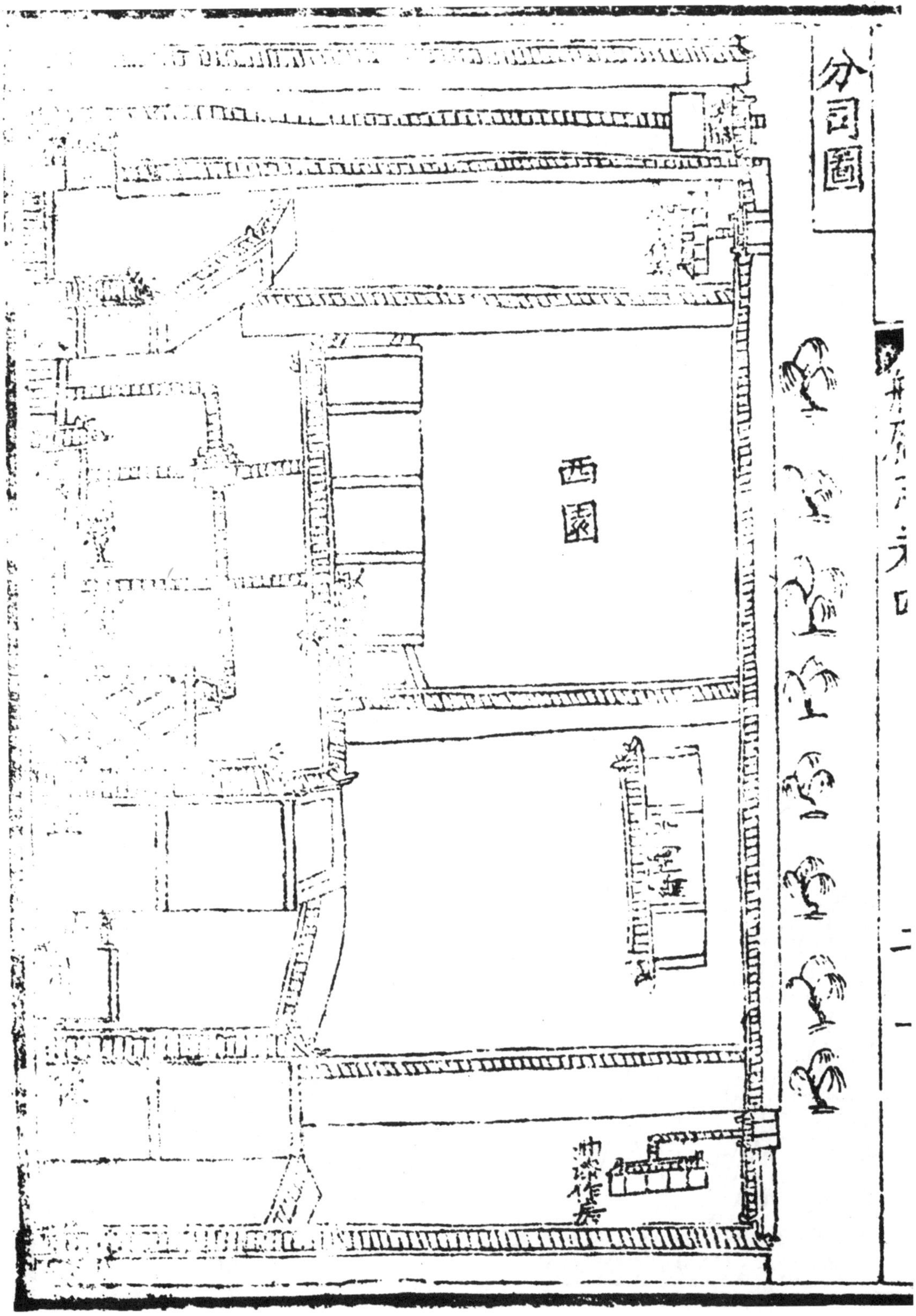
分司圖
西園

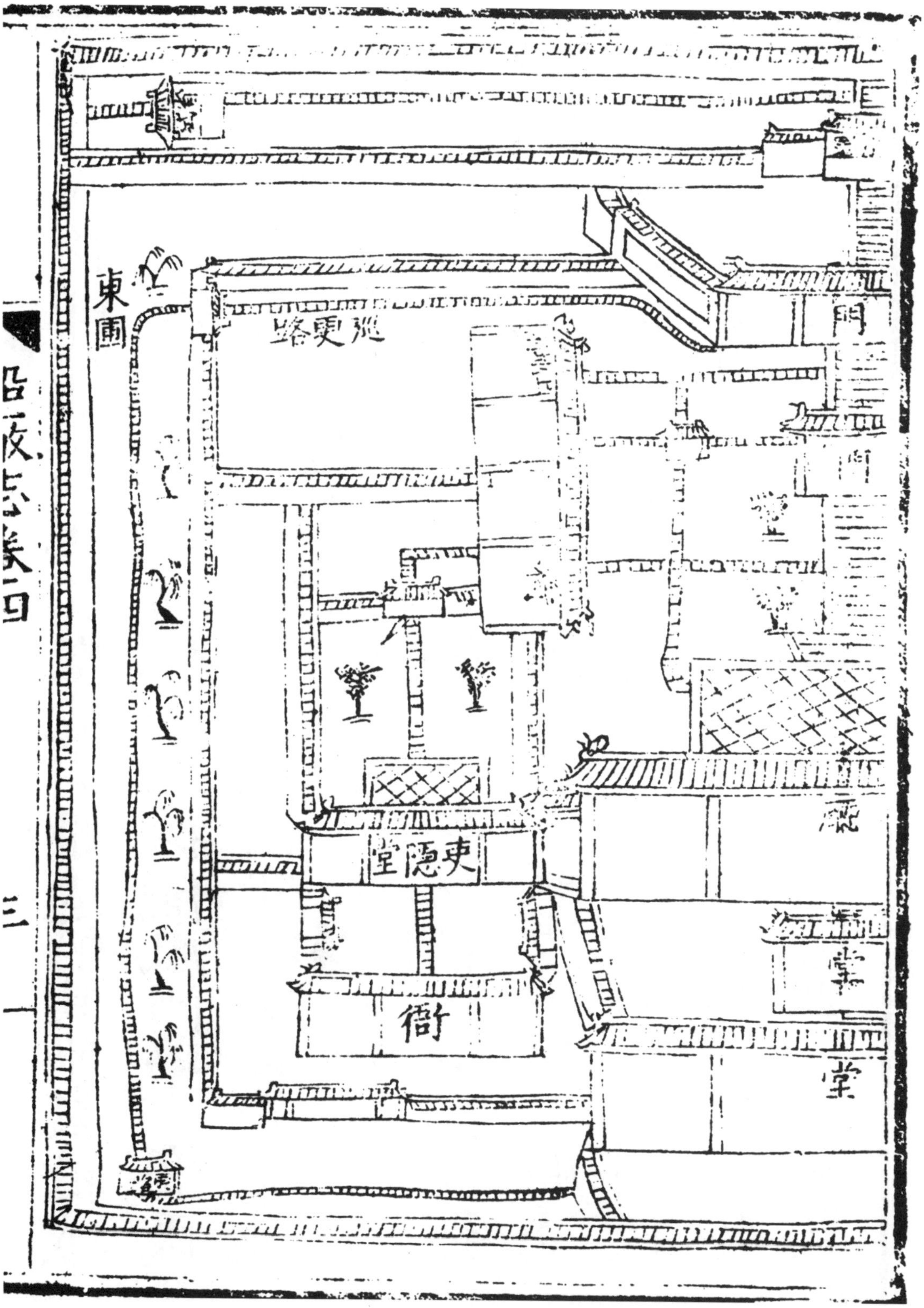
東圃
巡更路
吏隱堂
衙
門
堂
堂

洪武初即都城西北隅空地開廠造船其地東抵城濠西抵秦淮衛軍民塘地西北抵儀鳳門第一廂民住官廊房基地闊壹百叁拾捌丈南抵留守右衛軍營基地北抵南京兵部苜蓿地及彭城伯張[illegible]田深叁百伍拾肆丈後因承平日久船數遞減廠內空地暫召軍民佃種止留南北水次各一區以便工作畎澮中界而廠遂分爲前後矣二廠各有溪口達之龍江限以石閘板橋以時啓閉東南隅舊有短垣西北沮洳艱版畚弘治四年主事王鑾作木柵以補其缺周繞二廠各置

水關以幾出入守者便之歲久而廢南為厰門三間路由馬鞍山下逶迤屬之通衢嘉靖十五年主事王利建工部分司坊於路口今易其額曰龍江船厰又因路苦淖悉甃以磚右副都御史顧璘為記云南都石城之西沿清江而下置工部分司授水部尚書郎一人總今提舉司之政督治江防戰艦厰務重矣前視事者多歷其人政日益弊自陽信和齋王君利來董司事精核斂亮百務煥然嘗坐外庭見百工赴役者值霖雨泥淖霑體沒足跋涉孔艱惻然念之且自訟曰任王事而不備謂之不忠觀民瘼而不恤謂之不惠吾將誰諉乎於是相地曲直為道者凡三百六十丈有奇廣狹如度不越歲告成去陂即平視故都御史容菴金公所葺舊道未備者益更新充拓仍建表識以壯觀與里有金生遷賈容菴公之從子樂此道之聿新聆輿人之共誦率同里滕生泰華謁余為

文以紀厥美且曰特君仁政之緒耳昔聞令翼城及順義時定婚葬之禮均里甲之稅鋤横暴之族屈強禦之勢解淹滯之獄仁聞四達臺府交薦擢官南来父老留連車下若失怙恃可不謂仁人也乎今莅兹任政固有大於修道者顧因此廠内有分司提舉二以着嘉績之一遂不讓爲之記

幇工指揮廳各一區篷廠一所云

工部分司建自成化初年坐東向西前有池跨石爲梁正德十四年主事王熁增建後廳三間左右廂房以爲寢室嘉靖七年主事方鵬建儀門及牌坊三座中曰工部分司左曰監收右曰督造又立分司題名碑目爲記云環留都長江也天塹之也人固之江操耳戰船由設也江爲通津警往来之暴有巡船焉由江而入館都城曰龍江十餘里分

司署焉分都水司督造船事所以專制於此也所屬有提舉司有幫工廠造船之所也屬官提舉一員副提舉二員典史一員正德年間裁減存提舉副提舉各一員今止存提舉矣凡造船之料物司之也計料有科人匠有科吏承行也人匠皆洪武永樂年間取江西福建湖廣浙江南直隸邊江府縣熟於造船者挈家於提舉司隸籍令知藝者百無一二合外匠也幫工有軍指揮千百戶各一員率以趨之聽提舉司取撥於江口之營也工峻皆隨船歸操焉分司轄督視其成者夫驗料正費謹作衛工亦不敢辭勞也利之所在弊端毛舉匪明蔽且匪公蔽仁匪毅蔽斷匪介蔽惠練法無廢妄費監功非這難易之間克任與否嫌疑非所計無愧而已是職也成化以前文案灰燼二十三年本部奉 欽依委官一員嚴督提舉司官吏匠作及南京中軍都督府差撥官軍督造之責蓋重也往歲部委攝行循事更代不常右侍郎龔泰崔公請于 廷添註主事一員帶俸南京工部都水司比洪閘例專任三年滿日起送吏部改選督造

之責始事也予始承乏人曰南京之清秩也誰任議寮曰吾部走僊害也予以爲然可免僭累矣按其事件件然略無統紀瑣而視船於營弊殆甚焉予心不遑寧也夫以保障重寄乃兒戲如此哉江南窮民膏血取集于船必視爲官物焉仁者不爲也歸其究其在我者一一經理之責惟貞固惟當主灌精弊者滌廢者傍斬工速周舒船皆爲經久圖也然歸于營吾末如之何矣右侍郎懷慶何公轉　聞命下檄予會同兵部職方兵科按季點閘故據船者陪且罪吁特刃斷水能如之何然愈於不爲遂漸可致警工作廢千少息民徽可寬緩急可有備矣不自及者爲我答焉哉也所惜者南承不面事與俱往來者之勞心未必不猶我之初来也茲用石端疏分司專任者姓諱附籍任年月于其下兼著如次而具則專任分司者自是秩然于目矣雖然人之賢否職之舉墜觀之者得以指其名而議否是予不能無罪也僭及舊妄非敢爲衛且效檄云耳惟司志君子矜恕焉幸也十七年主事張瀚建更樓於

門之左右隅二十六年主事裘衍建希侃堂於儀門之北依榖亭於堂左自為解云魯江子至龍江之明年為嘉靖丁未時維朱明伏金于庚當風鼓髮蘊隆鬱蒸乃命童子移几席擇樹陰而避之北隅有木秀發花樸古幹巻曲高者若昂俯下者若伏近附着案然如屋薰風徐徐日光凝綠時有長者之車賁然過余招之燕坐倫以瓜蔬客曰南有喬木不可休息喬木果若是之非乎魯江子曰有杕之杜生于道左信非杕杜之所可及也客曰李托于君子為主賓陶甄周遊奕世相聞惜也維穀材非栗榛傳謂惡木未由自新無參與墨世稱楮人或回朝歌之車或忌罵毋之門常恐不善親于其身乎也力學泛愛親仁甘與惡木日相比隣毋乃不可乎曾江子曰天之沃沃叢生卉育胡為以惡區評于木子必有[illegible][illegible]哉終否客曰榖之生理外柱中疏大雖備夫棟[illegible]亦不可製器工師臨之過而弗視或楮或薪爲[illegible]小技與禮而惡誰毀誰譽曾江子曰出十

天者爲命畀于物者爲性性固本于天成命實由乎一定孰委化以流行孰委順而分正義惡于物何由僭莫違夫性命即以其材遂訾其惡脫有抱善之類陋巷獨樂顏可以名覈使才如嫐矍亦將以善類而自托客曰然則然矣豎崇明堂緝治總葦斷削籯篇巑巖南鄘信如穀也柰何與群本而爭長粤江于曰子能不主故常變化回翔闕視玄聽知微知彰以達觀于物情否耶吾聞尤物總總必有偽用多用繁與真元日傾聖人所以不貴異物者慮其外本而內末施天下以奪爭是故葉太而民草茨而君詐曰知巧周及夫人常維風而反蔽敢追琢乎儀文使斂生斯時講會逢機招搖芽芳並駕齊驅投之所嚮何往弗宜豈終受玄卿之湧染附翼燃氏常供烈焰之需悲夫至德無爲管商出而嶠奇枝葉繁蘊墳典盡棄澶漫摘辭瑩覽踶跂致使後進禮樂濁倒波趨懷大雅之君于日啟紱卜白駒乃欲舉天下于隆古吾將帳惆而誰歸客蕩蕩默默乃不自得三復俛仰恍惚嘅慼碧江子撫南柯而歌曰嗟爾穀兮維木之良身[illegible]

作皆序亂棟爾雅俶嵩才之穎稟征兮應拙斯蔽誰云
巧善而拙惡兮使我心傷顧辯亭以躊笑兮聊與乎
而徜徉歌既寓之亭
中以質諸好古者
二十八年燬于火室宇蕩盡唯
希侁堂僅存今改題曰景陶齋
三十一年主事李昭祥重建
視舊制稍崇廣之改爲南向自爲記云龍江廠所司皆船務爾提舉董之矣
分司何居司督察也長事夕則蠱必幹乃亭情怠則
婾必飭乃據故曰琴瑟弛則更張之聖人遇變而通
道固然也我
聖祖龍興蕩掃群雄先吳漢吳漢
皆澤國故舟楫爲要焉此提舉司所由設也有貳有
史官備責專傚隸諸水部可不謂慎且重哉于時人
人奮庸藝精業鹽舳艫蔽江用罔弗利矣迨燬洽旣
以四海過劉上下相襲視水軍爲虛設而舟楫之務
不復一加之意謀國者長慮遠覽圖善厥終謂提舉
官卑秩下不足倚遂疏請專任部屬時往督察于是
分司建焉然廠部相去二十里而遥官多攝事蒞不

以附蠹者未盡斡媮者未盡飭奸宄之侵漁而詭迹者未盡麗於法也復請添選主事駐劄專理夫船務難一也或率諸提舉而有餘或督以部屬而不足豈易之勢遂懸殊哉敬與怠焉爾矣余去秋承乏茲官則分司已先弗戒幾無遺壓席蓁莽眠事因嘆曰有居而至者弗時且怠若事剏無居乎乃白于大司空樸溪潘翁將重建焉翁曰可遂以見屬鳩工庀材歲莫經始廳事首建墉垣周繚門闕中啓可以止茇矣餘乃以次底績為中門為左右廂為後堂為川堂規制既具翼然改觀而書齋寢室神祠警舍左右廨興庶幾完美計為屋三十有六繼門之外為綽楔三凡六閱月而竣事是役也以經畫則受之樸翁以經費則出之公帑以規制則循其故址易西向南以受陽也則余不能少有與焉既成矣將為其廳或以舊額告曰濟川余易之曰敬事夫敬始于吾心而充之可以矣百姓使居是堂者恒惟委任之專懲玩愒之弊日施施焉思堪厥職毋俾其不識而苟且以塞責毋憚于更張而因循以苟容則人思効能工必信度圖

初歲美可以偵緝故幹蠱昉媮無□□□否則上施下寢終以偵事濟川之功不亦遠哉後食之堂名以素絲食之不浮則委蛇而有羔羊之風矣遂紀諸石將與同志者共勗焉別作吏隱堂於左以爲衙舍又遷三坊於前而新之易其額中曰水衙別署左曰省試右曰監督鑿井甃泉補柳移竹於是方隅不倚規制整肅兹鬱幽雅與馬鞍諸峯爭勝矣

提舉司國初創建堂寢門廡靡不備具左爲幕廳吏舍今供廢正德廿四年提舉郭彥賓重修嘉靖十六年提舉劉子貞增建儀門及寢室於堂後二十二年提舉鄒亭立題名石淅江張時為記云予北上維舟南都之龍江因訪提舉鄒君君居官何如民

皆賢之子與君甲姻也聞之喜及祗公所述見君徒步烈日中視事罔卧吉無費態既而君懇留喻信宿備見君建下廠而紛判棘敏而裁至於奉身則又儉而約穎然一書生也予益喜謂民之言足徵矣因訊前之官此者何人君舉對如建瓴纚如貫珠無遺舌也予甚異之因詰其何能沛悉此君曰吾景仰先輩久矣第惜其去世遠則跡耗跡耗則澤涸澤涸則名湮將祈扛筆紀而求諸石惜未 其人今幸遇君慨予既沐惠朏矣予曰嘻觀此豈惟見君衛前輩之厚實能懋官以風後人是君愛國之意遠矣夫即石以觀其名錄名以覈其實使民是之必其人之賢也不諭若之光乎悅民非之必其人之不賢也不貽石之蓋予歆其光思以就之而取以淑己思其惡恐以去之而恐其泯已是則所謂懋官也然是心也豈惟君哉蓋人皆同也人皆同則凡後之官是者同一知所去就而思懋厥官也官懋則治功樹治功樹則 朝廷之望副矣由是觀之則從之懋官者皆君啓之也是君愛國之意不亦遠哉則斯石之建其為前官之

世上不茂黄昔彭克修尹求安石前尹名於亭繼克修者亦劉克修名於後未幾而克修之孫有官而過求安者問其伯氏攜香拜於石而指以告焉令予一至龍江已落民賢君之言足徵又覘君愛國之遠迸知他日必有思君如克修者君勉乎哉君聞予言拜手颺言曰命之矣命之矣遂請刻於石　二十

六年提舉鄒璦即幕廳故址作小堂三間司後爲油麻庫左右各八間歲久而圮三十一年提舉龔倍重修之庫後爲提舉副提舉廨宇各一區今皆廢僅存形制焉

幫工指揮廳坐廠東北隅西向前後各三間左右廂房

蓬廠坐分司之北先年打造海船風蓬之所也內有房十連計六十間收貯船料今俱廢唯墻垣僅存拆船舊板收積其中既無葢茨日就腐爛是房之建殆廠務之不容已者云

細木作房六間在分司西南

油漆作房四間在分司西北舊房與分司同災三十一年重建

艌作房三間在提舉司北

鐵作房四間在提舉司西北路外

篷作房　索作房　纜作房　已上俱廢

看料鋪舍一所在後廠路口

愚嘗歷覽木柵之遺迹而知創治立法之難也使繼之者日葺而月補之豈遂至廢滅若此哉聚財賄於廣野中欲無侵蝕之患不爲深墉固門之限而僅托諸區區之法禁吁危矣哉方今財用日詘興復之難不待智者而知之矣嘗欲因四周舊河浚而廣之畜水爲限似爲稍易而淤淺之弊亦近在二三年後耳嗚呼秦築長城後世咲之乃至于今利焉而三代井

田良法王漢巳不可復覩矣吾亦且奈何哉

龍江船廠志卷之四

龍江船廠志卷之五

斂財志

昔大禹經畧九州三壤咸則乃復交正厥土底慎財賦故自總銍之外凡有裨於邦用者漆枲絺絮羽毛齒革璆鐵簵簬楛不登貢周禮大司徒以土宜之法辨物任事荊茅不入至勤師致討厥亦慎哉我

聖祖建都江南倚舟楫為重務然船政所需率資于樵又隨宜收買以濟不給具載職掌可覩也惟油麻所入額有土田科徵儲用故㢟土之賦一不及民雖市

舶有魚鰾之貢而海船既罷尋亦停革豈非崇本抑末憫農恤民之至意與逮弘治中始有畿郡協濟船料之派益亦當事者補弊持偏不獲已之計也今油麻田土屢經增置而権政日趨折色竹木之用收買者什居七八矣通工惠商量入為出固典司者所事也乃志斂財

地課

國初設廠以來廠外原有田地塘壩逾年召人佃種比照稅糧計畝出辦桐油黄麻收貯該廠以待修造

黄鉞等船之用不敷又將尾傦𪣻抽分場空地俱撥
提舉司召佃亦照前例徵辦油麻後因海運等大船
漸次裁減廠地空閒數多正統天順間附近居民侵
占耕種冒認上元縣及各衛所稅粮屯粮又太監鄭
和子孫盜賣求地一塊弘治二年本部右侍郎黃
據匠作周春等呈告查實具
奏准行南京刑工二部會官勘問明白查出退還田地
共肆頃伍拾捌畝伍分玖釐玖毫南京工部為清查
侵占官地事都水
清吏司案呈奉本部送准工部咨該南京工部都水
郎黄　等奏方璁等侵占盜賣龍江提舉司官地數

多欲行差官清查提問如果冒認稅粮即與開豁將所占田地給帖暫令承管比照慶豐閘河岸空地認納油麻以備造船取用候該司造船工多之日仍各退還堆放料物工部議擬覆題奏奉

欽

依移咨南京刑部工部委官各一員督同該城兵馬司通行查實果有侵占盜賣情由應提問者就彼提問應叅奏者徑自叅奏等因移咨到部本部就經委官員外郎司馬臺會同南京刑部委官山西司郎中蔣興督同西北二城兵馬指揮王璁趙勝帶領原識匠作周春等前去龍江提舉司沿丘發踏勘丈量委被方璉等侵占盜賣本司㘯劃內地基共肆頃伍拾捌畝伍分玖釐式毫是實將方璉等貳拾壹名依律問罪外仍仰龍江提舉司原被方璉等耕種稻田共地楊柳木蘆廊屋并房至旱地俱經會官丈量通數上明白行具馬司造冊本部給帖暫令各人承管耕種辦納油麻其方璉等陸名於正統天順年問冒認上元縣及該衛所稅粮屯粮合咨行戶部查吊各人冊籍開豁差徭及躧灝招係太監鄭和千係伊

祖在日耕種提舉司某地壹段龍江船廠給 賜之
文查照文卷可照太監已死子孫陸續賣與江寧縣
已故民人宋謙得銀貳拾兩入己緣前項地土俱係
該司官地理合退還仍令買主照舊耕種辦納油麻
等因具奏又該工部覆題奉
旨是欽此欽遵移咨到司理合就行為此一咨戶部
將方塘等稅糧除豁一件委官郎中司馬 及龍江
提舉司俱遵照 欽依內事理施行

嘉靖五年又據佃戶王儼等告勝太等欺隱田租本
部委官踏勘查出一處田地塘埂新舊共叁千叁百
陸拾壹畝貳分柒釐貳毫玖絲陸忽伍微貳主內除
無主墳地肆畝陸分叁釐柒毫絲租荒地玖畝柒分
玖釐柒毫每年實徵油麻田地共叁千叁百肆拾陸

畝捌分叁釐捌毫玖絲陸忽伍微貳圭内提舉司柒百叁拾叁畝肆釐玖絲陸忽伍微貳圭尾腎壩貳千陸百壹拾叁畝柒分玖釐捌毫查得嘉靖五年踏勘文冊總内多筭麥地叁畝伍分肆厘失筭無主荒地肆畝陸分叁厘柒毫今俱查明改正十二年又據黄淮告稱龍江捌分場墻外空地比照尾腎壩事例自願承佃開墾本部委官勘量除石堆不耕外實得田地塘貳百陸拾壹畝壹分叁釐貳毫伍絲照例輸納油麻二十年又據佃戶張繼宗告稱開墾提舉司麥地壹畝肆分伍釐肆毫壹絲三十一年又據本司匠戶

江田等告稱龍江場墻外空地亦願照例承佃開墾
該督造主事李　呈部委官勘量得田地叁百
貳拾畝肆釐時豪家爭佃者多比照子粒屯田止許
軍人領種事例准給本司匠戶承遠承佃不得盜賣
南京工部督造主事李　呈爲開墾官地以助
國用以紓貧匠事查得龍江抽分場原堆竹木地方
廣大後因改堆瓦屑蠣𡑞該場空地數多嘉靖十三
年有黄准等告部情願自備工本開墾前地比照龍
江提舉司官地辦納油麻以充造船之用蒙准差官
勘明給帖承佃外尚餘未墾荒地過半有餘今照本
部造船歲用油麻地課不足不免動支庫銀收買前
地乃棄不耕深爲可惜擬合查照前例召人開墾歲
辦油麻少紓公帑萬分之一及照提舉司開墾一戶
俱係先年起取外京人民來京造船原無恒産　貧

生齒日繁貧不能給往往流移漂散失其故藝故近
一興工輒募外匠該司油麻官地理應比照各衛所
屯田止許軍士領種斷例通行分給匠戶以為恒產
然召佃之時每為有力者奪去貧匠束手無策自甘
窮餓良可憫恤又恐安習已久一時難以紛更見今
未墾之地合無候本部委官勘明查審各匠丁力多
寡量分承佃不許豪家仍前霸占其原佃過地一候
有事故更佃之時遞改給匠戶漸次收張使歸畫一
匠戶亦不許不行告官私相授受仍佃與軍民人等
以開墾工本為詞得銀入己即以盜賣官田擬罪庶
使積荒無用之地既得以裨　國用而貧不
卹生之匠皆得藉此為業而不至於流散矣于是土
地以闢課稅增通計田地塘溝埂共叁千玖百肆
拾貳畝肆分肆釐伍毫肆絲陸忽伍微貳圭內除無
征租地荒地外實在三處共叁千玖百貳拾捌畝

壹釐壹毫肆絲陸忽伍微貳圭崴納桐油陸千陸百
玖拾斤柒兩貳錢黄麻壹萬叁千伍百叁拾壹斤陸
錢陸分捌釐
稻田每畝徵桐油貳斤黄麻肆斤計稻田貳千玖
百零壹畝伍分玖釐捌毫捌絲叁忽
該徵桐油伍千捌百陸斤肆兩柒錢捌分
黄麻壹萬壹千陸百壹拾貳斤伍兩伍
錢陸分
本廠肆百柒拾玖畝玖分壹釐叁毫叁絲

尾胥壩抽分場貳千壹百壹拾貳兩肆分伍釐

捌毫

龍江抽分場叁百玖兩貳分貳釐柒毫伍絲

麥地每畝徵桐油壹斤黃麻貳斤捌兩計麥地伍

百捌拾陸畝陸分玖釐陸毫肆絲柒忽壹

徵

該徵桐油伍百玖拾斤肆錢玖分貳釐

黃麻壹千肆百柒拾柒斤貳兩壹錢柒

分

本廠壹百陸拾畝柒分柒釐玖毫肆絲柒忽壹微

尾胥壩抽分場貳百叁拾叁畝貳分叁釐

龍江抽分場壹百玖拾貳畝陸分捌釐柒毫

藕水塘蕩叁畝徵桐油壹斤[illegible]

百玖拾壹畝肆分伍釐肆毫捌忽玖微貳圭

該徵桐油貳百玖拾肆斤壹兩肆錢貳分捌釐

黃麻貳百玖拾肆斤壹兩玖錢貳分捌厘

本廠陸拾肆畝柒分柒釐肆毫捌忽玖微貳塵

尾胥壩抽分場壹百伍拾畝壹分弍釐貳毫

龍江抽分場柒拾陸畝伍分伍釐捌毫

萊基墳地柳埂每畝徵黃麻壹斤計地埂壹百肆

拾柒畝壹釐陸毫壹絲柒忽伍微

該徵黃麻壹百肆拾柒斤壹兩

本廠弍拾玖畝貳釐捌毫壹絲柒忽伍微

尾胥壩抽分場壹百壹拾柒畝玖分捌釐毫

木價

本部諸料價從上江二縣遂年估價造報隨時增損唯木價自嘉靖二十六以後用兵部尺式量木亦照兵部書冊給價兵部下左以備稽考其楠木自圍肆尺以上杉木圍叁尺伍寸以上本廠所無收買及楠木間亦有叁尺杉木圍不及壹尺伍寸者兵部原無開載故皆不等云

楠木	圍叁尺	圍肆尺	圍伍尺
每長壹尺	該銀玖分玖釐	該銀壹錢柒分陸釐	該銀貳錢[illegible]分伍釐
加圍壹寸	該銀壹錢貳[illegible]叁毫	該銀壹錢捌分肆毫	該銀貳錢[illegible]捌分[illegible]
加圍貳寸	該銀壹錢伍釐陸毫	該銀壹錢捌分肆釐毫	該銀貳錢[illegible]捌分[illegible]
加圍叁寸	該銀[illegible]	該銀壹錢捌分玖釐貳毫	該銀貳錢[illegible]玖分壹釐伍毫

加圍肆寸	該銀壹錢壹分貳釐貳毫	該銀壹錢玖分[illegible]釐陸毫	該銀貳錢玖分柒釐
加圍伍寸	該銀壹錢壹分伍釐伍毫	該銀壹錢玖分捌釐	該銀叁錢貳釐伍毫
加圍陸寸	該銀壹錢壹分捌釐捌毫	該銀貳錢貳釐肆毫	該銀叁錢捌釐
加圍柒寸	該銀壹錢貳分貳釐壹毫	該銀貳錢陸釐捌毫	該銀叁錢壹分叁釐伍毫
加圍捌寸	該銀壹錢貳分伍釐肆毫	該銀貳錢壹分壹釐貳毫	該銀叁錢壹分玖釐
加圍玖寸	該銀壹錢貳分捌釐柒毫	該銀貳錢壹分伍釐陸毫	該銀叁錢貳分肆釐伍毫
杉木	圍壹尺	圍貳尺	圍叁尺
每長壹丈		該銀壹分壹釐	該銀伍分壹釐
加圍壹寸		該銀壹分壹釐伍毫	該銀伍分[illegible]

加貳寸圍		該銀壹分貳釐伍毫	該銀伍分捌釐
加叁寸圍		該銀壹分伍釐	該銀陸分貳釐
加肆寸圍		該銀壹分伍釐伍毫	該銀陸分伍釐
加伍寸圍	該銀肆釐	該銀貳分壹釐	
加陸寸圍	該銀陸釐	該銀貳分柒釐	
加柒寸圍	該銀柒釐伍毫	該銀叁分壹釐	
加捌寸圍	該銀捌釐	該銀叁分柒釐	
加玖寸圍	該銀玖釐	該銀肆分肆釐	

按此乃長壹尺之價也執此法而推廣之則自尺

而丈以至千伯千萬皆可指諸掌矣不然則雖寸寸而列之亦何益哉

單板

單板之法每長一丈闊一尺厚一寸爲一箇箇者片也即今筭板之一丈也木有尖削彎扁空朽者計其所欠之數而折除之視板數以減其箇但筭時須頭稍相折大小適中若止以頭圍爲準則細而少板又立法初意矣

補木

	每長壹丈	加還壹寸
圍叁尺	計柒箇伍分	計捌箇捌毫
圍肆尺	計拾叁箇貳分叁釐叁毫	計叁肆分捌毫
圍伍尺	計貳拾箇捌分叁釐叁毫	計貳拾壹箇陸分半釐伍一絲

	加圍貳寸	加圍叁寸	加圍肆寸	加圍伍寸	加圍陸寸	加圍柒寸	加圍捌寸	加圍玖寸	加圍叁寸
圍陸尺	計捌箇伍分叁釐叁毫	計玖箇柒釐伍毫	計玖箇陸分叁釐叁毫	計拾箇貳分捌毫	計拾箇捌分	計拾壹箇肆分捌毫	計拾貳箇叁釐叁毫	計拾貳箇陸分柒釐伍毫	
圍柒尺	計拾肆箇柒分	計拾伍箇肆分捌毫	計拾陸箇壹分叁釐叁毫	計拾陸箇捌分柒釐伍毫	計拾柒箇陸分叁釐叁毫	計拾捌箇壹分捌毫	計拾玖箇貳分	計貳拾箇捌毫	
圍捌尺	計貳拾[illegible]分叁釐[illegible]	計貳拾叁箇肆分捌毫	計貳拾肆箇叁分	計貳拾伍箇貳分捌毫	計貳拾陸箇壹分叁釐叁毫	計貳拾柒箇柒釐伍毫	計貳拾捌箇叁釐叁毫	計貳拾玖箇捌毫	

長壹丈	計叁拾箇	計肆拾箇捌分叁釐叁毫	計伍拾叁箇叁分叁釐叁毫
加圍壹寸	計叁拾壹箇捌毫	計肆拾貳箇捌毫	計伍拾肆箇陸分柒釐伍毫
加圍貳寸	計叁拾貳箇叁釐叁毫	計肆拾叁箇貳分	計伍拾陸箇叁釐叁毫
加圍叁寸	計叁拾叁箇柒釐伍毫	計肆拾肆箇肆分捌毫	計伍拾柒箇肆分捌毫
加圍肆寸	計叁拾肆箇壹分叁釐叁毫	計肆拾伍箇陸分叁釐叁毫	計伍拾捌箇捌分
加圍伍寸	計叁拾伍箇貳分捌毫	計肆拾陸箇捌分柒釐伍毫	計陸拾箇貳分捌毫
加圍陸寸	計叁拾陸箇叁分	計肆拾捌箇壹分叁釐叁毫	計陸拾壹箇陸分叁釐叁毫
加圍柒寸	計叁拾柒箇肆分捌毫	計肆拾玖箇肆分捌毫	計陸拾叁箇柒釐伍毫
加圍捌寸	計叁拾捌箇伍分叁釐叁毫	計伍拾箇柒分	計陸拾肆箇叁分叁釐叁毫

加圓貳寸	計叁拾玖箇陸分柒釐伍毫	計伍拾貳箇捌毫	計陸拾陸箇捌毫
杉木	圓柒寸伍分	圓壹尺	圓貳尺
長壹丈	計肆分陸釐捌毫	計捌分叁釐叁毫叁絲叁忽	計叁箇叁分叁釐叁毫叁絲叁忽
加圓伍分	計伍分叁釐叁毫叁絲叁忽	計玖分壹釐捌毫柒絲伍忽	計叁箇伍分貳毫捌忽
加圓壹寸	計陸分貳毫捌忽	計壹箇捌毫叁絲叁忽	計叁箇陸分柒釐伍毫
加壹寸伍分	計陸分柒釐伍毫	計壹箇壹分貳毫捌忽	計叁箇捌分伍釐貳毫捌忽
加圓貳寸	計柒分伍釐貳毫捌忽	計壹箇貳分	計肆箇叁釐叁毫叁絲叁忽
加貳寸伍分		計壹箇叁分貳毫捌忽	計肆箇貳分壹釐捌毫柒絲伍忽
		計壹箇肆分捌毫叁絲叁忽	計肆箇肆分捌毫叁絲叁忽

加叁寸伍分		計壹箇伍分壹釐捌毫柒絲伍忽	計肆箇陸分貳毫捌忽
加圍肆寸		計壹箇陸分叁釐叁毫	計肆箇捌分
加肆寸伍分		計壹箇柒分伍釐貳毫捌毫	計伍箇貳毫捌忽
加圍伍寸		計壹箇捌分柒釐伍毫	計伍箇貳分捌毫叁絲叁忽
加伍寸伍分		計貳箇貳毫捌忽	計伍箇肆分壹釐捌毫柒絲伍忽
加圍陸寸		計貳箇壹分叁釐叁毫叁絲叁忽	計伍箇陸分叁釐叁毫
加陸寸伍分		計貳箇貳分陸釐柒毫柒絲伍忽	計伍箇捌分伍釐貳毫捌忽
加圍柒寸		計貳箇肆分捌釐叁毫叁絲	計陸箇柒釐伍毫
加柒寸伍分		計貳箇伍分伍釐貳毫	計陸箇叁分貳毫捌忽

加濶捌寸	加捌寸伍分	加圓玖寸	加玖寸伍分
計貳箇柒分	計貳箇捌分伍釐貳毫捌忽	計叁箇捌毫叁絲叁忽	計叁箇壹分陸釐捌毫柒絲伍忽
計陸箇伍分叁釐叁絲叁忽	計陸箇柒分陸釐捌毫柒絲伍忽	計柒箇捌毫叁絲叁忽	計柒箇貳[illegible]釐貳毫[illegible]忽

慨自六藝教廢，數學之不講久矣。雖薦紳學士，一鮮或習之，殊不知畫象而易道彰，推步而乾度著，曾是數之用也。況其小者耶？宋公單夜之法，纂輯亡遺，軌俾船料之盈縮、物價之增損咸有準焉，豈直和一時已哉。然考其法，不過圜長相乘，一二歸除，嘗

昔人之成法也而寥寥乎莫有倡明之者噫豈節

夾滌所謂小學不傳已久見者不無疑駭與

雜料

一木材

川杉木　川杉連二枋　川杉連三枋供黃

船用近因川杉木無買題准用楠木代　杉木

杉木桅心　杉木櫓桅櫓之木俱用頭尾相等故價亦視杉木稍加

杉槁者小　楠木　松木

榆木舭艎　樟木　櫨木

白楊木（供車旋桅餅玲瓏等用）　雜木

栗木（栗把）　木柴

二　竹貨

猫竹　筀竹　水竹

苦竹（龍節用）　箬　蘆

白藤　黄藤　椶毛

蘆席

三　五金

熟鐵　生鐵　鐵釘（大中小）

鐵事件拳物之類

鐵錨　鐵鍋

鐵竈　響銅　熟銅紅黃二色

金箔　花錫　硼砂

四五采

光粉　黃丹　水花硃

銀硃　二硃　番硃

紅土　藤黃　石黃

合碌　三碌　靛花

枝條碌　銅青　[illegible]

墨煤

五麻

白麻　黄麻即抽課所收少則收買

絡麻海船用　檾麻快船用

六油

桐油　香油漆作用

魚油貯內庫海船用　猪油擺錫用

七灰炭

石灰艌作用　飛灰漆作用　挽鉺灰染作用

木炭　煤炭　稻皮

麥穩（鑄作用）

八皮毛

生血水牛皮　生浄水牛皮　紅真皮

紅鹿皮　皮條（紮用）　茜紅火把纓

黑纓　水膠　蜊殼

九綵布

黄熟官絹　黄生官絹　白綿布

黄綿布　青綿布　紅綿布（俱旗幟用）

苧布　白綿俱漆作用　青綿紗穿椅

青絲線　黄絲線　大紅熟線

緑絲線　生絲左線　大紅絨

白麻線

十　漆染

生漆　熟漆　點漆

白麪　靛青　蘇木

槐花　土子　明礬

猪鬃子

龍江船廠志卷之五

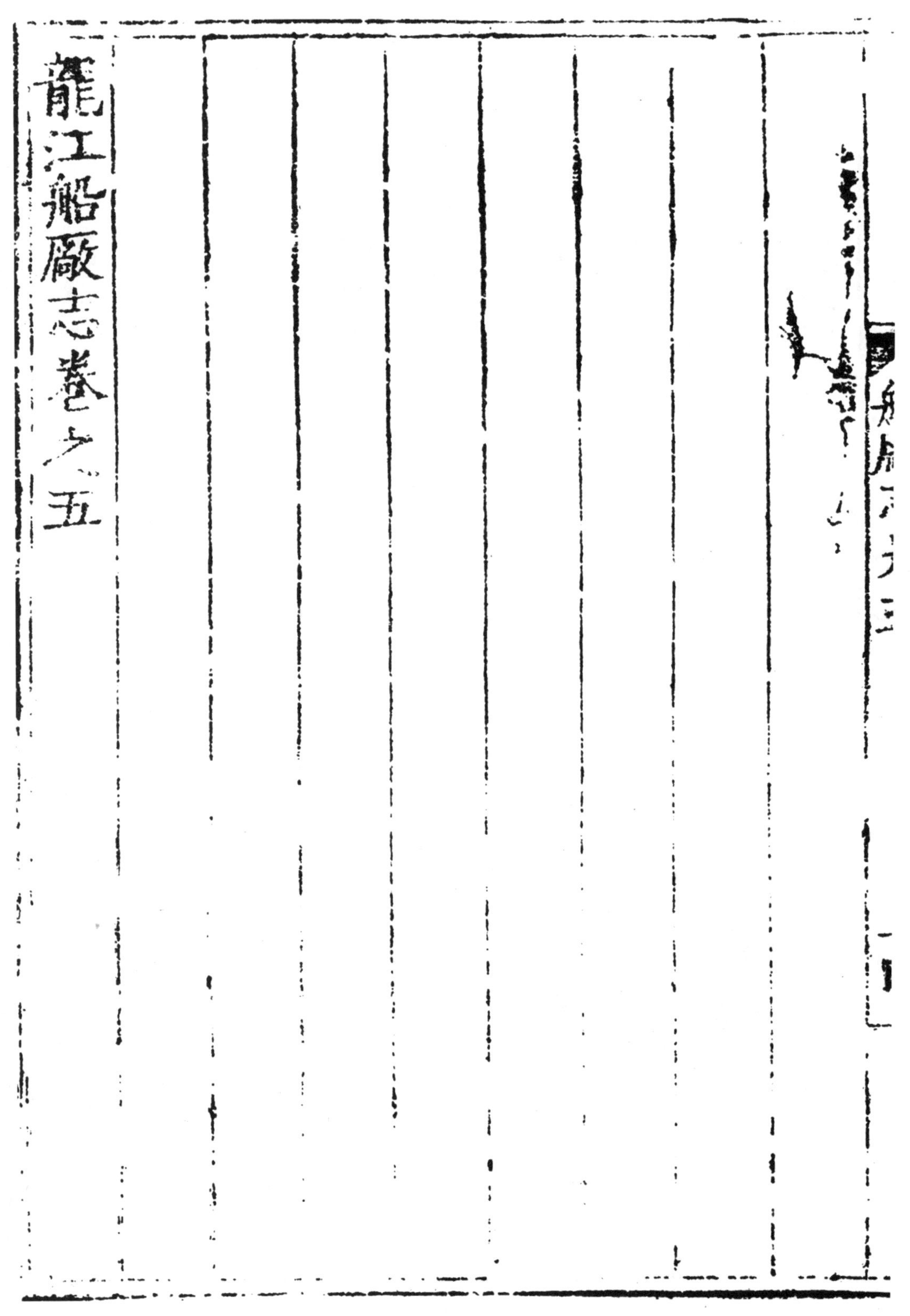

龍江船廠志卷之六

孚革志

革之九三征凶貞厲革言三就有孚革豈易言乎哉議之迨三襲孚而後可革也躁則凶厲從之聖人應天順人未占有孚禪代之代興忠質之異尚寬猛之互施凡以拯敝也適治之路弗可易已弊之滋益蔓而更鬪之惑滋甚焉夫弊也者非能自為之也猶垢之於服也麗服以生可滌而不可絕也故禁雖備弗能悉奸猶雖遠弗能任後亦勢然也廠為百需所

萃弊茲蝟興而屡經釐剔政亦罟焉數矣然不能俾之弗弊也去泰去甚焉爾矣周咨爰度非歲月不能悉了未究其所由來而徒欲袪之使去將無亟厲之咎乎乃志弊革

律己之弊有五

一曰慎任使夫官非士流則自愛者寡斂財程工咸須親為裁制毋輕委任以滋弊端苟委非其人即不至相欺為奸而彼之智識有所不逮亦適以啓奸而滋蔓矣胥隸匠作尤宜臨時點差庶乎賄囑之弊可

少者也二曰杜請託夫廂民既無恒產率多貧窮能不累於衣食者僅什一耳若以請託之故勞逸不均輕重易置不惟怨讟繁興而守道守官均有所未安也三曰平市價夫分司去市稍遠凡有市易率委諸直月廂長苟不戢御僮僕至或損其價值則賠補之累必有所歸日積月累其何以堪是不可不慎也四曰習藝夫廂民雖附籍京師然世居草野朴陋特甚雖作頭日役于官而與各局院者不同苟御之以術震之以威雖有追切之情不復能自鳴矣恩威兼

著情法並行使彼畏我而不敢欺愛我而不忍欺萬一情有寃抑事有窒碍亦須爲之稟堂曲爲區處無俾失所如是則自然樂於趨事而大有功矣五曰察扣減夫工匠執役於官晨出暮歸者有奉公之義哉爲餬口計也興工之初工食未領先稱貸以自給工完支銀計其出息十已損二矣而府史胥徒蠶食於公門者又方聚喙而睜目焉故匠工之所得者僅十之六七耳此之不戢其傷實多邇因查訪既明痛加禁革冀得少祛一二但恐以石壓草石去旋生能

時加之意或庶乎其可也

收料之弊有八

一曰燭容隱嘗聞往時船料派徵錢內郡邑商人上木於廠給文徑往閱支無候價之勞其利頗豐賄囑量木人役即有空損容隱不舉時單板未立原料率多寬盈故匠役亦樂從之今屢經振刷稽考嚴密然未能保其盡無也二曰預備營夫大筏之來俱在春夏水長時至秋冬則商賈屏迹若不於此時多買以備一年之用即有緊急不能集事不可不知三曰戒

濫惡夫水楠大葉楠皆楠也然不若香楠爲美清流
本色白理踈而易朽均稱爲杉又尾削則料少灣扁
則不中于用兵部收買楠木大者至圍七八尺圍不
及三尺者棄而不售本部雖欲圍四尺者亦不易得
故板狹縫多而船不固竹有大小其價遁以高下鋪
户率以小者充数收者取盈而止殊不知匠作不數
則料計時必旋添以足之若能揀選大者可省十之
二三矣蓋雖聚之拙分其美惡之不同亦猶竹之有
大小也支到者往往細弱不堪匠作買造以代之綿

布闊一尺八寸與黄絹俱長三丈二尺為一疋若狹不中度損其長以補之棕麻貴乾濕則重而易朽油貴清多滓則不真又天寒經凍則入艌不固鐵有精粗以尤溪者為最大廠原有定規每歲百斤出釘六十五斤但新舊雜揉藏帶易而防範難小匠率有盜竊之弊凡此皆不可不察也四曰謹權度圖籙丈尺俱有本部原定式樣及量衡號烙皆須收貯分司臨時驗發用畢交收不時查勘以防那移加損五曰禁需求商鋪人等赴廠納料候至工完方得領價最為

可憫驗收時若信下人留難適啓需求之路但親爲查驗不許稽延將不禁而自止矣六曰量貼鋪户一名率小户數名貼之其爲首者每遇衙門派辦鋪料即分派小户出貼夫物價在官未有[illegible]而不文查所當貼者不過送納之脚錢與官價比時價或不下數耳又其甚則領價稽遲所賠之利息爾乃欺其弱并物價而均派之稍不如意往往告追當事者急於取料不得不徇其求而不知貧民之受困者多矣七曰稽抵換會有物料赴抽分場支用相去既遠抵

換之弊不可不防若木植則先差吏赴場印號支回驗而入之八曰攢勒指作頭赴場支料該場看守人役有指索出場常例紙劄錢者商舖上納赴部支價吏胥索賂輒停閣累月夫作頭自備腳價以運官物舖戶先納料而後領銀中間既有折閱之憂乃復有此人何以堪嚴禁而痛絕之可也

造船之弊有十

一曰板薄夫板之厚薄每船俱有定式載在船青但自單板法行料算精密匠作有折閱之憂率減薄以

足之承沿已久恬不為意須於鋸時用時親詣稽查務求如式又雇募小匠習用營造小尺以致混亂成法亦須不時較勘二曰釘稀一尺三釘原有成規作頭不能防閑小匠之竊取致有不足則其用之必省然畏於查驗故鑽孔雖密入釘則踈一經艌過無復可辨此須責之艌作毋得互相容隱犯者一體處治又乘未艌時隨意撿閱庶可革其一二爾三曰不精夫造船之工唯油艌為最要油艌不固雖板厚木堅水一入而朽隨之矣然由艌欲固又在灰麻如法舂

灰者心須寛力須猛心不寛則入油太驟而不純力不猛則不得成船必弛即敗棄矣撕麻須細令幫軍不至作頭雇人充役率以速了為幸豈肯盡心如此哉油漆豐嗇亦各有宜油不嗇則木不受而多皺漆不豐則不澤再灰入油少則未久而剝落凡此類者皆不精之過可以觸而長也四曰不式夫船之制雖不同大小廣狹皆有成式但造完時不曾覆量故有船名同料同而長短不同者此因襲之弊也至於黃船則又甚焉小者比之大者而反寬四百料者比之

一百料者而反窄恐傳之愈久而愈失其真矣五曰故板夫拆船舊板雖例充本船改造三分之料然破朽有多寡則舊料有盈縮若破朽不甚則三分爲有餘新板七分須隨時斟酌給用否則新板既盈人情不樂于用舊皆棄而歸之木植矣六曰省艌匠作視船爲官物無誠心體國之義如悶頭之內廠堂之下查看所不及處稍等處波濤所不至者皆艌其外而遺其中或全畧而不艌以爲是無害焉而不知艌而不復則一經振動灰皆脫落水即入之安得不朽此

處凡朽敝之安能御風聊備試觀　黃船有小甲以監造每至三十餘年而堪撑駕而操船之壞常不及修造之期使能查做　黃船事例每船定委一官或旗甲看管不得屢易修造時即令本人赴廠監察倘匠策非親領嬉營看守損壞者亦罰如是而船無不固者未之有也七曰稽延本廠造船唯預備　黃船有旱蓬餘皆無之故興工之後日暴雨浥在所不免着非嚴限速完則船未入水而已先受損矣八曰兙减凡造船所用料物皆有定数若完時不為查驗漸

歸短小日積月累將有不堪之憂如旗幟布絹須量
算丈尺繩索棕蔴須秤計斤數又就其中量除折耗
則情法皆宜公私兩便矣舉此二者餘可類見九曰
揹詐夫船之必求堅固者雖以為　國而於身謀亦
未嘗不便近来匠作既圖苟且監督者忽而不察乃
既不能如式安得不啓小人之揹詐乎故預備船攷
造時至有一板一木之不精掑甲執勒所得至十餘
金者苟不遂其欲輙動以　上用為詞多方恐嚇必
辦而後已承襲既久肆行無畏近事可懲後圖宜慎

今造船雖無此弊而堅驗之時匠作亦有所費夫使艙不如式則彼雖不言而庸免于後患之憂焉者勞心於初俾彼無所用其詐乎雖小人貪得之風或不能頓革先籌正器亦君子挽回末俗之一機也十日既補

六部船政冊內每船雜工不下百數如車船起側落墩出水之類皆討工給銀匠作樂於趨事而無苟且之心本廠每一大船出入至用二三百工然料時止算正工凡諸雜工悉倚辦於幫軍夫幫軍即使盡至多不過三四十人耳况未必至乎又原料正

工既經刊定榜例而後來監督者率以節省為能日
減月縮作頭賠補之累至今日可謂極矣苟非變通
而優恤之不惟廂民之日貧而欲求船之如式也不
亦難哉

收船之弊有二

一曰驗器物通州預備船備　御用也未經　御用
則器物不應先自損壞先自損壞者非管船旗甲偕
用破損則造作之不固也操船既經五年風濤之類
雖以責其不壞唯件數不可缺耳二曰查板片新舊

口送到船場催經承及修造之期先已被侵沉水投木欠少畏懼追賠[illegible]作為之容陰又挨至水涸之時始送到廠[illegible]就于水次拆卸此令一行則小人之計遂矣況戰船樂修制度多與常船不同卽有欠少非曾經造過者不能悉知匠作旣受其囑又何從而稽其余缺也

佃田之弊有三

一曰轉佃提舉司田地止是住人承佃擬辦湖課初無取價之例有等奸人將佃帖私賣與人買者承其

舊名以輸歲課相沿成風于是無無償之田矣此弊雖不可頓革亦須時時查訪懲一警百漸次而消息之可也二曰霸佃油麻田地如衛所屯田止應軍人承佃但提舉司匠戶貧困者多每每藉名佃之時挈歸豪家所霸況本廠作壩車水之役皆倚諸佃戶豪家佃田莫肯赴役則小民獨受其累又油麻不以時納至經歲拖欠使小民効尤深爲不便三曰官佃舊因提舉無薪皂之資將油麻田地七十餘畝與彼耕種除納課外藉其餘利以給家口此例不知始於何年

但一官既去輒爲吏胥所賣新官到任乃復取田叅興詞訟今已禁革改召佃民有力者承佃後来者不許仍蹈前弊况每歲油麻既屬該司掌收則此田之課納與不納亦無從考事関錢粮跡涉嫌疑不可不遠也

看守之弊有二

一曰懲玩愒廠守城外又官多交承防範之規廢弛特甚其僅存者看守之役而已然偷安嗜利人情所同偷安則巡徼不以時嗜利則通同之弊日滋苟非

時時申飭懸重法以懼之嚴檢閱以察之欲無侵漁之患也難矣二曰汰老弱省料之人廂民每月贍其工食下之人非無故而養之上之人非無故而優之也亦曰廠為百需所萃將恃以無失耳奈庸懦衰老之徒藉以為終焉之計而延衛之責漫不加意甚者以患失為心憚于致怨保奸容寇無所不至噫畜猫捕鼠豈以無鼠而畜不捕之猫乎

愚留心乎革深究船政之由盡得其大端二焉成之太艱而毀之太亟也夫戰艦自裁革之後僅止二百

隻以常例計之每歲所當修造者不過各二十隻耳
然工役之興靡有寧日是何其成之之難若此耶蓋
遲速無期勤怠莫別于是惰日避勞者得行其私而
一船之工至有經歲未報者及其歸諸營也典守者
五日輒一易焉故物無常主莫加愛慎人無固志盻
盻焉惟候代之不暇而莫任其朽敝之責風雨所侵
波濤所觸雖欲無毀不可得已嘗觀
國初彭蠡之戰舳艫千艘然不聞其成造之難也今修
造之費歲且鉅萬監督之寄已有專屬矣乃者江防

小警輙有缺乏之憂至以馬船充数噫是將孰執其咎哉揆厥弊原端在於此此之不革而徒區區於末恐於船政未見其益也嘗欲合戰艦之数量其大小難易均為十班每班二十隻每歲定限修造各一班歲終不竣事者有罰則常事者各務舉其職業莫敢曠矣工孰有踰期者乎而又通計水軍之数授以水操之船隨船大小以為軍之衆寡每船設一甲以統之十船為一聯因以寓部伍之法有事而出各乘其所授之船人不得越船船不得離次違者罪之敝者

罪之有故然後吏之則軍之視船也如其室然身所庇也又安肯坐視其損破而不一加之意哉然一船之作也必具

奏待報乃敢興事而分授之令則又屬之操江衙門皆非可得而擅革者嗚呼易窮則變變豈聖人之得已哉桒弘羊王安石皆不忍時事之弊起而更張之卒犯衆喙死有餘戮自今觀之海内虚耗經費匱乏舉

朝莫為之所二子者盖有激焉欲以濟時艱紓國恤特其自信太過未達於孚革之義焉耳使智慮不逮

二子遂欲嘐嘐焉以變法更化為倡吾懼其咎之滋甚也

龍江船廠志卷之六

龍江船廠志卷之七

考衷志

蓋嘗博徵典籍歷騁中古灼知船務者前稱陶刺史後稱劉度支卓乎尚矣及考其綜理之密不遺于竹頭木屑君子曰士行之精敏其集事而裕國也宜哉至每船給錢千緡雖損半猶可以辦則又曰何士安之闊略乃若此耶晉承曠蕩之餘威網寬簡非明作罔以就功唐祚中興政惟永圖惇大成裕固其所也夫創制者必稽其終師古者不泥其迹故曰道有升

降政由俗革蓋之損之酌時而趨變者善為理者也史稱晏之法至咸通中已為極敝矧今船肆之關歷年將三倍于茲乃欲循故轍膠往調以求理即使陶劉復生曷以善其後哉傳曰銖銖而稱之至石必差寸寸而度之至丈必舛言貴操其要也船書之設詭而寡核船紀之作漫而靡歸竊欲持盈縮之準燭良苦之岐而不使少進退焉是豈易言哉撰諸故而已矣作考衷志

稍食

黄總

弘治拾陸年榜例

預備大（叁肆百料同）

貳千伍百伍拾捌工伍分該銀柒拾陸兩柒錢捌分伍釐

船木作柒百捌拾工
鋸作貳百貳拾伍工
裝修作叁百壹拾工
雕鑾作伍拾捌工
鋸作柒拾肆工
艌作叁百工舂灰撕麻扯鑽肆拾叁工伍分
鐵作壹百叁拾工
上鐵作貳拾柒工伍

南京大（叁肆百料同）

壹千貳拾貳工該銀叁拾兩陸錢陸分

船木作并扯鑽艣板共叁百柒拾伍工
鋸作壹百貳拾工
裝修作壹百肆拾伍工
雕鑾作壹拾叁工
鋸作貳拾伍工
艌作壹百壹拾伍工
撕麻舂灰貳拾工
鐵作肆拾伍工鎗打柒工
蓬作叁拾伍工

南京小（貳百料以下俱同）

玖百叁拾肆工該銀貳拾捌兩貳分

船木作貳百玖拾捌工
鋸作壹百叁拾工
裝修作壹百陸拾工
雕鑾作伍拾工
鋸匠伍拾工
艌作壹百壹拾伍工
鐵作鎗打柒工
蓬作叁拾伍工
素作叁拾貳工
纜作拾陸工
油漆作叁拾貳工

分
蓬作玖拾壹工伍分
索作柒拾肆工
上索作壹工伍分
纜作貳拾玖工伍分
竹作貳拾工伍分
油漆作壹百叁拾叁
工
五墨作叁拾貳工伍
分
粧鑾作捌工
抹金作肆工
旗作陸工
鼓作陸工
蚵殼作貳拾叁工伍
分
綵作貳工伍分
絨作五工

索作叁拾工
纜作拾肆工
竹作貳拾工
油漆作拾捌工
五墨作陸工
粧鑾作貳工
旗作陸工
蚵殼作柒工
纓作壹工
旋作貳工
漆作拾貳工
擺錫作壹工
雙線作壹工
銅作貳工

五墨作捌工
粧鑾作貳工
旗作叁工
蚵殼作柒工
纓作壹工
旋作貳工
漆作肆工
擺錫作壹工
雙線作壹工
餘買辦木料

船書

柒作壹百叁工
艌縫作玖工伍分
桅錫作壹工伍分
雙線作貳工
繚作肆工
穿椅作陸工
桶作拾貳工伍分
銅作貳拾壹工伍分
響銅作拾肆工
鑄作伍工

玖百貳拾柒工該銀捌百陸拾陸工肆分
貳拾柒兩捌錢壹分該銀貳拾伍兩玖錢
船木作并扯鑽攓板
玖分貳釐
共叁百陸拾伍工
鋸匠壹百壹拾工
一船木作叁百工
裝修作壹百叁拾伍
鍬匠壹百壹拾伍工

工
雕鑾作叁拾工
鋸匠貳拾伍工
艌作壹百叁拾叁工
舂灰撚麻拾工
鐵作鑄打伍工
蓬作叁拾貳工
索作叁拾伍工
纜作拾貳工
竹作玖工
油漆五墨二作拾陸工
粧鑾作貳工
旗作陸工
捌殼作伍工
餘買辦不料

裝修作壹百伍拾工
雕鑾作叁拾工
鋸匠叁拾工
艌作壹百壹拾工
鐵作打釘貳拾肆工
肆分釘打陸工
蓬作叁拾貳工
索作貳拾柒工
纜作拾叁工
油漆五墨二作貳拾壹工
粧鑾作壹工
旗作貳工
捌殼作伍工
餘買辦不料

一条貳千肆百柒拾叁工玖百貳拾柒工捌分玖百壹拾柒工該銀

柒分該銀柒拾肆兩該銀貳拾柒兩捌錢貳拾柒兩伍錢壹分
貳錢壹分壹釐嘉靖貳拾叁分肆釐嘉靖貳拾叁年造柒年造鍾揚川關廠貳百料船

伍年共
肆百料
雕鑾作　銀匠
舂灰撕麻　扯鑽
篷作　上索作
繚作　竹作
五墨作　粧鑾作
抹金作　旗作
鼓作　蜊殼作
纓作　旋作
裁縫作　擺錫作
雙線作　繡作
穿椅作　桶作
銅作　響銅作

勝肆百
料船
船木作　鋸匠
雕鑾作　鍋匠
艌作　舂灰撕麻
篷作　繚作
竹作　油漆作
索作　粧鑾作
蜊殼作　俱同船書
裝修作壹百貳拾工
索作叁拾工
鐵作貳拾貳工捌分工
鏇打伍工
漆作肆工

粧鑾作　粧鑾作
旗作　俱同艌書
艌作　篷作
繚作　五墨作
蜊殼作　俱同勝例
船木作叁百陸工
鋸匠壹百貳拾貳工
裝修作壹百陸拾柒
工
鋸匠[illegible]拾叁工
鐵作釘買辦鐵打
索作貳拾陸工
油漆作貳拾叁工

鑄作	俱同樓[illegible]例	
船木作[illegible]百玖拾工		
錨匠貳百貳拾陸工		
伍分		
裝修作叁百伍工		
艌作貳百玖拾肆工		
鐵作壹百壹拾捌工		
上鐵作拾貳工柒分		
索作[illegible]拾工		
油漆作壹百叁拾貳		
工伍分		
篷作肆拾叁工		
	餘買辦不料	餘買辦不料

一[illegible]一千伍百[illegible]玖工該捌百叁拾壹[illegible]
[illegible]拾伍兩貳錢柒貳拾肆兩[illegible]
[illegible]拾捌 [illegible]新造[illegible]叁拾肆[illegible]
[illegible]計 [illegible]叁百料[illegible]

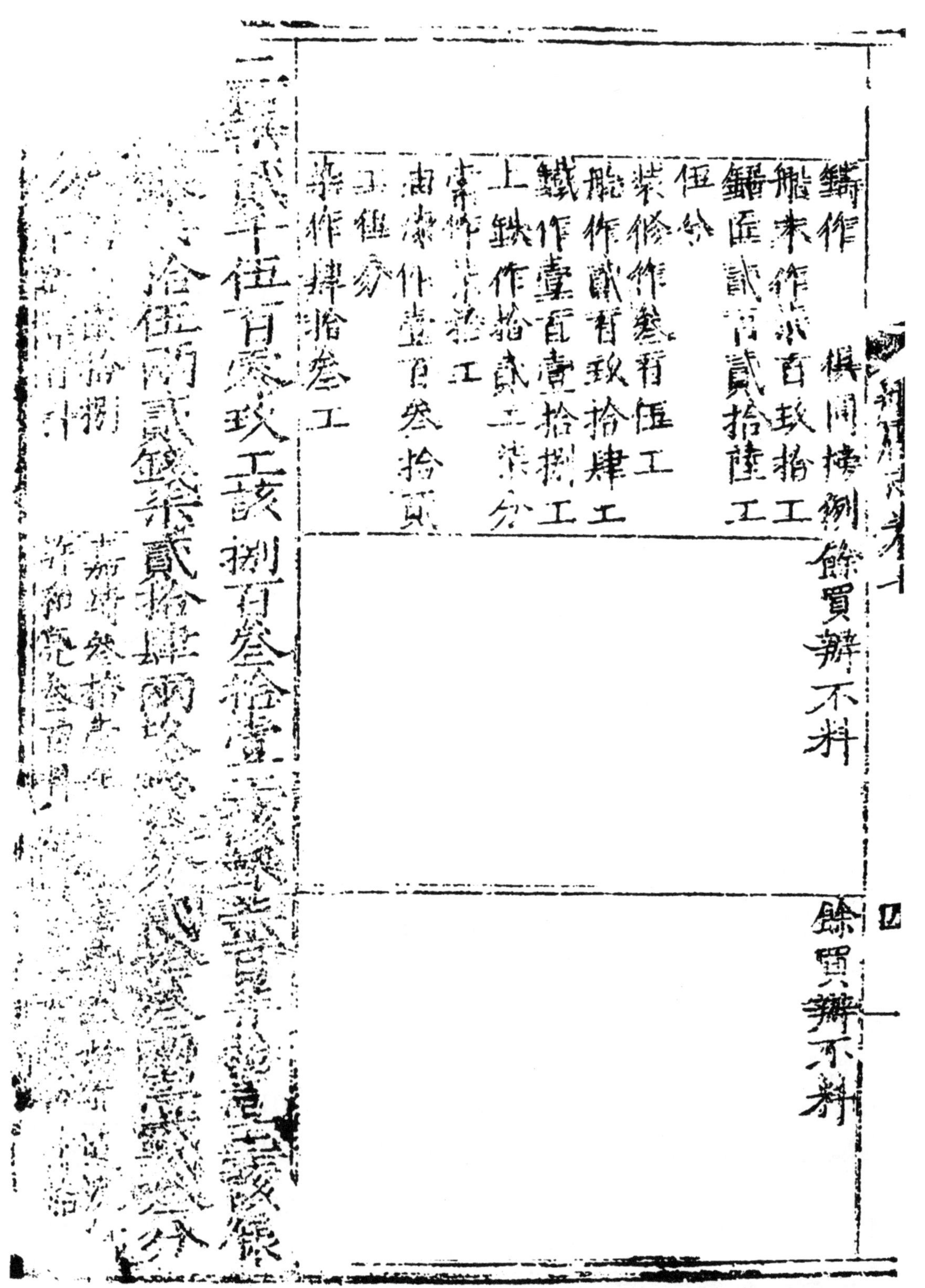

船木作
䉶修作
鋸匠
舂灰斲麻
蓬作
上索作
竹作
五墨作
抹金作
鼓作
纓作
裁縫作
雙線作
穿椅作
銅作
鑄作
鐵作壹百貳拾肆工
上鐵作貳拾肆工

鋸匠
雕鑾作
艌作
扯鑽
索作
纜作
油漆作
拴鑾作
旗作
蜊殼作
旋作
擺錫作
絲作
桶作
響銅作
俱同一案

艎木裝修鋸匠
雕鑾作
蓬作
纜作
竹作
旗作
蜊殼作
俱同一案
船木作貳百玖拾伍工
裝修作壹百伍拾叁工
艌作壹百柒拾工
索作貳[illegible]工
油漆五墨[illegible]壹拾捌工
餘買辦不料

蓬作
纜作
蜊殼作
索作
拴鑾作
俱同一案
船木作貳百伍拾叁工
鋸匠壹百柒工
裝修作壹百伍拾叁工
雕鑾作貳拾肆工
鋸匠叁拾工
艌作壹百工
鐵作鎚打柒工
油漆作拾貳工
五墨作伍工
旗作壹工
餘買辦不料

柒作陸拾壹工

叁案貳千肆百貳拾柒工捌百伍拾捌工該銀捌百貳拾工該銀貳

伍分該銀柒拾貳兩貳拾伍兩柒錢肆分拾肆兩陸錢嘉靖叁拾貳年

捌錢貳分伍釐嘉靖叁拾

壹年造叁百料

船木作　雕鑾作

上索作　粧鑾作

抹金作　鼓作

嫈作　旗作

龍錫作　雙線作

縧竹作　牽轎作

響銅作　俱同撈例

索作同二案

嘉靖叁拾壹年

造周瑚肆百料

雕鑾作　鋸匠

撕麻蓆灰　蓬作

索作　纜作

竹作　粧鑾作

旗作　剗殼作

俱同二案

船木作叁百貳拾伍

工

鋸匠壹百工

索修作壹百貳拾伍

造舊原一

壹百料

蓬作　纜作

油漆作　五墨作

粧鑾作　旗作

剗殼作　俱同船書

船木作貳百捌拾伍

工

鋸匠壹百肆工

裝修竹作壹百肆拾工

雕鑾作貳拾捌工

鋸匠貳拾捌工

本作同一案
船木作鋸匠貳百貳拾工
裝修作貳百玖拾叁工
鋸匠共拾工
艌作貳百捌拾捌工
舂灰撚麻扯纘肆拾叁工
鐵作壹百壹拾貳工
上鐵作貳拾肆工
篷作捌拾捌工
纜作貳拾柒工
竹作貳拾工
油漆作壹百叁拾工
五墨作叁拾工
旗作肆工
蜊殼作貳拾叁工

艌作壹百貳拾工
鐵作鏇打伍工
油漆五墨作共壹拾陸工
餘買辦不料

艌作壹百肆工伍分
鐵作貳拾肆工伍分
鏇打陸工
索作貳拾陸工
餘買辦不料

裁縫作捌工
桶作拾貳工
銅作貳拾工
鑄作拾工

戰船	弘治拾陸年榜例	
肆百料座船	貳千肆百捌拾柒工壹分該銀柒拾肆兩陸錢壹分	船木作捌百伍拾工 艌匠貳百伍拾工 裝修作叁百陸拾伍工 鐵作柒拾玖工 鋸匠肆拾工
貳百料	壹千工該銀叁拾兩	船木作叁百壹拾工 艌匠壹百壹拾工 裝修作壹百伍拾工 鋸匠陸拾伍工 艌作壹百叁拾肆工 鐵作柒拾工 蓬作伍拾伍工 索作叁拾叁工 纜作柒工 油漆作拾工
壹百伍拾料	柒百伍拾壹工該銀貳拾貳兩伍錢叁分	船木作貳百柒拾工 艌匠壹百壹拾工 裝修作捌拾工 鋸匠肆拾工 艌作壹百工 鐵作肆拾捌工 蓬作貳拾玖工 索作貳拾壹工

艌作叁百肆拾叁工陸分
鐵作壹百玖拾伍工伍分
上鐵作拾柒工
蓬作捌拾玖工
索作陸拾貳工伍分
纜作拾捌工伍分
油漆作陸拾陸工伍分
五墨作叁拾工
旗作玖工伍分
鼓作伍工
喇叭作肆拾柒工
纓作貳工
旋作伍工
染作肆工
擺錫作叁工

五墨作拾壹工
旗作拾工
鼓作叁工
喇叭作叁工
纓作壹工
旋作叁工
染作貳拾伍工
雙線作壹工

纜作柒工
油漆作拾壹工
五墨作玖工
旗作貳工伍分
鼓作叁工
喇叭作貳工
纓作壹工
旋作壹工
染作拾伍工
雙線作壹工伍分

船書

雙線作陸工

柒百零壹工伍分該
銀貳拾壹兩肆分伍
釐

船木作　船木鋸匠
艌作　索作
纜作　油漆作
五墨作　旗作
鋓殼作　俱同榜例
裝修作捌拾叁工
裝修鋸匠肆拾壹工
鐵作鎚打拾貳工
蓬作叁拾叁工
餘買辦不料

壹案

貳千肆百柒拾壹工該銀柒拾肆兩壹錢叁分 嘉靖拾柒年造

船木作　船木鋸匠
雕鑾作　裝修鋸匠
上鐵作　篷作
索作　油漆作
五墨作　旗作
鼓作　翢殼作
纜作　旋作
染作　擺錫作
雙線作　俱同榜例
裝修作叁百陸拾肆工
艙作叁百肆拾叁工

玖百貳拾玖工該銀貳拾柒兩捌錢柒分 嘉靖拾捌年造

船木作　裝修作
裝修作鋸匠
篷作　索作
纜作　油漆作
五墨作　旗作
翢殼作　纜作
旋作　染作
雙線作　俱同榜例
船木作鋸匠壹百零貳工
鐵作鏇打柒工
鼓作貳工

陸百玖拾玖工該銀貳拾兩玖錢玖分 嘉靖拾伍年造

船木作　艙作
索作　纜作
油漆作　五墨作
旗作　翢殼作
俱同船書
裝修作　裝修鋸匠
篷作　纜作
旋作　染作
雙線作　俱同榜例
船木鋸匠壹百貳工
鐵作鏇打柒工
餘買辦不料

鐵作壹百捌拾工伍
分
纜作拾捌工
餘買辦不料

貳柒

貳千壹百柒拾貳工
該銀陸拾伍兩壹錢
陸分
嘉靖叁拾壹年造
船木作　船木鋸匠
裝修作　雕鑾作
裝修鋸匠俱同一案
艌作叁百柒拾工
鐵作鎗打玖工
上鐵作陸拾陸工
蓬作陸拾工
索作陸拾一

捌百捌拾捌工該銀
貳拾陸兩陸錢肆分
嘉靖貳拾壹年造
裝修作　裝修鋸匠
索作　油漆作
五墨作　剩殼作
俱同一案
船木作叁百貳拾貳
工
船木鋸匠壹百肆拾
工

柒百零陸工伍分該
銀貳拾壹兩壹錢玖
分伍釐
嘉靖貳拾貳年造
船木作　艌作
裝修作　裝修鋸匠
索作　纜作
油漆作　五墨作
旗作　剩殼作
俱同一案
鐵作鎗打拾貳工
船木鋸匠壹百壹拾

叁案

纜作拾伍工
油漆作伍拾柒工
五墨作貳拾柒工
旗作拾工
剉艌作貳拾貳工
餘買辦不料

艌作壹百叁拾伍工
鐵作錠打玖工
蓬作裝紮叁工
旗作柒工
餘買辦不料

蓬作叁拾捌工
餘買辦不料

捌百柒拾貳工該銀陸百肆拾柒工伍分
貳拾陸兩壹錢陸分該銀壹拾玖兩肆錢
貳分伍釐

嘉靖叁拾壹年造
裝修作　裝修鋸匠
俱同二案
船木作叁百貳拾工
船木鋸匠玖拾伍工
艌作壹百叁拾工
鐵作錠打玖工

嘉靖叁拾年造
纜作　剉艌作
俱同二案
船木作貳百伍拾工
船木鋸匠捌拾伍工
裝修作柒拾捌工
裝修作鋸匠叁拾肆

弘治拾陸年榜	戰船	
肆百玖拾工該銀壹拾肆兩柒錢 船木作壹百肆拾玖工	壹百料	
貳百伍拾陸工陸分柒釐該銀柒兩柒錢 船木作捌拾工 船木作釘匠肆拾	三板船	蓬作肆拾工 索作叁拾工 篾作陸工 油漆作捌工 五墨作拾工 旗作木工 蜊殼作貳工 餘買辦不料
貳百肆拾陸工柒分柒釐該銀柒兩肆錢 船木作陸拾伍工 船木作鋸匠伍拾兩	划船	工 艌作玖拾伍工 鐵作貳拾伍工伍分 蓬作叁拾壹工 索作貳拾工 油漆作拾工 五墨作捌工 旗作貳工 餘買辦不料

船書

肆百伍拾壹工該銀

[illegible]木鋸匠壹百工
[illegible]木作并鋸匠柒拾工
百工
艌作伍拾柒工
鐵作肆拾貳工
蓬作貳拾陸工
索作貳拾壹工
纜作肆工
油漆作伍工
五墨作肆工
旗作貳工
喇叭作叁工
纓作壹工
旋作壹工
染作叁工
雙線作壹工

貳百叁拾貳工該銀

艌作[illegible]拾[illegible]工
鐵作叁拾叁工[illegible]分
[illegible]
蓬作弍拾[illegible]工
索作貳拾壹工
纜作伍工
油漆作叁工
五墨作叁工
旗作貳工
喇叭作半工
旋作壹工
染作弍工
雙線作半工

貳百壹拾玖工該銀

[illegible]

壹案

壹拾叁兩伍錢叁分
船不作　船木鋸匠
艌作　索作
纜作　油漆作
五墨作　旗作
俱同榜例
裝修作伍拾貳工
裝修鋸匠貳拾貳工
鐵作鍍打拾工
蓬作貳拾叁工
蜊殼作貳工
餘買辦不料
肆百肆拾捌工該銀
壹拾叁兩肆錢肆分

陸兩柒錢陸分
船木作　船木鋸匠
艌作　蓬作
索作　纜作
油漆作　五墨作
旗作　俱同榜例
裝修作伍工
鐵作捌工
貳[illegible]叁[illegible]該銀陸
兩柒錢
嘉靖拾
伍年造

陸兩伍錢柒分
船木作陸拾伍工
船木鋸匠伍拾貳工
裝修作伍工
艌作叁拾貳工
鐵作鍍打捌工
蓬作貳拾叁工
索作貳拾壹工
纜作伍工
油漆作叁工
五墨作叁工
旗作貳工
貳百肆拾壹工該銀
柒兩貳錢叁分
嘉靖拾[illegible]增

貳案

嘉靖貳拾貳年造
船木作 船木鋸匠
鐵作 艌作
蓬作 索作
纜作 油漆作
五墨作 旗作
艄殼作 俱同船書
裝修作并鋸匠計拾
壹工
餘買辦不料

貳百叁拾貳工該銀

船木作 艌作
纜作 油漆作
五墨作 旗作
纓作 旋作
索作 雙線作
俱同船書
船木鋸匠肆拾工
裝修作肆工
鐵作鏇打伍工
蓬作貳拾叁工
索作拾玖工

貳

貳百五拾捌工該銀

年造
船木作 艌作
油漆作 五墨作
旗作 俱同船書
船木鋸匠肆拾柒工
裝修作肆工
鐵作叁拾工肆分
蓬作貳拾伍工
索作拾玖工
纜作伍工陸分
纓作半工
旋作壹工
索作叁工
雙線作半工

陸兩玖錢陸分 嘉靖貳拾貳年
造
船木作 艌作
纜作 油漆作
五墨作 旗作
俱同一案
船木作鋸匠
裝修作 鐵作
篷作 索作
俱同船書
餘買辦不料

陸兩伍錢肆分 嘉靖貳拾貳年
造
船木作 艌作
油漆作 五墨作
旗作 俱同一案
裝修作 船木鋸匠
鐵作 篷作
索作 俱同船書
纜作肆工
餘買辦不料

叁案
肆百貳拾陸工該銀
壹拾貳兩柒錢捌分
貳百壹拾貳工該銀
陸兩叁錢陸分 嘉靖叁拾
壹百玖拾捌工該銀
伍兩玖錢肆分 嘉靖叁拾

巡船

料例

肆百料座船

□□座拾
貳□造
船木作　船木鋸匠
裝修作　裝修鋸匠
鐵作　艌作
索作　油漆作
五墨作　旗作
彈殼作　俱同二案
篷作索撓貳工
餘買辦不料

貳百料巡船

□造
裝修□　索作
油漆作　纜作
旗作　俱同一案
船木作柒拾伍工
船木鋸匠肆拾工
鐵作錠打柒工
艌作叁拾工
篷作貳拾肆工
五墨作貳工
餘買辦不料

貳百料沙船

□□
裝□作　□□作
旗作　俱同二案
船木作陸拾工
船木鋸匠肆拾貳工
鐵作錠打柒工
艌作叁拾工
篷作貳拾肆工
索作壹拾捌工
纜作伍工
五墨作貳工
餘買辦不料

捌百柒拾工該銀貳

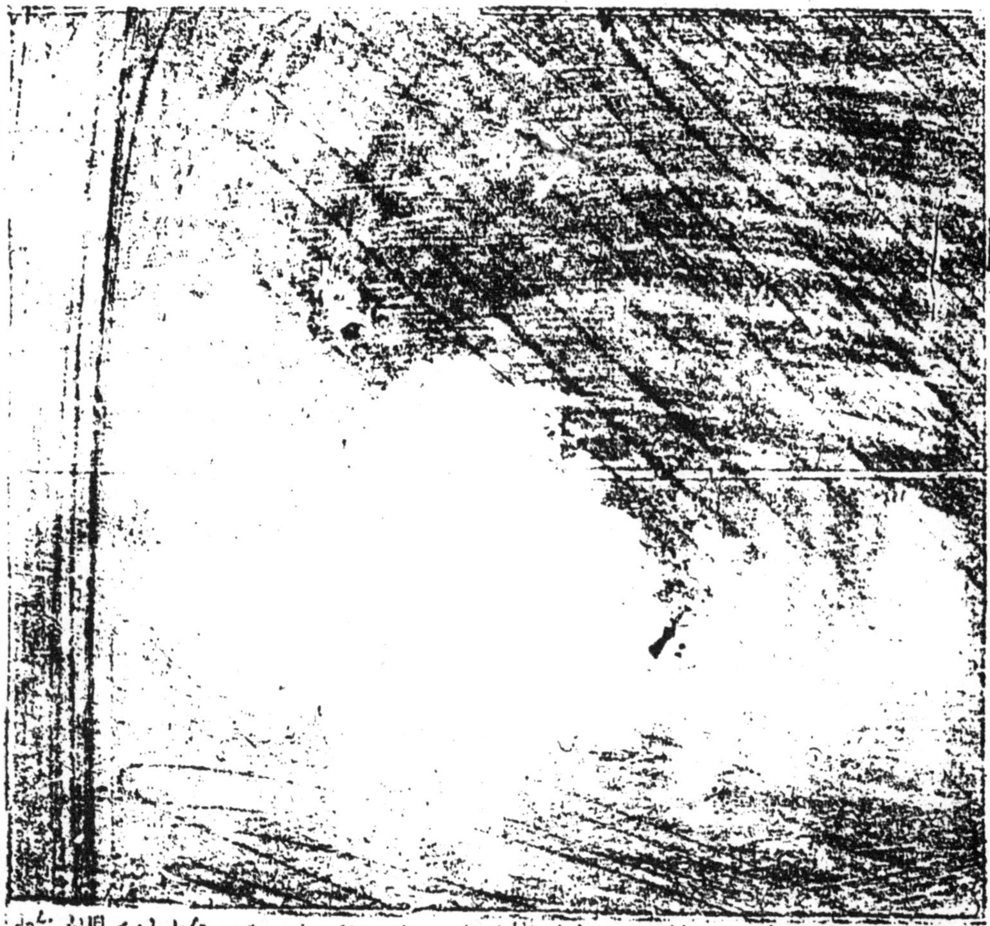

拾陸兩壹錢
船木作叁百貳拾工
船木鋸匠壹百貳拾工
裝修作壹百壹拾捌工
艌作壹百壹拾工
鐵作捌拾叁工伍分
逵作伍拾貳工
索作叁拾肆工伍分
纜作陸工
油漆作玖工
瓦罿作玖工
旗作壹工伍分
銅殼作貳工
纓作半工
旋作壹工伍分

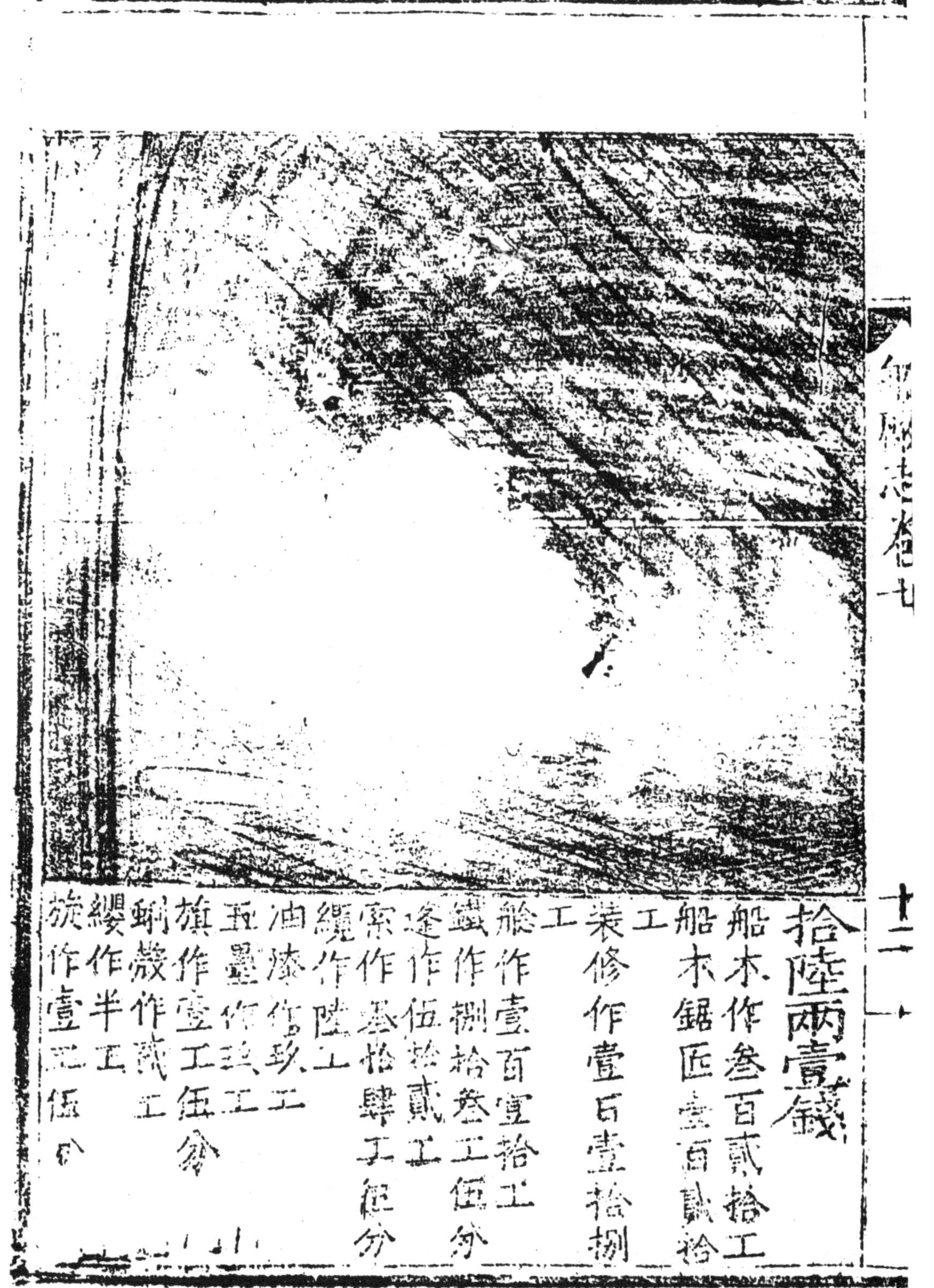

[illegible]作壹工伍分
雙線作壹工

船書

陸百柒拾壹工陸分
該銀貳拾兩壹錢肆
分捌釐
船木作貳百捌拾工
船木鋸匠玖拾工
裝修作陸拾工
艌作玖拾工
鐵作陸拾伍工陸分
篷作叁拾玖工
索作叁拾貳工
纜作柒工
油漆五墨作共柒工
旗作壹工

餘買辦不料

壹柒

壹千肆百工該銀肆拾貳兩嘉靖叁年造
船木作肆百壹拾陸工
船木鋸匠貳百工
裝修作貳百零肆工
雕鑾作肆拾肆工
裝修鋸匠貳拾叁工
艙作壹百玖拾肆工
鐵作壹百壹拾玖工
蓬作伍拾工
索作叁拾伍工
纜作拾工
油漆作叁拾捌工

陸百貳拾肆工伍分該銀壹拾捌兩柒錢叁分伍釐嘉靖拾伍年造
船木作貳百玖拾捌工
船木鋸匠玖拾叁工
裝修作陸拾叁工
艙作玖拾柒工
鐵作鎚打柒工
蓬作肆拾伍工
索作叁拾肆工
纜作柒工
油漆作陸工

柒百柒拾壹工伍分該銀貳拾叁兩壹錢肆分伍釐嘉靖拾伍年造
船木作　裝修作
艙作　索作
油漆作　五墨作
旗作　旋作
蜊殼作　染作
纓作　雙線作
俱同榜例
船木鋸匠壹百肆工
鐵作鎚打玖工
蓬作肆拾伍工

貳案

五墨作拾柒工
旗作捌工
鼓作叁工
螄殼作貳拾陸工
纜作壹工
旋作叁工
染作肆工
擺錫作壹工
雙線作肆工

壹千玖百伍拾伍工伍分該銀伍拾捌兩陸錢陸分伍釐嘉靖貳拾玖年造

五墨作叁工
旗作壹工
纜作壹工伍分
旋作壹工
染作壹工伍分
雙線作壹工伍分

柒百壹拾陸工伍分該銀貳拾壹兩肆錢玖分伍釐嘉靖拾陸年造
船木作　船木鋸匠
裝修作　艌作

纜作柒工

捌百叁拾捌工該銀貳拾伍兩壹錢肆分嘉靖拾陸年造
船木作　船木鋸匠
裝修作　艌作

叁桒

船木作柒百壹拾工
船木鋸匠貳百工
裝修雕鑾作叁百陸拾肆工
裝修鋸匠陸拾工
船作叁百壹拾叁工
鐵作柒拾貳工
蓬作陸拾玖工
索作肆拾伍工
纜作拾捌工
油漆作伍拾工
五墨作貳拾工
旗作肆工伍分
蚪殼作貳拾工

陸百叁拾陸工該銀壹拾玖兩捌分 嘉靖叁拾

蓬作　索作
纜作　油漆作
五墨作　旗作
旋作　纓作
桼作　雙線作
俱同一桒
鐵作陸拾伍工

陸百捌拾叁工伍分該銀貳拾兩伍錢伍

蓬作　索作
纜作　油漆作
五墨作　旗作
蚪殼作　纓作
旋作　桼作
雙線作　俱同一桒
鐵作柒拾叁工伍分

船[illegible]

安慶哨船

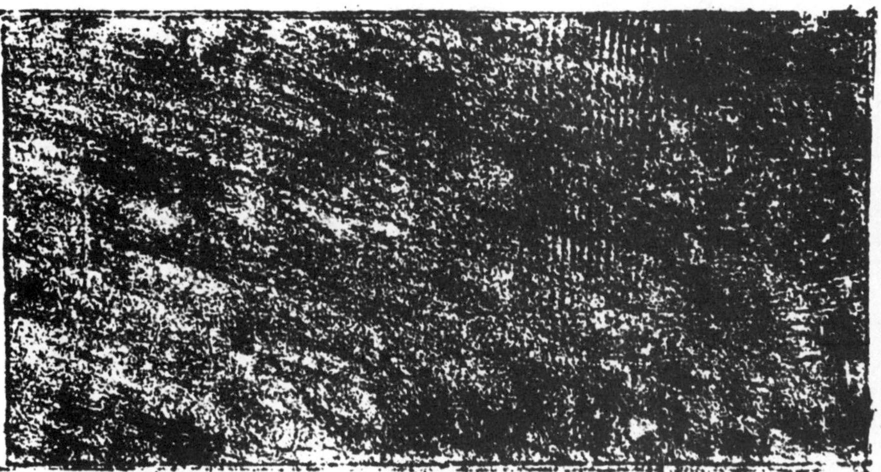

九江哨船

壹年
造
艌作　艕作
俱同船書
船木作貳百柒拾工
船木鋸匠捌拾工
裝修作伍拾陸工
鐵作陸拾肆工
篷作叁拾伍工
索作貳拾捌工
纜作陸工
油漆作叁工
五墨作叁工
餘買辦小料

輕淺利便船

[illegible]壹年
油漆作　五墨作
艌作　俱同榜例
鐵作同一案
船木作貳百捌拾工
船木鋸匠捌拾伍工
裝修作捌拾工
艙修鋸匠叁拾工
艌作壹百工
篷作肆拾貳工
索作叁拾工
纜作陸工
旗作壹工伍分
餘買辦不料

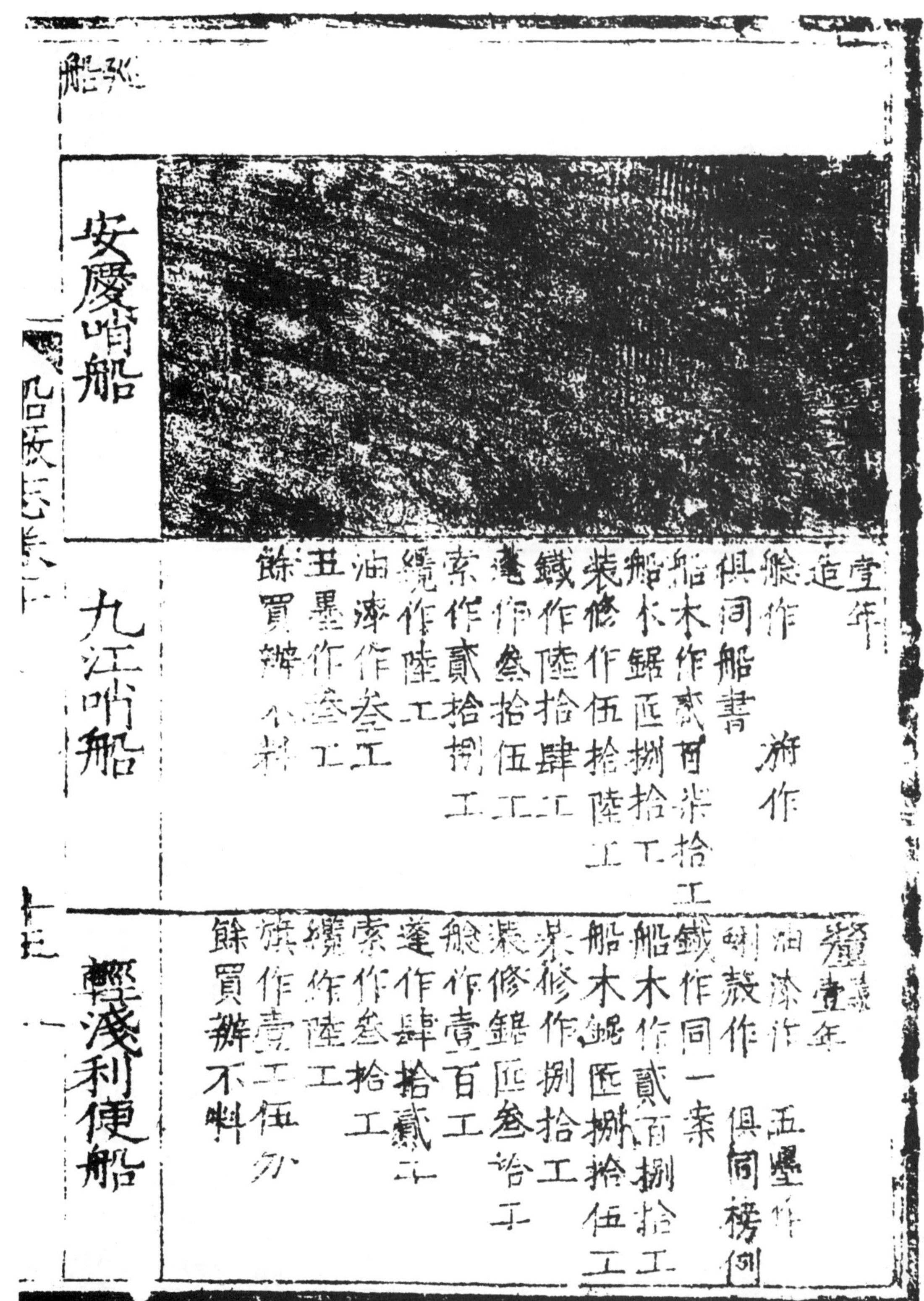

榜例貳百伍拾貳工該銀
柒兩伍錢陸分
船木作玖拾工
船木銀匠陸拾工
艌修作柒拾工
艌作肆拾伍工
鐵作錠打[illegible]
蓬作拾工
索作[illegible]貳工
纜作伍工
油漆作[illegible]工柒分
五墨作[illegible]工伍分
旗作壹工伍分
纓作[illegible]
旋作[illegible]
索作[illegible]

同[illegible][illegible]之號

捌百[illegible]拾陸工該銀
貳拾[illegible]兩貳錢捌分
船木作貳百玖拾貳
工貳分叁釐
船木鋸匠壹百叁拾
陸工叁分捌釐
艌修作壹百肆拾壹
工貳分柒釐伍毫
艌修鋸匠陸拾貳工
艌作壹百肆拾壹工
鐵作錠打拾肆工
蓬作貳拾玖工
索作貳拾玖工
油漆作玖工柒分
五墨作拾工柒分
旗作叁工

雙線作壹工

鼓作叁工
旋作貳工
纓作半工
雙線作半工

船書

壹案

貳百貳拾工該銀陸兩陸錢嘉靖拾年造
船木作　艙作
纓作　俱同榜例
船木鋸匠叁拾捌工
撻板扯鑽捌工
舂灰斲麻叁工
槳修作叁工
鐵作柒工
蓬作柒工

貳百叁拾貳工該銀陸兩玖錢陸分嘉靖伍年造
船木作玖拾工
船木鋸匠陸拾捌工
艌作肆拾伍工
蓬作柒工
索作捌工
纜作肆工
油漆作貳工

捌百玖拾捌工該銀貳拾陸兩玖錢肆分嘉靖拾叁年造
旗作　鼓作
旋作　纓作
雙線作　俱同榜例
船木作叁百工
船木鋸匠壹百肆拾工

	貳柒
索作捌工 纜作貳工 油漆作貳工 五墨作貳工 旗作壹工 染作叁工	貳百零肆工該銀陸兩壹錢貳分 嘉靖貳拾肆年造 五墨作 旗作 俱同一樣 艌木作捌拾工
五墨作貳工 旗作壹工 旋作壹工 染作叁工 [illegible]作[illegible]工	貳百伍拾貳工該銀[illegible]兩伍錢陸分 嘉靖[illegible]拾伍年造 艌木作 艌作 [illegible]作 俱同上樣
裝修作壹百肆拾貳工 裝修鋸匠陸拾肆工 艌作壹百肆拾伍工 鐵作拾伍工 篷作叁拾工 索作叁拾工 油漆作拾工 五墨作拾壹工	玖百零伍工柒分該銀貳拾柒兩壹錢柒分壹釐 嘉靖貳拾伍年造 艌作 裝修鋸匠 篷作 索作

叁柒

船木鋸匠肆拾工
裝修作伍工
艌作肆拾工
鐵作拾工
蓬作陸工五
索作拾貳工伍分
纜作叁工
油漆作叁工
五墨作六工
□作壹工
餘買辦不料

壹百捌拾捌工伍分
該銀伍兩陸錢伍分
伍艘嘉靖叁拾年造

艌作　船木鋸匠
鐵作　蓬作
索作　纜作
油漆作　五墨作
捻作　竹作
索作　雙線作
俱同榜例

壹百捌拾陸工伍分
該銀伍兩伍錢玖分
伍艘嘉靖叁拾年造

油漆作　五墨作
俱作　俱同榜例
船木作貳百玖拾貳工
船木鋸匠壹百叁拾
壹工
裝修作壹百肆拾二
鐵作肆拾玖工叁分
纘作肆工
餘買辦不料

湖船		膀例
壹號樓船	篷作　索作 纜作　五墨作 旗作　俱同二案 船木作柒拾伍工 船木鋸匠叁拾伍工 裝修作肆工 艙作叁拾肆工 鐵作拾貳工 油漆作貳工伍分 餘買辦不料	伍百玖拾[illegible]工該銀 貳拾柒兩玖錢柒分
貳號樓船	五墨作　旗作 俱同一案 船木作柒拾伍工 船木鋸匠叁拾伍工 裝修作肆工 艙作叁拾肆工 鐵作拾工 篷作陸工伍分 索作拾叁工伍分 纜作叁工 油漆作貳工伍分 餘買辦不料	肆百貳拾壹工該銀 壹拾貳兩陸錢叁分
平船		壹百陸拾工該銀肆 兩捌錢

船書	壹案
船木作壹百捌拾柒工 船木鋸匠柒拾伍工 裝修作壹百□拾工 裝修鋸匠貳拾半工 艌作陸拾捌工 鐵作叄拾工 蓬作拾玖工 索作拾陸工 油漆作貳拾柒工 五墨作伍工	伍百玖拾玖工該銀壹拾柒兩玖錢柒分
船木作壹百柒拾工 船木鋸匠陸拾伍工 裝修作并鋸匠伍拾柒工 艌作陸拾伍工 鐵作貳拾壹工 蓬作拾捌工 索作拾肆工 油漆作拾壹工	肆百貳拾壹工該銀壹拾貳兩陸錢叄分
船木作陸拾工 船木鋸匠肆拾捌工 艌作叄拾陸工 捌麻叄□半工 蓬作□工 索作伍工	壹百肆拾伍工伍分該銀肆兩叄錢陸分

貳紮

嘉靖拾壹年造
船木作　船木鋸匠
捲修作　捲修鋸匠
艌作　鐵作
篷作　索作
油漆作　五墨作
俱同榜例

伍百捌拾貳工該銀
貳分該銀壹拾柒兩
肆錢陸分陸釐
嘉靖貳拾伍年造
船木作　船木鋸匠
捲修作　捲修鋸匠

嘉靖拾壹年造
船木作　船木鋸匠
艌作　鐵作
篷作　索作
油漆作　俱同榜例
裝修作肆拾伍工
裝修鋸匠拾貳工

肆百零貳工該銀壹
拾貳兩陸分
嘉靖貳拾伍年造
船木作　船木鋸匠
裝修作　裝修鋸匠
艌作　鐵作
油漆作　俱同一紮
篷作匠工

伍釐
嘉靖拾壹年造
艌作　篷作
俱同榜例
船木作伍拾叁工
船木鋸匠貳拾陸工
鐵作貳拾工
索作叁工伍分

壹百陸拾工該銀肆
兩捌錢柒
嘉靖拾柒年造
船木作　船木鋸匠
艌作　舂灰撕麻
篷作　索作
俱同榜例

艌作　油漆作
隔間　案
鐵作貳拾玖工貳分
蓬作[illegible]拾貳工
索作[illegible]工

[illegible]作捌工

壹百叁拾柒工捌分
該銀肆兩壹錢叁分
肆釐　嘉靖貳拾肆年造
船木作　艌作
俱同榜例
船木鋸匠同一案
鐵作拾柒工捌分
蓬作貳工
索作叁工

務例
船書
壹隻

肆百料浮橋船	陸百陸拾陸工陸分柒釐該銀貳拾兩零壹毫嘉靖伍年造	船木作叁百肆拾工 船木鋸匠壹百肆拾工 艌作壹百伍工伍分 鐵作伍拾玖工陸分 [illegible]鑿
抽分座船	捌百零陸工該銀貳拾肆兩壹錢捌分嘉靖貳拾叁年造	船木作叁百伍拾工 船木鋸匠拾貳工 索作壹百叁拾工 木修鋸匠叁拾工 艌作貳百工 鐵作貳拾工
金水河漁船	捌拾肆工該銀貳兩伍錢貳分嘉靖拾壹年造	船木作肆拾伍工 船木鋸匠拾叁工 艌作貳拾叁工 鐵作叁工

索作陸工伍分
纜作捌工
油漆作肆工
五墨作叁工

蓬竹作貳拾陸工
索作拾伍工
纜作伍工
油漆作拾工
五墨作陸工
蜊殻作貳工

貳案

肆百玖拾伍工該銀壹拾肆兩捌錢伍分
嘉靖貳拾年造
船木作叁百工
船木鋸匠捌拾工
艌作壹百伍工
鐵作伍工
油漆作叁工
五墨作貳工

柒百玖拾工柒分該銀貳拾叁兩柒錢貳分壹釐嘉靖叁拾貳年造
裝修鋸匠蓬竹作
索作　纜作
油漆作　五墨作
蜊殻作　俱同一案
船木作貳百玖拾工
船木鋸匠壹百工

捌拾柒工該銀貳兩陸錢壹分嘉靖貳拾玖年造
船木作　船木鋸匠
艌作　俱同一案
鐵作陸工

餘買辦不料

装修作壹百壹拾陸
工
鐵作貳拾壹工柒分
艌作壹百陸拾玖工
餘買辦不料

叁案

肆百玖拾捌工該銀
壹拾肆兩玖錢肆分
嘉靖叁拾
貳年造
船木作　船木鋸匠
艌作　鐵作
油漆作　俱同二案
五墨作伍工
餘買辦不料

量材

船紀

預備船木作

黄船

楠木单板壹千伍百壹拾伍丈壹尺叁寸

川杉木并連貳連叁枋共单板伍百柒拾柒丈伍尺伍寸

頭大桅用川杉木貳根

櫓拾張用杉木伍根

旗哨招杆用中

船書

壹案 嘉靖貳拾捌年

船木作

楠木单板玖百伍拾丈捌尺貳寸叁分

楠木連叁枋单板貳百伍拾叁丈肆尺肆寸

川杉木单板肆百柒拾丈貳尺壹寸

川杉連貳連叁枋单板壹百壹拾柒丈陸尺

貳案 嘉靖叁拾貳年

船木作

楠木单板玖百壹拾捌丈柒尺伍寸

川杉木单板叁百伍拾捌丈伍尺玖寸

楠木連叁枋单板

川杉連貳連叁枋单板

俱同壹案

川杉頭大桅

杉條叁根
蓬秤扛用杉條
肆根
水戧用雜木貳
根
舵桿用榆木壹
根
舵牙關門棒用
櫃木貳根
水撇掬頭用舊
料改用

裝修雕鑾二作

川杉木并連貳
連叁枋共单板
叁百陸拾陸丈
陸尺捌寸
楠木单板叁拾

川杉頭大桅
旗哨招杆
櫓木　蓬秤扛
舵牙關門棒
已上俱同船紀
撑篙杉條拾根
水戧杉條貳根

裝修雕鑾二作

川杉連貳連叁
枋共单板壹百
玖拾捌丈柒尺
貳寸
楠木单板伍拾
捌丈陸尺陸寸
榆木
魚線膠
俱同船紀

旗哨招杆
櫓木　蓬秤扛
舵桿　水戧
撑篙　舵牙關
門棒
已上俱同壹索

裝修雕鑾二作

川杉連貳連叁
枋单板
楠木单板
榆木　魚線膠
俱同壹索

艌作

桐油柴百伍拾
斤
白麻陸百斤

伍丈柒尺陸寸陸分
連椅用榆木壹根
魚線膠壹斤

艌作
桐油捌百斤
白麻陸百伍拾斤
石灰壹千陸百斤

鐵作
熟鐵[redacted]
煤炭[redacted]

上鐵作

艌作
俱同船紀

鐵作
熟鐵壹千陸百斤
煤炭貳千肆百斤

上鐵作
熟鐵叁百斤
煤炭肆百伍拾斤

蓬作
猫竹　青筀竹
箬葉　黄藤

石灰壹千伍百斤

鐵作
熟鐵壹千肆百斤
煤炭貳千壹百斤

上鐵作
俱同壹案

蓬作
青筀竹陸百伍拾根
猫竹叁根
黄藤捌拾斤
箬葉壹百斤

熟鐵
煤炭

篷作
青篾竹柒百根
貓竹肆根
棕毛壹百柒拾斤
黄藤壹百斤
箬葉壹百貳拾斤

索作
棕毛捌百斤
白麻肆百伍拾斤

上索作

俱同船紀
净棕伍拾斤

索作
白麻同船紀
净棕貳百陸拾陸斤玖兩

上索作
同船紀

纜作
青水竹壹千陸百根

竹作
猫竹　青篾竹
俱同船紀

净棕伍拾斤

索作
白麻肆百叁拾斤
净棕貳百伍拾叁斤

上索作
同壹案

纜作
青水竹壹千伍百根

竹作
猫竹　青篾竹
俱同壹案

白麻肆拾斤

纜作

青水竹壹千柒
百根

竹作

青笙竹壹百伍
拾根
篐竹叁根伍分

油漆作

桐油壹百斤
石黄叁拾斤
白麵陸斤捌兩
中白綿伍兩
二硃捌斤
土子叁升

黄藤貳拾斤

油漆作

桐油　白麵
二硃　中白綿
土子　瓦灰
生漆　墨煤
水膠　密陀僧
紅土　光粉
黑漆　番硃
香油
俱同船紀
石黄拾叁斤
水花硃叁斤捌
兩
黄丹貳斤
苧布壹疋壹丈
伍尺伍寸

黄藤壹拾捌斤

油漆作

二硃　水花硃
光粉　黑漆
黄丹　香油
番硃　苧布
俱同壹桌
桐油捌拾斤
石黄拾貳斤捌
兩
白麵陸斤
土子貳斤
瓦灰壹斗陸升
生漆叁拾玖斤
中白綿肆兩
墨煤肆斤
水膠伍斤

瓦灰壹斗捌升
生漆肆拾斤
水花硃壹斤肆
兩
密陀僧陸兩
墨煤伍斤
水膠陸斤
銀硃伍斤
紅土伍斤
光粉貳拾斤
番硃貳斤
熟漆貳斤
黄丹貳斤拾兩
香油肆斤
苧布壹疋壹丈
陸尺

五墨作
俱同船紀

粧鑾作
金箔　苧布
熟漆俱同船紀
生漆壹斤

抹金作
金箔同船紀
熟漆伍兩

旗作
俱同船紀

鼓作
生血水牛皮壹

密陀僧伍兩
紅土肆斤

五墨作
銀硃　二硃
水膠俱同壹案
光粉貳斤
枝條碌貳斤拾
兩
墨煤壹斤
三碌貳斤肆兩
合碌壹斤拾兩
靛花青肆兩伍
錢
藤黄貳兩

粧鑾作
俱同壹案

銀硃貳斤
貳硃貳斤
光粉叁斤
墨煤壹斤肆兩
水膠叁斤
叁碌貳斤捌兩
合碌壹斤拾貳兩
蘇黃貳兩
枝條碌叁斤
靛花青伍兩

粧鑾作
金箔陸拾貼
苧布伍丈
熟漆拾貳兩伍錢
生漆貳斤

張
樟木壹段

剗殼作

纓作

旋作
俱同船紀

漆作
靛青壹百玖斤
槐花貳斤
明礬蘇木
猪鬃攙缸灰
俱同船紀

裁縫作

抹金作
金箔拾貳貼
熟漆肆兩

旗作
黃生布絹捌丈
黃絲線壹兩捌錢

鼓作

剗殼作

纓作

旋作
俱同壹案

抹金作
金箔拾叁貼
旗作
黃生官絹捌疋
黃絲線貳兩
鼓作
生血水牛皮壹
張伍分
樟木壹段
鍘殼作
鍘殼陸拾斤
纓作
茜紅火把纓貳

闊白綿布拾捌
疋
青絲線伍兩
擺錫作
雙線作
絛作
穿椅作
桶作
銅作
響銅作
俱同船紀

漆作
明礬　槐花
猪鬃俱同壹桊
靛青玖拾斤
蘇木伍兩捌錢
攪缸灰陸拾貳
斤
裁縫作
俱同船紀
擺錫作
雙線作
俱同壹桊
絛作

斤

旋作

白楊木壹段

櫨木壹段

白苦竹貳根

染作

靛青玖拾貳斤

明礬壹斤

蘇木陸兩

槐花叁斤

猪胰子壹斤

攙缸灰陸拾貳斤

裁縫作

闊白綿布拾捌

鍋作

紅銅伍斤

木炭拾伍斤

廣鐵鍋貳口買辦

大紅絨絲線捌兩

綠綵線貳錢伍分

紅絨肆兩

穿椅作

桶作

銅作

響銅作

俱同壹桌

鑄作

紅銅伍斤

生鐵叁拾捌斤

足
青絲線肆兩

擺錫作

花錫捌兩
猪油捌兩

雙線作

生牸水牛皮叁分
紅真皮叁分
生絲左線陸錢

縧作

大紅熟絲線捌兩伍錢
綠絲線叁錢
紅絨伍兩

斤
木炭壹百斤
廣鐵鍋貳口買辦

穿[illegible]作
青綿紗貳斤捌兩

桶作
用本船舊料

銅作響銅作
黃熟銅拾陸斤
響銅拾伍斤
木炭壹百斤
硼砂壹兩

鑄作
紅銅伍
生鐵壹百柒拾玖斤

稻皮壹百壹拾玖斤
麥穩壹百壹拾玖斤
木炭壹百壹拾玖斤
煤炭壹百壹拾玖斤

南京大黃船

船總[illegible]
船木作
楠木單板柒百壹拾陸丈陸尺叁寸
杉木并板枋單板貳百陸拾陸丈叁尺貳寸

船書
船木作
楠木單板陸百壹拾壹丈[illegible]寸捌分肆釐
杉木單板壹百貳拾柒丈壹尺[illegible]寸[illegible]分

壹號嘉靖貳拾柒年
船木作
楠木單板柒百伍拾伍丈壹尺五寸陸分
杉木單板伍拾伍丈捌尺陸寸貳分捌釐

貳號嘉靖叁拾壹年
船木作
楠木單板陸百陸拾陸丈[illegible]叁寸叁
杉木單板壹[illegible]玖丈捌尺壹玖分

頭大桅用杉木
貳根
櫓肆張用杉木
貳根
旗哨招杆用杉
條叁根
水戗用雜木貳
根
舵桿用楡木壹
根
撑篙用杉篙拾
根
舵牙關門棒用
檀木貳根
装修雕鑾二作
杉木单板壹百
伍拾貳丈陸尺

頭大桅
旗哨招杆
舵桿　撑篙
舵牙　關門棒
俱同船紀
蓬桿扛用杉條
陸根
水戗用杉條貳
根
稍欄杆用杉條
貳根
装修雕鑾二作
杉木单板壹百
貳丈貳分肆毫
楠木单板陸丈
柒尺陸寸壹分
伍釐貳毫

頭大桅　水戗
蓬桿扛　撑篙
舵牙關門棒
舵桿
俱同船書
哨招杆用杉條
貳根
桅點用杉條壹
根
装修雕鑾二作
艌作
俱同船書
鐵作
熟鐵叁百捌拾
伍斤

松木单板柒丈
柒尺貳寸捌分
頭大桅　水戗
蓬桿扛　撑篙
哨招杆　舵桿
舵牙關門棒
俱同壹柒
装修雕鑾二作
杉木单板壹百
叁丈陸尺玖寸
壹分
楠木单板肆丈
柒尺玖寸柒分
陸釐
艌作
桐油叁百伍拾

肆分
楠木单板貳拾
丈叁尺
艌作
桐油肆百壹拾
貳斤
黃麻肆百壹拾
貳斤
石灰捌百貳拾
伍斤
鐵作
熟鐵[illegible]
炼炭[illegible]
篷作
青篳竹壹百根

艌作
桐油肆百斤
黃麻肆百斤
石灰捌百斤
鐵作
熟鐵貳百伍拾
斤
炼炭貳百斤
篷作
青篾竹 蘆柴
[illegible]把
[illegible]拾[illegible]
[illegible]拾斤
索作

煤炭玖百伍拾
斤
篷作
索作
纜作
竹作
油漆畫墨二作
[illegible]作
[illegible]作
鼓作

斤
黃麻叁百伍拾
斤
石灰柒百斤
鐵作
鐵釘貳百伍拾
斤
篷作
蘆柴 黃藤
俱同壹案
青篾竹玖拾叁
根
苧麻陸斤捌兩
索作
苧[illegible]百肆斤

麤柴伍拾束
黃藤伍拾斤
棕毛叁拾伍斤

索作
棕毛伍百斤
白麻貳百伍拾伍斤

纜作
青水竹壹千根

竹作
青篁竹柒拾根
猫竹柒根
黃藤拾斤

油漆五墨二作

净棕壹百陸拾陸斤拾兩
黃麻貳百伍拾斤

纜作
青水竹陸百根

竹作
青篁竹伍拾伍根
猫竹叁根伍分
黃藤拾斤

油漆五墨二作
桐油貳拾斤
銀硃捌兩
墨煤貳斤

蜊殼作
蜊殼　鍘釘
俱同船書
猫竹壹根

纜作

旋作
俱同船書

黃麻壹百陸拾柒斤

纜作
青水竹伍百伍拾根

竹作
猫竹　黃藤
俱同壹柒
青篁竹陸拾貳根

油漆五墨二作
桐油　墨煤
水膠　番硃
二硃　光粉
石黃　密陀僧

桐油貳拾伍斤
銀硃肆斤
二硃肆斤
番硃捌兩
一土叁斤
二碌一斤
石黄拾斤
枝條碌壹斤
藤黄貳兩
靛花青叁兩
黄丹壹斤
密陀僧肆兩
黑烟貳斤
光粉拾壹斤
水膠肆斤
粧鑾作三匠
金箔拾貼

水膠貳斤拾叁兩
黄硃壹斤
二硃壹斤拾伍兩
光粉叁斤拾肆兩
黄丹壹斤拾肆
紅土拾叁兩
密陀僧叁兩
石黄拾斤
二硃壹斤
枝條碌拾伍兩
藤黄壹兩
靛花青壹兩
粧鑾作三匠
金箔拾貼

合硃供司壹案
黄丹壹斤肆兩
貳錢
紅土貳兩柒錢
藤黄一兩陸錢
靛花青一兩柒錢
枝條碌拾伍兩
粧鑾作
金箔叁貼
熟漆貳兩
旗作
黄熟絹
紅綿布
青黄綵絲
俱壹來

熟漆伍兩
旗作
黄生官絹貳疋
壹丈捌尺
黄絲線貳錢
闊白綿布柒疋
青絲線伍錢
鼓作
鼓壹面
鋓殼作
鋓殼陸拾肆斤
纓作
茜紅纓貳斤
生淨水牛皮壹

熟漆肆兩
旗作
黄熟綿肆丈貳
尺
青綿布伍疋
紅綿布叁丈
鼓作
同船紀
鋓殼作
鋓殼伍拾捌斤
猫竹壹根伍分
鉋釘貳千個
纓作
大紅纓頭壹個

青綿布伍疋
鼓作
同壹桌
鋓殼作
鉋釘 猫竹
俱同壹桌
鋓殼伍拾斤
纓作
旋作
俱同壹桌

分伍釐
紅藤皮壹分伍
釐

旋作
檀香壹段
白楊木壹段

漆作
靛青貳拾斤
槐花伍兩
明礬捌兩
蘇木肆兩

銅作
黄銅壹斤伍兩

船紀

旋作
梢竹木葫蘆頂貳
壹個
木桅餅伍個
七星板貳塊
木玲璫參個
鼓槌壹副
寶珠頂壹箇

船書

壹案 嘉靖貳拾玖年

貳案 嘉靖貳拾玖年

小黄船

船木作

楠木單板柒百
貳拾陸丈伍尺
伍寸壹分捌釐
杉木并板枋共
單板壹百叁拾
捌丈陸尺叁寸
頭大桅用杉木
貳根
櫓用杉木貳根
篷秆扣用杉條
叁根
水戧用雜木壹
根
旗哨招扣用杉
條叁根
撑篙用杉篙捌

船木作

楠木單板壹千
貳拾貳丈陸尺
叁寸壹分
杉木單板玖拾
貳丈玖尺陸寸
捌分肆釐
松木單板叁拾
肆丈捌尺捌寸
陸分叁釐
頭大桅
旗哨招杆
撑篙　舵杆
舵牙關門棒
俱同船紀
篷秆杠用杉條
陸根

船木作

楠木單板柒百
肆拾丈玖尺捌
寸捌釐
杉木單板壹百
零伍丈壹尺伍
寸捌分伍釐
松木單板貳拾
貳丈玖尺伍寸
捌分肆毫
旗哨招杆
撑篙　水戧
舵杆　篷秆杠
舵牙關門棒
俱同船書
桅稍用杉木壹
根

船木作

楠木單板捌百
柒拾柒丈捌尺
叁寸肆分陸釐
杉木單板伍拾
肆丈貳尺肆寸
貳釐貳毫
旗哨招杆
水戧　篷秆杠
撑篙　舵杆
舵牙關門棒
俱同壹索
頭大桅
稍箭篷桁條
俱同船書
長修雕鑾三作

[illegible]
[illegible]梓用楡木壹
根
[illegible]牙門門作用
櫃不[illegible]根

裝修雕鑾二作

杉木[illegible]版柁[illegible]
單板貳百肆拾
柒丈捌尺肆寸
叁分貳釐
楠木單板壹拾
捌丈伍尺貳寸

艌作

桐油貳百斤
[illegible]麻[illegible]百斤
灰肆百

梢蓬桁條用杉
條[illegible]根
木戧用杉條貳
根

裝修雕鑾二作

杉木單板壹百
壹拾伍丈叁尺
陸寸肆分
楠木單板柒丈
陸寸陸分肆釐

艌作

桐油貳百伍拾
斤[illegible]麻貳百伍拾斤
[illegible]灰伍百斤

桅篙[illegible]條用
杉條肆根

裝修雕鑾二作

木單板玖拾
丈[illegible]尺陸寸
伍分肆釐
楠木單板捌丈
柒尺伍寸玖分
貳釐捌毫肆絲

艌作

俱同前紀

鐵作

[illegible]斤

蓬作

杉木甲板壹百
[illegible]貳丈陸尺叁
寸肆釐捌毫
楠木草板壹拾
壹丈叁尺肆寸
肆分[illegible]
[illegible]

艌作

俱同壹桌

鐵作

熟鐵叁百捌斤
爛炭肆百陸拾
貳斤

蓬作

蘆柴　青篁竹

鐵作
熟鐵[illegible]
煤炭[illegible]
篷作
青篾竹壹百根
蘆柴伍拾束
黄藤肆拾斤
棕毛叁拾斤
索作
棕毛貳百伍拾
斤
黄麻貳百斤
纜作
青水竹肆百肆

鐵作
熟鐵叁百陸斤
煤炭陸百伍拾
玖斤
篷作
蘆[illegible]青篾竹
俱同船[illegible]
黄藤叁拾斤
净棕[illegible]斤
索作
净棕捌拾叁斤
黄麻壹百叁拾
斤
纜作

青篾竹玖拾陸
根
蘆柴肆拾捌束
黄藤貳拾捌斤
净棕玖斤伍兩
索作
净棕柒拾伍斤
黄麻壹百叁拾
貳斤
纜作
青水竹肆百根
油漆作
桐油　黄州
番硃　漆陀僧
墨煤　水膠

黄藤俱同船書
净棕玖斤拾伍
兩
索作
净棕同壹葉
黄麻同船書
纜作
油漆作
五墨作
艌作
鼓作
俱同壹等

拾根

油漆五墨二作
桐油貳拾斤
銀硃貳斤肆兩
靛花青肆兩
石黃陸斤
光粉叁斤
番硃壹斤
藤黃貳兩
墨煤貳斤
黃丹壹斤
水膠叁斤
二硃貳斤
密陀僧陸兩
三碌壹斤
枝條碌壹拾伍
[illegible]

青水竹伍百根

油漆作
桐油貳拾斤
黃丹壹斤
密陀僧肆兩
石黃拾斤
番硃壹斤
墨煤壹斤
水膠貳斤
二硃壹斤
光粉貳斤

五墨作
三綠壹斤
合綠壹斤
二硃陸兩
[illegible]

二硃　光粉
俱同[illegible]
石黃[illegible]斤

五墨作
俱同[illegible]

[illegible]作
金箔[illegible]帖
熟[illegible]上[illegible]兩

[illegible]作
[illegible]八

鼓作
[illegible]壹兩
刊[illegible]

剷殼作

纓作
俱同壹朵

旋作
花餅　七星板
玲瓏　葫蘆頂
俱同壹案
鼓捶壹副

糚鑾作

金箔貳貼

旗作

黃熟絹貳疋

黃綵線伍錢

鼓作

鼓壹面

鋓殼作

鋓殼伍拾陸斤

攙錫鉋釘貳百個

纓作

茜紅纓貳斤

藤黃貳兩

靛花青貳兩

水膠壹斤

墨煤壹斤

光粉

糚鑾作

金箔貳貼

熟漆壹兩

旗作

黃熟絹壹疋壹丈

鼓作

鼓壹面

鋓殼作

鋓殼伍拾陸斤

纓作

同船書

旗作

玲瓏七星挍

葫蘆頂

俱同船書

木桅餅伍個

肆百

船木作　船紀

生狰水牛皮壹
分
紅鹿皮壹分
旋作
櫂木壹段
白楊木壹段

船書

麵麩伍拾陸斤
攤錫鉋釘壹千
肆百肆拾個
貓竹伍分
纓作
紅纓頭壹條
旋作
木搶餅叁個
七星板貳塊
木玲瓏叁個
葫蘆頂壹個

船木作　壹案　嘉靖拾柒年

船木作　貳案　嘉靖叁拾壹年

料單 戰座船

楠木并板枋共
單板壹千捌拾
叁丈陸尺肆寸
陸分貳釐
杉木并板枋共
單板貳百柒拾
捌丈壹尺陸寸
陸分
松木單板壹百
伍拾丈貳尺捌
釐玖毫
頭大桅用杉木
貳根
櫓用杉木捌根
遂秤杠用杉條
肆根
招杆用杉木壹
根

楠木并連貳連
肆枋單板伍百
陸拾壹丈壹尺
貳寸
杉木連貳連叁
枋單板伍百伍
拾貳丈柒尺貳
寸
杉木單板肆百
玖拾玖丈壹尺
捌寸玖分
羅松連貳枋單
板壹百零玖丈
貳尺
頭大桅
櫓木 招杆
水戧 蓬秤杠
舵桿 舵牙

楠木單板壹千
貳百叁拾貳丈
陸尺伍寸貳分
叁釐捌毫
杉木單板叁百
伍拾丈陸寸玖
分肆釐玖毫
頭大桅
招杆 撐槁
舵桿 舵牙
閑門棒
蓬秤杠
俱同壹案
旗哨杆用杉條
貳根
水戧杉木貳根

裝修雕鑾二作

水戧用雜木貳
根撐槁用杉槁拾
陸根
五方旗桿用杉
槁拾陸根
舵桿用榆木壹
根
舵牙閂門棒用
檀木貳根

裝修雕鑾二作

杉木并連貳枋
共单板貳百柒
拾伍丈柒寸叁
分肆釐
楠木单板拾叁
丈貳尺叁寸

閂門棒
俱同船紀
撐槁用杉槁壹
拾根

裝修雕鑾二作

杉木連貳枋叁
板壹百陸拾捌
丈
杉木单板壹百
零玖丈捌尺柒
寸伍分
樟木壹根

艌作

俱同船紀

鐵作

杉木单板貳百
捌拾貳丈肆寸
叁分玖釐肆毫
肆絲
楠木单板柒丈
叁尺伍寸柒分
叁釐玖毫

艌作

俱同壹案

鐵作

鐵釘壹千捌百
貳拾斤
鎚打舊釘煤炭
貳百斤

上鐵作

艌作
桐油柒百斤
黃麻柒百斤
石灰壹千肆百斤

鐵作
熟鐵[redacted]
煤炭[redacted]

上鐵作
熟鐵[redacted]
煤炭[redacted]

篷作
青篷竹肆百根
黃藤伍拾斤

鐵釘壹千肆百貳拾捌斤

上鐵作
熟鐵貳百斤
木炭貳百斤
煤炭貳百斤

篷作

索作

纜作

油漆五墨二作

旗作
俱同船紀

熟鐵貳百斤
煤炭叁百斤

篷作
青篷竹肆百貳拾肆根
黃藤伍拾斤
净棕貳拾斤
箬葉伍斤

索作
净棕貳百伍拾陸斤拾兩
黃麻貳百柒拾斤

纜作
青水竹陸百根

棕毛捌拾斤

索作

棕毛柒百柒拾斤
黃麻貳百肆拾斤
白麻叁拾斤

纜作

青水竹柒百根

油漆五墨二作

桐油壹百斤
叁碌壹斤
合碌壹斤
靛花青叁兩
螺青陸兩

鼓作

銅鈸作

俱同船紀

纓作

生狰水牛皮壹張貳分
紅鹿皮壹張貳分
白麻線叁兩
紅纓拾貳斤
黑纓拾貳斤

染作

擺錫作

油漆作

桐油壹百斤
黃丹叁斤
密陀僧捌兩
水膠拾斤
光粉貳拾壹斤
番硃拾斤
紅土陸斤
黑煤拾斤
白麵拾斤
瓦灰叁斗
土子貳升
石灰貳拾斤
糯米肆升

五墨作

叁碌壹斤

藤黃貳兩
銀硃貳斤
花粉貳拾貳斤
墨煤拾貳斤
水膠拾貳斤
黃丹叁斤
密陀僧肆兩
瓦灰貳斗
白麵拾斤
紅土貳拾斤

旗作

白綿布拾伍疋
壹丈柒尺
黃生官絹柒疋
黃絲線柒錢
青絲線壹兩壹
錢

[illegible]

旗竿

白楊木壹段

合碌壹斤
靛花青叁兩
藤黃貳兩
光粉貳斤
銀硃貳斤
墨煤貳斤
貳硃貳斤
水膠貳斤

旗作

黃綿布拾伍丈
玖尺
藍綿布叁丈陸
尺
紅綿布叁丈陸
尺
青綿布陸疋壹
丈玖尺

鼓作

生血水牛皮壹張

樟木壹段

鰍殼作

鰍殼柴拾貳斤

猫竹貳根

纓作

生犅水牛皮[redacted]

紅麂皮[redacted]

白麻線陸兩

紅纓壹拾貳斤

黑纓共壹拾貳斤

白綿布壹丈玖尺

黃麻線叁兩

黃熟絹貳拾壹丈肆尺

紅熟絹叁丈陸尺伍寸

白熟絹壹丈玖尺

青熟絹壹丈玖尺

藍熟絹叁丈壹尺伍寸

黃紅綠線貳兩

整

鼓作

鼓壹面

旋作
椀餅拾瑠
椅亭寶珠壹箇
鐵頭葫蘆頂拾
貳個
寶珠拾肆箇

漆作
槐花壹斤
明礬壹斤
靛青貳拾斤
五倍子壹斤
蘇木貳兩
换缸灰貳拾斤

擺錫作
花錫壹斤

剷殼作
剷殼伍拾貳斤
箍竹貳根

纓作
大紅纓叁個
大黑纓叁個
五方旗小紅纓
拾陸個

旋作
桅餅陸箇
搶車貳箇
七星板貳塊
玲瓏叁箇
哨杆桅餅壹箇
寶珠頂壹箇

猪油壹斤

寶珠座壹箇
欄杆寶珠大小叁拾箇
鼓搥壹副

貳百料戰船

船紀
船木作
楠木并板枋共單板貳百陸拾叁丈捌尺柒寸柒分肆釐
杉木并板枋共單板玖拾貳丈柒尺貳寸肆分
松木單板壹百柒拾捌丈陸尺肆寸伍分陸釐

船書
船木作
楠木單板肆百玖拾玖丈柒尺捌分捌釐
杉木單板壹百貳拾捌丈陸尺叁寸陸分
松木單板柒拾肆丈伍尺玖寸伍分
桅木　頭大桅

壹案 嘉靖叁拾壹年
船木作
楠木單板肆百伍拾陸丈陸尺陸寸柒分柒釐
杉木單板壹百丈捌尺肆寸陸分柒釐
松木單板壹拾陸丈壹寸捌分捌毫
桅木　頭大桅

貳案 嘉靖叁拾貳年
船木作
裝修作 俱同船書
艌作 同壹案
鐵作
鐵浮動事件
桅櫃斗斗蓋

頭大桅用杉木
貳根
櫓用杉木陸根
旗梢招杆用杉
條叁根
蓬稈扛用杉條
貳根
撐篙用杉篙壹
拾根
水戧用雜木貳
根
舵桿用榆木壹
根
舵牙閂門棒用
櫃木貳根
裝修作
杉木并連貳枋

撐篙　蓬稈扛
舵桿　舵牙
閂門棒
俱同船紀
水戧用杉木貳
根
旗招杆用杉條
貳根
裝修作
杉木單板壹百
伍拾壹丈肆尺
伍寸肆分
艌作
桐油貳百伍拾
斤
黃麻貳百伍拾

水戧　桅梢杆
撐篙　蓬稈扛
舵桿　舵牙
閂門棒
俱同船書
裝修作
杉木單板壹百
肆拾伍丈壹尺
肆寸肆分
艌作
俱同船書
鐵作
鐵浮動事件
旗櫃扉斗裝修
小釘　煤炭

小釘　煤炭
俱同壹號
鐵釘叁百伍拾
斤
蓬作
頭人桅篾風蓬
貳領
青篁竹玖根
黃藤貳斤
淨棉壹斤
索作
同壹號
纜作
篾纜水貳條
篾產纜壹條

單長壹百貳拾斤
叁丈陸尺肆分石灰伍百斤

艌作
桐油叁百斤
黃麻叁百斤
石灰伍百斤

鐵作
鐵釘肆百柒拾斤
鐵浮動事件叁拾貳斤

篷作
青篾竹貳百陸拾根
黃藤叁拾伍斤

鐵作
鐵釘肆千叁拾玖箇
鐵浮動事件拾捌斤伍錢
旗纜肩斗裝修小釘壹千貳拾柒箇
煤炭壹百斤

篷作
兩大桅篾風篷貳箇
青篾竹肆根
黃藤拾叁兩

俱同船書
鐵釘叁百柒拾斤

篷作
青篾竹貳百零壹根
黃藤叁拾斤
淨棕拾陸斤

索作
淨棕壹百肆拾捌斤
黃麻玖拾陸斤捌兩

纜作
青水竹叁百貳

油漆作
五墨作
旗作
鼓作
蜊殼作
纓作
旋作
俱同壹条

棕毛伍拾斤
索作
棕毛肆百伍拾
斤
黃麻壹百斤
白麻貳拾斤
纜作
青水竹叁百肆
拾根
油漆五墨二作
桐油叁拾伍斤
黃丹貳斤
密陀僧捌兩
叁碌壹斤
台碌壹斤

棕腳索拾肆斤
拾貳兩
索作
棕繩纜共壹百
肆拾捌斤
黃麻繩索共玖
拾陸斤捌兩
纜作
篾繫水貳條
篾牽纜壹條
油漆作
桐油貳拾伍斤
黃丹壹斤
密陀僧陸兩
番硃叁斤

拾根
油漆作
五墨作
旗作
鼓作
剷殼作
纓作
旋作
俱同船書

靛花青貳兩
銀硃壹斤
貳硃貳斤
藤黃叁兩
水膠陸斤
光粉肆斤
墨煤肆斤
番硃叁斤
紅土伍斤
石灰叁拾斤
糯米捌升

旗作

白綿布玖疋
黃綵線壹兩
青綵線伍錢

鼓作

墨煤叁斤
水膠叁斤
貳硃肆兩
紅土壹斤
石灰貳拾伍斤
糯米伍升

五墨作

叁硃陸兩
貳硃陸兩
藤黃壹兩
靛花青貳兩
水膠壹斤
光粉貳斤捌兩
墨煤壹斤

旛作

白綿布玖[illegible]

鈹壹面

剶殼作

剶殼捌斤

猫竹伍分

纓作

黑纓貳斤

白麻線貳兩

生淨水牛皮壹分

紅鹿皮壹分

旋作

檀木壹段

白楊木壹段

染作

尺肆寸

紅綿布貳丈

青綿布伍丈肆尺

藍綿布貳尺

白綿布貳尺

五色麻線伍錢

鈹作

鈹壹面

剶殼作

剶殼肆斤

猫竹貳分

攤錫鏇釘壹百陸拾箇

纓作

槐花壹斤
蘇木陸兩
明礬捌兩
靛青貳拾斤
擾鉋灰拾斤

果纓頭貳箇

旋作
木旋餅伍箇
擺車貳箇
木玲瓏叁箇
望斗小葫蘆頂伍箇
敵臺寶珠拾箇
七星板貳塊

壹百伍拾料戰

船紀
船木作
楠木并板枋共單板貳百陸拾柒丈捌尺玖寸柒分捌釐

船書
船木作
楠木單板貳百叁拾陸丈貳尺柒寸肆分玖釐玖毫

壹案嘉靖貳拾貳年
船木作
裝修作
艌作

貳案嘉靖叁拾年
船木作
裝修作
艌作

杉木單板伍拾
柒丈叁尺叁寸
伍分陸釐
頭大桅用杉木
貳根
櫓用杉木肆根
旗哨招杆篷秤
杠用杉條柒根
水戧用雜木貳
根
撑篙用杉槁陸
根
舵桿用楠木壹
根
舵牙関門俱用
槵木貳根
裝修作

杉木單板肆拾
柒丈陸尺肆分
壹釐
松木單板貳拾
貳丈貳尺陸分
捌釐
撑篙　頭大桅
旗哨招杆秤杠
舵桿　閂門棒
舵牙俱同船紀
水戧用杉木貳
根
頭大桅上旗杆
貳根
裝修作
杉木單披肆拾
陸丈壹尺叁寸

鐵作
篷作
俱同船書
索作
棕毛同船書
黃麻捌拾斤
纜作
油漆作
五墨作
旗作
紅綿布同船書

俱同壹案
鐵作
鐵釘壹百肆拾
陸斤
熟鐵貳百肆拾
肆斤伍兩
煤炭肆百柒拾
陸斤拾兩
篷作
黃藤　青篁竹
俱同壹案
水棕拾斤
索作
纜作

杉木并板枋共
魚板柒拾伍丈
壹尺肆寸柒分
捌釐
艌作
桐油貳：：伍拾
斤
黃麻貳百伍拾
斤
石灰伍百斤
鐵作
熟鐵釘肆百貳拾
斤
鐵浮觔拾壹斤
蓬作

玖分肆釐貳毫
艌作
同船紀
鐵作
熟鐵釘肆百壹拾
捌斤
浮觔同船紀
蓬作
同船紀
索作
淨棕壹百貳拾
斤
黃麻捌拾貳斤
淨

黃綿布玖丈叁
尺陸寸
鼓作
剩殼作
纓作
旋作
俱同船書

油漆作
墨作
俱同壹案
旗作
黃綿布同壹案
紅綿布壹丈柒
尺伍寸
麻線叁錢
鼓作
剩殼作
纓作
俱同壹案

青篁竹貳百伍拾根
黄藤叁拾斤
棕毛叁拾斤

索作
棕毛叁百柒拾伍斤
黄麻捌拾斤

纜作
青水竹叁百貳拾根

油漆五墨二作
桐油貳拾斤
黄丹叁斤
叁绿壹斤

纜作
青水竹貳百根

油漆作
桐油貳拾斤
黄丹玖兩
蜜陀僧陸兩
畨硃貳斤
墨煙貳斤
水膠壹斤
貳硃壹兩
銀硃壹兩
糯米貳升伍合
石灰拾伍斤

五墨作
叁绿陸兩

旋作
同壹案

龍花青貳兩
銀硃壹斤
貳硃貳斤
黃硃貳斤
藤黃叁兩
水膠叁斤
光粉肆斤
墨煤捌斤
合碌壹斤
密陀僧捌兩
紙上叁斤
石灰貳拾斤
糯米叁升

旗作

白綿布柒疋
黃絨線伍錢
青綠線叁錢

合碌陸兩
貳硃拾貳兩
銀硃陸兩
藤黃貳兩
龍花青壹兩
光粉貳斤
墨煤貳斤
水膠壹斤

旗作

黃綿布捌丈柒尺肆寸
紅綿布貳丈貳尺

蚵殼作

蚵殼伍斤
貓竹叁分

鼓作
鼓壹面
釘殼作
鋼殼伍斤
小鉋釘捌兩
纓作
黑纓壹斤
紅鹿皮壹分
生靜水牛皮壹
分
白麻線壹兩
旋作
白楊木壹段
檀木壹段

[illegible]鋼鉋釘貳百
陸拾肆箇
鼓作
同船組
纓作
黑纓頭貳箇
旋作
寶珠串壹箇
木桁斑柒箇
七星板貳塊
鼓槌壹副

壹百料戰船

漆作
明礬肆兩
槐花捌兩
蘇木肆兩
靛青拾斤
攪缸灰拾斤

船紀
船木作
楠木单板貳百伍拾壹丈叁寸陸分捌釐
杉木单板叁拾陸丈叁尺玖寸伍分

船書
船木作
楠木单板壹百玖拾肆丈柒尺陸寸
杉木单板貳拾壹丈貳尺陸寸肆分

壹案嘉靖貳拾貳年
船木作
裝修作
艌作
鐵作

貳案嘉靖叁拾貳年
船木作
裝修作
艌作
鐵作

舵用杉木壹根
櫓用杉木貳根
蓬秤扛招桁用
杉條肆根
撐篙用杉篙壹
拾根
水戧用雜木貳
根
舵桿榆木壹根
船牙閂門棒櫃
木貳根
裝修作
杉木單板貳拾
貳丈伍尺壹寸
柒分陸釐
艌作

松木單板柒丈
捌尺叁寸捌釐
櫓心　蓬秤扛
招桁　舵桿
舵牙　閂門棒
俱同船紀
旗哨桁用杉條
貳根
撐篙用杉桐陸
根
水戧杉木貳根
裝修作
杉木單板壹拾
陸丈貳尺玖分
柒釐叁毫
艌作

蓬作
俱同船晉
索作
净棕捌拾叁斤
黄麻柒拾伍斤
纜作
油漆作
畫作
俱同船晉
旗作
黄綿布柒丈零
陸寸

俱同壹桼
蓬作
篾風蓬壹扇
青篾竹壹根
黄藤肆兩
索作
净棕柒拾捌斤
黄麻同壹簍
纜作
篾纜水貳條
篾牽箏壹條
油漆作
畫作

桐油壹百貳拾斤
黃麻壹百貳拾斤
石灰貳百肆拾斤

鐵作

鐵釘貳百叄拾斤
鐵浮動拾伍斤

篷作

青篾竹壹百根
棕毛叄拾斤
黃藤貳拾斤

索作

同船紙

鐵作

鐵釘貳百壹拾柒斤
鐵浮動拾壹斤
鎚打舊料煉炭壹百斤

篷作

青篾竹同船紙
黃藤貳拾斤
棕毛拾伍斤

索作

棕繩纜柒緍
黃麻索陸拾伍斤

紅綿布捌尺

剩殼作

纓作

旋作

俱同船書

旗作

剩裁作

俱同壹柒

纓作

黑纓頭壹對

旋作

同壹柒

棕毛貳百伍拾斤
斤
黄麻柒拾伍斤

纜作

青水竹貳百根

油漆五墨二作

桐油拾斤
三碌伍兩
黄丹肆兩
合碌伍兩
銀硃拾貳兩
二硃壹斤
靛花青陸兩
藤黄貳兩
光粉貳斤
墨煤貳斤

纜作

同船紀

油漆作

桐油拾斤
黄丹肆兩
密陀僧叁兩
水膠壹斤
墨煤壹斤
番硃捌兩
糯米貳升
石灰拾斤

五墨作

三碌叁兩
合碌叁兩

水膠貳斤
密陀僧肆兩
番硃捌兩
石灰拾斤
糯米叁升

旗作

白綿布伍疋
黄絲線伍錢

剩殼作

剩殼捌斤
小鉋釘捌兩

纓作

黑纓壹斤
生熟水牛皮壹
分

二硃捌兩
黑[illegible]肆兩
藤黄壹兩
靛花青壹兩
水膠捌兩
光粉壹斤肆兩
墨煤壹斤

旗作

黄綿布伍丈柒
尺肆寸
紅綿布捌尺

剩殼作

剩殼伍斤
竹釘叁分
排鏝鉋釘貳百
陸拾肆箇

旋作
槐木壹段
白杉木壹段

漆作
槐花捌兩
明礬肆兩
靛青貳斤

纓作
黑纓壹斤
生靜水牛皮捌
蠻紅鹿皮肆釐
麻線貳錢伍分

旋作
木桅餅壹箇
七星板貳塊

三板船

船紀

船木作
楠木單板壹百柒拾陸丈貳尺肆寸伍分
杉木單板玖丈

船書

船木作
楠木單板壹百貳拾捌丈壹尺肆分柒釐柒毫
杉木單板拾肆

一案 嘉靖貳拾貳年

船木作
艌修作
艌作

二案 嘉靖叁拾年

船木作
艌修作
艌作

肆尺伍寸
桅心杉木壹根
蓬秤杠用杉條
貳根
撐篙杉條肆根
櫓用杉木貳根
旗招杆用杉條
貳根
水戧雜木貳根
舵桿榆木壹根
舵牙關門棒用
櫃木貳根

裝修作

銃架壹座
銃桿叁根

艌作

丈肆尺肆寸玖
分叁釐
松木單板柒丈
柒尺玖釐
桅心　蓬秤杠
撐篙　旗招杆
舵桿　舵牙
關門棒
俱同船紀
水戧用杉條貳
根

裝修作

杉木單板壹丈
叁寸肆分貳釐
肆毫

艌作

鐵作

蓬作

索作

纜作

油漆作

五墨作

俱同船書

旗作

黃綿布壹疋貳
丈肆尺貳寸
紅綿布捌尺

俱同壹桌

鐵作

鐵釘柒拾斤
熟鐵壹百叁拾
貳斤拾兩玖錢
肆分
煤炭貳百壹拾
壹斤捌兩

蓬作

黃藤　青篚竹
俱同一桌
净棕叁斤

索作

纜作

桐油壹百斤
黄麻壹百斤
石灰貳百斤
鐵作
鐵釘叁百斤
鐵浮動拾壹斤
捌兩
篷作
青篾竹壹百捌
黄藤貳拾斤
棕毛叁拾斤
索作
棕毛貳百伍拾
斤
黄麻伍拾斤

俱同船紀
鐵作
鐵釘壹百肆拾
斤
鐵浮動拾叁斤
壹兩伍錢
旗櫃岸斗小釘
叁拾叁箇
鑌打舊料煤炭
捌拾斤
篷作
黄藤　青篾大
俱同船紀
棕毛拾伍斤
索作

纓作
黑纓頭壹箇
旋作
同船青

油漆作
五墨作
旗作
纓作
旋作
俱同一案

纜作
青水竹貳百張

油漆五墨三作
桐油拾斤
黃丹壹斤
密陀僧肆兩
墨煤捌兩
番硃捌兩
光粉捌兩
水膠捌兩
糯米貳升
銀硃肆兩
石灰拾斤

旗作
闊白綿布貳尺

棕纜柒拾叁斤
黃麻[illegible]

纜作
青水竹壹百柒拾根

油漆作
桐油柒斤
黃丹叁兩
密陀僧貳兩
水膠肆兩
墨煤肆兩
番硃肆兩
糯米貳升
石灰拾斤

黃絲綫壹錢

纓作

黑纓貳斤

主牸牛皮壹分

紅鹿皮壹分

旋作

檀木壹段

白楊木壹段

漆作

槐花貳兩

蘇木壹兩

明礬壹兩

五墨作

合碌貳兩

水膠肆兩

光粉捌兩

銀硃貳兩

墨煤肆兩

旗作

黃綿布伍丈肆尺柒寸

紅綿布捌尺

纓作

黑纓捌兩

主牸牛皮肆釐

紅鹿皮叁釐

麻線壹錢伍分

划船

船紀

同三板船

旋作
桅餅壹箇
七星板貳塊

船書

船木作
楠木单板壹百肆尺陸寸貳分貳釐玖毫
杉木单板[illegible]拾壹丈伍尺叁寸陸分伍釐捌毫
松木單板柒丈叁尺捌寸玖分捌釐玖毫
大桅用杉木壹[illegible]

一案嘉靖貳拾貳年

船木作
裝修作
艌作
鐵作
蓬作
索作

二案嘉靖叁拾年

船木作
裝修作
艌作
俱同一案
鐵作
鐵釘柒拾斤
熟鐵壹百叁拾壹斤捌兩伍錢

根
旗哨杆用杉條貳根
篷秤扛水戧用杉條肆根撐槅用杉槅肆根
舵桿用榆木壹根舵牙閞門㨾用檀木貳根

裝修作
杉木单板玖尺伍寸捌分肆釐陸毫
吊桶水𢬵子车斗俱用舊料

艌作
桐油壹百斤黃麻壹

纜作

油漆作

五墨作
俱同船書

旗作
黃綿布伍丈肆尺柒寸
紅綿布捌尺

纓作

旋作
俱同船書

船廠志卷之七　四十八

伍分
煤炭貳百捌拾玖斤拾壹兩

篷作
黃藤　青篾竹
俱同一案
淨棕伍斤

索作

纜作

油漆作

五墨作

旗作

百斤石灰貳百斤

鐵作鐵釘壹百肆拾斤鐵浮動拾叁斤壹两伍錢旗櫃犀斗小釘叁拾叁箇鎚打煤炭捌拾斤

篷作青篷竹壹百根黃藤貳拾斤棕毛拾伍斤

索作棕錨等纜条拾叁斤黃麻伍拾伍斤

纜作青水竹壹百条拾根

俱同一条

纓作黑纓頭壹箇

旋作同一条

油漆作　桐油柒斤黃丹
叁兩密陀僧貳
兩水膠肆兩鑒
煤肆兩番銖肆
兩糯米貳升石
灰拾斤
五墨作　台綠貳兩水膠
肆兩光粉捌兩
銀硃貳兩墨煤
肆兩
旗作　黃綿布肆丈玖尺柒
寸紅綿布捌尺
纓作　黑纓捌兩白麻線壹兩
錢伍分生挣水

牛皮肆釐紅安
皮肆釐
旋作木桅餅壹箇七星板貳塊

肆百料巡座船

船紀

船木作
楠木并板枋共單板捌百叁拾陸丈叁尺叁寸玖分陸釐叁毫
杉木并板枋共單板壹百玖拾叁丈肆尺捌寸伍分肆釐[illegible]
松杉木單板[illegible]

船書

船木作
楠木單板柒百肆拾陸丈陸尺肆寸肆分肆釐
杉木單板壹百柒拾柒丈玖尺貳分叁釐
桅槅頭大桅
杆杠旅[illegible]桅杆
船料船牙

一索

嘉靖拾陸年

船木作
楠木單板壹千陸百玖拾叁丈壹尺陸寸叁分捌釐
楠木連貳連叁枋單板貳百肆拾柒丈貳尺
杉木單板叁百叁拾丈陸尺肆[illegible]

二索

嘉靖貳拾玖年

船木作
同船書

裝修作
杉木單板壹百捌拾叁丈伍尺貳分陸釐叁毫
楠木單板玖捌丈[illegible]陸分
[illegible]

伍拾壹丈貳尺
頭六樑用杉木
貳根櫓用杉木
肆根樟樀用杉
樀拾根旗哨招
杆篷桿杠用杉
條桅根水戧用
雜木貳根舵桿
用榆木壹根舵
干閂門棒用櫓
木貳根

裝修作
杉木并板枋共
單板壹百柒拾
柒丈肆寸伍分
楠木長短壹百
花板拾叁塊[illegible]

閂門艌俱同所
紀
水戧用杉木貳
根篷桿杠用杉
條蓬根

裝修作
杉木單板壹百
伍拾伍丈玖寸
壹分伍釐壹毫
楠木單板捌丈
壹尺玖寸玖釐
陸毫

艌作

寸陸分
杉木連貳連叁
枋單板陸百陸
拾丈
櫓用杉木捌根
樟樀頭大桅
桿杠舵牙閂
門栓舵桿
俱同船書
水戧同船紀

裝修作
杉木單板壹百
貳玖丈捌尺陸
寸伍分
杉木連貳枋單
板壹百陸拾捌
大魚線膠壹斤

艌作
同一案

鐵作
鐵釘伍百捌拾
伍斤
熟鐵玖百斤
煤炭壹千叁百
伍拾斤

上鐵作
熟鐵同一案
煤炭貳百貳拾
伍斤

篷作
蘆柴 青篁竹

五十

茆叁拾貳條屏
風床壹張卓子
壹張銃鼓架衣
架各壹座扶梯
伍張旛櫃壹箇

艌作 桐油陸百
斤黄麻陸
百斤石灰壹千
貳百斤

鐵作 鐵釘大小
玖百壹拾
斤鐵浮動陸拾
貳斤鐵旗斗
小釘伍拾箇

篷作 青筀竹叁
百壹拾伍
根蘆柴捌拾束
棕毛捌拾肆斤

鐵作 [illegible]

篷作 頭大桅蘆風篷
貳扇

索作 棕細纜大小叁
拾捌條黄麻索
大小拾肆條白
麻旗綵壹條

緝作 篾繫水貳條
篾牽箍壹條

艌作 同船紀

鐵作 熟鐵壹千捌百
斤木炭壹千捌
百斤煤炭壹千
捌百斤

上鐵作 熟鐵壹百伍拾
斤木炭叁百斤

篷作 蘆柴 青筀竹
黄藤 棕毛
俱同船紀

黄藤俱同一案
净棕貳拾壹斤

索作 净苧貳百壹拾
陸斤拾兩黄麻
貳百肆拾斤

纜作

油漆五墨三作
俱同一案

旗作 黄綿布捌丈捌
尺紅綿布壹丈
紅黄麻綵共貳
錢

一□藤□□竹肆□斤
稀竹□□

索作 挾毛陸斤 伍拾斤黄
麻貳百壹拾斤
白麻叁拾斤

纜作 青小竹捌□ 百肆拾根

油漆五墨二作
桐油陸拾斤黄
丹壹斤銀珠貳
斤光粉貳拾伍
斤銅青陸兩墨
煤拾伍斤水膠
捌斤二錢貝斤
台碌壹斤蘇黄
壹兩叁碌壹斤

□油漆五墨二作

旗作 大黄布旗□ 壹面□黄
布旗青四黄□
號帶貳條□心
紅布月□□

刷殼作

鼓作

索作

纜作

油漆五墨二作 俱同形製

旗作 闊白綿布叁丈 貳尺黄絲綿線□

錢

刷殼作 刷殼捌斤 筵竹貳根

鼓作

刷殼作 刷破捌拾斤 筵竹捌根

鼓作 同船紀

纓作 同船書

旋作 木櫓餅陸箇 木玳瑁叁箇 七星板肆塊

靛花青貳兩密陀僧貳兩番硃貳拾斤白麵伍斤瓦灰貳斗

旗作 閒白綿布叁疋貳尺黃絲線柒錢

鼓作 鼓壹面

鞘殼作 鞘殼捌拾斤貓竹貳根擺錫鉋釘肆千伍百箇

纓作 黑纓貳斤生狰水牛皮叁分紅鹿皮叁分白麻線貳兩

纓作 黑纓頂貳箇

旋作

生血水牛皮壹張樟木壹段

纓作 黑纓貳斤白麻線壹兩

旋作 同船把

漆作 槐花壹斤明礬拾兩蘇木拾兩

旋作白楊木壹段椵木壹段

漆作槐花壹斤明礬拾兩蘇木貳兩

二百料巡船

船紀	船木作楠木并板枋單板肆百叁拾陸丈柒尺陸寸柒分壹釐杉木單板貳拾丈柒寸陸分叁釐頭大桅用杉木貳根櫓木杉木
船書	船木作楠木單板肆百叁拾捌丈陸寸柒分壹釐杉木單板叁拾捌丈壹尺陸寸玖分玖釐叁毫撐篙頭大桅杆杠旗哨拾杆
一案嘉靖拾陸年	船木作楠木單板貳百叁拾捌丈貳尺肆寸壹分陸釐杉木連二連三枋單板壹百叁拾壹丈伍尺貳寸楠木連二連三枋單板壹百
二案嘉靖叁拾壹年	船木作楠木單板叁百壹拾肆丈玖尺玖寸陸分肆毫杉木單板叁拾貳丈柒寸肆釐肆毫肆絲撐篙頭大桅篷秤杠旗哨拾

貳根旗哨招杆
用杉條叁根遂
秤杠用杉條肆
根撑篙用杉槁
肆根水戧用雜
木貳根舵桿用
榆木壹根舵牙
閑門棒用櫃木
貳根
裝修作杉木單板陸拾
丈玖尺伍寸貳
分捌釐伍毫楠
木單板壹丈壹
尺柒寸陸分
艌作桐油壹百斤黃麻壹
百斤石灰肆百

舵桿　舵牙閑
門棒俱同船紀
水戧杉木貳根
裝修作杉木單板伍拾
丈玖尺肆寸捌
分壹毫
艌作桐油貳百貳拾斤黃
麻貳百貳拾斤
石灰肆百肆拾
斤
鐵作熟鐵叁百貳拾斤煤
炭壹千貳百叁
拾斤鐵鍋壹口
蓬作青篁竹黃藤篾斤蘆

捌拾玖丈叁尺
陸寸　頭大桅
檣木　檣哨招
杆蓬秤杠水戧
撑篙　舵桿
舵牙閑門棒
俱同船紀
裝修作杉木連二楠單板捌拾肆丈
杉木單板六拾
伍丈貳尺壹寸
貳分伍釐
艌作同船書
鐵作熟鐵捌百貳拾斤木

杆水戧舵桿舵
牙閑門棒俱同
船書
裝修作杉木單板叁拾
叁丈肆尺玖寸
捌分肆釐
艌作同一系
鐵作熟鐵同壹柴煤炭壹
千貳百叁拾斤
鐵鍋壹口
蓬作
索作
俱同上筮

肆拾斤
鐵作鐵釘[illegible]淨鐵拾斤錢
淨勁鐵捌拾貳斤
錨鋼壹口
艌作青篾竹壹百壹拾伍
根黃藤肆拾斤
棕毛伍拾斤貓
竹貳根蘆蓆貳
拾領蘆柴伍拾
束
索作棕毛叁百伍拾斤黃
麻壹百伍拾斤
白麻貳拾斤
纜作青水竹叁百伍拾根

[illegible]處宗俱同船
紅淨棕壹拾陸
斤拾兩
索作淨棕壹百壹拾陸斤
拾兩黃麻同船
紀
纜作
油漆五墨二作
俱同船紀
旗作黃綿布伍丈柒尺陸
尺紅綿布陸尺
肆寸麻線伍錢
纓作黑纓頭壹箇

撥捌日貳拾斤
煤炭捌百貳拾
斤
艌作同船紀
索作棕毛黃麻俱同船紀
纜作
油漆五墨二作
旗作
纓作
旋作
俱同船紀

纜作
油漆五墨二作
旗作
纓作
旋作
俱同一槳

油漆五墨二作桐油拾貳斤黃丹壹斤密陀僧壹兩水膠貳斤墨煤貳斤銀硃伍兩二硃伍兩藤黃貳錢靛花青壹兩三碌衣兩伍錢枝條碌叁兩伍錢光粉貳斤

旗作白綿布貳疋黃絲線伍錢

纓作黑纓貳斤白麻線叁錢生淨水牛皮

旋作木橀餅共伍箇閘盤

項壹箇

[illegible]分　各龍皮壹

分

錮殼作　錮殼壹拾月

旋作　檀木白楊木各壹段

桼作　槐花捌兩　蘇木捌兩　明礬伍兩

三百料巡沙船

船紀

船木作　楠木單板肆百捌拾捌丈陸尺貳寸壹釐伍毫　杉木單板叁拾捌丈壹尺壹寸

船舊

船木作　楠木單板肆百貳拾柒丈肆尺捌寸貳分叁釐　杉木單板肆拾叁丈伍尺柒寸

一案　嘉靖貳拾貳年

船木作　楠木單板肆百壹拾壹丈壹尺玖寸伍分貳釐　杉木單板貳拾捌丈貳尺伍寸

二案　嘉靖叁拾壹年

船木作　楠木單板肆百叁拾玖丈壹尺肆釐　杉木單板[illegible]陸丈壹尺玖寸柒

柒分捌釐
頭大桅用杉木
貳根檣用杉木
貳根旗招杆篷
杆杠用杉條桅
根撐檔用杉檔
拾根水戧用雜
木貳根舵桿用
捻木壹根舵牙
閉門棒用檀木
貳根
裝修作杉木單板貳拾
玖丈壹尺伍寸
貳分貳釐
艌作桐油貳百伍拾斤黄[illegible]
麻貳[illegible]伍拾斤

玖釐　頭[illegible]桅
撐檔[illegible]桅杆
篷[illegible]舵[illegible]
閉門[illegible]
俱同船
水戧杉木[illegible]
裝修作杉木單板貳拾
肆丈陸尺叁寸
陸釐陸毫
鍋盖水桅子水
桶牢斗俱壹箇
用舊料
艌作[illegible]

畢分柒釐松木
平板肆拾[illegible]柒
丈叁寸陸分壹
釐捌毫
撐檔　頭大桅
旗哨杆篷秤杠
水戧　舵牙
閉門棒舵桿
俱同船書
使風梁用杉木
壹根桅點稍欄
杆用杉條[illegible]根
裝修作同船書
艌作同船紀
鐵作鐵釘[illegible]十[illegible]斤[illegible]

分捌[illegible]　頭大桅
檣[illegible]篷秤杠
旗[illegible]杆
水戧　使風梁
桅點稍欄杆
舵[illegible]舵牙閉
門棒俱同一等
裝修作杉木單板[illegible]寸
肆丈壹尺[illegible]寸
鍋盖水桅子水
桶牢斗同一等
艌作
鐵作俱同一等
篷作青篾[illegible]
[illegible]蘇[illegible]俱

各□□□□斤□百
鐵作□□□□□□□□
動□□□叁拾貳
斤捌兩鍋壹口
篷作青箽竹壹
百肆拾根黃
棕毛陸拾斤黃
藤肆拾斤蘆柴
肆拾陸束
索作棕毛叁百
柒拾斤黃
麻壹百伍拾斤
白麻拾伍斤
纜作青水竹□
百柒拾□□
油漆五墨三作

篷作明火杉蘆
風篷貳葉
棕毛繩纜
索作叁拾捌條
黃麻綍索拾肆
條白麻旗線壹
條
纜作段繫水貳
條纜叁□
壹條
油漆五墨三作
旗作黃綿□旗
□□□□帶

、拾捌斤叁兩同一案
□陸耳斗小釘淨棕貳拾斤
□陸拾伍箇索作同一案
釘打煤炭壹百
伍拾斤鍋壹口纜作青水竹貳
篷作同船紀百貳拾伍
根
索作淨棕壹百
貳拾叁斤油漆作
拾□兩黃麻壹
百壹□斤壹兩三墨作
纜作青水竹貳俱同一案
百伍拾根
油漆作桐油拾旗作黃綿布赤
伍斤苦綿布捌尺丈□寸紅
卅陸兩密陀僧
叁兩水膠貳斤□殼作
光粉貳斤墨煤同一案

桐油拾伍斤黃
丹捌兩密陀僧
叁兩七粉陸斤
畨珠貳斤水膠
叁斤墨煤叁斤
銀硃拾伍兩二
珠拾伍兩靛花
青叁兩蘇黃貳
兩三碌拾伍兩
杖條摔拾伍兩
旗作白綿布貳疋青紅
伍錢
剷殼作殼拾伍斤小
鉋釘捌兩
繳黑纓貳斤
竹白麻絲三

壹條中心紅絲
布月肆面
剷殼作
纓作
黑纓頭貳箇
旋作

貳斤
墨作三碌拾伍兩台
碌拾伍兩蘇黃
叁兩靛花青與
將墨煤壹斤光
粉貳斤銀硃陸
兩二硃捌兩水
膠壹斤
纜作黃綿布柒丈陸寸紅
綿布捌丈
剷殼作剷殼拾貳斤擺
錫鉋釘肆百貳
箇箇竹伍分
纓黑纓壹斤
纓作捌兩紅鹿

纓作
同船書
墨作
同一索

分

旋作 檀木[illegible]
染作 蘇木[illegible]
明礬伍兩

旋作 [illegible]

安慶哨船

船紀

船木作 楠木單板壹百伍拾壹丈肆尺玖寸陸分叁毫杉木單板陸丈壹尺陸寸伍分陸釐松木單板

船書

船木作 楠木單板壹百叁柒尺貳寸玖分陸釐捌毫杉木單板肆丈貳尺壹寸捌分玖釐陸毫

一號 嘉靖貳拾肆年

船木作
艌修作
艌作
鐵作

二號 嘉靖叁拾年

船木作 楠木單板玖拾玖丈柒尺壹釐柒毫杉木單板脚跳鋪倉槽木水櫓伞伏梁椿印子水擲梳心

拾伍丈柒尺伍寸桅心用杉木壹根撐篙用杉櫓肆根攄哨桿遂提頭共用杉脩埠根擋用杉條伍分舵桿用桅木壹根榆木帮梯捌根檀木水撳貳根舵牙用槐木壹根槳八尺用柴木捌根槳皮條壹拾座條

裝修作杉木單板貳丈柒尺肆分呂板貳十各壹面

杪不脚跳壹塊木餅舊桅改用鋪倉增木水桿壹代槳搭印干柳頭水撳俱用舊舟并舊舵桿改用拖心撐稿槳八尺皮條俱同船紀舵桿用榆木壹根舵牙開門棒用檀下貳根遂秤扛用杉條貳根

裝修作杉木板壹丈柒寸錨盔空十巾鑲挽子俱

遂作

索作

纜作

俱同船書

油漆作

黃冊 墨煤

香珠 水膠

俱同船書

桐油伍斤

五墨作

旗作

俱同船書

撐篙舵桿舵牙關門棒栗木皮條遂秤杠俱同一案

裝修作

艌作俱同一案

鐵作鐵釘肆拾伍斤熟鐵壹百壹拾壹斤壹百壹兩焃炭貳拾壹兩百貳拾斤貳兩粗碗鐵鍋

俱同一案

遂作

俱同一案

艌作桐油[illegible]麻 谷捌拾斤 石灰壹百陸拾斤

鐵作鐵釘壹百捌拾斤鐵索壹條鐵鍋壹口旗櫃小釘伍拾箇粗碗拾箇鐵浮動

篷作青竹叁拾[illegible]根黃藤[illegible]斤棕毛肆斤蘆柴拾伍束蘆蓆伍[illegible][illegible]壹根

索作棕毛壹百捌拾斤黃

舊料

艌作桐油玖拾斤黃麻玖拾斤石灰壹百捌拾斤

鐵作鐵釘[illegible]百斤鐵浮動拾伍斤拾肆兩斗旗櫃小釘貳拾伍箇鍋壹口粗碗拾箇鐙打[illegible]炭拾斤

篷作[illegible]藤棕毛蘆柴蘆蓆箇竹俱[illegible]能笋竹貳拾捌枚

索作棕毛貳百斤黃麻肆

纜作

旋作俱同船書

索作棕毛[illegible]斤拾兩 黃麻肆拾斤

纜作

油漆作

五墨作

旗作

纓作

旋作

俱同一[illegible]

船政志卷七 五十七

麻叁拾伍斤

纜作青水竹伍拾根

油漆五墨三作銀硃陸兩二硃陸兩合碌陸兩三碌陸兩光粉拾兩墨煤捌兩畨硃拾貳兩水膠拾貳兩靛花青壹兩黃丹貳兩石黃肆兩桐油伍斤

旗作白綿布壹疋

纓作黑纓捌兩十

拾斤

纜作同船紀

油漆作桐油貳斤黃丹貳兩墨煤拾貳兩畨硃拾貳兩水膠陸兩

五墨作三碌陸兩銀硃肆兩靛花青貳兩石黃肆兩墨煤肆兩水膠肆兩光粉拾兩

旗作三黃綿布貳丈陸尺壹

十黃麻線共貳錢

旋作 白楊木 檀木

漆作 槐花肆兩 明礬壹兩

纓作 黑纓頭壹箇

旋作 桅餅玲瓏各壹箇

船紀

船書

一案 嘉靖拾伍年

二案 嘉靖叁拾年

九江船 哨船

船木作 楠木单板壹百肆拾壹丈叁尺玖寸伍分柒釐叁毫杉木单板拾陆丈陆尺柒寸贰分肆釐贰毫松木单板拾伍丈柒尺伍寸桅用杉木壹根撑槁用杉槁肆

船木作 楠木单板壹百叁拾捌丈玖尺贰寸杉木单板拾柒丈捌尺伍寸肆釐松木单板拾丈伍尺桅心撑槁旗招杆遮提頭拿伏櫓木槳椿皮條俱同船紀

船木作 楠木单板玖拾捌丈肆尺叁寸壹釐杉木单板肆丈贰尺叁寸捌分玖釐陆毫脚跳壹塊本船舊桅改用鋪艙板槳繩子櫓木水梘拿伏槳椿俱用舊料

根旗哨招杆篷提頭用杉條肆根押伏用杉條貳根櫓用杉木伍分舵桿用櫁木壹根舵牙用櫁木壹根榆木槳櫓肆根櫓木水瓢貳根皮條捌條

裝修作扉斗壹箇

艌作桐油捌拾斤黃麻捌拾斤石灰壹百陸拾斤

鐵作鐵釘壹百捌拾斤

舵桿用榆木壹根舵牙關門棒用檀木貳根槳八尺用栗木肆根

裝修作

艌作俱同船紀

鐵作鐵釘壹百伍拾斤旗櫃扉斗小釘叁拾箇鐵鍋壹口鐵浮動拾伍斤捌兩祖碗拾箇

蓬作青篾竹蘆柴黃藤蘆席循竹俱同船

舵桿舵牙關門棒俱同一案

裝修作旗櫃扉斗鑼盤水挽子吊桶俱同舊料

艌作桐油捌拾斤黃麻玖拾斤石灰壹百捌拾斤

鐵作鐵釘伍拾斤熟鐵捌拾柒斤壹兩煤炭貳百伍斤捌兩鐵鍋祖碗俱同一案

蓬作蘆柴黃藤蘆席循竹

鑿鉤叁口鐵鋸
壹口旋鑽[illegible]十
小釘伍拾個鐵
滚動貳拾斤

篷作 青篾竹叁拾壹根貳藤肆斤棕毛肆斤黃紫拾伍束蘆蓆伍領貓竹壹根

索作 棕毛壹百捌拾斤黃麻貳拾捌斤

纜作 青水竹伍拾根

油漆五墨二作

桐油叁斤番硃

紙[illegible]毛捌斤

[illegible]作

纜作

油漆五墨二作

旗作

纓作 俱同船紀

旋作 檀木白楊木

漆作 同船紀

俱同一案
青篾竹貳拾捌
根[illegible]壹斤[illegible]
兩

索作 淨棕捌拾斤黃麻[illegible]拾斤

纜作[illegible]一字

油漆作[illegible]
貳兩[illegible]
[illegible]捌兩水膠
[illegible]

五墨作[illegible]
[illegible]

陸兩　墨煤肆兩
黃册壹兩
旗作　白綿布壹疋
纓作　黑纓捌兩
旋作　捲餅玲璫肆箇
染作　槐花肆兩　明礬壹兩

輕淺利便船

船紀　船木作　楠木单板叁百壹拾叁丈柒尺壹寸玖分　杉木单板叁拾

船書　船木作　楠木单板叁百伍拾叁丈柒寸玖分叁毫捌絲　杉木单板貳拾

一案嘉靖貳拾伍年　船木作　楠木单板叁百伍拾壹丈玖尺玖寸玖分叁毫玖絲

二案嘉靖叁拾貳年　船木作　楠木单板叁百壹拾玖丈柒尺肆寸貳分　杉木单板貳拾

未入價尺柒分
捻用杉木壹拾
撑摘用杉檣陸
杉篊閂杆斧計
杠杉條伍根紮
八尺桑木拾陸
根舵牙閂門樘
梭木貳根舵桴
石榆木壹根檢
木槳椿拾根檣
栓壹根紮皮條
拾陸條

裝修作楠木單板叄拾伍丈肆尺柒分伍舊杉木單板拾肆丈柒尺玖寸肆分

貳丈壹寸貳分
叄毫貳絲
桅心旗嘴杆
杆扛舵桴舵牙
閂門棒俱同船
書槳櫓拾根
舵點貳根單木
梁八尺拾條

裝修作杉木單板伍丈捌尺壹寸伍分捌釐陸毫陸絲

神武船與利便船身同

杉木單板拾肆丈叄尺叄寸伍分肆釐肆毫楠木單板捌丈

杉[illegible]
[illegible]桅心旗嘴杆
撐桿杠舵桿
牙閂門櫓槳八
尺槳櫓桅点伍
同船書
擡槳皮條拾條

裝修作楠木單板貳拾捌丈叄尺貳寸杉木單板同船

神武船與利便船身同

俱同船書

艌作

俱同船書

叄丈玖尺捌寸
桅心旗杆撓
[illegible]杠舵桴舵牙
[illegible]閂櫓槳八尺
桅[illegible]桅捻皮條
俱同一条

裝修作楠木單板叄拾陸丈肆尺肆寸捌釐杉木單板柒丈肆尺柒寸柒分肆釐

神武船與利便船身同

俱同船書

艌作桐油貳百斤黃麻壹百捌拾伍斤石

桐油壹百
艌作捌拾伍斤
麻壹百捌拾
伍斤石灰叁百
陸拾斤
鐵作鐵釘柒百
貳拾肆斤
趺浮動
旗櫃牟斗小釘
伍拾箇鐵錨壹
口鐵鍋壹口粗
碗拾箇
蓬作青篁竹貳
百零肆根
棕毛貳拾斤黄
蘇拾伍斤
索作[illegible]細纜太
小[illegible]條麻

柒尺叁寸陸分
艌作[illegible]紀
鐵作鐵釘壹百
[illegible]拾肆斤
鐵浮動柒拾貳
斤拾兩旗櫃牟
斗小釘陸拾箇
釘鍋小釘肆拾
箇鐵錨壹口鍋
壹口粗碗拾箇
蓬作青篁竹貳
百零伍根
棕毛黄藤俱同
船[illegible]
數[illegible]用青篁竹
[illegible]根箬[illegible]斤
[illegible]毛肆兩

鐵作熟鐵叁百
斤煤炭叁
百柒拾斤
鐵浮動旗櫃牟
斗小釘鐵鍋粗
碗俱同船壹
蓬作
索作
纜作俱同船壹
油漆作桐油
千[illegible]斤[illegible]
壹斤墨煤壹斤
小[illegible]桐兩黄丹
麻兩[illegible]陀僧壹
兩土子半升

灰[illegible]百捌拾斤
鐵作[illegible]鐵釘[illegible]浮
[illegible]斤
斗小釘鐵錨粗
碗俱同一案
錠打煤炭柒拾
斤
蓬作頭大桅篾
扇篷貳扇
桅子篁竹貳根
鼓盖篁竹壹根
淨棕壹兩伍錢
黄藤拾壹兩箬
葉貳斤
索作同一案
纜作[illegible]條篾[illegible]壹

綞索伍條
纜作青水竹貳百根
油漆五墨二作
桐油拾斤黃硃
壹斤墨煤壹斤
黃丹肆兩水花
硃叁兩合碌陸
兩水膠壹斤石
黃貳兩靛花青
伍兩光粉貳斤
二硃陸兩密陀
僧肆兩土子半
升
旗作黃絹布壹丈紅絹布
叁尺

索作淨棕壹百貳斤黃麻
玖拾捌斤
纜作青水竹壹百壹拾根
墨煤貳斤水膠
壹斤捌兩銀硃
叁兩桐油黃硃
黃丹密陀僧土
子光粉二硃三
黃合碌靛花土
俱同船紀
神武船每隻
石灰壹斗叁升
陸合白麵肆斤
肆兩苧布捌丈
伍尺桐油肆斤
肆兩

五墨作光粉貳斤二硃
陸兩石黃貳兩
合碌陸兩銀硃
叁兩靛花青伍
兩墨煤壹斤水
膠壹斤
神武船同船書
旗作
鼓作
纓作
旋作
俱同船書

油漆作
五墨作
旗作
鼓作
纓作
旋作
俱同一条
招添頭桅
船木作頭艙用杉木壹
根楠木皁板拾

鼓作 鼓壹面
纓作 黑絹纓拾貳𦤃 生絲水
牛皮半分 紅麂
皮半分 白麻線
貳錢
旗作 樟木壹段

旗作 黃綿布肆丈貳尺 紅綿布叁尺
鼓作 同船紀
纓作 黑纓頭壹箇
旋作 木桅餅貳箇 玲璫貳箇 仙人掌壹箇 葫蘆頂壹箇 鼓掟壹副

丈肆尺陸寸柒分陸釐 杉木單板壹丈捌尺伍寸壹分 撐篙用杉稿肆根
鐵作 鐵象鼻纜 坐纜各壹道 馬面箍貳道 風篷鈎壹副 篙鐏肆箇 做篷圈壹箇
篷作 頭篷壹扇
索作 淨棕捌斤 黃麻肆拾斤
油漆作 桐油壹斤捌兩

後湖一號樓船

船紀

船木作

楠木单板壹百捌拾伍片壹尺貳寸玖分杉木单板貳拾陸丈貳尺伍寸舵桿用榆木壹根舵牙閂門棒用桅木貳根

船書

一案　嘉靖拾壹年

船木作

楠木单板貳百叁拾伍丈伍尺楠木連二連三杉单板捌拾肆丈叁尺柒寸杉木单板拾肆丈陸尺肆寸松木单板拾捌

黄丹叁兩墨煤肆兩水膠肆兩旋作仙人掌壹箇玲瓏壹箇頭桅木餅貳箇

二案　嘉靖貳拾伍年

船木作

楠木单板貳百柒拾貳丈肆尺捌寸柒分捌厘杉木单板伍丈[illegible]一陸寸樟槁舵桿舵牙閂門棒樟槁俱同一案

[illegible]卷七

七十二

裝修作杉木單枋肆拾壹丈壹寸伍分陸釐貳毫

艌作桐油壹百捌拾斤黃麻壹百捌拾斤石灰肆百斤

鐵作鐵釘壹百玖拾陸斤鐵浮動

篷作徽篾青竹壹百根猫竹肆根棕毛伍拾斤黃藤壹拾斤箬葉壹百斤

丈柒尺伍寸壹根櫓用杉木壹根撐篙用杉篙陸根水戧用杉條柒貳根舵桿用榆木壹根舵牙閂門棒用檀木貳根槳八尺用栗木肆根紫皮條肆條添梔壹根

裝修作杉木單枋貳百伍拾陸丈叁尺伍寸楠木單板貳拾貳丈伍尺

艌作俱同前船

裝修作杉木單枋壹百陸丈貳尺玖寸柒分玖釐樺木[illegible]拾壹丈捌尺陸分叁釐

艌作桐油黃麻[illegible]百[illegible]斤

鐵作[illegible]肆

百伍拾一

篷作同一条

索作[illegible]斤棕肆拾

油漆五墨二作

索作棕毛壹百斤

油漆五墨二作桐油伍拾斤黑煤肆斤光粉貳拾斤水膠陸斤畨碌肆斤二碌壹斤水花碌壹斤密陀僧肆兩黄丹貳斤白麵拾斤枝條綠肆兩靛花青貳兩藤黄壹兩

船紀

船書

鐵作熟鐵叁百伍拾斤木炭叁百伍拾斤煤炭叁百伍拾斤添鐵錨壹口

篷作同船紀

索作棕毛壹百斤添桅用黄麻伍拾斤棕毛伍拾斤

油漆五墨二作俱同船紀

一案嘉靖拾壹年

船木作

黑煤水膠密陀僧枝條綠伍兩

一案

桐油叁拾斤畨碌叁斤白麵肆斤光粉拾斤二碌拾兩銀碌肆兩藤黄伍錢靛花青伍錢

二案嘉靖貳拾伍年

船木作

船

楠木單板貳百零壹丈楠木塊二遠三枋單板柒拾伍丈潤下杉木壹根艙艙用杉楠肆根遶禁用杉條貳根添桅用杉木壹根舵桿用榆木壹壹根舵牙關門棒用檀木貳根

裝修作杉木單板陸拾肆丈肆尺伍寸

艌作桐油壹百壹拾斤貳麻壹百斤石灰

楹木單板壹片柒拾叁丈陸尺枋分壹疊柒毫杉木單板捌丈叁寸柒分壹厘撐槗舵桿艄關門棒同一樣

裝修作楠木單板壹丈叁伍尺伍寸壹分杉木單板叁拾丈叁尺叁寸陸分貳釐玖毫

艌作桐油黄麻俱同一樣石灰貳百斤

鐵作熟鐵貳百伍拾斤煤

貳百伍拾斤
鐵作熟鐵叁百斤木炭叁斤斤煤炭叁百斤添鐵錨壹口
篷作青篁竹肆拾根黃藤捌斤箬葉肆拾斤添風篷用青篁竹叁拾根黃藤肆斤棕毛肆斤蘆柴拾伍束棕毛伍拾
索作斤添錨纜棕毛貳拾斤黃麻肆拾斤
油漆作桐油貳拾斤光

炭叁百柒拾伍斤
篷作貓竹陸根箬葉叁拾斤黃藤伍斤棕毛拾叁斤
索作淨棕叁拾貳斤捌兩
油漆作墨煤壹斤光粉貳斤番硃壹拾兩水膠壹斤捌兩桐油拾伍斤黃丹伍兩

粉貳斤沓碌拾貳兩墨煤壹斤水膠貳斤黃丹伍兩

平船

船紀

船木作楠木單板壹百壹拾貳丈肆寸陸分杉木單板玖丈陸尺叁寸陸分
鐵作鐵釘壹百壹拾叁斤捌棒萬字鋦貳拾陸箇挽丁壹把橋鏄貳個

船書

一案嘉靖拾柒年

船木作楠木單板壹百捌拾貳丈捌尺貳寸壹分杉木單板拾貳丈陸尺伍寸松木單板貳拾貳丈伍尺櫓用杉木伍分撐橋用杉橋貳根

二案嘉靖貳拾伍年

船木作楠木單板壹百壹拾捌丈壹尺捌寸肆分杉木單板柒丈貳尺貳分撐橋貳根遮架杉橋貳根
鐵作洗鐵貳百斤煤炭叁百斤

壹百
斤麻壹
尺貳百

浮橋船

船纜
船木作楠木單板伍百貳拾玖丈玖尺

船舊
船木作楠木單板陸百伍拾捌丈

一案嘉靖貳拾年
鐵作熟鐵釘壹百斤捌伴萬字鋦貳拾捌箇鐵掏鑽貳箇
艌作同舡纜
篾作青篁竹肆拾根黃麻伍斤箬葉貳拾斤
索作棕毛捌拾斤
船木作
艌作

二案嘉靖叁拾貳年
艌作同一案
篾作棕竹叁根黃藤貳斤箬葉貳拾斤
索作淨棕陸斤拾兩
船木作
艌作

任寸肆釐杉木阜板伍拾捌丈肆尺壹寸肆分叁釐撐篙用杉篙肆根水戧用雜木貳根水撅貳根

艌作桐油肆百斤黃麻肆百斤石灰捌百斤

鐵作鐵釘伍百肆拾斤鐵拐棒萬字鋦叁拾壹斤

索作棕毛壹百斤

楠木將軍柱肆箇頭稍伏獅貳箇撐篙同船紀水戧杉木貳根

艌作桐油叁百斤黃麻叁百斤石灰

鐵作鐵釘壹百非拾伍斤鐵拐棒萬字鋦拾斤拾兩稿鑽肆箇挽子貳把鏇打舊料煤炭伍拾斤

索作棕纜水貳條

纜作筏纜水貳條

鐵作

索作

纜作

油漆五墨二作

俱同船書

鐵作

索作

纜作

油漆五墨二作

俱同一条

捐分	座船	
	船紀	續作（青木竹伍百根）油漆五墨二作 銀硃肆兩二硃肆兩黃丹貳兩水膠壹斤番硃壹斤墨煤貳斤光粉壹斤靛花青壹兩桐油貳拾斤楠木肆扡石灰貳拾斤
	船書	油漆五墨二作 銀硃叁兩二硃叁兩黃丹貳兩光粉拾兩水膠拾兩靛花青伍錢番硃拾兩墨煤貳斤
一案（嘉靖貳拾叁年）	船木作 楠木单板肆百捌拾捌丈玖尺	
二案（嘉靖叁拾貳年）	船木作 楠木单板陸百柒拾捌丈伍尺	

肆寸叁分捌釐
龍骨肆根櫓貳
張杉木梡心壹
根哨杆蓬秤杠
肆根撑篙肆根
腳跳貳塊艙牙
閘門條貳根艙
桿壹根俱用會
支本廠舊料
杉木與板叁拾
陸丈叁尺玖分
裝修作楠木與板肆丈
壹尺伍寸捌分
會本廠舊料用
杉木與板壹百
五拾壹丈肆寸
捌分[illegible]釐

壹分貳釐
杉木與板捌拾
貳丈肆尺柒寸
陸分叁釐
梡用杉木壹根
哨杆蓬秤杠用
杉條叁根撑篙
用杉篙肆根艙
桿用楠木壹根
艙牙閘門棒用
檀木貳根
裝修作楠木與板肆丈
玖尺捌寸玖分
陸釐
杉木與板壹丈
陸拾陸丈叁尺
貳十

貳百伍拾斤
鐵作熟鐵叁百斤木炭叁
若灰陸百尺
鐵作鐵釘肆百陸拾斤鐵
浮動叁拾捌斤
旗檣穿手裝修
小釘柒百箇
挨鋪齒熟鐵貳
拾斤
鎚打接鋪用煤
炭貳百伍拾斤
蓬作青篷竹伍拾柒根蘆
柴貳拾叁束棕
毛叁拾斤黃藤
貳拾斤

炭叁[illegible]
斤
蓬作[illegible]一[illegible]張箬篷[illegible]伍
小釘俱同一[illegible]
熟鐵捌拾肆斤
拾貳兩煤炭叁
百陸拾玖斤
蓬作青篷竹黃藤蘆柴俱
同一案淨棕壹
拾斤
竹作同一案
索作淨棕壹百貳拾陸斤
黃麻壹百柒拾
斤

竹作箬葉貳百伍拾斤貓竹貳拾根黄藤拾斤

纜作青水竹伍百根

油漆作光粉貳拾貳斤白麪陸斤瓦灰叁斗墨煤陸斤水膠陸斤番硃貳斤黄丹壹兩密陀僧陸兩桐油肆拾斤

五墨作銀硃叁兩二銖石碌合綠叁兩光粉壹斤水膠

纜作

油漆作

五墨作

鋓殼作

皷作

旋作

俱同一棄

金水河漁船

船紀

船書

壹斤旋花壹兩紬
鏇殼作 鉚殼貳拾斤鏈
釘壹百貳拾箇
鼓作 鼓壹面
旋作 槍餅貳箇 玲瓏貳箇

一案 嘉靖拾壹年
船木作 楠木单板拾壹丈貳尺伍寸 杉木单板柒丈
鐵作 鐵釘伍拾斤 煤炭拾伍斤

二案 嘉靖貳拾玖年
船木作 楠木单板捌丈肆尺肆寸玖分 杉木单板伍丈肆尺陸寸
鐵作 熟鐵柒拾伍斤 煤炭

艌匠桐油叁拾壹百壹拾貳斤
艌作斤黃麻叁艌匠同一条
拾斤石灰陸拾艌作
斤

各船單板鐵釘之數俱照例十分之七若遇失風漂流舊料不及三分者臨時量加其槁櫓篷索之類不拘修造全料易新不在三七之例也

龍江船廠志卷之七

龍江船廠志卷之八

文獻志

昔者孔子刪述典禮志存夏殷之盛乃以文獻不足喟然興嘆至論爲治之要雖一事一晃必稽諸先王之制是何其篤於信古不一自用其聖耶故曰述而不作不知而作之者我無是也多聞擇其善者而從之多見而識之噫信乎哉其言之也矧舟楫之制聖人觀象天船以前民用降自吳楚遂倚爲戰爭之具國之安危恆必繫之胡可忽也但言既人殊制亦時

禪班班史籍雖未能盡媢於先王之典而考今揆昔循景察標亦足以達從違之宜廣得失之鑑矣乃志文獻

創制

刳木　易繫詞黄帝刳木為舟剡木為楫舟楫之利以濟不通致遠以利天下盖取諸渙釋文曰渙之象木在水上也

梁舟　詩大明文王親迎於渭造舟為梁不顯其光隼註云作船於水比之而加版於上以通行者即今浮

橋也張子曰造舟爲梁文王所制而周世遂以爲天子之禮也禮曰天子造舟諸侯維舟大夫方舟士特舟 按周以前雖有舟楫而無等衰至周始有之

舟師 左傳襄二十四年楚子爲舟師以伐吳 按以舟爲戰蓋始於楚

鉤拒 武經總要公輸般自魯之楚爲舟楫之具謂之鉤拒退而鉤之進則拒之

艅艎 左傳昭十七年吳伐楚戰於長岸大敗吳師獲其乘舟艅艎 艅艎舟名舟之有名始此

太白　蜀王本紀秦為太白船萬艘以攻楚

牂柯　地理志牂柯係船杙也楚王伐夜郎杙船于岸乃改其名曰牂柯

大小翼　越絶書越為大翼小翼中翼為船戰

戈船下瀨船　吳子胥書有戈船以載干戈也又有下瀨船漢書武帝紀元鼎五年遣歸義越侯嚴為戈船將軍師古注曰船下安戈戟以禦蛟鼉之害也

樓船　漢官儀云高祖命選引關蹶張材力武猛者為輕車騎士材官樓船平地用輕車山阻用材官水泉

用樓船　嚴助傳越王入潘潯陽樓船　食貨志
帝時粵欲與漢用船戰乃大修昆明池治樓船高十
餘丈旌旗加其上甚壯　黄圖云昆明池有百艘樓
船上建樓櫓戈船各數十上建干戈四角悉垂幡旄
麾蓋

枋箄露橈　岑彭傳建武九年公孫述遣將數萬人乘
枋箄下江關擊破馮駿橫江起關樓立攢柱絕水道
彭裝直進樓船冒突露橈數千艘直衝浮橋飛炬燒
之註曰枋箄以竹木為之浮於水上郭景純曰水中

簰筏也爾雅曰樴謂之橈露橈者露樴在外人在船中

【单船】漢和帝時鄧訓縫单船置箄上渡河擊迷唐羌註曰箄筏也

【龍舟】魏黃初二年帝親御龍舟浮淮如壽春至廣陵吳大浮舟艦於江為疑城假楼帝曰魏雖有武騎千群將安用之按舟以龍稱蓋人君所御如龍卑龍楼之類始於魏而盛於隋

【蒙衝】吳志張昭曰操得荆州水軍蒙衝戰艦浮以沿江釋名曰上下重版曰艦外狹而長曰艨艟按蒙衝與艨艟

子胥□戈一也皆所以衝突敵船
今錄計考其制度之長大者也

〔飛雲〕周瑜傳孫權乘飛雲大舸　吳都賦弘舸連舳巨艦接艫飛雲蓋海制非常模註船後施舵處曰舳船頭刺櫂處曰艫銑曰飛雲船上樓名其高者蓋海言多也劉曰飛雲蓋海吳樓船之有名者

〔艚艬〕通鑑綱目孫權遣呂蒙以艚艬載其精兵使白衣搖櫓收縛江邊斥候遂斬關羽

〔連舫〕王濬傳作大船連舫方百二十步受二千餘人以木為城起樓櫓開四門上皆得馳馬來往又畫鷁

首怪獸於船首以懼江神舟楫之盛自古未有

指南舟 宋志晉代有指南之舟

蒙衝小艦 通鑑綱目劉裕使王鎮惡伐秦乘蒙衝小艦行船者皆在船內秦人但見船進驚以爲神

鯿魚船 梁天監製鯿魚船形狹而短

没突艦 梁裴邃征邵陽洲寇作没突艦破之

鵃䑠 舠艓 梁侯子鑒以鵃䑠千艘載戰士拒王僧辯侯景以舠艓載石斷秦淮口拒陳霸先

青龍白虎艦 湘州賊陸納造青龍艦白虎艦衣以牛

闊□四十五丈王僧辯敗降之

金翅 陳樊毅請出金翅二百以爲防備集覽云金翅

船名

龍舟 翔螭 浮景 隋煬帝幸江都龍舟四重高四十五丈長二百尺上重有正殿內殿朝堂中二重有百二十房皆飾以金玉下重內侍處之皇后乘翔螭舟製度差小別有浮景九艘三重皆水殿也按水殿之名始此

五牙 黃龍 平乘 舴艋 楊素傳素爲取陳計作大艦名曰五牙上起樓五層高百餘尺左右前後置六拍

竿並高五十尺容戰士八百人次曰黃龍置五百人餘平乘舴艋等各有差

戰艦　唐河間王傳孝恭及李靖率戰艦二千餘艘東下擊蕭銑　曹王皐傳教戰艦挾二輪蹈之鼓水疾進按船之有輪始此然未有名也宋人效之而有車船之名使其制尚可考將不爲今日水軍之利器耶

海航　裴立德傳太宗時爲匠即洪州造浮海大航

戰艦　後梁賀瓌以竹笮聯艨艟十餘艘蒙以牛革設脾睨戰格橫於河湝

黃黑龍船 宋開寶七年遣八作使郝守濬自荊南以大船載巨竹絚并下朗州所造黃黑龍船於采石磯跨江爲浮梁

轉海船 咸平三年造船務匠項綰獻轉海船式

戰棹 大中祥符六年於金明池按試戰棹

海船 建炎四年韓世忠與兀朮相持于黃天蕩進海船百餘泊金山下

飛虎 紹興二年無爲軍守臣王彥獻所製飛虎戰艦傍設四輪八楫四人旋斡日行千里

海鰌紹興三十一年金人南侵虞允文用海鰌（與鰍同）船迎擊虜舟多沉溺

車船楊存中虞允文恐車船臨時不可用臨江按試命戰士踏車徑趨瓜州上下三周金山回轉如飛金主咲曰紙船耳

龍虎舟鵰鶚船金主亮既敗盡焚其龍虎舟趨揚州令軍中運鵰鶚船於瓜州期以明日渡江

飛江船淳熙三年建康都統郭剛奏依江[illegible]葉飛江船

舢艎船寶慶三年李全謀叛募南匠大治舢艎船

白鷂子德祐元年張世傑收績於焦山元人獲白鷂子七百餘艘

划車元伯顏設划車中流數千艘乘風直進勢不可敵

海運船開萬戶府于江南作運船由海道抵直沽

龍舟順帝於內苑造龍舟自製其樣首尾長一百二十尺廣二十尺前尾簾棚 左廊两煖閣後五殿樓子龍身并殿宇用五采金裝前有二爪船行則龍首尾

爪眼皆動

鑽風海船　國朝諸司職掌有千料海船四百料鑽風海船

水殿黄船　國朝御用之船以石黄塗其外又稍上有亭如殿故名水殿

匾淺黄船　座船　划船　沙船　一顆印巡船　三板船　哨船　蜈蚣船　兩頭船　輕淺利便船　馬船　快船　俱　國朝之制詳見舟楫志

設官

蒼兕齊世家武王東征以觀諸侯師尚父左仗黃鉞右把白旄以誓曰蒼兕舟楫總爾衆庶與爾舟楫馬融曰蒼兕掌舟楫官名

舟虞魯語諸侯伐秦及涇莫濟叔向召舟虞與司馬曰魯叔孫賦匏有苦葉必濟矣具舟除隧不共有法注云舟虞掌舟

黃頭郎漢鄧通以濯船爲黃頭郎注云濯與櫂同濯船能持櫂行船也土勝水故刺船之郎着黃帽

水衡都尉元鼎二年置水衡都尉主上林苑魏因之

始主天下水軍舟船器械

伏波楼船 文船下瀨將軍元鼎五年征南粤置

船司空 地理志京兆尹船司空注云本主船之官遂以名縣又廬江郡有楼船官

輯濯令丞 百官表水衡有輯濯令丞注云輯與檝同短曰檝長曰檝如淳曰船官也

都水 晉武帝置都水使者一人掌舟航及部選其屬有船曹吏

龍驤 武帝與羊祜謀伐吴吴有童謡曰阿童復阿童

銜刀浮渡江不畏岸上獸但畏水中龍祜曰此必水軍有功王濬小字阿童乃加濬龍驤將軍密令造舟楫

水衡令 宋都水使者銅印墨綬進賢兩梁冠與御史中丞同武帝改為水衡令

將作長史 符堅以能邏為將作長史大修舟艦

官船典軍 南齊置都水臺使者其屬有官船典軍

大舟卿 梁天監七年改都水使者為大舟卿位視中書郎列卿之最末者主舟航河隄

都水監舟楫署隋仁壽元年改都水臺爲監煬帝漕置少監領舟楫河渠二署署有令丞各一人

司津監丞唐龍翔四年改都水使者爲司津監丞

造船務宋建隆四年置造船務上臨幸觀水軍

戰棹都監乾德元年遣戰棹都監武懷節分兵巡峽州

戰棹指揮劉光義伐蜀生擒戰棹指揮使

遺蹟

黄帝臣共鼓貨狄爲舟楫

公劉涉渭為亂集註云涉渭取材而為舟以往來

邲之役荀桓子令具舟故中軍不敗下軍爭舟舟中之指可掬也

晉侯享秦鍼造舟於河

楚囊瓦伐吳師吳人見舟豫章而潛師于巢

吳伐越獲俘焉使守舟吳子餘祭觀舟閽弒之

楚獲吳乘舟艅艎公子光請于衆曰喪先人之乘舟豈惟光之罪衆亦有焉請藉取以救死衆許之使長鬣者三人潛伏于舟側曰我呼艅艎則對師夜從之

三呼皆迭對楚人從而殺之師亂取艅艎以歸

蔡吳唐伐楚舍舟于淮汭左司馬戌謂子常曰子沿漢而與之上下我悉方城外以毀其舟

吳徐承帥舟師浮海入齊 按此浮海行師之始

越為船戰吳王闔閭以問子胥對曰夫船軍之教猶陸軍之法也大翼者當陸軍之車小翼者當輕車突冒者當衝車樓船者當行樓車[illegible]船者當輕足驃騎

越使范蠡入吳從其大舟

周昭王巡狩返濟漢漢濱人以膠膠舟王至中流膠

液王及祭公皆溺焉

秦始皇東遊海上遣徐市等求蓬萊不死藥船交海中又宛渠之民乘螺舟而至

漢韓信擊魏王豹陳船欲度臨晉而伏兵從夏陽以木罌度軍

伍被論吳王伐江陵之木以為船

武帝欲伐南粤遣伏波將軍路博德出桂陽樓船將軍楊僕出豫章歸義越侯嚴為戈船將軍甲為下瀨將軍各將船十萬人

帝欲通南粤唐蒙上書曰南越王名為外臣實一州主令以長沙豫章往水道多絕莫若通夜郎道浮船牂柯出其不意此制越一奇也

帝遣嚴助浮海救東甌淮南王安上書諫曰前時南海王反擊之會天暑多雨楼船卒水居擊櫂未戰而疾死者過半

朱買臣為會稽太守受詔到郡治楼船

公孫述聚兵蜀中作十層楼船

元帝欲御楼船薛廣德諫上不說張猛進曰乘船危

就橋安聖上不乘危上遂從橋

李傕郭汜之亂白波將軍李樂欲令車駕御船楊彪以為河道險惡乃使樂夜渡具舟上與公卿步出同濟者纔數十人

劉備使關羽乘船數百艘會江陵備斜趣漢津適與羽船值共至夏口

周瑜部將黃蓋曰今寇衆我寡難與持久操軍方連船艦首尾相接可燒而走也乃取蒙衝載荻薪居前同時發火風猛火烈船往如箭燒盡北船延及岸上

營造者盡

孫權舟船整肅曹操嘆曰生子當如孫仲謀

曹操擊馬超軍皆先渡許褚扶操上船船工中矢死

褚左手舉馬鞍蔽操右手刺船得渡

黃祖橫兩艨衝夾守沔口吳軍不能前董襲乘大舸

突入斷紲艨衝橫流大兵遂進

吳將軍賀齊所乘船雕刻丹鏤青蓋絳襜艨衝鬬艦

望之若山

上濬大作舟艦別駕何攀曰屯兵五六百人不能齊

辦後者未成前者已腐宜召諸郡兵合萬餘人造之歲終可成濬欲先上須報攀曰朝廷卒聞召萬兵必不聽不如輒召設或見却功夫已成勢不得止

王濬既克西陵起火巴山陶春謂吳主曰蜀船皆小得二萬兵乘大船以戰自足破之衆未合濬方舟百里鼓譟入石城

孫楚遺孫皓書曰國家整器械興造舟楫簡習水戰樓船萬艘千里相望刳木以來舟車之用未有如今日之殷盛者也

蜀漢蔣琬以秦州道險運艱數出無功乃多作舟楫欲浮漢沔東下

鄧艾既滅蜀在成都以書言于晉公昭曰兵有先聲而後實者今因亡蜀之勢以乘吴吴必震恐席卷之時也然大舉之後將士疲勞不可便用宜留隴右及蜀兵大作舟船豫為順流之事

晉懷帝欲還都傳檄以司徒受詔出河陰修理舟楫為水行之備

陶侃造船荊州竹頭木屑皆籍而記之後桓温伐蜀

用其竹頭作釘裝船係係綜理精密器械舟車皆有定

簿

陳敏反寇武昌係以運船為戰艦或以為不可係曰用官船擊官賊何為不可

桓玄欲平關洛先作輕舸載神玩圖書曰脫有意外當使輕而易運又嘗漾小舸于舟尾以備走故士無鬬志

張駿有兼秦雍之志上疏曰勒雄既死虎期繼逆元老消落後生不識慕戀之心乞勅司空鑒征西亮等

泝舟江沔首尾齊舉

石虎欲擊燕以船三百艘運穀詣高句麗又令青州造船千艘

慕容垂攻翟釗為牛皮船百餘艘僞列兵仗泝流而上釗擊之垂乘隙度河

燕太子寶伐後魏臨河造船為濟具忽風漂船南岸魏人拒之寶遂燒船夜遁

何澹之以所乘舫盛装旗幟何無忌曰賊必不居此乃詐我耳

孫恩以樓船千艘浮海至丹徒劉裕破之恩船高大泝風數日乃至白石

宋桓護之以百舸為前鋒王玄謨敗魏人以所得戰艦鐵鏁三重斷河護之中流而下以長柯斧斷之唯失一舸

魏諸將欲大作舟艦以禦宋師崔浩以為不可魏主不能違衆乃詔造船三千艘

齊蕭衍起兵出檀溪竹木裝船葺之以茅事皆立辦

張融為中書郎曰臣陸處無屋舟居水上武帝問其

從兄緒緒曰融夫有居權作小船岸上住帝大咲

梁帝敕以舟師伐魏魏起鬬艦高與合肥城等

王僧辯克郢州宋子仙乞歸僧辯給船百艘子仙將

發水軍主宋遙帥楼船暗江雲合遂大破之

王琳伐陳侯瑱發拍擊艦以牛皮冒蒙艟小船擊之

章昭達討歐陽紇紇聚沙石盛以竹籠置水柵以遏

船昭達裝艦造拍臨柵令人潛水斫籠因縱大船乘

流突之賊遂敗

周華皎侵陳吴明徹令軍中小艦先出受其拍俟其

拍盡乃以大艦拍之陳□大敗
吳明徹圍彭城環列舟艦于城下以鐵索貫車輪數百
沉之清口以遏船路遂擒明徹
隋賀若弼以老馬多買陳船而匿之置敝船五六十
艘于瀆内陳不為備遂滅之
楊素引舟下三峽陳將戚昕以青龍百餘艘守龍
尾灘素曰勝負大計在此一舉若晝日下船彼見虜
實灘流迅激制不由人則吾失其便不如以夜擊之
乃夜率黄龍數千艘啣枚而下

素水軍東下陳江中無一戰艦護軍將軍樊毅言於袁憲曰京口采石俱是要地各須銳兵五千并出金翅二百緣江上下以為防備憲及蕭摩訶皆以為然

越州高智慧蘇州沈玄懀皆舉兵反船艦蔽江楊素擊之來護兒曰吳人輕銳利在舟楫難與爭鋒宜嚴陣以待之請假奇兵潛度掩破其壁此韓信破趙之策也素從之護兒以輕舸數百直登江岸襲破其營

煬帝欲巡歷淮海遣王弘等往江南造龍舟及雜船數萬艘官吏督役嚴急丁夫死者什四五

帝親御龍舟擊高麗又勑元弘嗣往海口造船三百艘

帝幸江都龍舟之外餘舟數千艘諸王公主百官僧尼道士蕃客乘之共用挽士八萬餘人皆以錦綵爲袍衞兵所乘又數千艘舳艫相接二百餘里

處士元藏幾至海中一洲人曰此滄洲去國幾萬里藏幾思歸洲人製凌風舸送之激水如箭旬日歸東萊

唐高祖欲征蕭銑命李孝恭大作舟艦

太宗以張亮爲總管率艦五百泛海征高麗貞觀二
十一年欲復征高麗發江南工人造大船
玄宗泛舟白蓮池召李白至扶以登舟
韋堅聚江淮運船望春樓下上幸觀堅以新船數百
艘扁榜郡邑各陳珍寶
劉晏以江汴河渭水力不同各隨便宜造船江船達
揚州汴船達河陰河船達渭口渭船達太倉又於揚
子置一場造船每船給千緡或言虛費太多晏曰成
大事不得惜小費凡事必爲久遠之慮今始置船場

於軍者至多嘗先使之試用無窮則官物堅完無弊矣
邊與之層層數計鐵錠要能久行乎異日必有患吾
所給多而減之於減半以下猶可也過此則不能運
矣後五十年有司果減其半及咸通中有司計費給
之無復羨餘船益脆薄易壞遂廢
韓滉為鎮海節度使造樓船三千艘以舟師由海門
大閱至申浦乃還
後梁王彥章攻唐陰遣具舟楊村朱守殷不為備遂
破德勝守殷撤屋材為筏載兵器浮河東下彥章亦

楚遣劉彥[illegible]

為筏而東，唐人以火筏燒其連艦，蒼黃乃走。

楚人以水軍圍漢封州，漢人沉鐵絙于江，兩岸作巨輪挽絙，輕舟迎戰，楚人逐之，挽輪舉絙，楚舟不能進退。（漢主使遣其子弘操將兵攻交州，吳權先于海口多植大杙，銳其首，冒之以鐵，遣輕舟乘潮挑戰，僞遁，須臾潮落，艦碍鐵杙不得反，弘操大敗死。）

吳水軍攻楚岳州，許德勲將戰艦千艘禦之，以輕舟三百出其後，遂大敗之。

楚彭師暠復立其君希萼，斷江為栰，編竹為艦

周世宗伐契丹，自御龍舟沿流而北，舳艫相連數十里

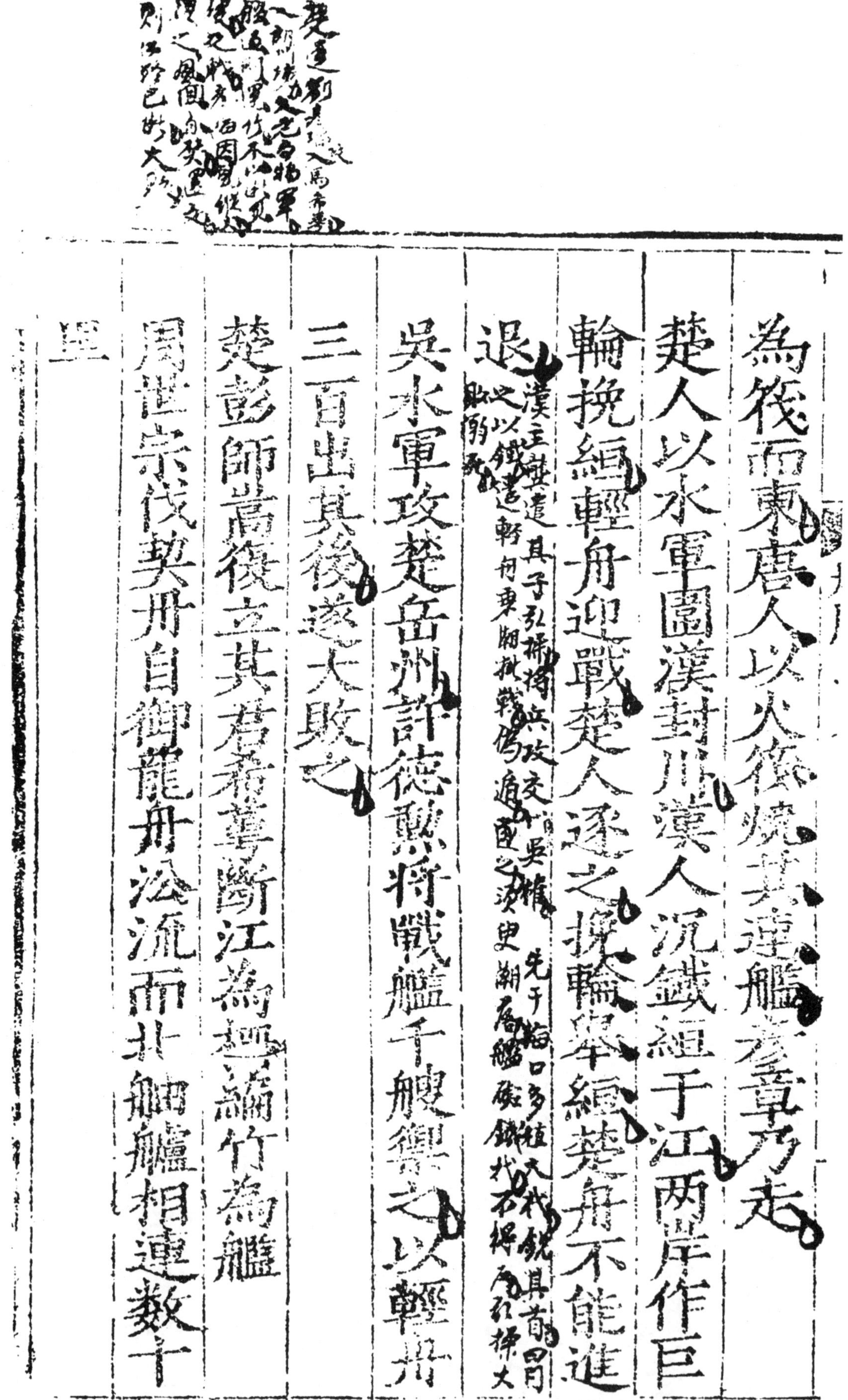

世宗患唐水軍銳歛於汴水側造戰艦數百艘命唐降卒教之數月後殆勝唐兵鑿[illegible]水[illegible]舟達江唐人大驚

宋太祖從世宗伐唐乘皮船入壽春濠中

乾德元年造樓船數百艘選精卒號水虎捷

宋太宗幸金明池觀習水戰戰艦角勝以進顧謂侍臣曰兵棹南方之事也今既平定固不復用但時習之不忘武功耳

張魏公制置江淮戰艦悉備

韓世忠與兀朮戰豫以鐵綆貫大鈎敵舟將前每縋一綆則拽一舟沉之兀朮窮蹙募人獻破海舟策閩人王姓者教其舟中載土以平板鋪之穴船板以櫂槳俟風息則出有風則勿出海舟無風不可動也又以火箭射其箬篷則不攻自破矣兀朮然之天霽風止兀朮乘小舟出海舟無風不能動兀朮使善射者以火箭射之五緉皆自焚世忠遂敗走

楊么方浮舟湖中以輪擊水其行如飛旁置拍竿官舟迎之輒碎岳飛伐君山木為巨筏塞港汊又以腐

木亂革濟上流而下賊船來追草木壅積船[illegible]
官軍乘筏以牛皮蔽矢石舉大木撞其舟幺披[illegible]
水

嘉定三年命殿前司造戰艦又韓侂胄有北伐之謀
習戰造艦

金主亮至和州以梁山濼水涸先造舟不得進乃命
李通更造船督責苛急將士日夜不得息壞城中民
居以為材木煑死人膏為油用之

楊存中等俱集京口時海船不滿百戈船半之虞允

文謂遇風則使海船無風則使戰艦又以數少恐不
足用遂聚材攻治爲船爲戰艦爲
李全謀叛募舟楫習水戰米商至則督其舵工以一
教十又募南匠造船自淮口及海相望時試舟射陽
湖及海洋又以粮少爲辭遣海舟自蘇州洋入平江
嘉興告余皆習海道以覘臨安
賈似道出師臨安所乘舟膠堰中以千人拽之不能
動
帝舟遷于厓山時官民二十餘萬多舟居資糧倚辦

廣右後刷人匠造舟楫民不能堪

張世傑結大船千餘艘碇海中艫外貫以大索四周起樓如城堞元人以舟載茅乘風縱火宋艦皆塗泥舟不能爇

國初中書省命處州造海船又僉溪船戶一千為水軍章溢奏設千戶統之

僞漢陳友諒攻太平引巨舟泊城西南士卒緣舟尾攀堞而登

陳友諒入寇戰于龍灣獲其巨艦名混江龍塞斷江

撞倒山江海鰲者百餘艘及戰舸数百

太祖高皇帝征陳友諒舟師發龍灣　上御龍驤巨艦

有烏数萬來上艦而飛又有鼉龍艤後衆以為神物

之助

張士誠寇長興放火船燒水關

陳友諒復攻洪都作大艦高数丈飾以丹漆上下三

級級置走馬棚下設板房為蔽置櫓数十其上中下

人語不相聞櫓箱皆裹以鐵　上諭諸將曰彼巨舟

首尾相接不利進退可破也乃命舟師為十二隊戒

令近寇舟先發火器次弓弩及其舟則短兵擊之
上所乘舟檣白友諒覺之欲併力來攻 上夜令諸舟
盡白其檣敵益駭敵巨艦艱于運轉我舟環攻之殺
卒殆盡而操舟者猶不知呼號搖櫓如故俞通海等
以六舟深入敵運大艦拒戰望之無所見意謂已沒
有頃旋繞敵舟而出勢若游龍
張士誠寇江陰康茂才追之獲巨艦無算又獲其六槳
船十八艘
張士誠將徐義爲常遇春所困士誠遣赤龍船親兵

援之遇春襲破焚之

傅友德伐蜀阻漢水不得渡作戰艦三百艘

大將軍達北征至天津獲元海船爲浮梁濟師

正德之年盜劉七等自狼山下通人有應募獻計者用火攻之其名

飛鴿裝藥及火於弩矢下發之又為形如烏喙持之入水以喙觸船機發

自為運轉遠逼船泊試之驗

龍江船廠志卷之八